本书内容为厦门市社会科学界联合会、厦门市社会科学院2011—2013年厦门市社会科学调研重大课题"闽台历史民俗文化遗产资源调查"系列课题研究成果之一,课题由厦门理工学院承接并组织完成。

《厦门社科丛书》编委会

顾　　问：叶重耕
主　　任：朱崇实
副 主 任：张　萍　周　旻
委　　员：林书春　黄珠龙　洪英士　陈振明
　　　　　周　宁　彭心安　黄晓舟　沈铁岩
　　　　　陈怀群　黄碧珊　王　琰　李　桢

《闽台历史民俗文化遗产资源调查》编纂委员会

编委会主任：周　旻　黄红武　林书春
副　主　任：王　琰　林志成　陈丽安　吴克寿
　　　　　　李　桢
委　　　员：葛晓宏　项　茜　郭肖华　陈英涛
　　　　　　袁雅琴　王　伟　朱瑞元　罗善明
　　　　　　严　滨　王玥娟　詹朝霞　李文泰
　　　　　　刘芝凤　李秋香　徐　辉　林寒生
　　　　　　段宝林　欧　荔　和立勇　林江珠
　　　　　　黄金洪　蔡清毅　庄荣志　方　奇
总主持/总编审：刘芝凤
编　　　审：王宏刚　张安巡　陈育伦　邓晓华
　　　　　　郑尚宪　蔡葆全　夏　敏　林德荣
　　　　　　戴志坚　陈少坚　曾凤飞

闽台历史民俗文化遗产资源调查系列

2013年
厦门社科丛书

中共厦门市委宣传部
厦门市社会科学界联合会 合编

闽台民间文学传统文化遗产资源调查

段宝林 袁雅琴 朱秀梅 陈春香 廖贤德 陈伟宏 著

厦门大学出版社
国家一级出版社
全国百佳图书出版单位

《闽台民间文学传统文化遗产资源调查》

本 专 题 主 持 人:	段宝林			
本 专 题 组 成 员:	袁雅琴	刘芝凤	马　诚	翁志凌
	张凤莲	高江孝怀		王　晓
	谌香菊			
本专题图片摄影:	刘芝凤	曾晓萍	王煌彬	张凤莲
参加田野调查人员:	田　楠	陈春香	王煌彬	刘丽萍
	张凤莲	张　星	黄雅芬	傅　兵
	吴秀琼	陈在根	汪美秀	郭丽萍
	陈阿静	胡啊静	朱雅军	黄佳慧
	郭　婧	刘芝凤	谢赐龙	曾晓萍
	叶志鹏	陈春香	唐　柳	李素芹
	陈惠萍	陈　雯	王承正	苏少龙
	卓小婷	朱秀梅	季玉清	陈燕婷
	许菲菲	倪桂敏	翁志凌	

1. 台湾花莲光复乡马太鞍阿美部落的老人讲述民间传说
2. 台湾台东延平布农部落石雕上记载的古时射太阳的传说
3. 台湾新竹县北浦区石头公的传说
4. 刘芝凤教授与研究生曾晓萍在屏南县双溪镇双溪村听76岁的倪淑珠老人讲民间故事
5. 在台南，庙里的老人向我们解释墙壁绘画上的民间故事

闽台民间文学图像与口述传承

闽台历史文献中的民间文学

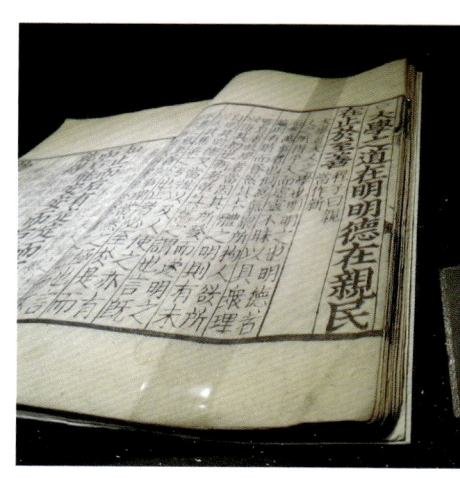

1. 民间手抄本：太阴经——屏南双溪山歌歌谱
2. 厦门市同安区花莲乡道地村古庙墙壁上的《白蛇传》
3. 清·乾隆十六年《武夷山志》手绘图
4. 屏南县甘棠镇漈头村博物馆收藏的民谣
5. 台北"中央研究院"历史博物馆《大学章句》一卷（宋代刊物）

1. 牛头马面的鬼神故事在台湾家喻户晓
2. 屏南双溪古宅墙壁上的木雕：民间传说姜太公钓鱼
3. 屏南县双溪古宅墙壁上的木板画：武吉砍柴
4. 台湾大多数庙宇墙壁上都雕刻着民间传说和故事
5. 台湾闽籍后人将民间神话故事用掌中木偶表演出来
6. 台湾高雄内门宋江阵表演梁山泊英雄好汉的故事

闽台民间文学传承途径之一：壁画与艺术表演内容

1. 台湾鹿港民宅门楣对联
2. 台湾降龙尊者图
3. 2011年9月课题组段宝林教授（左1）在金门采访民间故事
4. 台湾古庙的对联
5. 云霄县威惠庙前的对联

闽台民间文学传承途径之二：楹联和砖雕石雕内容

总　序

　　闽台历史民俗文化是民族文化和地域文化的融合体，是中国当代文化的有机组成部分。对闽台历史民俗文化进行全方位的调查与研究，是继承和发扬优秀传统文化的基础性工程，也是厦门社科工作者义不容辞的责任。

　　经过多位社科专家学者数年的努力，《闽台历史民俗文化遗产资源调查》丛书终于面世了。该套丛书涵盖闽台民间信仰习俗、民间文学、民间艺术等十三个方面，视野宽广、资料翔实。注重田野考察，掌握第一手资料，是该套丛书的一个鲜明特点；收集保存珍贵的民俗文化遗产资源，纠正相关研究中的一些资料文献误差，是该套丛书的又一个重大贡献。

　　两岸同根，闽台一家。福建和台湾文化底蕴相通、学术传统相似，《闽台历史民俗文化遗产资源调查》的出版就是一个很好的范例。习近平总书记最近指出，"要使中华优秀传统文化成为涵养社会主义核心价值观的重要源泉"。如何进一步挖掘闽台特色文化资源，让人民群众在优秀历史文化的传承中受到启迪和教育，切实"增强文化自信和价值观自信"，是时代赋予的重大课题。我期待厦门社科研究工作一直走在全省、全国的前列，体现出应有的担当。

中共厦门市委常委、宣传部部长

叶重耕

前　言

《闽台民间文学传统文化遗产资源调查》经过几年的调查研究,现在已经完成了调查专著的写作。这本专著全面论述了闽台民间文学资源的各个方面,是在田野作业和文献的科学梳理紧密结合的基础上写成的。

本书的主要内容和特色如下:

1. 在理论上运用了民间文艺学、民俗学、人类学和非物质文化遗产学最新的理论研究成果,结合闽台民间文学的实际,对民间文学的本体论、价值论和方法论都做了新的开拓。

许多理论在国内外都具有创新意义。例如,对民间文学作为一种自然群体形成的立体文学样式的特点、广义故事的分类法、非物质文化遗产的两种保护法、保护与开发的关系等新的理论,对什么是文化,什么是非遗,都做了深入浅出、简明扼要的解释。

2. 本书作者努力站在新理论高度,对闽台民间文学进行全面系统的考察,对鲜活的民间形态进行深入调查,把它活动的文化空间与有典型意义的代表作品结合起来分析,有较强的说服力。如对古典神话与妈祖等民间信仰的互动关系的论述有一定的新意。

3. 本书对提高人们的文化自觉、积极开发民间文学资源,提出了我们的建议,有积极的作用。

闽台民间文学是闽台广大人民群众的集体口头创作,是非物质文化遗产的第一项内容。本书从人类文化史的角度,论述了民间文学艺术是整个人类文学艺术的根基和奶娘,具有多方面的实用价值、科学价值和艺术价值。这对于提高人们的文化自觉,积极开发民间文学艺术资源,会产生良好的效果。日本"鬼太郎传说"只是在日本流传的一则民间传说,如今以"鬼太郎传说"为主题的文化项目成了只有4万人口的境港市最重要的文化资源,该市全体居民都是鬼太郎文化遗产的保护者,整个城市从建筑到民俗,都是鬼太郎传说的生动体现者,使境港市的文化旅游有声有色,成为世界著名的旅游实地。闽台民间文学也是这样一个文化旅游的宝库。

本书不仅比较全面地论述了闽台民间文学的资源，而且对如何开发，也提出了自己的建议，介绍了国内外开发民间文学资源取得成功的经验和失败的教训。如美国影视业如何在电影《星球大战》《白雪公主》和《花木兰》的创作中，运用各国民间文学资源，取得了成功，并取得了良好的社会效益和经济效益，甚至一部电影就得到了几亿美元的利润。这对于闽台文化产业的建设和闽台民间文化遗产的保护和开发，会有所启发。

4. 本书的写作贯彻了理论联系实际的原则和方法。我们的前期研究是系列地梳理闽台民间文学的历史发展脉络，做到心中有数。田野调查有重点，经过课题组2年多的田野调查，调查材料新而丰富，补充了许多学术空白，使得有条件去精选有关的代表作品，并加以全面的阐述，得出我们的新结论。在田野作业中获得的资料，分类附录在书后，有一定的参考价值。本书也可以说是富有特色的"闽台民间文学作品选集"最新版本。

5. 本书对福建和台湾的民间文学艺术资料同时做了介绍，并且专门比较了闽台两地的民间文学艺术的特色，认为闽台民间文学艺术是同源的，所以在主要的内容和艺术形式上，是一致的、大同小异的。但是也因为两地近代历史和社会环境的不同，产生了不少重要的变异。这就为我们互相学习、加强闽台之间的文化联系和了解，提供了具体的线索，将有利于促进海峡两岸的文化认同。

台湾的民间文学普查收集与研究工作，是受了大陆的影响而发展起来的，但是在许多地方又超过了大陆。对此，书中都做了具体的分析。例如，在民间文学艺术的全面收集和立体记录方面，在民间文学艺术的旅游开发方面，特别是民间文艺进校园的实践方面，台湾的经验值得我们学习。

由于我们对闽台民间文学艺术资源进行调查研究还不够全面，在调查人员的专业培训上因缺少经验而不够深入和具体，加之种种条件的限制，本书还存在许多缺点和问题，希望读者、专家们多多提出批评和改进的意见。我们一定抱着"闻过则喜"的态度，认真考虑，并在再版时加以改正。

段宝林

目录

001 **第一章 概　述**

001 第一节　闽台民间文学专门术语及其民俗内涵的解释
001 第二节　闽台民间文化艺术的重要价值
003 第三节　闽台民间文学艺术资源的保护和开发问题
004 第四节　闽台民间文学艺术的历史背景和文化特征
011 第五节　闽台民间文学艺术的语言载体
013 第六节　闽台两地民间文学艺术的比较

021 **第二章　闽台民间故事资源调查与开发**

021 第一节　闽台古今民间神话文化资源调查
052 第二节　传说故事
067 第三节　闽台民间传说文化资源调查
087 第四节　闽台动物故事、生活故事、笑话、童话的文化资源

097 **第三章　闽台民间谚语、谜语、对联文化资源调查**

097 第一节　谚语、谜语的专门术语和民俗内涵的解释
100 第二节　福建社会谚语资源调查
130 第三节　福建自然谚语资源调查
137 第四节　台湾谚语资源调查
142 第五节　闽台民间谜语、对联文化资源调查

153 第四章 闽台民间歌谣文化资源调查

153 第一节 闽台歌谣的概念及其民俗文化内涵
156 第二节 闽台歌谣的生态环境和社会作用
161 第三节 闽台歌谣的主要内容

214 第五章 闽台民间文学田野调查采集选辑

214 第一节 民间故事与民间传说
240 第二节 民间歌谣
245 第三节 民间谚语、俗语、歇后语
253 第四节 民间谜语和绕口令

254 附录一 田野调查报告目录(部分)
256 附录二 调查对象基本信息资料
258 参考文献

264 后　记

概述

第一节　闽台民间文学专门术语及其民俗内涵的解释

民间文学艺术是非物质文化遗产（以下简称"非遗"）的一个重要的组成部分。在联合国教科文组织所明确指出的几项非遗内容中，第一项就是口头传统，这就是民间文学。

凡是人造的一切，都是文化。这是现代人类学家、文化学家的科学定义。自从有了人类，也就有了文化。这是原始文化、民间文化，它是文人文化的祖先和奶娘，民间文学是流传在口头的"人民口头创作"：民间歌谣、故事、谚语、民间长诗以及曲艺、戏曲、音乐、舞蹈等表演艺术中的口头艺术、语言艺术……

民间文学又包括民间故事、民间谚语、民间歌谣、曲艺唱词、戏曲特别是民间小戏的唱词等。

民间美术包括民间剪纸、泥人、面人雕塑、木雕、竹雕、砖雕、石雕、玉雕、刺绣、挑花、草编等实用手工艺技能。

第二节　闽台民间文化艺术的重要价值

过去的教育体系多局限于书本知识和文人文化，而没有民间文化知识系统教育的内容。

闽台民间文学艺术是闽台各个民族几千年来的生活经验、社会经验等文化创造的总和，是一种实用文学、实用艺术、人民文学、人民艺术，与我们人民精神生活的质量密切相关，与我们的民族精神密切相关。

闽台民间文学的内容极其丰富,它是整个民间文化的一部分。

闽台民间文学艺术资源,是我们建设新的生活和享受新的文化艺术的基础,对传承和发扬我们的民族精神、提高我们的生活质量、提升文艺创作的水平,乃至保卫我们国家的文化安全和社会稳定,都是至关重要的。

文化产业是为国内外消费者提供文化产品和服务的企业。它关系到人民的精神生活和文化享受。旅游业也是一种文化产业。

闽台的山水是很多的,如武夷山、太姥山、闽江、九龙江等,关键还是要有一双慧眼,能够敏锐地发现山水的社会美,并加以正确的开发。这就需要大大加强对民间文学艺术的调查研究,发挥想象力和创造力,去策划、设计、组织实施,这是利国利民的好事。

民间文学作为文化产业的资源,有一个很大的特点,就是投入小而产出大。那些广受欢迎的好作品的利润,往往可以达到成本的几十倍以上。

例如,美国好莱坞电影大片《星球大战》,投资成本只有1000万美元,但是全球的票房收入却有8个亿。加上许多相关产品(如"星球大战游戏"等等)的开发,取得的利润共有90亿美元之巨。[1]

《星球大战》在创作中也特别重视民间神话的艺术成果,创作人员非常认真地多次向神话学家请教,从神话中学习、吸取了很多东西。

闽台民间文学艺术是闽台广大人民的集体创作,经过千百年的流传、淘汰、加工,集中了广大群众的智慧和天才,在艺术上达到了很高的水准。这是最大的文化资源,如果把它变成文化资本,就会成为财富的重要源泉。

民间文艺博大精深,如果不下工夫,认识不深刻,是绝不容易学好的。

我们也看到过一些人,他们也想学习外国的成功经验,要利用民间文学资源。但是只限于表面的模仿,学到了皮毛,而忽视了根本。这里有艺术规律。这属于非物质文化领域的事情。如果能够借鉴国外那些经典大片成功的根本经验,好好掌握运用雅俗结合律、文艺传情律、审美律等艺术的根本规律,真正眼睛向下,挖掘好民间文化资源,提高文化自觉和艺术修养,我们在动漫、影视、戏剧和各种文化产业的创作中,一定能取得巨大的成功。

---

[1] 段宝林:《非物质文化遗产精要》。北京:中国社会出版社,2008年版,第2页。

第三节　闽台民间文学艺术资源的保护和开发问题

目前,民间文化资源处在种种失传危险的境遇之中,所以我们必须好好保护闽台非物质文化遗产,这是开发民间文化非遗资源的一个关键问题和紧迫任务之一。

文人文化有书面的书本,保存在图书馆中,很容易得到,研究就比较方便。而民间文化就不同了。民间文化往往是无形的,需要深入群众去调查、记录,也就是采风。不然,它们就像风一样永远不见了。所以,民间文化比文人文化更需要保护,也更难以保护。

民间文化的调查研究是非常困难且薄弱的。这是我几十年来的深刻体会。我从1958年开始在北京大学进行民间文化的教学和研究,已经有50多年了。虽然,也曾经到过全国34省市和五大洲31个国家进行民俗考察和民间文学调查,编写了二三十本书,也得过全国性和世界性的大奖,但是,现在我发现,民众的创造力太伟大了,民间文化的内容太丰富了,我需要了解的东西,不是越来越少而是越来越多,研究越来越有新发现,越来越有意思。

我们要在过去民俗学理论的基础上,从调查研究出发,进行重大的理论创新,密切联系中国实际,深入浅出,具体论述非遗的基本知识,使广大群众都能了解什么是非遗,为什么要保护非遗。

非遗以保护为主,在保护的前提下开发,就不会变味了。有了经费,可以更好地保护非遗,并且弘扬到国内外,使人们看到人民的天才创造,大大地实现他们的价值。例如,闽南的南音,艺术价值极高。早在明清时,就是被闽籍京官派到皇宫为皇帝表演的艺术形式,新中国成立后,曾经在北京、巴黎、东京等处的文化盛会中演唱,让国内外的音乐家赞不绝口,并引起了巨大的轰动,得过许多大奖。由此可见,南音的商业开发,也不是一件坏事。

我非常高兴地看到,先进的文化观已经越来越受到人们的重视。泉州市永春县一位民间学者,花费多年精力,撰写了一部《千年非遗在永春》,洋洋数万字,把永春县历史民俗的方方面面都整理出来,虽然没有出版,但非常有价值,并成为我们这次考察的重要蓝本。经过多年努力,这些民间学者深刻认识到民间文化的重要价值,面向民间,辛辛苦苦收集记录了众多的非物质文化遗产的宝贵资料。这是人类文化遗产的一个组成部分,具有全国意义,同时也一定会受到国外学者的青睐。我们就是要发扬这种精神,大家都来保护非遗,才能出色地完成这一伟大的历史任务。

我们课题组这套《闽台历史民俗文化遗产资源调查》系列,也将是闽台地区非物质文化遗产的一次小集成。虽然会因为时间和其他因素的关系,其内容和范围不全面,但至少是一个很好的开始,一个初步的普查、搜集和记录。

我们闽台民间文化资源调查这个项目本身,就是一个很好的全面保护闽台民间文化的文化工程。刘芝凤教授和厦门理工学院的老师带领着几十个年轻人,上山下乡,艰苦奋斗,记录了许多民间文学和艺术作品,虽然数量有限,但却是一个很好的开始,使人们看到闽台民间文学、民间艺术、民间风俗习惯、衣食住行、婚丧嫁娶、节日喜庆等民俗文化,是如此的丰富重要,如果再不记录,就会永远失传了。这也是为闽台文化的保护和开发建立了功勋,值得大书一笔。

第四节　闽台民间文学艺术的历史背景和文化特征

福建是中国东南沿海的一个边疆,陆地面积12万多平方公里,为多山的丘陵地。西高东低,东临大海,位于东海与南海连接之处。海岸线长3320公里。有泉州、福州、漳州三大港口。有闽江、九龙江、晋江、汀江、木兰溪五大江河。有四大冲积平原:福州、莆仙、泉州、漳州。物产丰富。

《尚书·禹贡》把4000多年的中国分为九州,福建属于扬州,是闽越人的古老居地。

《周礼·夏官》把天下版图分为"四夷、八蛮、七闽、五戎、六狄",这说明闽越人有7个支系。福建为东闽。

福建人崇蛇,和古越人一样,是蛇图腾的民族。战国时期,由浙江、江西一带移民福建。秦始皇建"闽中郡",汉高祖封无诸为闽越王,都东冶(福州)。东晋、南北朝时期,大量中原巨族,纷纷南迁,进入福建。唐代开元年间,在福建置五州:福州、建州(今建瓯)、泉州、漳州、汀州。唐末,河南固始人王潮、王审知兄弟,率大军在福建转战8年,五代时王审知之子王延翰建闽国,统治50年,中原文化进一步与闽越文化进行交流并互相渗透。北宋建福建路。五州加建阳府为六州,再加邵武、兴化二军,合称"八闽"。南宋时建州改为建宁府。朱熹在福建讲学,建书院,使福建教育蓬勃发展,成为"海滨邹鲁"。出了不少文人。康熙时建台湾府于台南,归福建布政使管,称为"九闽"。

一、福建民间文化艺术的特色

福建聚集了北方过来的各省文化,因为山多,古风犹存。

福建地居沿海,有泉州、福州、漳州三大港口,所以受外来文化影响也较快、较多。与海外联系较多,华侨较多。与台湾隔海相望,有地缘、血缘、亲缘关系。这些因素,都决定了福建民间文学艺术的地方特色。

一方面保存了许多古代文化的遗存,中原古代神话传说仍在山区流传。《李寄斩蛇》的传说至今已流传了一千多年。

一方面有许多外国文化的影响,接受外国文化较快。道光年间福州流行洋歌,这些洋歌经过文人的雅化,改名叫"飏歌"。外国歌曲在福州里巷间传唱。"景戏洋歌里巷纷"(王道征诗)。到光绪年间,福州已经有"洞中天"、"白云天"等专唱飏歌的班社。

福建原来是少数民族的地盘,后来大量移民由北方中原进入福建,与少数民族融合。这在语言、文化方面都有表现。如今,仍有57%的畲族人在福建居住,是全国最大的畲族聚居区。少数民族的文化特色也是福建民间文化的一个很重要的方面。

福建是中原汉族的移民和当地原住民共同生活的地区,基本上保存了汉族文化的传统。但是因为福建是一个边远地区,加之多山,交通不便,所以保存了许多已经在北方消失了的民间文化。这在闽方言和民间文学艺术上,表现得很突出。如一些古老的剧种莆仙戏、高甲戏、梨园戏、布袋戏等等,都保存得很好。

福建东部还有畲族最大的聚居区,完整地保存着传统的畲族极其丰富的民间文学艺术风俗和作品。这些都是福建民间文学艺术的特色。具体表现很多,将在下面详细论述。

二、台湾民间文化艺术的来源和发展情况

台湾的民间文化非常丰富。它是中华民族文化的一个重要组成部分,也是一笔极其宝贵的精神财富。

台湾从远古起,上万年前就有人类生活的迹象。有来自中国内地的古

越人,还有来自南岛语族的少数民族。当然,如今更多的是来自闽南、粤东的闽南人、客家人。经过考古学家、语言学家、历史学家和人类学家、民俗学家等多年的发掘、研究,台湾的民间文化源流,已经大致理清了脉络。

在远古,台湾和大陆是连在一起的,呈半岛形。

台湾海峡长380公里,宽平均190公里,最窄处只有130公里。从福建平潭海岸可以隐约看见台湾的鸡笼山。台湾海峡的海水深度平均不到50米,海底有许多陆相遗存,台湾山脉的走向与华南山脉的走向是完全一致的,都是"震旦方向"。台湾地质层的石英、高岭土、云母等都源于华南的花岗岩区,说明台湾和华南属于一个地质板块。台湾的动植物均属大陆性,与华南甚至华北相同,台湾的树种大陆几乎都有。这也是自然一体性的体现。

大约在18000年前,晚更新世末期的冰河时代,当时的海平面比现代低150到200米。台湾岛地势较高,就成了一个大岛。

但是从福建漳州东山岛,经过澎湖列岛,直到台湾西部,有一座长长的陆桥,如今水深10到40米,东西宽度达200公里,南北长为250公里。在海水上涨的过程中,从18000年前到6000年前,在相当长的时间里,这条长长的走廊仍然可以通行,成为台湾与大陆之间的一座桥梁,被专家们称为"东山陆桥"或"台湾陆桥"。

台湾就成了南岛语言和文化的源头之一。"台湾'土著族'至少可以说多数是在远古来自中国大陆。"①对比台湾和古越人及其后裔各族的民俗文化,我们发现相同或相似的地方,至少有下列二十多条:

1. 断发文身——古越人"断发文身,以像龙子"是很有名的。台湾的一些原住民也是如此。②

2. 中国特有的粟米(小米),是"台湾原住民"重要的粮食来源。

3. 凿齿——古越人有凿齿的民俗,"台湾原住民"也有。

4. 染齿——台湾和云南傣族都有把牙齿染黑为美的习俗。

5. 吃槟榔,台湾和福建、海南、云南傣族等大陆许多地方都有吃槟榔的民俗。

6. 台湾和大陆越人居住区的人们都喜爱吃鱼,甚至还吃生鱼。

7. "台湾原住民"的米酒,和大陆的绍兴酒差不多。

---

① 凌纯声:《古代闽越人与台湾土著族》.刊于林熊祥等著《台湾文化论集》.台北:中华文化出版事业委员会,1954年版,第3页。

② 史式、黄大受:《台湾先住民史》.北京:九州图书出版社,1999年版。

8. "台湾原住民"善于纺织,腰标纺织的方式,和大陆南方古越人后裔"侗台语系"各族的腰标纺织是相同的。

9. "台湾原住民"和"侗台语系"各族人民都穿贯头衣裙、百褶裙等。在衣饰民俗上很相似。

10. "台湾原住民"的房屋是干栏式的。南方侗台语族各民族的住房也是干栏式的。傣家竹楼、侗家木楼都是下层空着,二层住人。

11. 龙蛇崇拜,古越族是以龙为图腾的。

12. 悬棺葬,这是古越人的葬俗。武夷山就有不少古代的悬棺,长江三峡也有不少悬棺。"台湾原住民"地区,也有悬棺的丧葬民俗。

13. 曲肢葬,这是和直肢葬不同的一种丧葬民俗,是古越人的,也是"侗台语系"各民族的一种葬俗。"台湾原住民"也有这种丧葬民俗。

14. 老人政治,重视老人在领导氏族活动中的作用。

15. 姓名民俗中,"台湾原住民"实行"父子连名制",大陆古越人后代民族也是如此。

17. 鸡卜,用鸡的骨头进行占卜,在"台湾原住民"中比较流行,在侗台语族各民族中也是如此。

18. 女劳男逸,在劳动生产中,妇女是主要劳动力,从事各种生产,甚至干一些重体力劳动。这种情况在"台湾原住民"中和在大陆古越人的后代中,都是一样的。

19. 倚歌择配,通过青年男女的对歌,在恋爱中对唱情歌互相了解,来选择配偶。这在台湾和大陆的少数民族中,都很盛行。以上种种事实已经充分证明,台湾的原始文化来自中国内地。

三、闽台民间文学艺术的发展过程

对台湾的民俗文化,中国学者始终进行记录和研究。

1930年人类学家林惠祥到台湾进行民俗调查,写成了很好的专著。1928年,谢云声的《台湾情歌集》在广州中山大学民俗丛书出版社出版。1936年又有李献章编的《台湾民间文学集》在上海出版。

1945年抗日战争胜利,台湾光复。推广普通话,在北大教授魏建功的领导下,成就很大,现在台湾人都会说普通话,比香港还要好。

台湾民俗学家、民俗文学家娄子匡、朱介凡、曾永义、金荣华、王秋桂、胡万川、陈劲榛、陈益源等人,对台湾民间文学、民俗文学,进行了很好的调查研究。台湾少数民族学者西乌拉弯·毕马（田哲益）等许多人已经做出了很多贡献。

福建的民间文学艺术的发展简述如下：

晋代干宝的《搜神记》已经记载将乐县的童话传说《李寄斩蛇》；传为陶渊明所著的《搜神后记》记载了侯官（福州）的民间故事《白水素女》；《宋会要稿》最早记录了妈祖的神话传说；1930年代梁国声记录出版了《漳州民间故事》；吴藻汀编选出版了《泉州民间传说》。

新中国成立后，出版了《福建民间故事》六集（1957—1960）。

改革开放以来，福建省建立了民间文艺家协会，福建人民出版社出版了许多福建的民间文学作品集与台湾民间故事与传说、台湾民歌的选集。如《武夷山民间传说》、《侨乡民间传说》、《太姥山民间传说》、《白鹭的传说》、《九龙江的传说》、《鸳鸯溪民间传说》、《畲族传说故事》、《福建民间文学四十年作品选》等，以及《台湾高山族传说与风情》（陈炜萍、刘清河、汪梅田）、《台湾民歌选》（福建省文化局编）等民间文学作品集。

1986年到1996年间，福建省民间文艺家协会、福建省文化局，组织发动好几万文艺工作者，进行了全省民间文学艺术的大规模普查搜集工作。每个县都编印了"民间文学三套集成"的集子，又出版了《中国民间故事集成》、《中国歌谣集成》、《中国谚语集成》、《中国民间歌曲集成》、《中国舞蹈集成》等民间文艺十套集成的福建省卷。每一卷都有百万字以上。

台湾过去的民间文学研究主要是个人的书面研究，"政府"当时认为民间文学是鲁迅、郭沫若等先进作家搞的，所以并不提倡。自从台湾开放党禁以后，民间文学研究有了很大的发展。特别是20世纪80—90年代，大陆大规模的民俗调查民间文艺十套集成的伟大文化工程的启动，给台湾以很大的震动。

1991年中国口承文学学会在高雄召开"台湾第一届民间文学研讨会"并出版了大会文集，大陆学者段宝林的论文《民间文学与大作家》在会上发表，据台湾学者反映此文对他们提高对民间文学重要性的认识有好处。他们通过研讨，提高了对民间文学艺术的社会价值、科学价值和文艺价值的认识。

于是他们也学习大陆的做法，进行了许多民间文学的普查搜集工作。虽然仍然以学者个人为主，但是各级"政府"和蒋经国基金会等部门也开始资助民间文学艺术的调查研究。

台湾学者学习大陆的经验，又有新的发展。在科学性上，许多地方已经超过大陆。例如：台湾清华大学中文系胡万川教授在1995年"抢救台湾民间文学座谈会"上，明确提出："民间文学和俗文学，可以用一个概念来形容：民间文学的传播是立体的。而作家文学是平面性的。"在整理、推广民间文学的工作中，他提出两个口号："要让山水有情，要让人生有义。"成功大学中文系陈益源教授在《台湾民间文学采录》(台北里仁书局1999)一书中，多次提到"民间文学的田野作业调查研究要训练学生结合民俗学、人类学、社会学等等学科的相关知识，对民间文学进行科际整合的立体研究"。这是很先进的科学方法。大陆也还刚开始落实这样的科学调查方法。

胡万川教授领导发动学生在民间文学实习中和地方政府结合，进行民间文学集成的普查编选。已经出版了几十本。如：

1. 台南县闽南语民间文学集34本：包括故事、谚语、歌谣的县、乡、镇的卷本。
2. 桃园市闽南语民间文学集12本。
3. 宜南县民间文学集2本。
4. 苗栗县民间文学集10集。
5. 桃园县民间文学集13集。
6. 高雄县民间文学集1集。
7. 台南县民间文学集4集。
8. 云林县民间文学集10集。
9. 民间文学工作手册(1996.11，1本)。

这些都得到"行政院"文化建设委员会的支持。几乎每一本民间文学集都有县长的序言。《台中县民间文学集》的县长序言说：

本县文化中心于今年(1992)四月二十九日邀请前苏联科学院院士李福清前来发表专题演讲，李博士在演讲中特别举一个中国大陆河北省的一个小村落耿村(该村仅有208户1150口人)，从1987年开始进行民间文学收集，历时280天，累计收集到文字资料4332篇480万字。被称为"耿村文化工程"。又在1991年4月的一次统计中发现耿村男女会讲故事者有134人，会讲50到100则故事者有21人，100则以上者15人。其中有一位名叫靳正新的能讲550则故事，靳景祥会讲340则故事，都被授予"民间故事家"之头衔。因此本县的民间文学工作从不同乡开始着手，以该乡之优异条件，应该可以发掘许多民间故事家，并由政府登录为"人间国宝"。

在胡万川教授指导下，陈益源教授于1997年多次在宜兰县采访74岁的女故事家罗阿峰（1925—　）和73岁的陈阿勉,带领师生记录了她们的故事40多篇、谚语50多首。她们能够看见什么就讲什么的谜语。学生们大为惊奇。他们又把故事家请到中正大学去讲故事,取名"阿妈讲古",受到师生们极其热烈的欢迎。台北第27电视台两次录像,在"独漏60"节目中放映。

中国文化大学中文系主任、研究所所长金荣华教授,教授民间文学课程,培养了60多位民间文学专业的博士和硕士。又多次率领师生采风,调查收集了许多民间文学作品,如：

1.《台东卑南族口传文学选》
2.《台东大南村鲁凯族口传文学》
3.《金门民间故事集》
4.《台北县乌来乡泰雅族民间故事》
5.《台湾高屏地区鲁凯族民间故事》
6.《澎湖县民间故事》
7.《台湾桃竹苗民间故事》
8.《台湾花莲阿美族民间故事》
9.《中国民间故事与故事分类》
10.《民间故事论集》
11.《中国民间故事集成》类型索引（几本）

台湾大学的曾永义教授进行了民俗文学、民间文学的教学与研究,卓有成就,他为了抢救昆曲等戏剧大师的经典戏剧艺术,自80年代以来,用先进技术拍摄了一百多部经典昆曲等戏剧纪录片。使得当时正值壮年的戏剧大师的表演艺术和昆曲艺术的精华得以很好地保存下来。这是抢救成功的范例。

台湾清华大学人类学研究所王秋桂教授和陈庆浩博士共同主编《中国民间故事全集》一套40本,他们认为,民间文学是大众集体创作的口头文学,最能反映一个民族的精神,是人类最早的文学和历史,是智慧和经验的结晶。过去的调查还有些不够科学的地方,如必要注明的讲述者、收集整理者、翻译者、收集时间和地点的资料有很多都付阙如。不明族别、地区,难以使用。有的随意增删需要改进等。

1994年—2000年"民俗曲艺丛书"出版80本,都是傩文化、目连戏、木偶戏、梨园戏、各种民俗仪式等的调查报告。这是人类历史上第一次作这样大规模的调查。

台湾的民间文学艺术开发,以民歌集子和民歌磁带作为旅游的畅销产品,宣传作用很大。

民间文学艺术进校园,除大学的民间文学艺术课程之外,中小学也有乡土课程,彰化县鹿港顶番"国立"小学有"诗词童谣吟唱团"、国乐社、舞蹈社、书法社等民族民间文艺的社团,学习、演出民间文艺的童谣、国乐和舞蹈节目,在社会上产生了很好的影响。

金门县政府2006年,出版民歌教学的成果专集《褒歌教学与创作》。厦门市发现金门褒歌是从同安传过去的。于是在《同安民间文艺》专集中选录了其中的六首。澎湖二崁,把褒歌编成专集,有手稿和手工装帧,非常精美。这是很好的旅游纪念品。此外,他们还把褒歌用红砖刻画在墙壁上,成为二崁一大旅游景观。

台湾还有民间的民间文艺社团,如台湾谜学研究会,不但经常有制谜、猜谜、研究活动,而且有刊物《台湾谜学》(至2004年已经出版17期)。会长沈志谦,还是高雄—漳州文虎基金会主任委员。高雄市也有谜学研究会,其代表大会在国民党高雄市党部召开,他们也有刊物《高谜通讯》(至2004年3月已经出了42期)。

台湾著名作曲家侯德健,把《酒矸倘卖呒》等民歌改编为流行歌曲,影响到大陆和国外;他还创作《龙的传人》一集、二集。

大陆著名闽籍华侨军旅作家白刃,从小听家乡石狮市永宁镇海石、姑嫂塔的传说故事,印象很深。1950年代,曾经写过姑嫂塔和一些乡情的诗,还将镇海石的故事结合海防斗争,创作了小说,编了戏剧。

"十一五"国家重点图书出版规划项目、中国乡土建筑丛书《闽西客家古村落培田村》有文明发展史的乡间生活全部是文人诗词没有一首民歌和故事,可见作者完全无视民间文学。

福建的大学与中小学的民间文艺课程与活动非常少,开发工作大有可为。

第五节 闽台民间文学艺术的语言载体

民间文学艺术是一种口头创作,是用方言土语说或唱的,是一种方言文学、地方艺术。

福建山多,交通不便。所以方言比较复杂。因为福建的人口,主要是汉族移民。他们是西晋末年"永嘉之乱"后及唐代以后从中原和江西等地迁徙而来的,带来了古代中原的语言。当地的土著是古越人,由于和汉族人共同生活、交往,其中许多人已经融合在汉族之中;但是也有些土著仍然保留着他们传统的文化和语言,成为独立的民族,这就是畲族。因此,福建省的语言,混杂了各种语言的成分。总的说来,福建的语言主要有汉语和畲语。福建的汉语又分为闽北话、闽南话和客家话三大方言。除此之外,一些地方还有江西话、吴语和普通话的流行区。

闽北方言可以细分为:福州话(闽东方言)、莆田话、三明话(闽中方言)等几大部分。这些方言与中原普通话都有较大不同。

闽南话离中原最远,与普通话差别更大。

闽南话又可以分为三片:

1. 东片——厦门话(含金门县);

2. 南片——漳州话(含龙海、长泰、华安、南靖、平和、漳浦、云霄、东山、诏安十县市);

3. 北片——泉州话(含晋江、南安、惠安、永春、德化、安溪、同安、大田九县市)。

客家话保留了中原古汉语的许多语言成分,主要流行在闽西山区。

福建客家话又可以分为四片:

1. 北片——宁德话、清流话;

2. 中片——长汀话、连成话;

3. 南片——上杭话、武平话、永定话;

4. 东片——九峰话为代表,还流行在平和、南靖、诏安的部分地区。

当然,不同地区的客家话也是大同小异的。

台湾的语言很复杂。十几个少数民族,都有自己的语言,各有特点。不过,语言虽然不同,却大都属于南岛语系印尼语族。

汉语,主要是两大方言:闽南语和客家话。当然,在两大方言内部,因为祖居家乡的不同,也有各种小方言的区别。特别是泉州话和漳州话在台湾流行的地区不同,其差别也仍然存在。漳州话主要流传在台湾的农业地区,西部内陆平原,东北部宜兰、苏沃一带,北部丘陵和中部兰阳平原嘉义、南投一带。泉州话主要流传在商业发达的地区,西部沿海平原鹿港等地,台北和恒春、台南、高雄沿海一线。在台中、花莲等地,泉州话和漳州话形成混合的闽南话,有些类似于厦门话。

台湾的客家话流行在西部的北侧和南侧的丘陵和近山的平原地区。但是,1945年台湾回归祖国以后,特别是国民党政权到了台湾之后,大批江浙、湖广、北方、蒙藏乃至大陆各省市区都有人到了台湾,带去了各种方言。当然,他们中的许多人已经学会了闽南话。他们的语言和少数民族语言、日语,也会影响台湾的闽南话。因为日据时期日本人禁止说普通话,只能说日语,所以台湾闽南话的日语借词不少。

1945年台湾回归时,"政府"曾经大力推广国语——普通话。台湾人民的爱国热情很高,国语在台湾普及得很好。

1949年新中国成立后,福建省也通过学校教育和广播传媒,大力推广普通话。现在福建各地人民也能使用普通话。所以,在福建和台湾的民间口头创作中,也都或多或少地受到普通话的影响。有的甚至是用普通话或主要是用普通话创作的。有些可能是从内地流传到福建、台湾地区的民间文学作品,有的已经地方化,有的则仍然或多或少地保留着普通话的形式。

第六节 闽台两地民间文学艺术的比较

闽台两地的民间文学和艺术,是同源的。所以有许多相同的作品和民俗。特别是汉族的民间文学艺术,因为台湾的汉族人大多数都是从福建移民过去的。清朝,台湾归福建总督管辖,在行政上都是一体的,联系非常密切,不管是民间的经济、文化联系,还是官方的组织联系。因此闽台的民间文学艺术之间的联系也都是非常密切的。台湾的民间文学艺术,绝大多数都是由大陆特别是福建省带过去的。但是,自从1894年甲午战争之后,台湾成了日本的殖民地,在文化上也受到日本文化的种种影响,台湾的历史也发生了极大的变化,这种历史也必然反映在民间文学艺术的某些作品中,如抗日的斗争传说、歌谣、谚语等。抗日战争胜利之后,台湾的民间文化,特别是传统民间文化,保存得还比较完整。

但是,因为现代化的进程较快,一些传统的民间文学艺术,也处在不断变化、消失的过程之中。这是和大陆一样的。

一、闽台两地的民间文学艺术分类比较

1. 民间故事比较

在民间故事方面,两地的神话特别是汉族神话基本上一样。

这些远古传下来的作品,基本上已经比较固定。

台湾的民间宗教与闽南是基本一致的。因为都是从大陆祖庙分灵去台湾的。所以,像妈祖神话、开漳圣王、保生大帝等的神话传说,两地都是相同的。

因为大陆的文化积淀非常深厚,有一些神话比台湾还要更加丰富一些。当然,台湾的作品也会有一些变化。

台湾的少数民族是在6500年前直接或间接来到台湾的。许多神话与大陆有相似之处,但是因为年代太久,文化的变迁很大,台湾少数民族保存了许多原始的成分,如盘瓠型神话,在台湾保存了母子结婚的纹面情节。与畲族大不一样。畲族没有文身的民俗。

两地的民间传说,在历史人物方面,共同性较大;而在地方传说方面,则各有特色;因为这些作品是附着在这些各地的名胜古迹之上的。武夷山、阿里山的传说都各有特色。有些人物传说,如郑成功的传说,在大陆流传的主要是他如何准备起义、在福建沿海的活动,如《郑成功凿水井》、《国姓爷》等;而在台湾,则流传郑成功怎样打败荷兰红毛鬼、收服台湾的故事。

台湾还流传荷兰红毛番以"借一块牛皮大的地"的有名的传说。有吴凤等汉族移民与少数民族合作协同开发台湾的传说。还有朱一贵起义的传说。这些传说在大陆也有流传①。

歌颂林文爽起义的传说,台湾有《阿母王》,漳州有《台湾"鸭母反"的故事》、《林文爽过东皋》等故事。②

2. 动物和精灵故事比较

在动物故事和动物精灵故事中,闽台的一致性就更多了。

蛇郎故事是在中国普遍流传的故事,在闽台尤盛。这种蛇与人通婚的故事,实际上是古代图腾神话的一种直接的发展。在福建最突出的表现就是对蛇的崇拜。闽字就是来源于蛇——虫。台湾也一样,汉族与少数民族都崇拜蛇,并且都有蛇郎故事。

连横先生在《雅堂文集》中已经记载过蛇郎君的故事。美国丁乃通教授在《中国民间故事类型索引》③中,把蛇郎故事划归 AT433D 型,从丁先生的分类中可以看到:台湾的蛇郎故事和大陆一样,都是属于这一个类型。基本情节是一样的。刘守华在《闽台蛇郎君故事的民俗文化根基》(1996年会议

---

① 谭达先:《论港澳台民间文学》. 长春:黑龙江人民出版社 2003 年版,第556-557页。
② 夏敏:《闽台民间文学比较》. 福州:福建人民出版社 2009 年版,第 47 页。
③ 郑建威、段宝林等译.《中国民间故事类型索引》. 中国民间文艺出版社,1986 年版。

论文)中谈到台湾卑南族、鲁凯族都有蛇郎君故事,认为鲁凯族的更加细致。浦忠成先生的《"台湾原住民"的口传文学》认为,鲁凯族的可能和典型的蛇郎君故事有关,并且同意姜彬(天鹰)先生的意见,蛇郎君故事的形成,"与蛇始祖有一定联系"。那就是蛇—龙图腾的一种历史变迁而成的变体。

闽台稻作地区流传着许多与稻田和稻作相关的故事,如福建长汀县童坊镇举河、举林村有一个关公是"泥鳅精"转世的传说。

长汀县童坊镇举河村、举林村原本合称"举人村",每年正月十二、十三这两个村都热闹非凡,因为当地人深信他们所信仰的关公菩萨是"泥鳅精"转世,因泥鳅喜欢在泥巴田里生活,所以在这两天里,他们组织全村抬着关公到事先选出的认为是一年里收成最好的田地里"摔泥巴"(现多称呼为"闹春田"、"摔泥菩萨"),十几个青壮年每四个轮番上阵,抬着关公在田的中央转圈,跑不动的直接就摔倒在田里;到后来,十几个人全部上场,一起抬着关公顺着田埂,伴着口中"啊啊"声在田里转圈,春节期间的气温在龙岩的农村还是很低的,可是他们并不以为然,结束后还在田里玩起了泥巴仗,最后才将菩萨抬到村里的小河里清洗干净,重新请回庙里供奉。

还有一个传说是举河村、举林村的老祖先有一天梦见关公,因关公是忠良武将,老祖先决定雕刻一个关羽的雕像来祭拜关羽,在河里洗净、开光后,老祖先梦见有人抬着关羽在田里面走,醒来时发现田里没人,但田里面有很多烂泥巴而且很乱,从此以后,村里就组织村里青壮年抬着关羽在田里走,预示着春耕工作已经开始,祈求五谷丰登,六畜兴旺,人口平安,风调雨顺。

3. 神话故事比较

闽台还有一个著名的故事类型是共同的,那就是"虎姑婆",也就是狼外婆或老虎外婆故事。这是一个世界性的故事。在欧洲,这个故事叫小红帽(一个小女孩),她太幼稚,受了狼外婆的骗,使外婆和自己,都被狼外婆吃掉了。后来是邻居们共同打死了狡猾的老狼,打开狼的肚皮,救出了她们两个人。而中国不同,不是靠别人,而是靠孩子自己打死了狼外婆,或虎姑婆。在这一点上,闽台是完全一样的。只是孩子弄死狼外婆的方法不同。有的是让狼外婆摔死,有的是用开水把它烫死。台湾的异文属于后者,这是中国特别的类型,所以,丁乃通先生专门新设了一个次类型(又称亚型)。不过,台湾的一些异文,还有些变化:如宜兰故事家罗老太 74 岁时所讲的虎姑婆是怎么来的呢?她说:当老虎生二胎时,其中就会有一只是虎姑婆。大陆一般都是用开水烫死老虎或老狼或熊家婆。而台湾则是用的滚油。虎姑婆死后,"烧灰碾末过风鼓",这灰大点的变成了苍蝇,小的变成了蚊子,继续害人。这些情节,在大陆似乎是很少的。

最有趣的是"田螺娘型"的故事,说的是一个农民青年捡到一个大田螺,放在家中水缸里。在农夫下田时,她就在家中给他做饭。后来被发现了,就成了夫妻。这个故事在(传为陶渊明所著的)《搜神后记》中已经有了《白水素女》的记载,在《民间文学》1957年1月号刊登了一篇台湾高山族阿美人的《螺蛳变人》的故事,前面是传统的田螺娘情节,后面却复合了一个画中人的故事,说田螺娘的画在田间被大风刮走,使田螺娘被皇帝抢去。后来农夫青年终于把皇帝杀死。这种故事和大陆的完全一样。这就说明台湾故事和大陆的是一个系统。台湾少数民族也是如此。

二、闽台民间歌谣比较

在台湾的汉族人绝大部分是从闽南去的,汉族歌谣主要是闽南语歌谣和客家歌谣。这些歌谣也是从福建、粤东带过去的,所以基本上和大陆的闽南歌谣、客家歌谣是差不多的。只是由于时代的影响,产生了一些微小的变异。

蓝雪霏教授在《台湾福佬系民歌与闽南民歌的比较》一文中说:台湾福佬系民歌主要来源于闽南,尤其是漳州,台湾的《相褒山歌》来源于福建安溪的《挽茶歌》,台湾的民歌《一只鸟仔》应是《一只鸟仔哮纠纠》在台湾的演变。她还认为:台湾恒春民歌和闽南的关系非常密切,不少歌词是相似的。但是台湾的许常惠教授认为:"属于宜兰调的民歌,属于恒春调的民歌,这些是土生土长本省的民歌。"[1]这两种意见似乎是互相对立的,其实,不一定。因为恒春调、宜兰调是在闽南民歌的基础上创作的。台湾与闽南的情况不同,所以与原来的闽南民歌已经不一样了。成了很有台湾特色的一种土产。

于此可见,台湾歌谣和闽南民歌是大同小异的。这是我们的结论。

歌词专家陈侣白先生说:"不少在台湾普遍传唱的民歌,如《思想起》、《牛犁歌》、《卖豆奶》、《病囝歌》、《桃花搭渡》、《丢丢铜》、《天乌乌》等,在闽南也家喻户晓。"[2]这是最重要的特点。在台湾的变异,是次要的。但是不可

---

[1] 蓝雪菲:《台湾福佬系民歌的初步研究(上)——台湾福佬系民歌与闽南民歌的比较研究》.《中国音乐学》1997年第1期。

[2] 陈侣白:《台湾省汉族民歌格律初探》,见段宝林、过伟、刘琦主编的《中外民间诗律》第110页,北京大学出版社1991年版。

忽视。台湾歌谣的特色需要研究,除了内容上的特色外,在文学、音乐上的特色也值得好好研究。

歌谣的互相影响是非常复杂的。台湾歌谣不仅受大陆的巨大影响,而且它的根在大陆。连横在《台湾通史·风俗志》中写道:"台湾之人,来自闽粤,风俗既殊,歌谣亦异。"然而它也是受台湾历史、地理影响的,也会受到台湾少数民族民歌的影响,甚至还有日本歌曲的影响。据说流行很广的台湾民歌《我爱我的台湾呀》的曲调就受日本民歌的影响。

台湾有几百万客家人,主要来自粤东与闽西。客家人喜爱唱山歌。客家山歌大多来自中国内地,《台湾风物志》曰:"有些台湾客家山歌,至今仍唱着老祖宗们在广东时唱的内容。"例如,清代黄遵宪记录的客家山歌:

催人出门乱鸡啼,送人离别水东西;

挽水西流想无法,从今不养五更鸡。

在台湾还在普遍传唱,并保留客家话的传统风韵。当然,在即兴编唱时唱的都是台湾的内容了。这是与大陆不同的。

台湾的少数民族有十几个,他们的歌谣特别多,不仅数量多,而且品种多。日常生活的各个方面都有民歌,如劳动歌、儿歌、游戏歌、情歌、风俗歌、礼仪歌等。

日月潭地区的邵人居住区,在修水库时被淹没了,他们在捣米劳动时,用《杵歌》来表现自己的心情:

我们来捣杵,杵声嘟库嘟库,

为的是庆祝丰收的日子;还有美好的往日……

可是故土已经成了水库,回忆只会带来痛苦。

少数民族民歌影响着汉族民歌。

恒春镇大光里有着少数民族血统的著名闽南语歌手陈达认为,现在的《草蜢弄鸡公》和《恒春民谣》两首都是汉化了的山地歌,是小时候在台东和山地孩子一起放牛学来的。

蓝雪霏在《闽台闽南语民歌研究》写道:台湾早已出现了许多兼有汉族和少数民族双重特征的面积歌谣。闽南语民歌《留书调》是典型的高山族民歌的闽南化。歌词是闽南语的,但是曲调却有许多阿美人、卑南人甚至泰雅人的民歌音调旋律。台湾的闽南歌谣《草蜢弄鸡公》就融合了闽南、客家换尾重复句构方式和卑南族某些音调,明显具有对少数民族民歌进行汉化的痕迹。和少数民族的《杵歌》关系密切,恒春闽南民歌《牛尾跸》曲律也与恒春排湾族的民歌相似。

台湾的客家民歌也受到闽南语民歌的影响，如《病囝歌》是闽南民歌的名作，而台湾的客家民歌中也有《病子歌》：

男：正月里来新啊年时喔，

女：娘今病子啊没啊人知喔

男：阿伯问你食仫个喔

女：爱食猪肠炒姜丝啊，

男：爱食来去买，炒姜丝啊，爱食猪肠来，

合：炒姜啊啊丝喔啊啊哎幺炒姜丝喔。

《病囝歌》是台湾最老的"古民歌"之一，被收入光绪年间的《新奇杂歌》一书中。其歌词与闽南民歌基本相同。

闽台两地的闽南语儿歌童谣的相似性很多。《月光光》、《一只鸟仔》、《天乌乌》等，都是如此。

三、闽台民间谚语的比较

民间谚语是语言的一个组成部分，它的结构、句式是比较固定的。所以闽台的谚语在闽南语和客家语中，仍然是相同的。只是一些新谚语，或是外地传入的谚语，才会有一些不同。这是极其次要的部分而已。

闽台共同的谚语极多，不必具体举例了。不同的如台湾的地方历史谚语："一府二鹿三艋岬"，这是说最早的府城在台南，鹿港是第二大城市，当时独木舟的聚集港口艋岬——台北，位居第三。还有"三月奉妈祖"，也是台湾特别的风俗——妈祖诞的群众性大规模巡游活动，说明台湾民众的妈祖巡游之强烈。而福建的传统谚语则仍然如故。只有一些新的谚语，是台湾没有的，如："空谈误国，实干兴邦"、"比学赶帮超"等。而台湾少数民族的谚语，则是福建所没有的。如"说谎是盗窃的开始"、"食冷饭，跑路快"等。

然而，有些台湾少数民族谚语，大陆也是一样的。如泰雅族谚语"糟蹋米粟，必必遭类击！"、"人非神仙"、"打喷嚏是有人在说你。"这是他们远古时从大陆带过去的？还是后来在和汉人的交往中学到的？值得研究。

四、闽台民间音乐、舞蹈的比较

台湾民间音乐包括民间歌曲、民间器乐曲、民间乐器等三部分。在汉族民间音乐方面，闽台是基本一致的。

在民间歌曲中,台湾流行的情歌多为七字调,有来自漳州的锦歌、歌仔调,有来自泉州晋江一带的渔歌,还有许多民间小调。客家山歌也是原来从广东闽西老家带过去的《五更调》、《十二月调》等。

蓝雪霏在《闽台闽南语民歌研究》中说:

台湾车鼓(民歌)流行在台湾西部平原,主要是从泉州车鼓的民间小调继承而来,如《电动的红》、《桃花塔渡》等。

从曲调旋律看,台湾的"台南调"、"使犁歌"来自漳州的"送歌调";

"卜卦调"、"乞食调"来自漳州的"七字子"、"四空子";

《五更鼓》和泉州、惠安的《五更鼓》词曲全同。

《病囝歌》则来自闽南的竹马戏《长工歌》。

台北褒歌、高雄《无字曲》来自福建安溪"挽茶相戏歌",少数来自漳州。目前在台湾的安溪人据说有200万,多数在台北丘陵一带。以采茶为主业。所以安溪的采茶歌也就落地生根了。

台湾恒春的歌谣主业也是来自中国内地,与安溪民歌大多相同。

台湾的少数民族民歌是比较独特的。他们的民歌有许多虚词衬字,有音无义,这是原始民歌的遗存。如有的民歌从头到尾反复地唱"那路弯"、"那里弯"、"依路弯"、"奥那那些"等。少数民族的情歌、儿歌、劳动歌、仪式歌等,都有很强的民族特点,是大陆所没有的。

当然,由于台湾少数民族也是古越人的后裔,是从大陆去的。所以,在音乐唱法、曲调旋律上,同大陆的民歌,也会有一些相同的地方。例如多声部合唱的民歌,在大陆南方少数民族中是世界知名的。侗族大歌在巴黎世界音乐节演出,引起轰动。

台湾布农族"八部和音"的《祈祷小米丰收歌》,与古越人后裔壮族、侗族、傣族和古濮人后裔苗族、瑶族、畲族等的民歌一样,都是多声部的合唱民歌。

据南投县文化局的介绍,日月潭南的布农族每年在丰收祭时,开始由长老起唱祭歌,别人逐次加入和声,唱到高音时,可出现八个不同音阶的和音,没有歌词,只有旋律,叫"八部和音"。这是圣洁庄严的天籁之音,男女高低音和谐合唱,和声悠扬,震撼人心。1952年,曾经有日本音乐家记录过,并介绍到联合国教科文组织去。在国际上引起巨大反响,被列为"全球文化遗产"。

台湾少数民族的舞蹈是非常丰富而复杂的。保存了许多古代舞蹈的珍贵文化遗产。他们往往是载歌载舞,用歌声来伴舞。泰雅族的舞蹈有几十人甚至几百人的男女集体舞蹈,是一种祭祀的或联欢的舞蹈。还有三四个人跳的集体舞蹈——酒舞,趁着酒兴,尽情欢跳。

赛夏族每两年一次的"矮灵祭",从农历十月十五日开始,连续五天日夜唱歌跳舞,往往通宵达旦。开始是主祭唱"召灵歌"、"迎神歌",头晚主祭带领大家面向东唱"山柿之韵",请矮灵来享用晚餐,然后接唱"枫树之韵"迎接矮灵男女沿着色凯河而来。第二天随着舞蹈通宵达旦唱十一首祭歌,作为娱乐矮灵的活动;第三天随着舞蹈唱"遣送之歌"、"归路之歌";第四天同样舞蹈以送灵,唱送灵祭歌,祭后,又不停地舞蹈唱歌,一直欢乐歌舞到第五天早晨[1]。(台湾所有的少数民族特别是山地民族,都有极其丰富的歌舞。这和大陆南方的少数民族,如福建的畲族,都是很相像的。许多在大陆进行少数民族文化调查的学者,到了台湾,就会发现少数民族的歌舞民俗似曾相识。这就说明了闽台文化的一致性。

---

[1] 王甲辉、过伟编:《台湾民间文学》.上海:上海文艺出版总社,2005年版,第326-329页。

第二章 闽台民间故事资源调查与开发

第一节 闽台古今民间神话文化资源调查

闽台民间故事最古老的作品是古代神话。古代神话中,闽台两地的作品,同出一源,基本上是差不多的。但是一些少数民族神话还保留着一些古代独特的内容。

一、闽台的创世神话

闽台的创世神话主要是盘古开天辟地、女娲补天和造人、日月神话等。在《中国民间故事集成·福建卷》中,有许多神话作品,是民间传承的,但肯定受到了古书的影响。我们来看看他们记录的几个民间口传的文本:

晋江县的《盘古分开地》:

很久很久以前,天和地是相连的,像一个大鸡蛋。盘古就在这个大鸡蛋中安安静静地睡啊睡,睡了一万多年。

当他醒来的时候,发现四周黑洞洞,感到很闷,便伸出手,猛力向前劈去,只听得"哗啦"一声,大鸡蛋破裂了,混沌黑暗被搅动了,轻而清的东西变成蓝天,重而浊的东西变成大地。

盘古害怕天和地再度合拢,就用手掌撑青天,用脚踏大地。他的身体天天长大,天地间的距离也天天增加。经过了一万多年,他已经成为顶天立地的巨人了。

说来也很奇怪,就在盘古临终的时候,全身发生了变化:他呼出的气变成春风和云雾;他的声音变成雷霆;他的左、右眼变成太阳和月亮;他的头发变成数不清的星星;他的手脚和身体变成东西南北和高山峻岭;他的血变成江河;他的筋脉变成道路;他的肌肉变成田地;他的牙齿和骨骼变成玉石和矿产;他的汗毛变成草木;他的汗水变成雨露。

总而言之,天地万物,都是盘古变的。①

这是一个晋江神话。永春县张宏声也采录有相似的神话,不同之处是:盘古氏劈开蛋,气体上浮成为天,浑浊的下凝为地。因天小地大,盘古氏东捻西抓致地隆起,便天地相合,但天仍有缺,由女娲炼石补天。他们流的血汗成为江河,成为日月星辰。

另外,还有几个异文,其一为永春县的:

在远古时候,天地不分,整个世界好像一粒鸡蛋,又好像一个西瓜,里面一片迷迷茫茫,混混沌沌。这里唯一的生命就是盘古。盘古有龙的头,蛇的尾,却是一个男子汉。他在这样的世界中经历了18000年,越来越感到郁闷,他很难受,在黑暗中挣扎、摸索,偶然间摸到两样东西:一把斧头和一支凿子。盘古天生聪明,他左手拿凿子,右手拿斧头,在周围敲敲凿凿,又韧又硬的外壳被他凿出了孔洞。他好高兴,继续敲打起来,终于凿成一圈,把它剖成了两半。一半轻清的东西纷纷上浮,形成了天,一半重浊的东西纷纷下沉,形成了地。盘古睁开眼睛一看,五颜六色的东西飞来跑去,非常壮观,只见青、黄、赤、白、黑五色轻飘飘的东西渐渐上升成为五色祥云,青、黄、赤、白、黑五色重沉沉的东西渐渐下坠成为石泥。

盘古怕天地会再合拢、胶黏起来,扔掉手中斧凿,用力伸开双臂撑住天穹,张开双脚蹬住大地。他嘘出一口气就吹风下雨,喊叫一声就闪电鸣雷;他睁开眼睛就是白昼,闭上眼睛就是夜晚;他欢喜时就是晴天,他恼怒时就是阴天。天地一天九变,天每日升高一丈,地每日增厚一丈,盘古也每日长高一丈。

盘古顶天立地支撑了18000年,天极高极高了,地极深极深了,他极长极长了,据说天地之间相距有九万里呢。但是盘古从来没吃没喝,他这时候极度劳累,筋疲力尽,终于倒地身亡,他死后,左眼变成了太阳,右眼变成了月亮,气息变成风云,声音变成雷霆,四肢变成四极,五体变成五岳和大海,血液变成江河,筋脉变成地脉,肌肉变成田地,皮毛变成草木,骨节变成森林,须发变成星辰,齿骨变成金石,精髓变成珠玉,汗流变成雨露,身上许多脏腑,受日月风云长期感化,渐渐变化成为黎民百姓。

至于盘古的神魂呢,早就飞出了本体,云游四面八方33天,以他无限的

---

① 讲述者:傅继扁,男,77岁,晋江县鲤城大锦田村,初小;采录者:傅孙义,男,57岁,晋江县磁灶镇教委办,高中;采录时间、地点:1988年于晋江县。晋江文化馆提供。

法力,管辖着天地万物,统领了一切神鬼。这就是民间敬奉的"盘古帝王",又称为"鸿教主"。

如今,盘古帝王佛龛边还保留着一副对联:

盘古宇宙乾坤古,

帝居山灌社稷新。①

异文之二是古田县的:

远古时代,没有天地也没有人,到处一片混沌。这一片混沌慢慢旋转,聚成一团,像个大蛋。这大蛋不断旋转,转来转去,浊的渐聚内,像蛋黄;清的围于外,像蛋清。这蛋经过三万六千年的孕育,聚灵性到中心,就孕育出一个人。又经过三万六千年,这人完全成熟,就伸直腰杆,用手脚使劲往四方一撑,"轰"的一声,混沌蛋破碎了。这人就是盘古。

混沌蛋破后,清浊立刻分为两半,清的轻,慢慢上浮为天;浊的重,渐渐下凝为地。天越浮越高,地越凝越硬。因为盘古是天地精灵孕育的,与天地息息相关,所以天称大王,人称小天。大王小天处处暗通。天有四时:春夏秋冬;人有四肢:两手两脚。天有日月,人有双眼。天有五行:叫金木水火土;人有五脏:称心肝脾肺肾。天有晴雨,人有喜怒……天地气候的变化也随着盘古心情的变化而变化。

一天,盘古发现地太大了。天小得包不住地,就走近地边沿使劲一推,让地缩小一点。谁知这一推把地推皱了,本来平坦的大地皱起了许多山谷;力使不到的地方还是一片平原。

不知多少年后盘古死了,头和四肢变成五座高山——就是五岳,骨头变成石头,肉化作土,血管变成河流,胸胃化作湖泊。他是天地灵性育成的,死后一切归还大地。②

这几个异文,只是在一些细节上有些不同,而基本内容是一致的。

还有《盘古女娲成亲》的古典神话的当代记录,这是上杭县的:

远古时候,世上没有上、下、天、地,没有东、西、南、北,没有太阳、月亮,

---

① 讲述者:林烈火,男,52岁,永春县蓬壶美中,高中;采录者:林绥国,男,44岁,永春县蓬壶文化站助理馆员,大专;采录时间、地点:1988年11月于永春县蓬壶乡。永春县宣传部提供。

② 讲述者:程峰,男,52岁,古田县蓝溪村农民,高中;采录者:程诗杰,男,27岁,古田县吉巷乡文化站干部,高中;采录时间、地点:1987年11月于古田县吉巷乡。课题组古田资料搜集。

没有万物、生灵,只是混沌一团。神灵盘古氏寻找光明,开天辟地。

天地分开后,他也累倒了,不知过了多久,盘古氏又站起来了。他看到世上万物生灵都有了,可是乱叽叽的,还要有管理大地生机的人呀。他就动手造人,用泥土捏成了很多很多的人,有公的、有母的,生发繁衍,世上热闹起来了。

又不知过了多久,地上发生了一场漫天大水,泥土做成的人,通通都淹死了,变成了无数的泥蛋。今天泥土中的泥蛋,就是这么来的。盘古氏不灰心不丧气,改用木棍子做人,又做了很多很多的人,有公的、有母的,比泥土做成的人更精灵,生发繁衍更快了,世上更热闹了。不知又过了多久,地上发生了一场弥天大火,木棍做成的人,通通被烧死了,变成了炭子。今天,木头烧过成炭子,就是这个缘故。

这回,盘古氏伤心了,病倒了,他呻吟着:"我还要造人。"

盘古氏的呻吟惊动了天地,感动了神灵女娲氏。她来到盘古氏身边,对盘古氏说:

"泥土和木头做成的人,缺少神灵,没有躲避水火的神通。"

盘古氏问女娲氏要用什么东西造人才有神通。女娲氏说只有他盘古氏自家生养的人。盘古氏说他自家是个公的不是母的,怎能生养。女娲氏叫他找上个母的做老婆,不就能生养了。盘古氏可高兴了,可是,一想又发了愁,世上还没有人,到哪里去找母的公的。

女娲氏见他傻乎乎的,一直笑不开口。这下,盘古氏才开了心窍,拉住女娲的手说:"哈哈!你就是个母的,你就做我的老婆!"

盘古氏和女娲氏结成夫妻后,忙于生男育女,胎胎都是一公一母的双胞胎,一代一代地生发繁衍。人类发展到今天,也就有公有母,男女各半。[①]

《皇天爷和皇天姆造人》是福鼎县的畲族的创世神话:

在上古的时候,天和地刚刚分开,天上面有天神住着,地上是一片阔茫茫、平铺铺的无边无界的五色土,看不到半点人种。

天神皇天爷和皇天姆看看世间没人做世界,这怎么行?就下凡到地上造人。怎么造呢?皇天爷和皇天姆商量又商量,就用地上的五色土来捏人。

皇天爷专门捏男孩,皇天姆专门捏女孩。他俩就这样蹲在地上捏着捏

[①] 讲述者:谢魏延,男,53岁,上杭旧县城工人,初中;采录者:郑松林,男,58岁,上杭县县文化馆馆员,大专;采录时间、地点:1951年于上杭县北路村。课题组上杭县资料搜集。

着,捏得手都酸了,蹲得脚也麻了!皇天爷说:"这样捏,要捏到何时,才能够把天下都捏满人呢?"皇天姆说:"这样吧!拿个筛来筛吧!我铲土,你筛!"只见皇天爷身子一伸直就顶天高,捧来一个湖面大的天筛,皇天姆也拿来一把大铲,一铲就是几百担泥土。两人你筛我铲,筛呀筛,东边筛黄土,西边筛红土,北边筛棕土,四方筛过中央筛的是黑土。筛呀筛!天筛圈圈转,土粒纷纷扬,纷纷扬,随风长,落地变成人模样,有手有脚有五官,男男女女几万万。黄土筛的黄种人,黑土筛的黑种人,白土筛的白种人,还有棕色、红色人。可是这些人痴呆呆没灵性怎么办?皇天爷与皇天姆又商量,鼓起大嘴吹出两大口像风一样的灵气,一股是阳气,一股是阴气,这么多男男女女全都手舞脚蹬,睁开眼睛看着皇天爷和皇天姆哇哇大哭。皇天爷和皇天姆一看,高兴得哈哈大笑,笑声震天动地,这么多的人也跟着笑个不停。

一阵笑声过后,皇天爷和皇天姆又愁眉苦脸起来。皇天爷问皇天姆愁什么?皇天姆说:"我们辛辛苦苦造出来的子孙,只知道傻哭傻笑,不会说话像哑巴不行,应该教他们说话。"皇天姆也问皇天爷愁什么,皇天爷:"我俩辛辛苦苦造出来的子孙,一个个都贪懒躺着不动,要教训教训他们站起来,勤勤恳恳做世界。"

于是,皇天爷折了一大把竹枝,噼啪!噼啪!抽打着,把各色的男男女女赶到原来各色泥土的地方,去做世界。皇天姆也捡七根长短不同的竹管、竹哨吹,教人学讲话,每到一个地方吹一种调子,到许许多多地方,吹许许多多不同的调子,教会了许多许多地方的人讲许多许多不同腔调的话。

因此,世间人不论什么地方,不论讲哪一种话,哭声和笑声都一样,这是老祖宗当初一起向皇天爷和皇天姆直接学来的。也因为皇天爷和皇天姆取土造人,世间平铺铺的地上,就挖得凹凸不平,高的变山,低的成溪河。①

还有一个异文是石狮市王荣发(男,菲律宾归侨,大学)讲述,由石狮市文化馆干部王人秋(男,47岁)采录的神话:

上帝捏泥人烤烧成人,第一次烧焦了,就是黑人;第二次稍微烤一下,就是白人;第三次烧了一周时间,是为黄人。

还有一个异文是寿宁县蓝石德(男,36岁,畲族寿宁县凤阳乡篾匠,小学)讲述,郭忠积(男,32岁,寿宁县后棋垅人,高中)采录的故事:

---

① 讲述者:蓝升兴,男,75岁,畲族福鼎县相山浮柳村裁缝,私塾;采录者:蓝俊德,男,46岁,畲族福鼎县民委干部,大专;蓝清盛,男,38岁,畲族双华文化站干部,大专;采录时间、地点:1988年12月于福鼎县畲乡。课题组福鼎搜集民间集成资料。

最初有人男女同体,被天神劈开,成了男和女,又远抛近撒,所以以后世界上的人有的要历尽辛苦,才能找到他的另一半,而有的找到了又格格不入而离异。

寿宁县文化馆干部郑锦明采录的故事说:同体人被砍碎后落土成树,树结出果,果实落地成人。

这里也是说用黄土造人,但造人的已经不是女娲,而是一般的皇天爷、皇天姆,甚至是上帝了。这是不是受到汉族的影响?可能是。这是民族之间传播的特点。如果在本民族之内流传,那应该是很严肃的,不会随便改动。不过,这也可能就是畲族自己的神话。但是传到现代,又加进了白种人等新的内容。

二、犬图腾神话

畲族对自己的民族来源,有一个非常著名的图腾神话——盘瓠神话,在古书中多有记载。在汉代的《风俗通义》中已有记载:

"以高辛氏之犬曰盘瓠妻帝之女,乃生六男六女,自相夫妻,是为南蛮。"(宋代罗泌《路史》转述)

晋代郭璞注《山海经·海内北经》曰:

"昔盘瓠杀戎王,高辛以女妻之,不可为训,乃浮之会稽东海中,得地三百里封之。生男为狗,生女为美人,是为狗封之国也。"

他在《玄中记》的记载有些不同,说"流之会稽东南二万一千里,地方三千里而封之"。这只是细节差异,都是说在很远的海外。《山海经·海内南经》说:"瓯在海中,闽在海中,其西北有山。"古时把南方荒远之地,都说成是"海中",大概泛指南方边远地区。

晋代干宝《搜神记》完整地记录了一个盘瓠神话。他还在《晋记》中记载了有关盘瓠民族的地区和图腾祭祀民俗:

"武陵、长沙、庐江郡夷,盘瓠之后也。杂处五溪之内,盘瓠凭山险阻,每每常为害。糅杂鱼肉,扣槽而号,以祭盘瓠。"俗称"赤髀横裙",即其子孙。

原来的盘瓠蛮,大概指苗瑶畲黎诸族,而如今仍然信仰盘瓠图腾祖先的,只有瑶族和畲族。我曾经听有关民族学家说过,他曾经亲眼见过瑶族在祭祀盘瓠时,仍然有"扣槽而号"的礼节。而畲族不知是否还有这种祭祀礼节。但是在祭祖时,畲族还是要挂"祖图"的,这祖图画的是盘瓠神话故事。平时不能挂,只有在过年时作为圣物,挂在祖屋或祠堂里,祭祀中还要唱《高皇歌》，也要说盘瓠神话故事，据《中国曲艺志·福建卷》的记载，畲族曲艺绍鹊苟（意为"故事歌"）《高皇歌》，又名"盘瓠王歌"、"祖宗歌"、"盘古歌"、"传宗歌"，是畲族的民族史诗，有300多行。《高皇歌》描写盘瓠神话——民族起源，同时也记述迁徙过程——由会稽凤凰山到潮州凤凰山，再到闽东、浙南的过程。这是在神话的基础上创作的。只有在祭祖时才能由祭师歌唱。一般群众也能唱。

盘瓠神话在所有的畲族地区都普遍流传。畲民认为盘瓠是民族英雄或民族始祖，是天上金龙星下凡。夏敏在《闽台民间文学》一书中比较了福建福安县、霞浦县的盘瓠神话文本、浙江苍南县的异文文本和广东潮安县凤凰镇古坪村的一个盘瓠神话异文，发现这三个文本"非常接近，它们可以总结成三个情节单元"：

1. 高辛皇后耳中取出一虫如蚕。
2. 虫在盘中养大，成为五色龙犬，即为盘瓠。
3. 犬戎来犯，王张榜招贤，说谁能斩戎王之头，就把三公主嫁给他。
4. 盘瓠揭榜，历尽艰辛，咬断戎王之头而归。
5. 高辛为难，盘瓠提出，入金钟七天可变成人。
6. 第六天，公主担心饿死，而开钟，盘瓠之头尚未变好。
7. 盘瓠与公主结婚。因未完全变成人身，乃进入大山生活。
8. 二人生三子，分别姓盘、蓝、雷；生一女，嫁给姓钟的。这是畲族的四个大姓。

这个神话故事作为祖源传说，从古代一直口头流传至今，有故事、民歌、曲艺等不同形式，可见其生命力之强。

台湾布农人也有这样的犬图腾神话。学者达西乌拉弯·毕马（田哲益）陪同俄罗斯科学院院士李福清于1992年9月18日在台湾南投县信义乡地利村从布农老人全绍仁（75岁）口中记录了一个盘瓠神话。李福清院士把这个故事归纳为16个情节单元：

第四章　头目（酋长）有漂亮的女儿。
第五章　女儿生了皮肤病，谁都治不了。
第六章　头目通告：谁能治好病，就把女儿嫁给他。
第七章　狗撕了公告，用舌头舔，治好了病。
第八章　头目说，狗要在30天内变成人，才能结婚。
第九章　狗跑到深山森林洞中变形。

第十章　头目派兵去监视它。
第十一章　约期快满,兵丁发现狗还没有变成人。
第十二章　狗提出延期一天。
第十三章　头目召开会议。
第十四章　会后,有一人不走。
第十五章　他溜进了公主的房间。
第十六章　头目让他们结婚,但是要他们立即离开。
第十七章　头目派兵追杀二人。
第十八章　狗与公主坐上小船逃命。
第十九章　漂流到台湾,生下孩子,这就是布农人的祖先。[①]

这个神话故事的流传范围很广,在台湾的泰雅人、赛德克人、凯达格南人、排湾人、卑南人中都有类似的故事;除了中国南部的瑶族、畲族、黎族、仡佬族和苗族的一部分地区之外,在越南的瑶族,印度东北边区的瑶族,日本的琉球人、虾夷族和印尼爪哇的卡郎族以及南大洋的许许多多民族中,都有以狗为祖先的图腾神话,只是情节略有不同而已。台湾学者王孝廉、巴苏亚·博伊哲努(浦忠成)以及何廷瑞教授等人对此都有研究。

三、人类的祖先神话

台湾花莲师范学院硕士刘育玲女士2000年调查记录了赛德克人民间故事142则,访问了近百位故事家,后又与几百个台湾少数民族故事进行比较。她发现,赛德克德鲁阁人说他们的祖先是用舔的方法治好公主皮肤病的狗,后来与公主结婚,坐船来台湾,生了儿子。一次上山打猎时,儿子把狗打死了。当时,台湾还没有人,为了传宗接代,公主画了脸与儿子结婚生了后代,就是他们的祖先。她认为,这种母子结婚的情节最古老,只有泰雅人有这种纹面起源的故事。在大陆,只有黎族有。狗舔治病、母子结婚这两个情节是与大陆不同的。而狗变人的情节,台湾极少,只有布农人有。很可能这些极古老的神话,是在6500年前,泰雅人和布农人从古越人聚居区带到台湾来的。台湾的此类故事又是从他们这里传播开来的。当然,在台湾又经过与许多民族的交融而发生变异,具有台湾的特色。

台湾卑南人还传说,猴子舔好了大户人家女儿的皮肤病,后来乘船到台

---

① 李福清:《神话与鬼话》.北京:社会科学出版社,2001年版,第354-355页。

湾,成为人类始祖。这和西藏神话说猴子是人类始祖,有相似之处。

这就说明,盘瓠神话是畲族极其古老的民间文学遗产,这对研究与加强古越人文化、苗瑶人文化、台湾人古文化、日本少数民族文化以及南洋群岛、南太平洋的许多民族的古代文化的联系,有很大的学术价值和文化价值。这是一笔很重要的文化资源。

洪水神话是大陆许多民族都有的,且异文极多。但是主要情节大致相同。故事说,由于人的过错,天帝降大水淹没了整个世界。只有一男一女因为躲在葫芦、大盆或其他东西如诺亚方舟、石狮子口内而存活下来。一般都说他们是兄妹,只好结婚生子成为人类始祖。

可是在福建的畲族和附近的汉族,却流传着天火烧毁世界,而兄妹或狗与人存活下来结婚再造人类的神话故事。

课题组在做田野调查时,发现如今很多老人都不会说传统的民间故事,或说不全。为了系统梳理与闽台相关的民间文学,本课题组对《中国民间故事集成·福建卷》各地分卷中的民间故事进行学术考察,选出一些值得研究的民间故事进行摘录:

一个是光泽县的汉族故事《油火烧天下》:

从前,一个财主家有一个丫鬟,她每日午头都要给田里做事的长工送水送饭。财主家大门口有一尊张开大嘴的石狮,丫鬟每次拎着饭篮走过石狮时,总是顺便塞一团饭菜到石狮嘴里去。

转眼三年过去了。有一天暗暝(夜间),她上床刚眯上眼睛,就听得耳边呼呼风响。她吓了一跳,睁眼一看,一头活生生的狮子蹲在自己眼前。丫鬟吓得正要高声喊叫,不想这狮子开口说话了:"姑娘别怕,我不会伤害你,是因你心地善良,我特意来报恩的。"

丫鬟听了,颤抖着说:"我不明白你的意思。"

狮子站前几步说:"我就是门口的那尊狮子,三年来,你每日送饭总要给我一口吃。"

丫鬟"哦"了一声,吊起的心,总算落了下来。她抬头看见狮子一副火烧眉毛的模样,就问:"你刚刚说要报恩,到底我有什么大难呢?"

狮子点了点头说:"现在世人作恶太多,触怒了天庭,明日就要祸从天落:六月里下起鹅毛大雪,凡人看了像雪花,可真正落下来的是棉花;后日雪停下来又接着落大雨,凡人看来是雨水,其实是天上浇油下来;大后日,天上就会降下熊熊大火,把凡间万物烧个精光。你在大后日鸡叫三遍时,就赶紧钻进我嘴里,千万不能告诉别人。不然你的性命也难保了!切记,天机不可泄露。"狮子一说完,顿时不见了。

狮子说的话当真灵验,昨日还是大晴天,今日老早天上乌漆麻黑,人们都翻出棉衣棉裤套上身。到了中午时分,雪片就纷纷从天上落下来了。到晚上时,地上已经铺了厚厚的一层雪,大人小孩都觉得又古怪又好玩,还在堆雪人打雪仗,闹喊成一团,只有这个丫鬟心上像插了把钻子一样难过。

第三日,又像狮子说的一样,下了一场大雨。当晚,丫鬟困在床上翻来翻去不敢合眼,生怕误过时辰,狮子说的话在她耳边嗡嗡响。鸡叫头遍,她的心加速跳了起来。鸡叫两遍,她赶紧爬起身来,下了床轻手轻脚打开房门,走过长工和财主住的厝间,直接来到大门口。刚好这时鸡在叫三遍,门口的石狮已经变成活狮子。狮子见丫鬟出来了,就蹲下身张开大嘴,叫丫鬟赶快钻进去。丫鬟也顾不得着吓,使力一钻,爬进了狮子的肚里,狮子顿时飞跑起来。也不晓得跑了多久,狮子来到大海边,一头钻进了海里。

第四日,地上当真变成一片火海,世上的东西都烧成了灰。那只狮子从海底深处钻出来,它张开大嘴,让丫鬟爬了出来。

丫鬟出来一看,只见四周没有一个人影,也听不到一丝声响,村庄、树木什么都烧得干干净净了,到处是焦黑一片,连海水也浅了三尺。丫鬟见世上这样荒凉,忍不住流下泪水。她正自顾自伤心时,转身一看狮子也不见了,凡间只剩下她孤孤单单一个人了。

丫鬟一直往前走,想寻点什么东西填填肚,可除了一片焦黑外,再也寻不到别的东西了,丫鬟只好又来到海边,捧起又咸又涩的海水喝了几口。

天上的玉皇大帝看到了,心想这囡子大难不死,自有天福,就下令降下一只天狗到凡间和这丫鬟做伴。天狗到了凡间,就变成了一个后生仔,两人一起重新开荒种地,生下了子子孙孙,从此,凡间又有那么多人了。

至今小孩出世屁股上都有一个尖尖尾骨,据说这是天狗配凡女的缘故。[①]

柘荣县彭郑宝(男,45岁,富溪露洋农民,小学)讲述,游增荃(男,26岁,柘荣县中学教员,大专)采录的神话不同处是:天火后,世上只剩下兄妹,要

[①] 讲述者:黄进方,男,37岁,光泽县崇仁乡洋塘小学教师,中专;采录者:何宏,男,25岁,光泽县文化馆干部,高中;采录时间、地点:1987年6月28日于光泽县洋塘。光泽县民间文学集成编纂委员会:《中国民间故事集成·福建卷——光泽县分卷》,1993年版,内部印刷。

传人种只能兄妹成亲。妹妹脸红跑走了。一只龟带哥哥找妹妹,妹妹很恼,在龟背上踏了一脚(所以龟背有裂纹),终于和阿哥结为夫妻。

南平市蔡荣宣(男,41岁,果农,初中)讲述,方正东采录的神话说:兄妹把饭给大蛇吃,当天火烧毁世上万物时,兄妹爬进大蛇肚子,躲过灾难,后又到山头滚石磨,石磨重合,兄妹成亲。

福鼎县董欣严(男,35岁,沙埕敏灶村民,初中)讲述,董思全(男,25岁,福鼎县水泥厂工人,高中)采录的神话说:兄妹上山耕地,饭篮被猴子抢去,兄妹因钻进山洞追猴子而躲过天火。兄妹成亲后生下二世人(方言,意为有了后人)。

建宁县饶耀荣(男,60岁,客坊乡农民,初小)讲述,黄家修(男,47岁,建宁县中学教师,中专)采录的神话说:大火时,一个婢女带着一条狗躲进山洞,后结为夫妻。

第二个神话是宁德畲族的《天火》:

传说上古几万年前的洪荒时代,东海南岸上脚边,有一块方围百丈齐山的巨石,这就是大石母。在大石母附近有一村庄,住了几户人家,其中有一家兄妹二人,兄名祖兄,妹名先妹,常赶牛到大石母边的草坪上放牛。牛吃草去了,兄妹就在大石边草台上乘凉、游戏,到中午就拿出随带的饭菜边吃边谈笑。

有一天兄妹俩依傍在大石母背阴处,忽然听到有人叫:"阿弟呀!阿妹呀!我肚子饿得很,嘴也干得很,能不能给我一瓢饭一羹汤?"兄妹俩四处查看并无一人。再回头细察,话声来自石中,才知石母开了腔。石母又说:"阿弟、阿妹你帮我解饥,将来我也会帮你的。"祖兄心想,说的也是,宁愿自己少吃一点,也要让些给石母吃。就这样,兄妹每天吃午饭时都留一碗饭塞到石母嘴里。一餐又一餐,一次又一次。时间过得很快,一晃就是数年。兄妹俩也逐渐长大成人了。一年盛夏,天气奇热,有一天,天空中突然间连续不断地向大地下起天柴,连下了三天三夜;接着又下了三天三夜天油,像下雨一样流得满地油滑。一阵雷电爆发火星,把天柴和天油都燃烧起来,烧得大地、山川变成一片火海。兄妹二人走投无路,只得一步一跌地直奔南岸大石母边,双膝跪地连声大喊:"石母,石母,救我、救我!"石母说:"快躲进我的嘴里来。"兄妹二人赶紧爬到石母嘴边钻了进去,石母就把嘴闭上了。这时,大地上一切都被天火烧得精光,地焦三尺深,高山成为一片黑炭,河流干涸,大海的水被火烧成热汤,海水降落三丈。那块大石母也被天火烧得难受,一直滚到东海里翻来覆去。天火连烧了七日七夜,之后大石母才张开嘴巴,叫兄妹二人出来。

兄妹出来后,就到处去找吃的,他们边走边寻,不知走了多久,直至来到洞庭湖定居下来。后来兄妹二人结成夫妇,生男育女成为天下人类的祖先。①

这两个故事很有特点,不是说洪水,而是说天火毁灭了世界。为什么这样说呢?这和福建的地理、历史、人文环境有关,特别是和畲族有关。因为畲族在山区,刀耕火种,山火似乎要比洪水更有威胁性,狗与人结婚的情节,更是盘瓠神话的情节,也是畲族的特色。汉族明显是受了畲族的影响。

台湾的创世神话有自己的特点。在陈庆浩、王秋桂主编的《中国民间故事全集·台湾卷》(1989年,台北:远流出版公司出版)中,有一篇创世神话:在混沌之中,出现了男神马瑞嘉、女神玛思娲。他们生下儿子亚拉穹成为天,女儿玛亚烈成为灵魂和影子的神。他们兄妹结婚,生下许多神,其中女神弥赛烈变成太阳,男神阿那维乔变成月亮。女神腾恩造人。洛帕勒和原神马瑞嘉商量造万物,安排日月运动、四季、动植物等次序。太阳神死后变火神,诸神变石头、海、雷、雨、风暴等。他想把神的世界变成人的世界,发大水,星星两兄妹带小米乘木臼漂流到马太安西北的凤林山顶,种小米,结婚,衍生人类。如今凤林山顶上还有他们留下的木臼变成的石臼。

台湾兰屿岛的雅美人有《巨人与天空的故事》:巨人坐着,要站起来,就顶住了天,使得天一天天变高,直到他站直了。天就变成现在这样高。这和盘古神话相似。

卑南人神话说,创世女神奴奴勒右手投石头,石头裂开,出来阿美人的始祖;左手种竹,竹子生了男女,成为卑南人的始祖。

泰雅等民族也都说,人是石头裂开之后,从石头里出来的。

赛夏人神话说,洪水时,一个男人靠织布机漂到了台湾西鲁比亚山,山上的神把他剁成肉屑抛入海中,这些肉屑全变成活人,就是赛夏人的祖先。他的骨头变成泰雅人,肚肠变成汉人。台湾中国文化大学硕士吴洙嬬认为侗族洪水神话也有把生下的怪胎切成碎肉撒出变成侗族、苗族、瑶族、汉族

---

① 讲述者:雷清泉,男,64岁,畲族宁德八都镇猴盾村,初中;采录者:雷珍琨,男,58岁,畲族宁德市民委退休干部,初中;采录时间、地点:1987年10月于宁德市畲村。宁德民间文学集成编委会:《中国民间故事集成·福建卷——宁德分卷·闽东畲族故事》,1990年版,内部印刷。

等不同民族的情节,可能与此有渊源。

关于人的神话有的在逐渐变为神话传说。主要是变成与信仰无关的解释性神话传说,用来解释各种事物的来源。如《人死蛇蜕壳》(宁化县)的故事是这样说的:

话说盘古开天地之后,天上玉帝就派遣人和动物到凡间来,安排人主宰世间万物,各类动物各司其职:老虎镇山,牛马服役,老鼠食残汁。玉帝担心它们不安分守己,超越界限乱来,规定他们之间一物降一物:兔子吃草,豺狼吃兔子,老虎怕小鸟……相互牵制,天下太平。

玉帝十分宠信人在世上的作用,同时又讨嫌蛇的凶残和剧毒,特赐予"蛇死人蜕壳"。意思是蛇不能长活,过不了多久就得老死,人却可以长生不死,老了只要在门角背脱下一层皮,又变得年轻起来。

好多年之后,一日,玉帝忽然想知道世间如何了,有没有按照他的旨意办事,特派太上老君下凡查看。太上老君迟疑不肯接旨,担心世间复杂,诸事难办,就把难处向玉帝表明。玉帝赐给他金咒语,可以先斩后奏,先判后禀,太上老君才不得不下凡来。

太上老君下凡一看,山也光了,水也涸了,老虎难镇山,牛马不服役,老鼠肥得像大象,一条条僵死的蛇,横七竖八地臭不可闻。更奇怪的是,老鼠追逐着要吃猫呢!太上老君问老牛这到底怎么回事。

老牛是太上老君的坐骑,主人问起原委,它叹了一口气说:"唉!别提了。这都是玉帝自己安排的,什么蛇死人脱壳,蛇死了老鼠多起来,那人呐,你自己去看吧。"老牛摇了摇头,它有难言之苦!

太上老君举目一看,一群赤裸裸的男女走到他面前,大声地呵责:"嗨,你这个糟老头子,怎么不去门角背蜕壳呢?"

说完就去扯他的衣服,脱他的帽子,拧他的胡子。

太上老君忙说:"勿礼也,非道也。"

又见一群男女去扒牛吃,像飞蝗扑食一样,顷刻间把一条牛剥吃个精光。

看到此景,太上老君痛心地说:"道一乱,天下乱!"怎么会不乱呢,蛇一死,鼠为患,连猫都没有办法;人一脱壳,又一生,终老而不死,人满为患,田不够耕,粮不够食,布不够穿,尔虞我诈,灾难呀灾难。

太上老君思索再三,世间这状况断不可继续发展,就用玉帝赐给的金咒语,把人和蛇的结局做了一个对换,叫作"人死蛇蜕壳"。此后,人到终老必死，蛇却蜕一层壳生长一轮。他又顾全玉帝封赐"蛇死人蜕壳"的原意，做了新的规定；人虽然不再蜕壳长生了，如果能知善积德，勤劳守本，可以增寿进入仙班；蛇如果滥施淫威，伤害人畜也可即刻打死，叫竹神监督。所以蛇见竹如见舅，十分害怕呢。

打从"人死蛇蜕壳"以后，人患和鼠患都得以控制，四海得以安宁祥和地过了好几万年呐。①

四、闽台图腾神话

图腾神话主要是关于动物的故事，后来这类神话逐渐变化，成为带有神话色彩的民间传说和动物故事。生肖是用动物来记年的一种时间安排。每年用一个生肖动物来代表，叫作"属相"。一共12个生肖，轮流转。生肖是怎么来的呢，这就要追到神话时代了。晋江县有一个《考十二生肖》可以做一个代表：

传说，玉帝在天地乾坤中安排了六十甲子、十二时辰，让日月按次序运行，纪年不致混乱。只剩十二生肖不知要用什么来命名。

这一日，太白金星来凌霄殿启奏："陛下，十二生肖还未命名，人间年岁属相不定，阴阳两气紊乱，盲目断送了许多人的好运途呀！"

玉帝听了，一时也不知要怎样办，就问："贤卿有什么高见？"

太白金星说："可以用凡间的动物来排列十二生肖。这样凡间人容易记得住。"

玉帝说："贤卿说得有理，你就这样去办吧！"

太白金星领旨后，赶快出殿，来到云端，对着凡间的禽兽高喊："众禽兽听着，玉帝有旨，命你等明早子时到凌霄殿考十二生肖名位，不得有误。"

地面上众禽兽听了后，欢喜得跳起来，争着把自己打扮得漂漂亮亮，明日好赶早往凌霄宝殿。老鼠和猫是邻居，猫来到老鼠家里，要老鼠明早喊它一声，一同上天庭。

这一夜，老鼠没有睡觉，它心里想，猫跑得比自己快，如果去叫猫，那不是让它赶在自己的前头了吗？想到这里，老鼠就自己偷偷上天庭来了。

来到凌霄宝殿，想不到老牛已经先到了。老鼠排在老牛的后边，后面是

---

① 讲述者：薛其康，男，50岁，宁化县文化局干部，中专；采录者：张锡电，男，50岁，宁化县博物馆干部，大学；采录时间、地点：1980年12月于宁化县城关。宁化县民间文学集成编委会：《中国民间故事集成·福建卷——宁化县分卷》，1993年版，内部印刷。

虎、兔、龙、蛇……时刻一到，太白金星出来宣布说："依排队顺序，前面十二位考中十二生肖。"

老鼠鬼精，赶快爬上牛背，跑到牛鼻尖上去，结果十二生肖里老鼠排列第一位。

这些禽兽从天庭考完十二生肖回来时，猫还在家里睡觉。后来猫很恨老鼠，一见到老鼠就要咬它，吸它的血。因为怕再失去好机会，猫从此在夜里很少睡觉。[①]

建阳县的《日头王花》是一个带有神话色彩的物产传说：

日头王花就是向日葵花。天上的日头一出，日头王花就抬眼跟着日头转。日头王花是怎么来的？它为什么会跟着日头转呢？

上辈有人说，盘古开天地的时候，天上住着一男一女两个日头神：男日头神住在南天门，女日头神住在西天门。两个日头神各人值日一天。若二神同一天值日，天下就会遭殃。所以男的从来没有见过女的，女的也从来没见过男的。

有一天，是女日头神值日，男日头神忘记了日期，也跑出来值日。两个日头神碰在一起，一见生情，竟相爱起来。怎晓得，两个日头神在一起，却把天下晒成了一片火，到处都着火烧了起来，满天下的百姓都过不了日子。这一来可急坏了日月神，他赶紧跑去奏玉帝。玉帝得知，马上派天将拆散两个日头神。

两个日头神被拆散后，不肯死心。每到晚上，男日头神总是偷偷跑到西天门的女日头那里相会。这样过了一年，女日头神有了身孕，弄得满天上诸神仙都晓得了。

消息传到玉帝那里，玉帝一气之下，把女日头神打入冷宫。男日头神见不到女日头神，伤心得整天啼哭：白天值日，哭得乌云满天罩；夜里歇息，哭得阴风飒飒响。流出来的眼泪变成了大雨，天下一时成了一片汪洋大海，不晓得淹死了多少人。玉帝没办法，只好跟男日头神商量，答应放出女日头神。

女日头神放出来后，因为肚子大了，无法值日，只能守在厝里。男日头神呢？值日值得好好的，又跑到西天门去看女日头神。这样，天才刚刚亮，

[①] 讲述者：吴金珍，男，55岁，晋江县深沪东安渔民，高中；采录者：吴庆辉，男，30岁，晋沁县深沪中学教师，大专；采录时间、地点：1982年于晋江县。建阳县民间文学集成编委会：《中国民间故事集成·福建卷——建阳县分卷》，1991年版，内部印刷。

又变成了黑夜。日月神跑去奏玉帝,玉帝也很为难,说:"唉!其实两个日头神都犯了天条,我早就想把他们两个打下凡去,只是天上没日头神怎么可以呢?"

站在玉帝身边的雷神、云神听了玉帝这样说,忙上奏说:"玉帝,办法是有的。天上只留一个日头就够了。我们监督他,他一啼哭,我们就起白云,用雷打他,这样他就不敢再哭了。"玉帝听后觉得很有理,就把女日头神打下凡去了。

女日头神来到了人间,为了能够长年看见自己的心上人,就变成一株向日头转的花,这就是日头王花。现在人们叫它向日葵。这株日头王花到了一定的时候,生了仔就死了。

第二年,日头王花的仔也长出了一棵棵日头王花,总是向着天上的日头。那天上的日头一想起自己的心上人,就伤心地啼哭。他一哭,雷公就打起雷,白云就赶紧出来抵挡,天空就再也不会乌黑了。这就是人们常说的"光打雷不下雨"。[1]

灶王爷是怎么来的?福州市鼓楼区《祭灶的传说》做了说明:

很久以前,有一个又穷又懒且又好吃好赌的人,姓张名定福。他的妻子十分贤惠,每日绣花织布,来维持家计。而这张定福在家不劳动,吃完饭碗一摔就去赌博,输了钱回家又偷东西又打妻子,坏到了极点。

妻子屡次好言相劝,他都当耳边风,不知悔改。后来他把家里的田地、房屋、衣被都变卖光了,最后竟然把他妻子卖给当地一个富翁为继室。卖妻子的一百两银子,他只上三天赌场又都输光了。这时,他没东西偷,不得不流落街头做乞丐,有一天竟讨到那富翁的家门前来。他的妻子看见他弄成这模样,又生气又可怜他,问:"你怎么不将那些钱拿去做生意?怎么又弄到如此地步?"

张定福垂头丧气无话对答。他的妻子只好进去偷拿几升米给他。过了几天,他又来到这富翁门前求乞,他的妻子又给了他几升米。就这样,他一连来了好几次。

日子过得很快,再过十天就要过年了。他的妻子很怕他常来乞钱,若被富翁知道了,怕是有水也洗不清,但又无法阻止他来。她想来想去,心想不

---

[1] 讲述者:黄碧芝,女,69岁,建阳县农民,不识字;采录者:魏贞明,男,20岁,建阳县麻沙镇,初中;采录时间、地点:1987年6月于建阳县麻沙镇。建阳县民间文学集成编委会:《中国民间故事集成·福建卷——建阳县分卷》,1991年版,内部印刷。

如年关一次多接济他一些银子，也好给他作本钱去做生意。她偷偷地把银子包在年糕里，当他再来时把年糕给他，并吩咐他从今以后切切不要来求乞了。

张定福双手接了这几块年糕，又听了这样决绝的话语，心里十分气愤，一路埋怨回来。经过赌场时，心又发痒了，便又闯了进去。赌后又输了，没钱理账，就把带来的这几块年糕来抵偿。他哪知道这几块年糕里包的都是银子呢！

不几天，张定福又来到他妻子家求乞，只是这一次他不敢在大门求乞，而从后门进来。正巧他的妻子在厨房里，看见他又来求乞，真是气得要命，便问："难道你几天就把那几十两银子都花光了吗？"

张定福听了这话莫名其妙，问她："你几时给过我银子？"

他的妻子一五一十地把年糕里包有银子的事向他说了。张定福听了懊悔莫及，怨恨自己没福气；又感激妻子实在对他太好了，如今还有什么脸面留在世间做人？他两手抱头猛地向墙上一撞，当场脑袋迸裂气断而死。

这一天，正是旧历十二月二十四日，富翁下乡讨债马上就要回来，这事被富翁知道可就麻烦了。于是她急忙在灶坑里掘个洞，把张定福的尸体掩埋在灶洞下。日后，她想念起前夫张定福一生很可怜，便在灶壁上安个灵位，每逢农历十二月二十四都要烧香点烛，供奉一番。

邻居看见她厨房里的灶壁上贴有一张红纸条，写着供奉"定福神位"等字样，便问："财主娘，你灶壁上供奉的是什么神明？"她被邻居们这一问，不得不说谎："这是祭祀灶君啦！"

邻居们看她家道一直富裕平安无事，原来是祭灶君的结果，第二年很多邻居都奉祀上灶君。年复一年，各地各家各户都学此样，祭祀这位"张定福灶君"的神位，希望因此得到庇佑，能够过上发财如意的日子。殊不知，这灶君原来是一个好吃懒做的赌鬼。[①]

这个故事也可以看成是一个民间信仰的现代神话。

五、台湾民间神话故事

日月神话是闽台两岸汉族和少数民族都有的一种神话。其内容主要是

[①] 讲述者：吴眜雪，男，81岁，福州三山诗社副理事长，初小；采录者：何则生，男，37岁，福州一中教师，中专；采录时间、地点：1986年5月于福州市。建阳县民间文学集成编委会：《中国民间故事集成·福建卷——建阳县分卷》，1991年版，内部印刷。

解释日月的来源和射日的故事。

台湾的神话说太阳和月亮是兄妹,但是,有的说太阳是男的,月亮是女的;也有的说太阳是女的,月亮是男的。但说太阳是男神的较多。说他生得很难看,为了不让人看他,就用阳光的针来刺人的眼睛。他要追求美丽的月亮姑娘为妻。月亮不答应。太阳求玉皇大帝帮忙。月亮说,我有一个条件:太阳要能追上我才行。于是,太阳就拼命地追赶月亮。从东赶到西,却怎么也赶不上。一直追到今天。

台湾的高山族排湾人还有一个《月亮和太阳》的神话,是旅居福州市的金先生讲述的:

远古的时候,天空是很低很低的,像一口倒扣着的大锅。

那时,排湾人都住在山洞里,出门都得弯着腰走路,不弓着身子,头就碰到天,不好走哇!

一天,有个叫嘎拉斯的女人,她要出门,头一抬就撞着天,想弓身,肚子里又怀着孩子,弯不下来,她只好在洞口舂米。她弓起背舂着,那长杵一提起就撞着天,只好低低地捣着,舂得好慢好慢。嘎拉斯急了,对丈夫咖道说:"这怎么办哪?天挡着,力气使不出来哩!"

咖道说:"你捅吧!把天捅出个洞来,力气就好使了。"

嘎拉斯点点头,就一边舂米一边捅,可女人力气小,她舂呀捅呀,只听见那天空"咚咚"地响,半天也没捅出个洞来!她叫丈夫咖道来帮忙。

咖道是个大力士。他过去抓住长杵,和嘎拉斯用力往上一提,"嘣"的一声巨响,天给捅出个大洞来!一阵哗哗的声音,天慢慢地升起来了——升呀,一直升得好高好高;从此,人们就可以直着身子走路,可以挺着胸膛干活,再也不用弯腰曲背了,方便得多啦!

传说,当天空被嘎拉斯和咖道捅破以后,风来了,光也来了,在一阵闪闪的白光中,他俩被风卷上天宫,以后就变成了天上的月亮和太阳。

所以,排湾人叫月亮做"嘎拉斯";称太阳为"咖道"。[①]

台湾少数民族还有不少地方说太阳月亮都是神变的。畲族《金水湖和

[①] 讲述者:金原金,男,高山族,福州市马尾造船厂干部;采录者:陈炜萍,男,58岁,海峡文艺出版社编辑;讲述者:吴味雪,男,81岁,福州三山诗社副理事长,初小;采录者:何则生,男,37岁,福州一中教师,中专;采录时间、地点:1986年5月于福州市。福州市民间文学三套集成编委会《中国民间故事集成·福建卷——福州市分卷》(上册),1990年版,内部印刷。

银水湖》的神话故事，说蓝娘到西方去找水。按仙婆指示，先到银湖浸泡，炼成银身子；然后骑水鹰去东方找钟郎。三公主就令蓝娘当了月神，令钟郎当了日神。这里的神话幻想和苗族史诗中的《炼金炼银，锻造日月》有一些相似。这是张扬了人的力量、劳动的力量。

射日的神话，更是歌颂劳动的了。射日神话流传更广。

汉族古代有《羿射九日》的神话。说"十日并出"，太热了，造成了旱灾。尧命后羿射下了九个太阳。

台湾阿美人也有"十日并出"的故事，情节却有较大不同。阿美人神话是说，太阳有九个儿子，一起出来，天太热，阿美人就派神射手去射下了七个太阳儿子。太阳爸爸很生气，照得更厉害了。于是神射手又射下了两个太阳儿子。只留下来一个太阳，就正好。

泰雅人的射日神话更不一样了。他们是说天上有一个太阳，半年太阳出来，半年则没有太阳。于是他们派射手带着孩子和橘树种子，去追赶太阳。追了很久，孩子长大了。追到离太阳最近的地方，一箭把太阳射得流了很多血，分成了两半。一半太阳因为流了很多血，就成了月亮。射日的英雄被血淋死了。两个孩子一路吃着过去种的橘子回家，已经变成老人。这样太阳和月亮轮流出来，就很好了。

还有一个泰雅射日神话说，有两个太阳，太亮太热，神射手射掉了一个，于是就只有一个太阳了。

这些射日神话异文很多，都反映了古人与大自然斗争的决心和毅力。射下了太阳，这是多么伟大的壮举。它反映了人类射击技术的进步，是把射手和弓箭的发明神化的一种幻想和夸张。

福建福鼎县畲族也有射日神话，但是太阳不是 10 个，而是 11 个。《太阳和月亮》的记录是这样的：

千万年前，天上的太阳有 11 个；千万年前，地上的人有尾巴。

天上有 11 个太阳，没日没夜地晒，有多么热呀！打猎的人、种田的人，大汗流，小汗滴，辛苦极了，就躲进树林里歇息。这一歇呀就睡去了，睡到尾巴给白蚁食得精光精光都不晓得。大家醒来你看看我，我看看你，尾巴都没有了。从此，人就没尾巴啦。

天上 11 个太阳，没日没夜地晒，山怎么不干？田怎么不裂？禾苗枯，鸟兽死，大家没饭吃，天天几千几百人饿死。

有一天，不知从哪里来了一对英雄夫妻：老公打猎，老婆摘野果；老公高九丈九,老婆高六丈六。看看这样下去,大家都会饿死,世界不成世界,他们就跑到高高山头,老公拿起弓箭,对准天上太阳射去,"嗖"的一声就射落一个太阳。老婆在旁边数:"射落一个咯!"老公又"嗖"的一声,老婆数:"射落两个咯!"老公又"嗖"的一箭射出去,老婆数:"射落三个咯!……"

老公射法真准,一箭一个,连连射落九个太阳,山头热气退一大半。老婆想想差不多了,也得留两个太阳照世界。一看老公搭箭又要射太阳,赶紧拖一下老公手说:"莫射!莫射!留两个!"可是"嗖"的一声,老公的箭射出去了!好在老婆一拖,箭射歪了,只擦去第十个太阳边这一层皮,虽没射落下来,这只太阳吓得全身都凉了,脸吓白了。老公问老婆说:"你要留下两个太阳干什么?"老婆说:"世界要光也要暖,黑漫漫、冷冰冰怎么行?留两个太阳,一个晒日时,一个晒夜时。"老公说:"那你就管这个变凉变白了的太阳,叫它夜间上山照世界,让人们夜间歇息、好睡。"后来人就叫它"月亮"。老婆就问:"那你呢?"老公说:"我来管这个发热的太阳,叫它日间上山照天下,让人们好打猎、种田。"太阳是老公管的,后来人就叫太阳做"太阳公",月亮是老婆管的,也就叫月亮做"月亮婆"、"月亮奶奶"。[①]

居住在漳州市的高山族同胞还讲了一个《月儿为什么这么亮》的神话故事:

传说很久以前,月亮不像如今这么亮,颜色一片昏黄。月亮上有棵桂花树,每到月圆的时候,满树桂花飘散出清甜的香味。老人们说:"采得八月十五的桂花,和进新谷一起杵磨,吃了消灾祛病,青春不老。"

那时的阿里山和月亮之间有一座美丽的虹桥相连,从地面走向月亮并不困难。到了八月十五满月那天晚上,阿里山上就有许多身穿五彩达戈纹衣裳的姑娘,背着装满谷子的藤篓,一个接一个地攀上虹桥,登上月亮。姑娘们摘下桂花掺进谷子里,你一杵,我一杵,舂个不停,舂得一粒粒大米白似银,映得月儿一片透亮。

一天,部落里有个姑娘想登虹桥上月宫,采一枝桂花和新谷舂磨给久病的伊娜熬稀饭。她背上沉沉的藤篓攀上虹桥,没想到刚走进月亮,虹桥就"喀啦"一声断落了。姑娘眼泪汪汪,从此再也回不了家乡。她每天都在桂

---

① 讲述者:李圣回,男,42岁,畲族,福鼎县前岐镇罗唇村农民,小学;采录者:蓝振河,男,64岁,畲族,福鼎县文化馆离休干部,教师;采录时间、地点:1988年2月于福鼎县前岐镇罗唇村。福鼎县民间文学集成编委会:《中国民间故事集成·福建卷——福鼎县分卷》,1989年版,内部印刷。

花树下舂米,一杵一杵,舂得白米又细又匀,日复一日,年复一年,谷子舂成了白米,白米舂成了细粉。

每到八月十五月亮圆了,姑娘想念家乡,思念亲人了,就把洁白的细粉洒到人间,白白的米粉纷纷飘落,化作了如水的月光,把山水大地映得格外明亮。姑娘望着月光下的村庄和茅舍,默默祝愿阿玛长寿,伊娜健康,家中平安,年年丰收。这时候,部落里的老人也会指着月亮对后生仔说:"孩子们呵,你们知道八月十五的月儿为什么格外亮吗? 那是月亮上的阿姐思念故乡,把洁白的米粉洒向人间呵!"①

这是一个思乡的故事,反映了多年旅居大陆的高山族同胞的强烈思乡之情。

月亮的故事最有名的是《嫦娥奔月》、《吴刚伐桂》、《唐明皇游月宫》等。

嫦娥和射日英雄后羿有关,她原来是后羿的妻子,因为偷了后羿的不死药而飞上了月宫。吴刚传说是南天门的守将,因为调戏宫女嫦娥,被罚到月宫去砍伐桂树。这桂树是神树,砍了又会很快长好。所以吴刚永远在不停地砍……

这是汉族很流行的说法。台湾也有伐桂的神话,但是伐桂的人不是吴刚,而是张古老,大树也不是桂树,而是樟树。桂树是中秋节开花,和月亮有关,被想象为月亮上面的阴影。台湾樟树较多,所以想象月亮上面的阴影是一棵樟树。

传说张古老每天带着一个饭盒去砍树,等樟树快要砍倒的时候,就跑来一只狗,把他的饭盒给咬走了。他就起身去追狗。等他把饭盒找回来,这老樟树却又长好了。他又要从头开始,就这样砍呀砍呀,怎么也砍不倒。正因为有这棵老樟树,地上才没有发生大的灾害。

六、天象神话

关于天象的神话,是对风雨雷电各种天气的一种民间解释。福建省福鼎县畲族《雷公与雷婆》是其中的一个:

古时候,山哈(畲族自称)有个人叫雷公,从小没爷娘,性情像火一样烈,

---

① 讲述者:达莱(汉族名林松山),男,54岁,高山族阿美人;采录者:汪梅田,女,26岁,福建省民间文艺家协会干部,大学;采录时间、地点:1982年1月于漳州市。漳州市民间文学三套集成编委会:《中国民间故事集成·福建卷——宁化县分卷》,1988年版,内部印刷。

一条腹肠透屎头,直直直;喉门大得很,喊一声天摇地动。

十六岁那年,他上山砍柴,跌落深山沟,被茅山法主救活,带他做徒弟,一连在茅山住了三年,茅山法主没教他什么,只是天天叫他提水劈柴。三年过去了,提水水桶由小到大,不知提坏多少个;劈柴斧头由轻到重,不知用坏多少把。这天,茅山法主忽然对雷公说:"徒弟,你跟我学艺三年,现在可以下山了。"雷公说:"我跟你三年,只是叫我提水劈柴,没学到什么,怎么就叫我下山呢?"法主说:"你三年提水、劈柴,已经练就了一双好臂力,可以下山了!我现在送你一把斧头,千万要记住,只能使用斧背,莫用斧口。"雷公听了接过法主赠的斧头,拜别下山。

雷公一路上走呀走,走到一棵几十人揽的大树下歇息,拿着法主赠送的斧头看了看,想试一试这斧头的威力和自己的功夫。刚好"卜"一声,歇在树上的乌鸦一泡乌鸦屎屙在他肩头。他一生气就抢起斧头向大树打去。这一下好厉害,震得这棵几十人揽的大树摇动,老鸦窠全都震落下来,撒满一地,"哇呀……哇呀"乌鸦惊得飞半天。他感到自己这三年没白学,这斧头好厉害,心里实在快乐,扛起斧头快快赶路。走呀走呀,走到日头快落山,忽然面前跳出一个手持一把大铁凿的女子。雷公看看这个女子高大又粗壮,像一座金刚拦在路中,要他赔偿那棵被他用斧头打坏的大树。雷公说:"谁晓得半路上这棵树是你的?"女子说:"这树是我祖公种的,几千年了。你不赔我,这把铁凿也不肯!"雷公一听真气,就说:"你要我赔,我这把斧头也不肯。"说着就一斧头向那女子劈去。谁知道铁凿、斧头一来一去没几下,雷公就打败了,两个眼珠都被那个高个女子的铁凿凿得挂在眼皮下。这女子问雷公服不服。雷公说:"服是服了,可是我没钱赔!"这女子说:"没钱赔不要紧,只要答应我一个条件。"雷公问:"什么条件?"女子说:"你给我做老公!"雷公说:"你要我做老公,为什么把我眼珠凿了?"女子说:"眼珠凿坏了不要紧,我带你去一个地方可以医好。"雷公问道:"到哪处去治呢?"女子指着南方说:"天下只有囥山法主才能治好你的双目。"雷公当下应承了她的条件。那女子高兴地扶起雷公说:"等你治好双眼,我来接你。"说着在雷公背后拍一巴掌,一阵风就把雷公吹到囥山,"砰"的一声跌落地上。雷公一骨碌爬起来,只听得面前一个老人家的声音问道:"你这个野孩子的眼睛,大概是给那个戆婶仔挖坏,又叫你来找我求医的吧!好、好、好,总算我们有缘,我答应给你医,可是医好后,你可要留在我这里跟我做徒弟呀!"

雷公听了非常高兴,连声说:"可以!可以!"雷公一答应,囥山法主就用双手捧起雷公两粒眼珠按入眼眶,搓搓几下就好了,只是眼珠凸出一点。这时雷公就像法主求艺,法主说:"你就给我舂米吧!"舂呀舂,一连舂了三年。这天闾山法主和雷公说:"徒儿,你跟我三年,现在可以回去了。"雷公讲:"师父,这三年我没学到什么艺,怎能叫我回去呢!"法主说:"你替我舂了三年米就是学艺。现在你的臂力比以前更好了,我再赠你一把舂臼槌,你要很好地使用。你要记住:一是你的眼珠突出来,要保护好自己的双目,莫随便眨眼睛,不然,流泪不止;二是给你的这把舂臼,一定要一口气扛到家,莫在半路放下,不然会出事的。"听了法主这样的交代,雷公只好接过舂臼槌,拜别法主,离开闾山。一路上,他记着法主的吩咐。走了一天又一天,一夜又一夜,眼皮合起来又睁开,实在辛苦,实在困。这样走呀走,眼皮一合就睁不开,人一跌倒,舂臼槌掉在地上。这一下,只听得"哗啦啦"响,天摇地动,原来平铺铺的大地,给舂槌震得裂成凹凸不平,变成了高山深谷。雷公一看,天地全变了,眼睛一眨,只见一片水光,连眨几下,天地照得光亮亮,只听霹雳一声大响,树林劈倒的劈倒,起火的起火,连天庭都震动起来。玉皇大帝大惊,就派四大金刚带领天将捉拿雷公。雷公看见天兵天将来捉,拿起舂臼槌就打,天兵天将一个个都打不过雷公。玉皇大帝就叫大女儿,就是那个要雷公做老公的,高大又粗壮的女子去捉雷公,雷公见她来,才老老实实地跟她上天庭,给她做老公。这就是现在人间讲的雷公与雷婆。

雷婆和雷公一样性情刚直,大嗓门,两人在天上一看人间有不平事,雷公眼睛就禁不住一眨,电光一闪,就有震天巨响。两个人一个拿铁凿,一个拖舂臼槌,"哇啦啦,哇啦啦"大喊,要打坏人,雷声轰轰,电光闪亮,所以人间坏人都怕电闪雷响,都怕雷公雷婆①。

又有一个福建省建阳县的异文《眨刀婆》,这是解释闪电的来源的:

传说原先天上雷公响雷,是没有"眨刀子"的,后来怎么会先眨刀子再响雷呢?那是雷公平白出了人命,天帝才派一个"眨刀婆"给它看天下的。

很古老的时候,有一家人,只有娘囝俩,娘还年轻,囝仔也还小。女人家拖着个嫩囝仔,日子过得有上七没下八,确实艰难。

一年,天下闹饥荒。娘囝两个本来就乞食没有隔夜粮,这一下更是三餐白水煮清汤了。囝仔饿得嗷嗷叫,娘急得心头疼,但也没法子呀。那一天,

---

① 讲述者:蓝开雅,男,71岁,畲族福鼎县农民,不识字;采录者:蓝振河,男,64岁,畲族干部,简师;采录时间、地点:1987年4月于福鼎县。福鼎县民间文学集成编委会:《中国民间故事集成·福建卷——福鼎县分卷》,1989年版,内部印刷。

因仔忽然看见隔壁厝有人捧着一碗粟米饭在吃。因仔跑回自家厝，就啼哭起来，她向娘吵吵闹闹，要吃粟米饭。娘被因仔啼得眼泪涟涟，想：说一千道一万，做大人的都是为了自家的因仔，因仔没得吃，饿死的是自己身上掉下的肉呀！她抬头看见自家后门坪里的那棕树上生着几包棕花苞，灵机一动，心里有了主意。娘搬来个竹梯子，爬上了棕树尾，砍了几包棕花苞下来。她剥掉那花苞的壳，把里面的棕花籽拿去蒸熟，装在饭碗里，拿给因仔吃。因仔接过饭碗，看着那碗里黄澄澄、香喷喷的棕花籽，以为是和隔壁厝人家一样的粟米饭，欢喜得三下两下就往嘴里扒。"哇！"因仔把嘴里的棕花籽吐了，把碗里的棕花籽倒了，弄得厝前满地都是棕花籽。

这时候，天帝正好从这里经过，看见这娘俩儿厝前，满地是黄澄澄的粟米饭，心里立时恼怒起来。他暗想：大家都没饭吃，这娘因却有粟米饭满地倒，太糟蹋五谷了！天帝回去后，就派雷公来把那因仔的娘打死了！

那娘被雷公打死后，冤魂上了天。她不晓得自己做了什么会被雷公打死，便去寻天帝问道理。天帝说："你糟蹋五谷，罪有应得。"娘一听是这个缘故，眼泪就像断了线的珠子，一颗一颗滚下来，她委屈地对天帝说："你去看看清楚，我厝前地上都是我因仔吞不落肚的棕花籽，不是粟米饭哟！"

天帝一听，拨开天门再去认真地看，那厝前地上，确确实实都是棕花籽，不是粟米饭。他看清楚后，心里后悔得很，就怪雷公不先看明白再响雷打人，以致把这年轻娘平白打死了。

雷公不服气，对天帝说："你让我管打雷，没让我管看呀！"

天帝一听，雷公这话也对，本来就没叫他先看后打雷么。

天帝就对那年轻娘说："我派你去当眨刀婆吧。今后雷公打雷，你先'眨刀子'，目光如刀，察看明白再响雷，免得再误伤好人了。"

从那以后，天上雷公响雷之前，便有眨刀婆先来"眨刀子"了。[①]

附记：

平潭县陈隆仁（男，67岁，农民，不识字）讲述，陈必辉（男，48岁，中学教员，大学）采录的神话不同处是媳妇被打死后，发现她倒的是黄菜瓜籽。怨声传入天庭，玉帝要斩雷神。太上老君求情，又助雷神救活媳妇，调太白金星的神灯童子配合雷神，响雷前先用神灯照明。

[①] 讲述者：黄荣卿，女，71岁，建阳县将口乡退休职工，小学；采录者：詹彦忠，男，40岁，建阳县文化馆干部，中专；采录时间、地点：1987年6月于建阳县将口乡。建阳县民间文学集成编委会：《中国民间故事集成·福建卷——建阳县分卷》，1991年版，内部印刷。

寿宁县吴昌明（男，43岁，大安乡伏际村农民，小学）讲述，李典金（女，25岁，寿宁县武曲人，初中）采录的神话稍有不同：小姑娘被打死后，雷公发现是冤魂，认为兄妹。

永泰县、古田县、南靖县、顺昌县也采录有类似的神话：

古时候下雨时，雷公总要出巡天地间。因为他秉性刚直，疾恶如仇，发现恶人，就大吼一声，把恶人殛死。所以，那时只有轰隆一声，没有什么闪光。

再说东海边的闽南有个小村庄，村尾住着一个年轻寡妇。由于连年大旱，家里十分贫困，刚成婚不久，丈夫就累死了，膝下没有子女，家里只有一个瘫痪在床的婆婆。

有一天，婆婆病重，昏昏沉沉地直唠叨："乖媳妇，我看来活不长了！要是在我闭眼之前能吃一口肉，那该多好啊！"

媳妇听了，抚摸着胸口，一句话也说不出来。家里穷得只留四壁，哪来的钱给婆婆买肉吃呢？一更。婆婆醒来又喊："肉啊肉啊，我什么时候能吃一口肉啊……"二更，婆婆被门外的一阵大风吹醒了，喃喃念道："肉啊肉啊，让我吃上一口，死也甘心了……"三更，婆婆被门外的一阵雨声吵醒了，声音十分微弱地说："肉啊肉啊，让我闻闻也爽心哪……"

媳妇听得心都碎了，怎么办呢？为了满足婆婆临终时的愿望，她狠下心，便把自己的手臂伸开，忍痛剜下一块肉。婆婆一吃上肉，就提了神，咂咂嘴说道："啊，太鲜了，肉真好吃啊！"吃罢，婆婆突然瞪着媳妇问道："咦，这黑天漫雨的，你哪儿去买肉呀？""啊……"媳妇没话可答。

"怎么，有什么不能说？"

媳妇回答："阿妈，这是我平时藏起来的，瞒着你呀……"

"啊！"婆婆一听长叹了一声，用手捶着床沿，说："没想到哇，没想到你是这样的人，天哪天哪，你睁开眼吧。"

恰巧雷公巡视经过，听到媳妇藏肉不让婆婆吃的事，怒吼一声，举起手往媳妇的头上打了下去。

媳妇死了，村里人都很奇怪，埋葬时才发现媳妇的手臂被剜去了一块肉，血还在流淌。婆婆猛悟过来，原来她刚才吃的那块肉是媳妇从身上剜下来的呀！她后悔至极，爬到门口大声喊："天哪，天哪，请雷公把我敲死吧！"

雷公听了返回头，发现刚才错打好人，自责地说："贤惠的媳妇啊，你像一道亮光照明了我的眼睛啊！"说也奇怪，雷公的话刚落，媳妇的尸体霹雳一声升起一缕青烟,霎时化成一道亮光掠过长空,雷公一看,追着亮光而去。

从此,雷公每年出巡,在打雷之前,总有一道电光闪耀,让雷公看清善恶,以免再打错好人。①

古人不了解地震的原因,就做了各种各样的解释。高山族的神话故事《山羊与地震》,把地震与山羊联系了起来。故事是这样的:

自古流传下来,阿美人都这样说:山羊靠在石边擦痒,地震就来了!

据说从前有两个老猎手,他俩最讨厌地震,也最欢喜打山羊——两人的箭法可准哩,前前后后一共打了999只山羊!

一天,两个老人在山里的一间小石屋里一起喝酒,一起唱歌,一起吃着香喷喷的烤山羊肉。三碗米酒下肚,肠热了,两个好朋友的话也多了,歌也多了;唱唱谈谈,又谈到地震的事上来了。一个说:"这地震一来呀,地动山摇,我就头晕眼花,什么都打不到!"一个说:"哎,我说呀,哪天把山羊全打死,没有地震;种田打猎都舒服着哩!"

两个老人喝着,吃着,谈着,唱着,心里想什么就谈什么,唱什么;米酒暖融融地包着心窝,可痛快着哩!可是谁也想不到,正在这惬意的时候,地动了,房摇了,桌上的酒壶、酒碗也给抖落到地上摔破了!好在他俩抱住一根石柱子,才没有摔跤。

地震过后,他俩见满地破碎片,又骂了起来:"该死的,这地震真讨厌!"

"是呀,这山羊不除掉,后患真不浅哩!"

第二天,两个老人就上山打猎,他俩决心要打光讨厌的山羊——没有山羊靠石擦痒,世上就不会有地震了!两个好朋友蹚过三条溪,翻了三座山,到了一个郁郁苍苍的大林子里。这里的山羊多着哩!两人砍来竹子茅草,搭了个山寮:他们要住在这里。好在半夜听山羊叫,去端它的窝!

这两个老人的胆量大着哩!半夜三更,黑黢黢,风凄凄,狼嗥虎啸,什么没有?两个老头胆子就是大:听呵,听呵,不怕山妖,也不怕山怪,每天深夜都躲在大树下偷听山羊叫。第一个晚上,风啸啸,没有听到;第二个晚上,雨淅淅,也没听到;第三个晚上,静悄悄,还是没听到。"倒霉哩!"两个老头摇摇头,叹着气说。听不到羊叫,就不知道山羊窝在哪里;找不到羊窝,就难了,也打不多哩。怎么办呢?两个老人商量:晚上听不到,就白天去找;说什

---

① 讲述者:黄缎,女,66岁;采录者:郑惠聪,男,40岁,漳州市民间文学工作者;采录时间、地点:1980年7月于漳州市芗城区。漳州民间文学三套集成编委会:《中国民间故事集成·福建卷——福鼎县分卷》,1992年版,内部印刷。

么也得把山羊找到,把它们一个个打光,消除那害人的地震才好!

第四天,他俩按照阿美人祖先寻找山羊的古老办法,找来一根薄竹片,在树干上拉扯断,看那断头的竹丝在风中指向哪里,山羊就在哪里了。

他俩拉呵扯呵,竹片断了:两头的竹丝指向东方。于是,两个老人就朝东边走去;弯弯曲曲的山路真难走呵!一路上,有的山石尖尖,弄不好手脚就给划破了;有的山石滑滑,一不小心就滚落沟底,连骨头都会摔碎!但这两个老头生就一副倔强脾气,不怕困难,也不怕死;这么走呵走呵,顶着呼呼叫的山风向前走去,越过了一堆山石,又越过一座石山。肚子饿了,吃点干粮,嘴渴了,饮两口山泉,一直朝东方走去……终于,他俩来到一个山洞前,听到山羊叫;再走前几步看见一只肥肥壮壮的大黑山羊正咩咩叫着向一块大石头走去。

"哟,这家伙要去擦痒了!"两个老人同时心里惊叫着也都把箭搭上了弓弦,"嗖嗖"的一起射出两箭;不料,这时山羊的身子已靠在石边,地动了动,他俩手一抖,箭射歪了。"当当"两声落在石上!

山羊回过头来,一双绿莹莹的眼睛盯着两个老人;两个老人一点也不怕,又弯弓上箭。山羊"咩"的长叫一声,就擦起石头来:一擦,地抖了——老人的箭射偏了;二擦,树摇了——老人的箭身斜了;三擦,石崩了——老人的箭射歪了。

山羊被惹怒了,朝老人冲过来;两个老人"来了来了"地叨念着,回头拔腿就跑。跑了一段,他俩又回头去瞧,见山羊不追,两人就站住看,见山羊"咩咩"地叫着,又擦起石头来,弄得地动了,山摇了。两个老人虽然脚步虚虚浮浮、歪歪斜斜的,还是没命地往回跑去。

跑呵跑呵,两个老人跑回那间喝酒的小石屋,见它已经震歪了,再看自己的手脚,跌跌撞撞的,划破了好多处,血痕一条一条的,胸口跳得厉害,头还晕着哩!两个老人喘着气,等地震过了,喝了半壶山泉才定下神来。一个说:"这山羊哪天打死才好。"一个说:"老伙计,不死还得去打哩。"①

土地爷是最基层的神。土地庙里一般都只有一个土地爷而没有土地婆,这是为什么呢?三明市三元区的《土地公与土地婆》做了一个很有趣的解释,这种类型的故事还有一些别的情节表现:

---

① 讲述者:骆义川,男,高山族,福建社会主义学院干部;采录者:陈炜萍,男,58岁,编辑;采录时间、地点:1982年于福州市福建省台胞联谊会。福州市民间文学三套集成编委会:《中国民间故事集成·福建卷——福州分卷》,1990年版,内部印刷。

古时候，乡下的老百姓都供奉土地公和土地婆。但后来却单供奉土地公而不敬土地婆了，这是什么原因呢？其中还有一个传说。

有一天，土地公与土地婆一起出来游山玩水，见处处桃红李白，山水秀丽，土地婆觉得很开心。他俩走着走着，迎面碰见几个人在开荒地，挖得满头大汗。土地婆看着他们辛苦的样子，发了慈悲心，对土地公说："他们挖得这样辛苦，真不容易，不如我们送些财宝给他们。"土地公连忙摆手："不可不可，你不知道，他们只配这样辛苦才挣得饭吃，才会吃得安稳。"土地婆以为丈夫小气，舍不得送财宝给人。她就瞒着土地公，偷偷将八缸银元移到那伙人开荒的地方。

这伙人共八个，大家挖得正起劲，突然有一人的锄头"扑"的一声陷下去，用力一撬，出现了一个洞，洞口有一缸银元。那伙人从来没见过这么多白花花的银元，高兴得跳起来。他们又拼命往洞里挖，又挖出一缸银元来，一连挖出四缸后，往洞里瞧，隐隐约约还有四只缸的影子。他们高兴得快发狂了，决定派四个人下山去挑好酒菜来，准备美美地喝一餐，打完牙祭再挑着银子回家。

下山挑饭的四个人心肠狠毒，把砒霜放进酒菜中，想毒死山上的四个人，这样他们每人就可以得到两缸银元。山上的四个人心肠也不善，商量着下毒手打死那四个去挑饭的，每人就可以多得一份。

四个下山挑饭的人刚把酒菜放在地上，头还没有抬起来，就被另外四个人用锄头砸死了。挑饭的四个人死后，其余四人就坐下来大吃大喝，欢欢喜喜地划拳行令。想不到吃饱喝足了，站起来想去挑银子，突然一个个捧着肚子"哎哟哎哟"大叫，接着就痛得在地上打滚，一会儿七孔流血，都被毒死了。他们吃剩的饭菜撒了满地，山上的鸟儿飞来吃，也被毒死了很多。

土地公知道了，十分生气，大骂土地婆："你不信我的话，现在死了这么多性命，玉帝知道了怎么交代？"他越说越气，挥起拐杖乱打土地婆。土地婆也后悔不及，一气之下，就带着金银财宝的锁匙跑到南洋去了。南洋一带很富有，就是因为土地婆将中国的财宝带过去的缘故。从此，老百姓就只敬奉土地公，不再敬土地婆了。[①]

[①] 讲述者：高金灶，男，69岁，三明市梅列农民，初小；采录者：范方，男，56岁，三明市文联干部，中专；采录时间、地点：1991年10月10日于三明市梅列区。三明民间文学三套集成编委会：《中国民间故事集成·福建卷——三明分卷》，1992年版，内部印刷。

明溪县另一种传说是：

有一天，玉帝下旨召土地公上天庭，土地公临走时把钥匙交给老婆。

当地有三个汉子，上山挖蕨根，挖了一阵就坐在山上叹气。寒冬腊月，蕨根需要加工后出卖，近日天天阴雨，没有阳光晒蕨粉，过年的钱从哪里来？慈悲心肠的土地婆听到他们说的话，也知道到过年确实没有好天气，就想帮助他们，当即拿出钥匙打开宝库门，取出金冬瓜，运用神法滚到蕨根地。

三个汉子挖蕨，挖呀挖呀，挖到一块大石板。三人用力搬起石板，发现一个金光闪亮的金冬瓜。三人高兴得不得了，就坐下来商议如何分。两个脑袋灵活的汉子心中暗算，每人只能分到三分之一，如果少一个人，就可得一半，就假意叫脑子较笨的那个汉子回去拿饭。那人走后，这两个人策划如何谋杀他。送饭人在途中暗想，他俩诡计多端，认为我笨，想让我吃亏，我就利用送饭机会，饭中掺毒药把他俩毒死，金冬瓜归我一个独得。他很快回村庄，装好饭菜，拌上毒药，高高兴兴地送上山来，到山脚就大声喊叫："饭到了，下来吃吧。"山上二人听到喊声，就回答说："把饭送上来，免得耽误工夫。"送饭的人刚将饭送到山上，他俩照计划行事，一人和他说话，另一个用锄头死命向他后脑袋打去，只一下就把他打死。事后二人坐下吃饭，想吃完饭再分金冬瓜，不料毒性发作，二人当场死去。

土地爷回来后，看见三具尸体，就问土地婆到底怎么一回事。土地婆一五一十地把情况详告。土地爷害怕起来："都是你这老太婆的罪过，好心办坏事，把金冬瓜随意给人，造成谋财伤命。玉帝如果知道，罪责难逃。"土地爷为逃脱玉帝问罪，写封休书，把老婆赶走了。民主公看到此事，土地婆是好心遭罪，便收留了她。因此，民主庙民主公夫妻双双同坐，土地庙的土地公光棍一人。①

财神是最受欢迎的神仙。他是怎么成为财神的呢？建阳县的《赵公财神》的故事这样说：

古时候，衙门里有个姓赵的粮差，百姓都叫他赵公。赵公喜欢吃鸡，他下乡催粮捐，住在农民家里，都要农民杀鸡给他吃。

有一回，赵公到一家穷苦农民家催粮。那家主人见赵公又来，心就扑扑跳，怕得要命，家里的鸡，早被赵公吃光了，眼下只有一头还在带小鸡仔的老

---

① 讲述者：李保生，男，64岁，明溪县农民，初小；采录者：李世新，男，65岁，明溪县退休干部，中专；采录时间、地点：1987年9月于明溪县坊乡。明溪县民间文学集成编委会：《中国民间故事集成·福建卷——明溪县分卷》，1989年版，内部印刷。

母鸡,怎么舍得杀给赵公吃呢？可不给赵公吃鸡,得罪了官府粮差,担当得起么？主人想了又想,还是横下一条心,明天把老母鸡杀了给赵公吃。

那天夜里,赵公睡在这农民家的床铺上,半夜里忽然听到说话声:"咯咯咯,鸡仔呀鸡仔,明天主人要杀我给赵公吃,往后你们就是没娘囝了,出门要看天上鹞,入笼当心黄鼠狼⋯⋯"鸡仔听了老母鸡的话,"叽叽叽叽叽"都哭了,哭得好伤心。赵公听见老母鸡的话和小鸡仔的哭声,吓了一跳,暗想:杀了一只鸡,害了它一窝。连鸡都有人性,我还不如鸡,以后再莫做恶事了。

第二天天刚亮,主人早早起床,拿了刀就去抓老母鸡,那赵公连忙翻身滚下床,一手抢过刀,一手抢过老母鸡,不让主人杀。

主人说:"赵公,你不让我杀老母鸡,我家没别的鸡了。"

赵公说:"你不要杀它,把老母鸡和小鸡仔都送给我就是了。"

赵公连早饭都不吃,拎着主人送给他的那一竹笼鸡,出门就走。他走呀走呀,来到一座山上,从竹笼里放出几只小鸡仔,说:"我放你们的生,你们自去找生路吧!"他又走呀走呀,来到了溪边,又从竹笼里放出几只小鸡仔,说:"我放你们的生,你们自去找生路吧!"他再走呀走呀,来到了田边,把竹笼里的老母鸡和小鸡仔全放出来,说:"我放你们的生,你们自去找生路吧!"

从那以后,山上就有了山鸡,溪边就有了水鸡,田间就有了田鸡。

赵公放光了竹笼里的鸡,一边走一边想:这么多年我当粮差,逼捐行善少,吃鸡杀生作恶多,要改邪归正,只有出家做和尚。赵公想定了,来到一座庙里,要庙里的当家师收留他。

当家师对赵公说:"你过去当官差,如今要当和尚,我庙里要为你熄火净身七天,你可挨得住饿?"赵公连连说:"使得,使得,我饿七天就是。"

当家师和众僧,原想吓走赵公,不料赵公真想出家,大家也只好把他留下。这七天里,庙里的僧人都偷偷吃干粮充饥,赵公不晓得别人有得吃,硬是挨饿过来了。第八天,当家师要赵公下山讨火种回来生火做饭。山下人家好心,给赵公火种,还给他一团糯米团。赵公舍不得吃,要带回庙去给当家师吃。

赵公一手举火种,一手捧米饭,往回赶路。走到半山腰,见路当中蹲着一头黄斑大虎。大虎拦住路,张开大口看着赵公。赵公上前问大虎:"老虎大哥,你是不是要吃我?如要吃我,等我把火种送上山,把糯米饭团交给当家师后,再回来给你吃,好吗?"

黄斑大虎吼了一声,点了三下头,让开了路。赵公把火种和糯米饭团送到庙里交给当家师,就返回半山腰,那头黄斑大老虎还在老地方等他哩。赵公对大虎说:"老虎大哥,你现在可以吃我了!"

黄斑大虎听了,摇了三下头,又用尾巴拍着自己的背,那意思是叫赵公骑到它背上去。赵公见了,壮起胆子,跨上黄斑大虎的背,那大虎就驮起赵公,四脚腾空升上天去了。后来赵公当了财神,人们塑他的神像,都是骑着老虎的呢。①

观音菩萨是中国人最崇拜的大神,许多故事讲人们怎样看待观音菩萨的。南平市的《放下屠刀立地成佛》讲了一个观音显灵的故事:

从前,有个女人食斋念佛修行了几十年,是远近一带有名的女善人。有一天,她做了一个梦,梦见观音菩萨对她说:"明天我将度你成仙,报你修行之苦。"女善人醒来心里很高兴,总算没有白白苦修,明天就位列仙班了。

第二天天一亮,她就起来坐在客厅等观音菩萨来度她成仙。等了半日,观音菩萨还没来。就在这时候,她隔壁有一个女人生囝生不下来,痛得直叫。那女人厝里又没人帮忙。听见那女人一直叫,她想站起来去帮忙。可一想:我的手从没沾过血,去帮她弄了一手污血成不了仙怎么办?想到这里,她又坐下来,一边念佛,一边等候观音菩萨的仙驾。

这时候,一个杀猪佬从女善人的门前经过,听见那女善人坐在那里念佛就说:"喂,阿姆啊,你还有心思坐在那里念弥陀,你隔壁厝的女人恐怕是生囝生不下来了,你怎么还不去帮她一下?"女善人说:"我是食斋的,一世人没沾过血污,帮她一下,污了我的清白。再说观音菩萨今天就要来度我成仙了,你说那龌龊死的地方我去得么?"

杀猪佬听了说:"你说的也有理,只是现在她厝里没人,附近也没人,怎么办呢?看来只有我去帮她了,反正我这一世杀猪杀羊,沾在这双手上的血不知有多少,今天再沾一些上去也没事。"说完就去帮那个生囝的女人了。

在杀猪佬的帮助下,那女人顺利地生下了一个男孩子。杀猪佬很高兴,正准备回厝的时候,观音菩萨的仙驾来了。观音菩萨拦住杀猪佬,对他说:"慢一些走,慢一些走,你平时虽然杀生,但你能救人于危难之中,可谓是'放下屠刀,立地成佛',与我佛有缘分,你就跟我走吧。"观音菩萨转过身对女人说:"你虽然苦修几十年,但见人有难仍坐视不救,与我佛无缘,你好自为之

---

① 讲述者:吴如兴,男,79岁,建阳县农民,初小;采录者:吴冠慧,女,49岁,建阳县文化馆干部,中专;采录时间、地点:1987年6月23日于建阳县。建阳县民间文学集成编委会:《中国民间故事集成·福建卷——建阳县分卷》,1991年版,内部印刷。

吧。"说完领着杀猪佬升天去了。那女善人一见,活活地气死了。[①]

观音菩萨活在人们的生活中,有一个《观音化美女》的故事谈到她和洛阳桥的关系:

洛阳桥的工程浩大,动工不多久,蔡襄筹集的资金就用尽了。这事被南海观音知道了。她驾云来到洛阳江上,拔只金钗,变成一只彩船,自己则化成一个美女,将船摇到江边,说谁能用金银投中她,她就给谁做妻子。

这消息一传出去,很多的财主老爷和富家公子,将一车又一车的钱银运到江边,拼命地掷啊,掷啊,掷了一日又一日,那银钱像雨点一样落在美女身边,就是没有一个能投中她。这就样,那彩船每日都装满钱银,南海观音将它送给蔡襄作建桥的费用。

第二节　传说故事

一、灵猴传说

《西游记》是一部神话小说,但是民间还流传着一些有关取经的佛教故事是小说所没有的。下面三个故事是在顺昌县大干镇流传的:

1. 灵猴的由来

早在西晋时期,宝山脚下有个高老庄(现名:土垅村。辖属顺昌县大干镇),这是个青山环抱、绿水环绕的美丽村庄。村子里家家户户都姓高,人们世代靠种庄稼卖粮为生。

话说宝山方圆的大山里不知何时成了猴子的王国,成群野猴占山为王,山里的东西吃光了就溜到附近村庄,偷吃农家五谷杂粮,当地百姓对他们恨之入骨,可又拿他们没办法。为此,当地百姓就四处寻找猎人,捉赶猴子。猎人设下许多圈套,猴子们最终难逃一劫,纷纷被捉住。有的被熬了猴胶,有的被卖给走江湖的戏班。

话说宝山寺有个姓唐的老和尚,在宝山修行多年。此人武艺高强,为人

---

① 讲述者:邹桂英,女,84岁,南平市来舟镇,不识字;采录者:王淑莲,女,35岁,南平市来舟镇干部,大专;采录时间、地点:1987年4月于南平市。南平市民间文学三套集成编委会:《中国民间故事集成·福建卷——南平分卷》,1991年版,内部印刷。

刚直不阿，疾恶如仇，乐善好施，爱打抱不平，长年过着清苦的斋人生活，因而在宝山方圆的村庄很有名气。

一天唐老和尚下山化缘，在一农舍遇见几个后生哥正要将刚捉来的两只猴子取去猴头，破去脑壳。此时唐老和尚正路过此地，平日里以慈悲为怀的唐老和尚求后生放了猴子。从此，这两只猴子便跟唐老和尚在一起，一同食宿，一同喜怒哀乐，与老和尚如同亲人。唐老和尚每天都有练功的习惯，寸步不离的两只猴子每天都陪同在身边，日久天长自然学会了不少招式。

2. 高老庄战强盗

传说，高老庄的女孩特别漂亮温柔、勤劳能干，说话都像唱歌一般好听。所以沙县、将乐的后生都喜欢娶高老庄的女孩做媳妇。每当送亲的队伍陪伴着新娘走在山间小路上，唢呐声、锣鼓声、鞭炮声和迎亲人们的欢笑声，招得沿途乡村的大人小孩争相观看，好不热闹。

早先，由高老庄到沙县、将乐没有大路，都是蜿蜒曲折的山间小路，途经三县十八乡六十六村，两天到将乐，三天到沙县。

太康年间，天下大乱，盗贼遍地。老百姓常常遭受土匪和盗贼祸害。这种日子老百姓已经是够呛的了，可偏偏就在高老庄去沙县夏茂的路上，一伙以雷班头为首的盗匪独霸了一座山头掐住了通往沙县的要道，趁那乱世专门打劫迎亲队伍，遇到年轻漂亮的女子就抢去做压寨夫人。从那以后，经过这里的迎亲队伍，都遭到了同样的命运。

小伙子们依次使出各种办法与雷班头的抢匪们斗。但是种种办法用尽之后，雷班头一兵半卒未损，反而不少壮士倒在了山里再也没有下来。人们害怕了。从那以后雷班头更加猖狂地抢钱粮，抢财宝，抢民女。将乐、沙县、顺昌三县七邻八乡的百姓都要供他吃的用的，雷班头这班土匪真是无恶不作！

一天傍晚，天黑得吓人，空中还飘着细雨。雷班头的十几个手下手持短刀，肩扛棍棒等凶器来到高老庄，闯进了高大爷的家。高大爷家里有一对双胞胎姐妹，大的叫高玉兰，小的叫高小兰，是高大爷的孙女。十年前姐妹俩才六岁，高大爷的儿子得伤寒病早逝，接着媳妇改嫁，姐妹俩全靠高大爷一手操持养大。强盗们在高大爷家翻箱倒柜，掀桌砸椅，不仅抢走了家中的鸡鸭，还抢走了衣物和银两，看到双胞胎姐妹俩长得如花似玉，就将她俩捆绑分别装进布袋子里要扛到山寨里去。高大爷哭求强盗中的头领："银两抢走也就算了，姐妹俩还小啊！"高大爷跪着哭求，却被强盗一脚踢倒在门口，顿时高家悲泣的哭号声传遍高老庄。

恰巧,唐老和尚正领着他的两只宝贝猴子化缘路过高家庄。隐约听到远处传来的哭号声,又正好与这伙强盗遇个正着。唐老和尚拾起路边的一根棍棒上前抡起就打。强盗们咬牙瞪眼,有的赶忙应战,有的拔腿就跑。领头的那个看老和尚出手不凡,有招有式就丢下几个兄弟迎战,自己和两个随从扛着装着小兰的那个大布袋往深山老林里溜了。老和尚和强盗们打得难解难分,两只猴子抖擞精神如出弓之箭也冲上前迎战强盗。只见训练有素的猴子如饿虎扑食,将强盗又抓又挠紧紧扭住,扛着包袱跑的几个强盗只好放下包袱抵抗,老和尚眼疾手快一棒下去就打倒一个,还有几个强盗眼看情形不妙,拉上包袱就想逃。说时迟,那时快,两只训练有素的猴子一个长蛇出洞"蹭"地追了上去夺回了几个小包袱,还有一个大包袱被强盗弃在了路上。老和尚赶忙追上前打开了大包袱,姐姐玉兰从里边跌跌撞撞地出来,几个小包袱打开后都是些衣服、银两、大米和鸡鸭。老和尚领着猴子把玉兰送回到高家,又把从强盗手中夺回的赃物如数奉还。高老大爷和玉兰连连感谢之后把详细情况说了一遍,唐老和尚才知小兰仍在强盗手中。唐老和尚答应一定想法子救出小兰。

高老庄的乡亲们见唐老和尚和他的两只猴子功夫了得,都围拢过来商量尽快救出小兰,把雷班头的匪窝端掉。

雷班头的罪行早就激怒了三县十八乡六十六村的小伙子们,他们曾经多次自发地集结起来,手持长刀、肩扛棍棒来到雷班头的山寨。那个山寨三面峭壁只有一条岭路,雷班头在山岭上设了两道关:头关是擂石关,大小石头几千万,叠好的只要撬一下,大大小小的石头就滚下来,有多少人就砸死多少人;第二关是擂木关,成千上万的松木墩堆积如山,后生们要是破了第一关,第二关的松木墩就接着往下滚来……后生们尽管英勇但还是被打退了下来。经过商定,这天唐老和尚领着他的两只猴子和周边村庄的小伙子们一齐进发,悄悄地躲藏在雷班头所在山寨的山脚下。到了天黑唐老和尚"灰"的一声打了个呼哨,两只猴子避开设有滚石堆的关卡,从峭壁和乱石丛中直上山顶。

话说领头的那个强盗在高老庄虽然赔进了几个兄弟,但抢了个娇嫩嫩的高小兰供雷班头享用,也算功过相抵了。当晚到了亥时,两只猴子终于摸黑爬到了雷班头的卧室,两猴如侦察兵般蹲在雷班头卧室的窗台上睁大眼睛往里看,雷班头正在调戏小兰。只见小兰坐在床头,头发松乱,愁眉不展。

雷班头就哄她："十里八乡的人都怕我,你把我雷班头侍候好了我让你穿金戴银,吃香喝辣,否则就把你从悬崖上扔下去……"这时雷班头看着小兰可人的泪花和娇嫩的脸颊,更加欲火烧身,就上前去脱小兰的衣服。两只猴子气得抓耳挠腮,一番交流后,只见它们一齐挺胸收腹、霎时腰肢变得像人的胳膊一样大小,便先后从卧室的窗棂子里钻了进去。原来经过老和尚的训练,这两只猴子会江湖上几近失传的"缩骨术"。

两只灵猴进入卧室后直扑雷班头,在雷班头身上又揪又抓又挠。一身精光的雷班头一时手足无措。雷班头连着出手几拳都被蹦来跳去的灵猴躲闪开了,雷班头又抡起凳子向猴子砸去,仓促中连猴毛都没碰到却打倒了床边的松脂灯(早时夜间照明山里头都用松脂灯),松脂油流了一地,霎时火苗就蔓延成了熊熊大火。一只猴子继续和雷班头纠缠。另一只猴子"吱、吱"叫地拉着不知所措的小兰往外跑。遍体鳞伤的雷班头大声呼救,守滚石关等关卡的强盗们就纷纷赶赴山寨中来救火,小兰就趁此机会一关一关地打开关卡往山下跑。唐老和尚看到山顶冒出了火光,立即带领着等候多时的小伙子们往山上冲。小兰不仅得救了,唐老和尚带领的小伙子们还活捉了大势已去的雷班头,并烧毁了山寨。

3. 深山降巨蟒

有一年,在宝山的深山老林中出现了一条巨蟒,不知害了多少百姓和到宝山寺进香的香客。一时间山林里血雨腥风,人们谈蟒色变。

唐老和尚决定为民除害,终日在寻找它的影踪。一日,像往常一样,唐老和尚和他的两只灵猴照例出来寻找。突然,前方的一片竹林摇晃闪动,竹子一根接一根噼里啪啦地倒掉,老和尚断定是巨蟒,便手持利剑,飞速奔向竹林。

果然是巨蟒,巨蟒所到之处,竹草皆被压倒,如此之大的巨蟒,唐老和尚生平还是第一次见。利剑飞起,刺向巨蟒头部,巨蟒头一闪,让过剑锋,随即尾巴横扫,一阵腥风刮起,顿时竹木纷飞,和尚跳跃避过,又一剑向巨蟒七寸刺去。巨蟒呼一声昂头立起,足有竹子一般高,飞身向老和尚缠来。老和尚被缠住,动弹不得。巨蟒越缠越紧,老和尚气都喘不过气了。巨蟒张开血盆大口,向唐老和尚咬来,老和尚心想:吾命休矣。

就在这时,两只怒吼的猴子冲了上来。一咬头,一咬尾,巨蟒疼痛难忍,松开老和尚,与两只猴子火拼。蟒蛇与两只灵猴厮杀,惊天动地,飞沙走石,所到之处,草木皆倒。它们斗至南天门,这是宝山最险峰,而且三面绝壁,一不小心跌入山谷，必粉身碎骨。两猴瞧准时机，一拥而上，死死抓抱住巨蟒狂咬，"轰隆"一声巨响，蟒蛇与两只灵猴一齐掉下山崖。在深不见底的山谷里，猴蟒同归于尽。宝山和附近的村庄终于恢复了往日宁静。宝山寺庙的香客又陆续多了起来。香客听说两猴舍身为民除害，没有一个不受感动的。为了感谢两猴的恩德，唐老和尚在南天门两猴坠崖的地方建了一座墓，可猴无名怎么立碑呢？想了很久，后来就取了齐天大圣与通天大圣之名。这墓后来就被人们作为"平安神"来敬拜。从那以后宝山方圆的许多村庄都建庙供奉它们，把它们当作神灵祭拜，现在它们的牌位在宝山附近的村落常能寻到。不过每年到了祭祀之日，各地的善男信女必到宝山取火种，以示齐天大圣与通天大圣的真神传遍各地。两只灵猴的传说实实在在是没有一点神话色彩的。千百年来随着时间推移，灵猴的传说经过无数人的夸张、描绘、神化后才变得神乎其神了。直到吴承恩创作出《西游记》后，神猴便家喻户晓，名扬海内外，灵猴成了战无不胜、坚持正义的神的化身。

4. 敲木鱼的故事

唐僧去西天取经，一路上遭了九九八十一难，有一难就是路过一条水流像雷响的天河。

唐僧不比孙悟空有腾云驾雾的本事，他没脱肉胎凡身，飞不过河去，又找不到现成的船过渡。正在进退两难的时候，河中浮起一只修炼千年的老龟。它叫唐僧坐在它背脊上，驮他过河去。唐僧很欢喜，就坐在龟背上，游到河心时，老龟对唐僧说："师父到了西天，求你在如来佛面前说几句好话，帮我早日超度上天。"唐僧答应："你放心，这事我会记住。"

唐僧取经回来时，又路过这里，老龟又来驮唐僧，驮到江心时，问唐僧："师父，我十年前拜托您的事怎么样了？"唐僧"啊！"了一声，半天才回答："真对不起，我只顾取经，把你搭求的事给忘记了。"老龟一听，生气地沉到河底去了。

孙悟空、猪八戒慌忙搭救，才使落水的唐僧免于一死。可惜经书被河水弄湿了。唐僧心疼哪！他只好把经书摊在石头上，用根细竹签轻轻翻动，一页一页地晒干。最后查点，糟了！少了一卷。孙悟空火眼金睛，一眼就看出是被一条鲤鱼精吞进肚腹里去了。他"唰"的一下钻进河中把那只鲤鱼精捉来，要它快把经书吐出。鲤鱼精晓得经书字字如金，藏在肚子里以后好跳龙门上天，所以拼死也不吐出。孙悟空想一棒子把它打死，唐僧连忙喝住："杀不得，杀不得，阿弥陀佛！"说着手持目连杖轻轻敲打鲤鱼精的头，敲一下吐一个字,敲一下吐一个字……

从那以后,和尚念经总要敲打张嘴的木鱼,因为鲤鱼精留下许多字不吐出,唐僧的后代还在讨;翻经书过页时,也不用手,学唐僧师父的样子,用根细竹签轻轻地翻动。许多经书的句子里为什么都用"萨摩诃"三个字呢?因经书被水弄湿后,有些地方字迹模糊不清,只得用梵语"萨摩诃",意思是"就这样算了"。①

二、厦门五龙屿(鼓浪屿)的由来

鼓浪屿是厦门市的一个小岛,在大海中与龙王关系密切。究竟有什么关系呢?"海上花园"鼓浪屿原来叫作"五龙屿",至今闽南一带还有不少人这样称呼。"五龙屿"的故事是这样说的:

传说早先厦门岛并没有什么小岛屿,这里海面宽阔,水深浪平。有一次,东海龙王闲着无事,带着五个龙子步出水晶宫,四处游玩。他们来到厦门海面,一眼望见厦门岛上花红柳绿,莺歌燕舞。老龙王说:"我当了一辈子东海龙王,竟不知道这里还有一个人间仙境。我们上岛看看吧!"

他们摇身变成一老五少六个人,登上岛来。只见岛上嘉禾遍地,景色迷人。岛上居民非常好客,家家户户都端出热茶,摘来鲜果,殷勤地款待他们。他们一连在岛上玩了好几天,谁也不想回龙宫去,于是在近海新建了一个行宫,住了下来。

龙王爱厦门爱得入心,岛上缺水了,他悄悄地洒下甘霖;庄稼快收成了,他悄悄地驱云逐雾;渔民出海,他兴风推帆;渔船下网,他往网里赶鱼虾。那几年,厦门海面水平如镜,岛上风调雨顺,年年鱼粮丰收,老百姓安居乐业。厦门岛的百姓对龙王感恩戴德,便在龙王上岸的地方盖了一座水仙宫,家家户户争着祭祀龙王,天天烧香不断。

过了三年,有一天,玉皇大帝外出巡视,发现东海的海面上有一处闪闪发光,仔细一看,原来是一个美丽的岛屿。玉皇随即降落岛上,走遍了厦门岛的每个角落。当他来到水仙宫前,忽然皱起眉头:"哼!这岛上有一座水仙宫,却没有祀奉我玉皇的庙宇!"他恼羞成怒,便降旨东海龙王,命他罚厦

---

① 讲述者:陈茂生,男,55岁,福安县范坑乡村医生,大专;采录者:陈发松,男,52岁,福安县范坑乡文化站干部,初中;采录时间、地点:1987年4月于福安县范坑乡。福安县民间文学集成编委会:《中国民间故事集成·福建卷——福安县分卷》,1989年版,内部印刷。

门岛大旱三年。说完驾起五彩云,气呼呼地回天宫去了。

东海龙王不敢违抗玉皇大帝的旨意,只好停止在厦门岛上空耕云播雨。从此,厦门赤日炎炎,热气灼人。田园渐渐龟裂了,禾苗渐渐枯萎了。第一年,岛上的五谷颗粒无收;第二年,鸟儿也全飞走了。

岛上居民种田无望,只好讨海。可是,大家一齐下海,哪来的那么多鱼虾好捕呢?渔民们捕不到鱼虾,有的饿死,有的逃荒,还有的天天到水仙宫烧香,祈求龙王爷大发慈悲,普救苍生。

老龙王身在龙宫,心里惦念着百姓,便又带着五个龙太子到厦门来了。上岸一看,原来好端端的一个宝岛,如今变成了光秃秃的荒山野岭,哀声连天,惨不忍睹。水仙宫的神龛前,草坪上,跪着一排排男女老少。老龙王和龙太子正看得伤心,只见一队男女抬着龙王神像远远而来。到了宫前,三步一跪,一跪一呼:"皇天落雨,百姓免苦!"大伙喊得喉咙沙哑了,跪得膝盖也破了,渗出血来。老龙王看到这里,禁不住暗自流泪。他恨不得张口喷出泉水,举手招来云雨,但想到玉皇大帝的御旨,只好强忍下来,摇摇头,叹叹气,带着龙太子无可奈何地又回东海龙宫去了。

老龙王从此吃不下饭,睡不着觉。这天,小龙太子向他报告说:"跪在水仙宫前的百姓,至今还不起来,决意祈求到天下大雨!"老龙王一听,一跃起身,跳下床来,大呼:"上殿!"一声令下,文武百官汇集殿前。老龙王说:"厦门百姓对我一片虔诚,如今遇难,我若不加解救,日后还有什么面目见他们呢?"说完,老龙王下令风神驱风,雨神驱雨,降雨三天,解除厦门的旱情。

这一来吓坏了龙宫的文武百官,龟丞相、鳖御史、虾姑状元一齐跪在殿下,大呼:"大王万万不可!此令逆犯天条,会受到玉皇大帝的惩罚!"老龙王一听,气得眼如铜铃,怒发倒竖,厉声呵斥:"你们只顾自身安危,却不顾岛上百姓疾苦!我今天决心已下,谁敢再奏?"

白鲂将军也冲到殿前,大声疾呼:"大王!你甘为民献身,臣愿亲赴厦门港,永保港内太平!"

老龙王一听十分高兴,晋升他为镇海元帅。于是白鲂将军来到厦门港,日夜巡回,以保厦门百姓平安。从此,所有鲨鱼再也不敢闯进厦门港危害百姓的性命了。厦门百姓感激白鲂将军,渔民见了白鲂鱼不捕不杀,还亲热地称它为"镇港鱼"呢!

那风、雨二神急急赶到厦门岛上空,施展神通,顿时大风推云,乌云播雨,一连三天:第一天,岛上枯木暴芽,禾苗返青;第二天,瘦弱的青年又健壮起来,饿昏的儿童、老人又复苏了;到了第三天,逃荒的人纷纷返回故里,重整家园。老龙王功德无量,人人感激,从此,水仙宫的香火更旺了。

再说玉皇大帝深居天庭,这一天掐指一算,大旱三年的期限到了。他暗自想:"厦门岛变成什么样了?那些刁民们这下该懂得我的厉害了吧!"决定亲自再到厦门探察一番。他率领太白金星等随从,驾起彩云来到厦门岛上空,按住云头一看,呀!山青青,水涟涟,百草争芳,百花争艳,这哪里是大旱三年后的厦门!玉皇大帝气得咬牙根,命太白金星到岛上打听是谁违抗御旨。太白金星不久就回来了,禀告:"陛下,是东海龙王降甘霖,拯救岛民!"玉皇大帝说:"孽种!此龙不刷,天庭何安!"回到天宫,当即降旨,宣东海龙王上天复命。

东海龙王早知会有这一天,接到御旨,也不多说什么。五个太子抱住他放声大哭,争着替父王到天庭去受罚。老龙王说:"我年老了,还是我去。我这一去,凶多吉少,只愿玉皇怜悯你们年幼无知,不加牵连。东海龙王你们也做不成了,就到厦门岛寻个安居之所吧!"说完挥泪告别众太子,来到天庭。玉皇见了他,大喝一声:"孽种!"抽出宝剑,一剑砍去,东海龙王的头颅从天庭滚落人间,掉在厦门岛西南海面上。

玉皇大帝杀了东海龙王,还不解恨,又降旨:"东海龙王已死,五个太子不得世袭,监禁黑龙潭,终身不赦!"

五个龙太子这时正在东海龙宫里等父王的消息,一个个惶惶不安。猛然间,见父王首级从天宫掉到厦门岛西南海面上,他们一拥上前,抱住父王首级,哭得死去活来。这时,空中一声霹雳,托塔天王奉玉皇之命,率领天兵来了。托塔天王宣读过御旨,便下令押解五个龙太子到黑龙潭去,然后回天宫复命去了。

五个龙太子见天兵已去,一心念着父王,就挣扎着向父王爬去。爬到父王首级旁边时,终于支持不住,昏过去了。

这时,老龙王口中的那颗明珠,慢慢地从嘴里滚落海中。说来也怪,这颗明珠并没沉入海底,反而化成一座岛屿,浮出海面,把老龙王的首级托得高高的,成了一座小山,耸立在这岛上。五个太子躺倒的地方,后来也成了五个小山坡,每两个山坡之间还有一条小水沟,远远看去,好像五龙卧岗。

厦门的百姓非常感激、怀念东海龙王和太子,为了不忘他们的恩德,就把老龙王首级变成的山叫作"龙头山",把这座岛叫作"五龙屿"。①

三、八仙传说

八仙是道教的神仙,在民间八仙过海的故事家喻户晓,"八仙过海各显神通"的民间谚语被人们经常挂在嘴边。

"八仙显神通"就是发生在闽台地区的一个八仙显灵的故事:

传说八仙对蔡襄造洛阳桥这件事非常关心,他们各显神通,多次前来相助。

张果老将自己骑的神驴,变成了千百头毛驴,帮忙运载建桥的木石器材;铁拐李锻打了千万支锤钎,送给建桥工匠使用。奠桥基时,民工陷在江底的烂泥中,行动不便,吕洞宾拔出太乙神剑一挥,将兴化府内的葫芦山砍下半截;汉钟离宝扇一扇,将那半座山的沙土乱草赶到洛阳江来,均匀地铺在江底的烂泥上。吕洞宾又念动真言,调来徒弟椿树精,拿剑把椿树精的头发割下来,往空中一撒,只一会儿,桥基内就插满了密密匝匝的木桩;李铁拐举手往天顶一指,从天顶飞来了千万只铁锤,叮叮当当将这些木桩钉进了江底,基石安在木桩上,坚固无比。韩湘子用他那把雪帚,将沿海所有的牡蛎丝全都扫过来,粘在每座桥墩上,使每块石头都紧紧地胶合在一起。曹国舅将他的檀板抛在洛阳江上,变成了几百只的大船利用涨潮的浮力,将一块块的大桥板顶托到桥墩上面。

为了改善民工的生活,提高工效,何仙姑悄悄拿出荷花,暗念了几句咒语,工地伙房里就不停地出现猪羊鸡鸭、山珍奇味。蓝采和又把花篮抛落东海,提来一篮鱼虾,倒在伙房里。伙房里出现了一堆鱼山和虾山,怎么吃也吃不完,而且始终都那么新鲜。

洛阳大桥就要完工的时候,龟蛇两怪联合洛阳江上游的九十九条蛟龙,掀起狂风大浪,横冲直撞,想将大桥吹倒。八仙各显神通,与龟精蛇怪蛟龙搏斗起来。吕洞宾挥舞着太乙神剑,三两下就将蛇怪劈成两段;张果老骑着神驴,不一会儿,就将龟精踩成肉饼。那九十九条蛟龙,被韩湘子、曹国舅、汉钟离、蓝采和、何仙姑杀得死的死,跑的跑,最后铁拐李掀开了火葫芦盖,放火把这些没死的蛟龙统统烧死了。

---

① 讲述者:李文章,男,45岁,厦门市开元区干部,高中;采录者:章义泓,男,47岁,厦门日报社编辑,大学;采录时间、地点:1983年3月于厦门市。厦门市民间文学集成编委会《中国民间故事集成·福建卷——厦门市分卷》,1991年版,内部印刷。

过了没多久,雄伟的洛阳桥建成了。

后来,人们为了纪念蔡襄建洛阳桥的功绩,在桥南建起一座"蔡襄祠",塑造他的生像,供奉在厅堂中;廊下配祀了夏得海的塑像,壁上画着八仙的形象。①

四、海神妈祖的神话

闽台神话中,最有名的是海神妈祖的神话。

迄今为止,妈祖仍然是闽台民间最受崇拜的大神,以妈祖为主神的神庙——天妃宫、天后庙等遍及整个中国台湾和福建省,甚至在中国沿海和出口产品的生产地如景德镇都有很大的妈祖庙。据说台湾有大大小小的妈祖庙800多座。随着华人到世界各地,妈祖庙也建到了世界许多地方。据统计,全世界妈祖庙有5000多座,信徒2亿多人。妈祖已经由一个海神演变成为万能的大神。

妈祖原名林默,又称为龙女、灵女、神女、天妃、天后、妈祖。传说她"生而灵异,幼而聪明,善观天象,广识水性,常骑着铁马在海上风浪中救护航船,扬善除恶,救人济世"。她是宋代人,其父惟悫,名愿。五代时任湄洲都巡检,管沿海治安巡逻。母王氏,生一男六女。妈祖是她最小的女儿,于北宋建隆元年(960年)生于福建莆田县。

关于妈祖的神话故事有很多。主要有妈祖的生平故事,她是怎样成神的,有些什么神迹,还有她显灵救人的神奇故事等。这些故事在民间广为流传。过去也有不少记录,如《敕封天后志》、《天妃显圣灵》等书。这些显灵故事应该说是神话无疑。这是一些严肃的故事。

下面是妈祖故乡莆田县的一个神话故事"铁马渡海":

林默长到18岁时,亲眼见过的海难不下百回,每一回海难都使她心碎。特别是那年九月的一次大海啸,吞没了岛上的数十条渔舟,夺走了乡亲百余条性命,林默难过得像得了重病。

一日午时分,林默突然听到门外传来一阵马的嘶叫声,心里十分诧异:

---

① 讲述者:黄炳荪,男,40岁,惠安县山腰乡干部,初中;连春柳,男,71岁,惠安县山腰乡农民,小学;采录者:陈瑞统,男,48岁,惠安县干部,大学;王钦之,男,65岁,惠安县螺城镇干部,初中;黄炳琦,34岁,惠安县山腰乡职工,高中;采录时间、地点:1989年10月于惠安、泉州。泉州民间文学三套集成编委会:《中国民间故事集成·福建卷——泉州分卷》,1990年版,内部印刷。

这湄洲岛上人家惯用舟楫,从来没见过马。只有村头东面的古榕树下,立着一尊不知是哪个朝代留下来的镇邪铁马。那铁马虽然神气非凡,但毕竟年长月久,早已斑迹剥落,苍老消瘦了。

第三天暝里,林默和衣而卧,虚掩柴扉,静静地等待,侧耳细听,果然又听到一阵马的叫声,似乎是从村头东面传来的。她急忙出门,赶到村东头的古榕树下,走近铁马,摸了摸马身。说来也怪,那马身上的斑斑铁锈竟成了茸茸细毛,手触着感到微微温热。她绕着铁马仔细巡看,发现铁马还眨着双眼,嘴里喷出白气,长长的马尾还会轻轻摆动呢。她又惊又喜,放大胆子一翻身跨上铁马,往马脖子上轻轻地捶了一拳。神了,铁马猛然发出一阵嘶鸣,昂起头,奋开蹄,驮着林默离开村庄,奔向茫茫大海。风里浪尖,铁马神威大显,就像驰骋在千里平川。林默试着驾驭它,她的左手指向哪里,铁马就奔向哪里;她的右手五指收拢,铁马就戛然止步。林默很高兴,她想,有了这匹神马,日后乡亲们不管遇上什么灾难,也都有了指望。

天色微明,林默左手向村庄一挥,铁马转过头来,箭一样沿着原路奔回古榕树下。林默跳下马,用手轻轻地抚摸它,铁马会意地向她点了一下头,就一动不动地站立着,恢复了原来的样子。从这以后,林默常常跨着铁马,飞驰在万里海面上,营救遇难的渔民、客商。湄洲岛和远近所有的渔村,都过上了安宁祥和的日子。

后来,林默升天为仙,那匹铁马也跟随她去了。直到现在,还有人见过林默身着红色披风,骑着褐色神骏,在海面上巡游,护卫着航海的人们![1]

课题组三上湄洲岛,所采访的故事与资料上编辑的故事大同小异,根据闽台的田野调查和各种书面文献,把这些神话故事的内容系统简述如下:

1. 妈祖出生:传说她母亲梦见观音菩萨给她一颗丸子,她吃了之后就怀孕生了妈祖。在她出生时红光入室,香气扑鼻,并有春雷阵阵。她出生后,一个月都不出声,就起了名字叫林默。

2. 窥井得符:她10岁学佛学道,13岁有一个老道士玄通授以她"玄微秘法"。16岁,她在井中照镜,井中出来一个神人说她可以"挂席过海如飞",或"大海一鞭而过",人称龙女、神姑。

3. 海上救父:一次,父兄在海上遭遇风暴,妈祖正在织机上劳动,忽然紧

---

[1] 讲述者:王金顺,男,50岁,莆田湄洲文化站干部,高中;采录者:林成彬,男,32岁,仙游干部,大学;采录时间、地点:1989年8月于湄洲岛。莆田民间文学三套集成编委会:《中国民间故事集成·福建卷——莆田分卷》,1989年版,内部印刷。

闭眼睛,脚踏机轴,抓梭不放。她母亲见了,忙叫醒她,致使梭子落地,原来妈祖是在救父兄于海难。结果救了父亲,哥哥却淹死了。她于是下海寻找哥哥的遗体。海里动物都来欢迎她,水神护尸,水清浮之而出。

4. 此后,在妈祖生日每年的三月二十三日,湄屿周围大鱼环列,都来为妈祖贺寿。这一天,渔民不敢下海。

5. 化草救商:一艘商船在海上遇到风暴,向妈祖求救,妈祖有求必应,将草投入海中就成了大杉木,杉木使船稳住,保住了商船。商船到岸后,大木又没有了。

6. 菜籽屿:湄洲岛旁有一小屿,妈祖曾撒菜籽于地而大发,四时都有油菜花,人们就把这个岛叫作"菜籽屿"。

7. 大旱出雨:妈祖21岁时,大旱,人们向妈祖求雨,大雨解除了旱灾。

8. 降服二神:千里眼、顺风耳是海上的两个妖怪,经常为非作歹。人们向妈祖求救,妈祖用丝帕作法,使二人放下斧头,但是两年后,他们又兴风作浪,水灾害人。妈祖又念咒撒土,制服了二怪。于是收为自己的随从,为自己传递信息。现在有些妈祖庙中千里眼、顺风耳就站在妈祖两边。当时妈祖23岁。

9. 收服晏公:晏公是海上的一个妖怪,变成龙,在海上为害。妈祖与他斗法,用缆绳把他捆住,使他降服,成了妈祖海上救护的总管。

10. 治病救人:有一个县令是一个好官,全家生了重病,怎么也治不好。人们向妈祖求救。她给他们菖蒲九节,让他们煮水喝,把病治好了。

11. 收高里鬼:高里鬼是一个妖怪,使全村人生病。妈祖以符咒贴床前,怪物飞起,紧追不舍,成为一个鹧鹋,妈祖向它洒符水,使他落地化为一撮枯发。妈祖以火烧之,变为小鬼原形,拜为妈祖部下。

12. 治理水患:妈祖26岁时,水患严重,妈祖焚香祷告,使虬龙飞走。于是雨止。

13. 除怪护桥:怪风刮坏了过海石桥,妈祖知道,这是二孛作怪,于是,施法术把他赶走。

14. 湄洲有嘉庆、嘉佑两个妖怪,摄人魂害人,在海上兴风作浪。妈祖化作一艘货船,来救遇难的客船。二怪转来即遭符咒。嘉佑服罪,又经过反复斗争,终于降服二怪,使他们成为18位"水阙仙班"中的两位。

15. 湄峰升天:妈祖28岁时,因为她救苦救难,人称"通灵贤女"。前一日与姊妹们笑别,九月九日重阳节,她登上湄峰最高处,白日升天,天上有仙乐相迎,妈祖驾彩云飞去。

16. 漂来铜炉:妈祖飞升后,海上漂来一个铜炉。当地人就为妈祖建一妈祖庙。祭祀妈祖时,祭品要有36种鱼虾龟鳖等"水族朝圣"的面塑。这是对海神的祭礼。

17. 穿红蓝裤:当地老年妇女,学妈祖穿红衣,但是凡人不比仙人,只裤子的上部是红色,下部则是蓝色或黑色。

18. 赐封"顺济":北宋给事中路允迪出使高丽,途中遇狂风巨浪,几条大船,只存其一。因为向妈祖祈祷而得救。即上奏朝廷,皇帝即下令为妈祖建庙,并赐匾题词"顺济"。后来,又因为"护佑驱逐海寇",加封"夫人",因解旱灾,加封"灵惠妃"。

19. 统一海神:原来各地有自己的海神,如泉州的海神通远王、福州的海神演屿神、莆田的海神显惠侯、广州的海神广利王、海南岛的海神伏波将军等。自从封妃后,完全被妈祖统一了。妈祖成了唯一的海神。

20. 元代海上的漕运繁忙,对妈祖又加封"护国明著天妃",封号长达22字。明代又封三次,皇帝亲自祭祀14次。

21. 郑和七下西洋,每次都祭祀妈祖。在船上也祭供妈祖神像。在北京也建天后宫,在琉球、马六甲都建妈祖庙。

22. 郑成功兵船攻打台南时,带了同安妈祖庙内的妈祖像,在攻打时正好涨潮,登岸容易多了,荷兰军正在梦中,大败,投降。

23. 清代施琅攻打台湾时,水军在舟中似见妈祖而攻克澎湖。康熙即封天后。后又在台南建天后宫。台湾北港的朝天宫是最大的妈祖庙。

24. 澳门的妈祖庙由明代福建商人所建,因为妈祖在海浪中救了他的命。这是澳门最古老的庙,又叫妈阁。澳门的外文名字就叫妈阁。

以上的妈祖神话只是很少的一部分,妈祖显灵的故事有很多,很多人都非常相信妈祖是有求必应的大神,所以妈祖庙的香火非常旺盛。台湾每年三月,都有妈祖巡岛的群众性活动,参加者有几万人,巡游几天几夜。这是信仰的力量。

对妈祖的生平,也有不同看法。有历史学家考证,妈祖不一定出生在官宦之家。因为宋代就没有都巡检这个官。有记载说妈祖"出生民家"可能是渔民,因为经常在海上救人,而被人们神化。对妈祖的出生地,明代族谱说在贤良港,但是一般都说在湄洲岛。湄洲岛的祖庙是朝圣的第一圣地。台湾和许多地方的妈祖庙都是由这里分灵出去的。所以每年都有成千上万的人到湄洲岛朝山进香。庙中有妈祖神话的许多连环图画。这是妈祖神话流传的另一种方式。它和口头讲述相辅相成，是一项重要的文化资源。

人们如此崇拜妈祖，并非偶然。因为妈祖精神是非常动人的。作为一个女神，她扶危济困、舍己救人、无私奉献、驱邪治病、见义勇为、奋不顾身、好行善事、助人为乐……这些神话体现了人们理想的英雄人物的崇高品质。在人们无法驾驭命运的活动中，带给人们信心，这正是人们所需要的。我们不能以"封建迷信"的莫须有的大帽子来否定这种民间信仰。人民有宪法规定的信仰自由。

五、伏虎传说

闽台的地方神话，还有许多。这些都是人们非常崇拜的神灵的故事。

长汀东北十个村的地方神是伏虎。传说他是一个宁化来的长工。饭量大，一顿能吃一斗米，上山砍树时，一大筐糍粑都给他一个人吃光了。大家说："你把砍的树一个人背回家吧！"他真的把大家砍的树，全弄回家了。他可以把瓮翻过来洗。筑堤防大水，他修的一段用巨石堆成。大水来了，唯独他这一段没有被冲垮。东家叫他割鱼草，他把鱼赶到陆上来喂。

一天伏虎对奴婢们说，看到一只狗来偷饭，咬着饭勺跑，你们也赶快跑。他们刚刚跑出门，整个地主的庄院全陷落下去成了湖。

他在长汀与古田做了三年长工，就出家修道。一次他在宁化大庙发现长汀的地太瘦，就托人带一包东西回长汀，并交代不到长汀，不能打开。那人在路上爬山，又渴又累，打开包包一看，原来是一包狗屎，就扔了。其实这是一包宝贝，可以肥田。所以宁化的地就比较肥沃，而长汀的地到现在都比较贫瘠。

北极楼来了一只白面老虎，请了99个和尚作了49天大醮也赶不跑。他们去请伏虎，他号称"烂脚和尚"，加进去，成了100个和尚。要用灯芯搭台，99人没本事，伏虎就行。老虎就被他作法收服了。

还有一个伏虎与红军的神话故事：1930年红军中央警卫连到新桥宿营，平原山的伏虎祖师变一白胡子老头对红军说："彭坊有大难，白匪军要来烧杀抢劫，你们快去吧。"于是红军到了彭坊，占领了山头有利地形。白军500人把彭坊四面包围，刚到村口，红军机枪就扫射过来，结果死了200多，其他人四散逃跑了。老百姓都说："老红军是伏虎祖师请过来救我们的。"

2011年11月15日，同安县莲花镇道地村洪参义、高素珍夫妇讲了一个清水祖师在朝鲜战场的神话：一个安溪的青年志愿军战士，在朝鲜带着清水祖师的香上战场，一仗打下来，整个部队只剩下他一个人了。他说："当时有一个穿袈裟的老人带着他走出战场。这个老人家就是清水祖师。"

这一类的神话很多，人们也都相信。

福建云霄县是原来的漳州古城所在地，有开漳圣王祖庙"燕翼宫"，原来是陈文光的府第。还有陈圣王庙、王爹庙、威灵庙、卢坑圣王庙、将军庙等开漳先贤祠庙80多座。

开漳圣王就是唐代将军陈文光，他来此开辟南荒，战胜蛮獠，文治教化，发展水利，建议在广州与泉州之间，建立漳州。民间尊之为"开漳圣王"。

保生大帝也是闽台民间非常崇拜的大神。他原身是宋代同安神医吴夲，传说他曾经应圣旨去给太后治病，他扮成女子，进宫治好了太后的病。皇帝封他为"公妈婆"，要他来世做一个接生婆。于是同安就在同春宫中供了公妈婆，是孕妇的保护神。

吴真人的神话不少。比如说在康王正渡黄河时，金兵追来，空中忽然显出"吴"字帅旗，金兵被堵住了。这就是吴真人救康王。康王在杭州登基后，就封吴真人为"大道真人"、"大帝"。

后来，倭寇来犯，吴真人也显出帅旗退敌。孝宗封他为"慈济真人"。并把庙改为"慈济宫"。

在鄱阳湖大战中，吴真人又刮大风，吹翻了许多陈友谅的船，帮朱元璋转败为胜。郑成功在台南前头寮学甲慈济宫登陆后，每年农历三月三十一日都要在前头寮举行一次隆重的"上白礁"典礼（白礁是保生大帝家乡同安县白礁乡，那里有祖庙），台湾全省大大小小的保生大帝庙都要一起参加祭祀，隔海面向大陆的白礁遥拜祖庙祖先。300多年来，这一传统从未间断。

女神陈靖姑——临水夫人的神话有很多。她生于古田，嫁的也是古田人。一说她是唐代道姑，或为女巫。24岁为抗旱祈雨而死。另一说则说她是为斩蛇而死。其神话有：

降生神话：观音在三月三蟠桃盛会上，与众仙试弹天柱，手指出血滴到地下，被陈昌妻所吸，怀孕生了靖姑。

斩蛇神话：观音梳头掉下两根头发，变成两个蛇妖。陈昌家传茅山法派两个儿子去除妖。一个儿子被蛇吃了。靖姑17岁，立誓斩蛇。先上闾山学法，学成归来，见白蛇为害，即把白蛇斩为三段。蛇变为靖姑回府，靖姑追来，蛇入古田临水洞，靖姑坐压蛇头，使她永不能出。靖姑却因此而死。

台南有临水夫人庙,主神为陈靖姑,是孕妇的保护神。右边是注生娘娘,左边是花公花母。据说,天上有花园,为花公花母所管。白花是男孩,红花是女孩。是男是女,由他们二神决定。

台湾的民间神极多,有关的神话也很多。如嘉义一真武庙,日本人要占,民众没法,而真武大帝——帝爷公变成一条大蛇,挂在荔枝树上,引发枪支走火,打死不少日本兵。

这些神话反映了无助的民众幻想用神的力量来克敌。这是对邪恶势力的一种精神上的压制。

佛教、道教神话更多,以目连救母的故事最为流行。民间小戏竟有一种为目连戏,可见其影响之大。

和基督教一样,道教、佛教、民间宗教也都用故事作为传教的最好和最方便的工具。在宗教活动中、在丧葬仪式上,都有故事的讲述。庙里的诗签,有的就用故事。如上签有"孟丽君为相"、"樊梨花招亲"、"唐三藏取经"等;中签有"牛郎织女"、"刘备招亲"、"萧何月下追韩信"、"郭子仪拜寿"、"八女救夫"、"苏秦不第"等;下签有"单刀赴会"、"吴汉杀妻"、"文王请太公"等。台湾的许多寺庙都有信徒们印的佛教故事书,如《妙莲老和尚说故事》(台湾岩山寺印)等。对于民间的宗教故事,则有台北联经出版公司的《民间信仰的故事》,这是由林淑玫著、施志汶审定的普及读物,是给小孩子讲的故事。这还是"郑重推荐"的书。

第三节　闽台民间传说文化资源调查

闽台民间传说最有名的是关于武夷山的传说、日月潭的传说、土楼的传说等地方传说。福建的文化传统非常深厚,在民间流传着许许多多古代的人物传说,这是人民心中的历史,很有教育意义。如重要历史人物的传说、关于文化大师的传说、关于文学家艺术家的传说以及关于特产的传说等。

一、台湾日月潭的传说

台湾日月潭的故事很有名,故事说的是:

从前,阿里山叫秃山,什么都不长。山北有个猎人阿里,他杀虎救了两个姑娘。忽然天上下来一个老头子,拿一根拐杖要带两个姑娘走。阿里夺下拐杖,把老头子的头打出一个包。姑娘说,坏了。我们是天上的两个仙女,看到这里风景好,偷偷下来玩的。你打了他,玉皇大帝要重罚了。

怎么重罚？要烧死这里所有的生灵。

除非有人舍身上山挡住雷火。阿里于是就跑上了山顶,被雷火烧死了。

这时秃山上忽然长满了花草树木。两个仙女也变成各种美丽的鲜花,陪伴着阿里。于是这秃山就叫作阿里山了。

屏南县鸳鸯溪上有一处著名的风景,叫"双龙抢珠"。在民间流传着一个《双龙抢珠》的故事：

古时候,在鸳鸯溪畔住着一个寡妇,年近五十,身边只有一个十一岁的儿子,名叫张朝升。母子俩相依为命,过着穷日子,常常吃了上顿没下顿。有一天,天气特别闷热,来了个过路的风水先生,到寡妇的山楼里讨茶吃。寡妇看了风水先生一眼,见他满头大汗,就说："先生请坐,茶是没有,请吃碗水吧。"不料寡妇拿起水瓢把缸里的水搅浑了。风水先生心里火冒三丈,原想立即走开,无奈口渴难忍,只好忍气坐在那里,等水清以后再喝。风水先生喝了水之后,心想这寡妇如此刻薄,就生报复之心,对寡妇说："我在附近发现一穴'吉地',不知你祖上有没有骨瓮未安葬？"寡妇说："有是有,但我丈夫死了,儿子又小,生活都没得过,哪还有钱葬墓。"风水先生说："这地方风水好,子孙一定发财升官,而且是现成的石洞,不用花什么钱。"并答应第二天来帮助她安葬。

第二天,寡妇在风水先生的帮助下,将公公、婆婆的骸瓮葬入那"吉地"。寡妇千恩万谢,并说日后若有出头之日,一定厚谢先生。风水先生暗暗笑着走了。原来这是一处"双蛇锁口"墓穴,谁葬了都要断子绝孙的。

寡妇望子成龙,一心指望儿子能争口气。不久,她收拾破衣破被,带着儿子,沿途行乞投靠做生意的阿哥。

转眼十年过去了,这寡妇的儿子张朝升在阿哥的帮助下,进了私塾读书。这孩子资质聪颖,且能吃苦,日夜勤奋攻读,学业优异。先是中了秀才,接着中举人,最后金榜题名,得中二甲十二名进士,被朝廷选派当了知府,寡妇也受到朝廷的诰封,做了太夫人。寡妇不忘往事,一心要找风水先生表示感谢。

一天,寡妇在回乡祭祖途中碰到风水先生。寡妇千恩万谢,并将葬穴后的经过告诉了风水先生。风水先生暗暗叫奇,断子绝孙之地怎么会出一个知府大人？但他是个精明人,顺水推舟,说那墓穴是"双龙抢珠"的大贵之地。两人谈到当年的情景,风水先生探问寡妇为什么把水搅浑。寡妇说:"在那大热天,走长路的人心热血旺,喝了生水会得冲水病,把水搅浑是让先生歇一下,热气退了,心跳平了,浑水也清了,这时喝了水,才可保无事。"风水先生听了想,真是善人有善报![1]

这是一个带有神话色彩的民间传说,和龙神话与风水信仰有关。人们信仰龙,就把龙地当作最好的风水宝地。但是这个传说中的风水又与道德相关,体现了"善有善报,恶有恶报"的因果报应思想,这是一种天人感应的传统思想,反映了一个客观社会规律——"报应律",或曰"因果律",这是人民群众长期社会经验的很好总结,是非常深刻的一个客观规律。人们到这里旅游,可以根据这个传说的指引,看看龙地是怎么一回事。

二、陈嘉庚择婿的传说

华侨的传说在侨乡很多,有华侨悲剧命运的传说,也有华侨如何发家的传说。

华侨领袖陈嘉庚是最伟大的华人爱国企业家。他自己勤俭度日,省出钱来在厦门等地建了几所大学,又建铁路,造福乡邻,流芳百世。关于他的传说是很多的,如晋江市的《陈嘉庚择婿》就是一个流传很广的故事:

爱国华侨陈嘉庚要选择女婿的消息一传开,立即轰动了南洋群岛,人们议论纷纷:"可能会选择政界上有作为的人士吧?""一定会选择家财万贯的俊后生了","应该是一位博学多才的青年学者"。

两年前,陈嘉庚的橡胶园新来了一个后生当杂工。他是福建南安县人,名叫李光前,平时很崇敬陈先生,每日清晨天刚蒙蒙亮,他就在橡胶园中忙这忙那,还做了许多分外事,常常是日落西山,还不停工。李光前识字不多,但很爱学习文化。晚上总是读报纸,学英语,翻阅图书,学到更深夜静。假日里,伙计们都穿起西装皮鞋,逛大街、进戏院、入酒楼,他照样是一身粗布衫,伙计们喜欢他,也爱取笑他。有的说他是"新客",不懂得享乐;有的笑他是"呆子",有钱不晓得花。

有一次,不知陈嘉庚是有意要考验这个后生,还是真的不小心,丢失了一笔数目相当可观的钞票,恰巧被这位后生拾了,并原原本本地交还主人。

---

[1] 讲述者:张家棍,男,60岁,屏南县双溪镇干部,初中;采录者:甘久滔,男,41岁,屏南县财政局干部,高中;采录时间、地点:1986年1月于屏南县双溪镇。2012年8月屏南县文化局提供,内部印刷资料。

这一来,伙计们又在笑他:"陈先生的钱比橡胶园中的沙土还多哩,还给他干什么?你有了这笔钱,可以回故乡建座楼房,娶一个漂亮的妻子,够你享福了,何况你拾到的钱只有天知地知你自己知呢,人傻了!"李光前说:"我心中没有一个'贪'字!再说,陈先生的钱大多用在爱国爱乡的公益事业上,我怎能妄取非义之财呢?"

有一天,突然雷鸣电闪,大雨倾盆。橡胶园的工人们都跑个精光,工具东掷西丢。李光前忙于收拾工具,浑身湿漉漉的,像一只落水鸡。伙计们又开他的玩笑:"后生家呀,你做工这么认真,要是陈先生看见了,一定会把他的千金小姐嫁给你!"李光前连忙分辩说:"我绝没有这个意思!""哈哈,我倒有这个意思!"正巧,陈嘉庚来到大家身边,他指着李光前对大家说:"我就是要选像他这样的人当女婿。"伙计们听陈嘉庚这么一说,个个疑惑不解:"陈先生该不会开这样的玩笑吧。"李光前不好意思地低下了头。不久,他和陈家小姐缔结良缘。陈嘉庚择婿的谜底揭开了,一时间成为南洋群岛的新闻。有人认为这简直是不可思议的事情。当然,更多的人却称道陈先生有眼力,选了一个勤奋忠实的好女婿。①

三、万金油大王的传说

永定县有一个关于"万金油大王"胡文虎的故事。胡文虎虽然后来晚节不忠,在香港也做了一些不好的事,但是他初期在南洋大胆创新的精神,还是为人们所津津乐道的:

胡文虎是永定县下洋中川村人,1882年出生在缅甸仰光。那时,他父亲在仰光开设永安堂中药铺。胡文虎20岁那年,父亲病故,药铺的生意也是一年不如一年。一天,母亲着急地对胡文虎、胡文豹兄弟俩说:"永安堂交给你们兄弟,今后日子看你们的了。"

胡文虎说:"中药铺撮一帖药,才算一帖药的钱,没意思,我看不如变一变……"母亲没等胡文虎说完,没好气地说:"又是你的孙猴子七十二变!做生意不比打架那么容易,一根'神棒'就能解决问题。"胡文虎一听母亲提起"神棒"后,哈哈大笑,还把双手伸到母亲面前。他母亲不解地问:"这是什么意思?"胡文虎做了一个鬼脸,说:"拿钱来,我不把永安堂变一变就不叫虎

---

① 讲述者:李其祥,男,60岁,金井镇沙岗人,侨居新加坡,高中;采录者:洪源修,男,50岁,晋江英林乡高湖村教员,中专;采录时间、地点:1983年于晋江市。泉州民间文学三套集成编委会:《中国民间故事集成·福建卷——泉州分卷》,1989年版,内部印刷。

（谐音富）。"

　　母亲知道这个儿子从小爱动脑筋，有骨气，就把私蓄的白银、金子、钞票拿了出来，共值两千元。

　　胡文虎拿到母亲的钱后，一不办货，二不在永安堂搞店务，而是逃之天天，急得他母亲捶胸顿足，老泪纵横。胡文虎呢？他去了香港、日本、泰国等地。做什么呢？探行情，胡文虎每到一个地方，就边探边想，边想边探。在日本，他一连数天跑到德国人开办的西药行，看看这个，问问那个。后来，竟买了不少西药膏、西药水回来。回到仰光，他把药膏、药水上的说明书交给胡文豹。胡文豹懂得英语，将说明书介绍的药性、用途告诉了胡文虎。胡文虎听听记记，后来待在那里一动也不动。三个月后，他把剩余的近千元放在桌上，说："今天开始变。"

　　原来，他在外地探行情时，发现西药比中药贵许多倍，便宜的中药销路却不如西药，主要原因是中药服用不方便。因此，他下决心，要把中药制成像西药一样的膏、药水，与西药竞争。他对母亲、弟弟说，他现在要用樟脑、薄荷等中药原料，制成擦在额头上、涂在鼻孔里就能治头痛、感冒、鼻塞、晕车、晕船的"万金油"。

　　不久，经过当地政府注册的虎标"万金油"，在"永安堂"中药铺生产出来了。虎标"万金油"一问世，胡文虎一面大肆广告宣传，一面四处推销。经过一段时间的反复，虎标"万金油"就以价廉药灵，使用方便，实用效果好著称。销路一天天变好，胡文虎就在仰光设厂大批制造。几年后，世界经济发生恐慌，许多工商业倒闭，民不聊生，人们病了没钱进医院医病，只好买一盒"万金油"涂涂擦擦。经济越恐慌，人民生活越苦，"万金油"销路越大。胡文虎越来越注意声誉，越来越注重提高"万金油"的质量，还在国内聘请了有名的中医改进配方，当仰光生产的"万金油"远远不能满足市场的需要时，胡文虎就在新加坡、香港、广州、汕头等地设厂。不久虎标"八卦丹"、虎标"头痛粉"、虎标"清快水"也应运而生。

　　虎标业务一下子打进了印尼、泰国、越南，扩展到整个东南亚，还远销欧美。到了20年代初，中国许多城市也遍布"永安堂"。就这样，胡文虎被誉为世界"万金油大王"。

四、安溪"思乡曲"的由来

　　关于华侨的命运，安溪县还有一个《思乡曲》的伤心故事：

清朝咸丰年间，大旱三年。傍山村的人，有的去做乞食，有的下南洋。

有两个堂兄弟，大的叫林仁，小的叫林义，也跟人一同跑到吕宋。"在厝日日好，出外朝朝难。"到了吕宋，他们身无分文，开始去讨食，后来两人商量，各走各的路，等到有钱再返回唐山。

林仁刚开始在一个汽车公司做粗工，后来学开车。哪知才开三日车，就碾着了人，被抓去关了一年。出了牢，无依无靠，他只好又做乞食。一日，他去街上讨食，差点给一辆"牛屎龟"碾着。"牛屎龟"赶紧停下来，从车窗内伸出一个头，林仁一看，说声："我苦！是义啊！"两人相见，眼泪直流，林义赶紧招呼林仁上车，同回他家。

原来，林义和林仁分手后，也吃尽了百般苦。有一日，他碰巧遇着同乡的福伯。福伯办一个树乳行，年纪老了，就叫林义去给他管账。不久，福伯病死，将自己的树乳行留给了林义。林义苦苦经营，发了财。

到了店里，林义安排林仁在楼上住下，就去做生意了，林仁躺在沙发上，想着自己做乞食，林义却发了财，越想越羞愧，眼泪流了出来。他悲愁地哼起南曲《远望乡里》，越唱越大声，还用脚踏拍子。林义在楼下听见，急忙跑上楼来。

林仁看见林义上楼，赶紧停唱。林义说："唱啊！很久没听见南曲了，咱一齐唱。"唱了《远望乡里》，又唱《出汉关》、《长台别》、《山险峻》，唱得眼泪都流了出来。林仁问林义："我们离开老厝这么久，不知家里的人是死是活。你有钱了，一定时常写信回去，然后赶紧对我说说家乡的情况。"

林义说："我也没有写信回去。初来吕宋，我和你都很艰苦，哪顾得老厝。后来有钱了，整日忙着做生意，也不记得写信了。"

林仁说："人言富贵不离祖，你怎能这样？"

林义说："是啊！福伯要死的时候，还叫我为他写信寄钱回去，是我糊涂，连福伯的吩咐也记不得了。我这就赶紧写信回去吧。"

林义把林仁留在树乳行管账。不久，接到家中的回信。原来林义的妻子因等不到信险些上吊，接到信，欢喜得谢天谢地，赶紧给丈夫回信报平安。林义收到信后，又寄钱和图纸回家，在傍山村建起三座大楼，楼名都叫"远望乡"。

不久，林义和林仁返回唐山。夜里，林义的妻子问："你初去南洋那几年，怎么一封信也不寄回来？"

林义说："幸好林仁唱一首南曲，要不，我已经变番仔，忘记老厝了。"他就把在吕宋的经历从头到尾讲了一遍。

第二日,林义的妻子赶紧叫林仁来,又请来"四管脚",在"远望乡"楼上唱《远望乡》,唱得人人流眼泪。最后,林义的妻子拿了五万元送给林仁,林仁推辞说:"我只唱一首南曲,兄弟给我安排了出路又给我起了一座大楼,我不能良心不足,再收你的钱。"

林义的妻子说:"起大楼是他的情,这些钱是我的意。没有你唱一首南曲,他还不知要怎样落魄哩!"①

五、石狮三保龙洞的传说

石狮市有一个关于"三保龙洞"的传说,是一个关于三保太监郑和的人物传说:

印尼国爪哇岛,有座三保龙城,它因本地的三保龙洞而得名。

当年,明朝三保太监郑和率领庞大船队下西洋,一路上风险浪恶,加上酷暑,航程十分艰难。船队的将士、水手抵挡不住恶劣的气候和瘟疫,有不少病倒了。郑和爱兵如子,一连几天,都守护在生病的士兵身边。靠近爪哇岛时,郑和的副手王景泓也病倒了。郑和打算把船停靠此地休息几天。那时爪哇岛还是个荒草丛生、鸟兽出没的荒岛,几个上山探路的士兵意外地发现了一个大山洞,洞里有水,洞底干燥平坦,可以容纳几百人,且直通大海。郑和得知后十分高兴,亲自到洞中探视。他选择了一处最好的地方安置王景泓和其他病人,然后派其余的士兵水手修理破损的船只、上山采摘野果充当菜蔬,吩咐大家抓紧时间养精蓄锐。一晃十天过去了,王景泓等人的病情虽有好转,但还受不了海上风浪的颠簸。郑和决定留下一只船、几十名健壮的士兵水手和充足的粮食,将生病的士兵托付给王景泓,让他们暂时在爪哇岛上养病,等将来船队返航时一同回国,自己率船队继续驶向西洋。郑和走后,王景泓在士兵们的精心护理下,身体慢慢地好了起来。有一天,他到山洞外走走,看见山坡上有许多当地土人,正在烈日下赤身裸体地追赶一只飞快逃窜的山鹿。身边一位士兵告诉王景泓:"土人每天都是生吃那些猎物和野果,他们害怕同我们接近。"王景泓听了这话以后,就带领士兵开荒种粮食,还亲自选了几种比较好吃的野菜到山下来种。这些举动,让土人十分惊

---

① 讲述者:林志廷,男,45岁,安溪县龙门乡油漆匠,小学;采录者:黄炯然,男,39岁,安溪县魁斗乡,大专;采录时间、地点:1987年2月于安溪县龙门、官桥。安溪民间文学集成编委会:《中国民间故事集成·福建卷——安溪分卷》,1988年版,内部印刷。

奇。王景泓又派了一些士兵天天在下山的路口上端着饭菜有滋有味地吃着，临走还在地上留下几碗。开始土人不敢吃，后来不知谁先吃了，感到比生肉、野果好吃得多，就报告了部落里的头人，以后土人就争着来山下吃饭了。王景泓和士兵们慢慢接近了土人，教他们种粮食、蔬菜，吃熟的东西，还把衣服送给他们穿，教他们纺纱织布。

有一次，土人部落里一个女人难产，几天几夜生不出来，母子性命危在旦夕。众人束手无策，焦急万分，最后找到了王景泓。他懂得一点医术，就用点着的灯芯轻轻地烧胎儿的脚底。胎儿感到疼痛，脚一缩，身体转了过来，头一朝下，顺利地生了下来。从此，土人更加崇拜王景泓，愿意下山来同华人在一起。

后来，郑和的船队因为其他原因没有回爪哇岛，王景泓和他的士兵们都娶了土人的姑娘做妻子。他们共同在富饶的爪哇岛上开垦荒地驯养家畜，繁衍子孙。士兵们为了怀念三保太监郑和，特意在山洞里塑了一尊高大的郑和像，并把那艘船上的大铁锚安放在洞中，把这洞命名为"三保龙洞"，以后又修起了高大宏伟的庙堂。

每年六七月间，也就是郑和下西洋经过爪哇岛的日子，当地人和华侨就成群结队地到这个洞来敬香。这一习俗在漫长的岁月里一直延续下来，爪哇岛上也世世代代流传着"三保龙洞"的故事。①

六、"红被"的传说

闽西是重要的红色根据地，流传着许多红军的故事。也有不少关于革命领袖的传说。如建宁县的"神被"，就很感人：

1932年初冬的一天，朱德同志和周恩来同志率领红军到建宁，住在溪口村一户贫农家里。晚上，朱军长看见房东老大娘黄冬英一家五口人，挤在一张没有被子的竹床上合盖着一件破棕衣，忙叫警卫员拿来他的军棉被，轻轻盖在大娘一家人的身上。

黄冬英大娘一家人，顿时觉得浑身暖烘烘的，睁眼一看，见盖着朱德军长的新棉被，都感动得流下眼泪。第二天一大早，朱德同志和周恩来同志率领红军，离开建宁。黄冬英大娘把朱德军长送给她的被子珍藏起来。

---

① 讲述者：王人秋，男，45岁，石狮文化馆干部，中专；采录者：汪梅田，女，31岁，福建省民间文艺家协会干部，大学；采录时间、地点：1987年于晋江县石狮镇。石狮民间文学集成编委会：《中国民间故事集成·福建卷——石狮分卷》，1992年版，内部印刷。

转眼到了寒冬腊月。黄大娘的孙子小龙突然病了,她忙把"朱德被"给孙子盖上。小龙在软软的棉被里睡一觉,出了一身汗,第二天他的病就好了。黄冬英逢人就说是朱德"神被"医好了小龙的病。乡亲们知道后,都来向黄大娘借"神被"。说来也真怪,一盖就好了。李四的女儿发烧,放在"神被"窝里睡一觉就退烧。溪口村有一个伪保长,名叫赵秃子,他的小儿子突然生了重病,四处求医无效。他听说黄冬英有"神被"可以医病,就带保丁到黄冬英大娘家搜查,结果在房后的山洞里搜到了"神被"。伪保长赵秃子非常高兴,忙吩咐人七手八脚把生重病的小儿子用"神被"紧紧地包起来。谁知却把他重病的小儿子憋死在被窝里了。伪保长气得嗷嗷直叫,硬说黄冬英用"神被"害死了他的儿子。

心狠手毒的伪保长叫来一伙狗腿子,把"神被"铺在地上,将黄冬英大娘捆紧放在"神被"上,四周堆上干柴,伪保长喊:"点火!"狗腿子点着了干柴。熊熊烈火包围了黄冬英和"神被"。突然一阵龙卷风,"神被"呼的一声托着黄冬英大娘飘呀,飘呀,飘到了很远的地方。

伪保长看着"神被"载着黄冬英大娘飞走,吓得屁滚尿流,不久患疯癫病死了。[①]

七、陈毅拜师的传说

1929年,毛泽东、朱德、陈毅率领红四军第二次攻克龙岩。红军进城后,成立了龙岩县革命委员会,红四军政治部设在城内北山脚下的公民小学内。茶余饭后,政治部内经常传出"嗶嗶"、"啪啪"、"杀"、"将"的下棋声,下棋声惊动了住在隔壁的石老伯。石老伯今年70多岁,棋艺高超,远近闻名。一天傍晚,石老伯来到政治部门口,一手撩开长衫,一手扶着门框,津津有味地观看。陈毅主任一见忙起身,请他进屋对弈。石老伯也不谦让,入座连下三盘。可是,老人却输了两盘。

不久,红军撤离龙岩。国民党旅长陈国辉惊悉老巢被端,急率主力窜回龙岩。红四军从连城县新泉奇袭龙岩,经过激烈战斗,消灭陈国辉旅两千余人。6月,红四军政治部又在公民小学安营扎寨。在庆功晚会上,举行象棋比赛。只见石老伯来到政治部门口,高高地拱拱手,大声说:"我老伯祝贺红

[①] 讲述者:杨细应,男,78岁,江西南城个体商版,小学;采录者:张炳勋,男,47岁,建宁县文化馆干部,高中;采录时间、地点:1982年2月于建宁县溪口乡。建宁民间文学集成编委会:《中国民间故事集成·福建卷——建宁分卷》,1991年版,内部印刷。

军打胜仗,祝福红军万万年!"并请求陈毅再与他对弈三盘。陈毅兴致正高,"来!"连忙摆好棋子。说也奇怪,这次连下三盘,陈毅都输啦。陈毅忙请教石老伯,老伯笑笑说:"不瞒将军,我想,红军一定要与陈国辉决一雌雄,将军尚未出师,岂可在棋盘上失利?因此,我让了将军两盘。现在陈部已被歼灭,为了不使将军滋长骄傲情绪,我就不客气地连胜三盘了!"陈毅听完,急忙离座,在老伯面前深深一揖:"石老伯,你就收下我这个徒弟吧!"从此,两人经常在一起切磋棋艺①。

八、秦始皇巡游的传说

福鼎县畲族有"秦始皇巡游遇'山哈'"的传说,说的是当年畲族(自称"山哈")也是参加筑长城的,畲族和汉族的关系在古代很密切,秦始皇在这个故事中还是守法爱民的好人物。

传说,古时候,秦始皇筑万里长城时,三丁抽一五抽二,我们"山哈"也被抽去八万三千人。

那年,秦始皇巡游天下,一天私访,来到一座山村,看见一个头上插着凤髻、脚下蹬着凤鞋的"山哈"老婆婆,驼腰曲背在一片稀拉拉的山田里割稻,一身汗滴滴,上气不接下气,很可怜。秦始皇就问老婆婆说:"老婆婆!你都七八十岁了,为什么不叫儿子来割?"老婆婆捶捶腰,直起身体,仔细看看这个过路人,叹口气说:"唉!我三个儿子都给皇上抽去筑万里长城了,田园荒了没人做,剩下这田里几粒谷种,不割回来明年吃什么?"秦始皇一听,不觉生气地说:"我晓得你们'山哈'有高辛帝敕赐的铁书,讲你们祖宗'功建前朝,脉承天裔,皇子王孙免差徭',我怎么会抽你们的人丁筑长城呢?"老婆婆听了,奇怪地问:"人客!你是什么人,这么大的口气?"秦始皇给老婆婆这么一问,才觉得自己失口,赶紧遮掩说:"我是过路人,看你老人家这么可怜,才这么问的。老婆婆,你这三个儿子都叫什么名字呀?"老婆婆说:"唉!我本来有八个子女,几十年来,不是饥荒,就是战乱,养不大的养不大,卖的卖,死的死,只剩下这三个男孩,一个叫旺旺,一个叫三旺,一个叫八旺。"

秦始皇听了,记在心里,回到京城,马上把总管筑长城的官叫来,大骂他们反前朝传下来的规矩,把高辛帝铁书规定免差徭的"山哈"也抽来筑长城,

---

① 讲述者:张华南,男,70岁,龙岩市离休干部,初中;采录者:郑学秋,男,45岁,福州市党史干部,大学;采录时间、地点:1979年10月于龙岩市。龙岩民间文学三套集成编委会:《中国民间故事集成·福建卷——龙岩分卷》,1989年版,内部印刷。

命令他即刻把抽来的"山哈"人丁旺旺、八旺、三旺都放回去。

这个总管筑长城的官,给秦始皇骂得昏头昏脑,怕得要命,什么"旺旺旺旺"的,又是八、又是三,听不清楚,又不敢再问,就干脆把抽来筑长城的"山哈"人丁八万三千人全都放回去了!之后,"山哈"才有这八万三千人传宗接代到今天。①

九、"李寄斩蛇"的传说

"李寄斩蛇"的传说,发生在福建南平市。这个传说始终在民间流传。下面是在三套集成普查中记录的文本,很有研究价值:

传说汉朝的时候,南平县城的庸岭,山高地势险恶,西北面的一个山洞里,有一条大蛇,长得比水缸还粗,长有几丈,经常出洞祸害百姓,咬死了好多人,城里的官吏也有几个被咬死,弄得人心惶惶,百姓都非常惧怕。为了不让蛇出来害人命,大家就凑钱在洞沿口不远的地方盖了一座庙祭祀它,还用牛羊喂饱它的肚子。可是,蛇肚子一空还是照样出来伤害百姓。

不久,蛇又显灵,要吃十二三岁的少女。官府和百姓都愁得很,又没有一点办法,只好计议找官家的婢女和犯人家的女子祭蛇。连续九年,大蛇每年都吃掉一名年轻的女子。九名可怜的小女子就这样活生生地被吃掉了。

到了第十年,官府因为没有找到祭蛇的女子,急得团团转。这时,有一个十三四岁的女子自己跑到官府,对差役说她愿意去祭蛇。差役问她:"你不是奴隶的女儿,又不是犯人的女子,为什么要去祭蛇呢?"女子说:"我要为民除害。"

这个女子叫做李寄,是李延的女儿,家中有六个姐妹,她是最小的,父亲也最疼爱她,把她看作是掌上明珠。她从小苦练了一身硬功夫,胆子特别大,又很有计谋,也不怕鬼神妖邪。李寄知道大蛇祸害百姓的事以后,对大蛇恨进骨头里,日夜都想着要杀死大蛇,为百姓除害,为死去的姐妹们报仇。她对爹妈说:"爹妈生了我们六个姐妹,但没有一个哥哥或弟弟,我没有古代的缇萦那样帮爹妈的本事,就让我去卖身祭蛇,得点钱奉养爹妈,也算尽到女儿的孝心了,你们说好不好?"爹妈听女儿这样一说,惊得全身发抖。他们怎么肯让女儿去祭蛇,让女儿被可恶的蛇活生生地吃掉?他们坚决不同意。

---

① 讲述者:蓝医生,男,畲族,68 岁,连江县青草医,初小;采录者:蓝振河,男,畲族,64 岁,福鼎县干部,简师;采录时间、地点:1980 年 10 月于连江县。连江民间文学集成编委会《中国民间故事集成·福建卷——连江分卷》,1991 年版,内部印刷。

但是，李寄决心已定，她硬是冲出家，来到官府，说明自己的主意。

县官被她的决心和勇气感动了，送她一把宝剑和一条猎狗。祭祀的那一天，她亲手制备了祭品——用米粉做成糕点，拌了麦芽糖，带上训练好的猎狗，佩着利剑来到洞口。她把祭品放在洞前，在庙堂里坐下来，那猎狗也蹲在身边。过了一阵子，那蛇闻到香味就出来吃祭品。那蛇的头比粪缸还大，眼睛也有水桶口般大。它嘴一张，里边像山洞，吐出的舌头像火焰。蛇吃完祭品，就张开大口要来吃李寄。李寄也真耐得住气，定定地等蛇一近身，就轻轻地一闪，挥剑向蛇头重重砍下一剑。蛇痛得要命，转头又向李寄扑来。这时，猎狗猛地扑向大蛇，咬住蛇头，李寄乘机挥剑向蛇的眼睛刺去，刺瞎了它的一只眼睛。蛇痛得受不了，一边眼睛看不见，只好退进洞里。李寄勇敢地冲进洞里，与蛇打斗起来，大蛇又被她砍了几剑，只好又蹿出洞来。猎狗冲过去又咬瞎了它的另一只眼睛。李寄冲过去，对准它的"七寸"连砍几剑。蛇终于不能动弹了。

李寄为民除了大害，为死去的姐妹们报了大仇，百姓都欢呼起来，大街小巷互相传扬。闽越王知道了，要来聘娶李寄当王后。李寄不答应，留在乡里，和乡姐妹们一起耕田织布，过着快乐的日子①。

十、"关爷遇害成神"的传说

关公是人们最崇敬的人物之一，后来成了关帝庙里的主神，他是怎样成为大神的呢，柘荣县"关爷遇害成神"的传说是这样说的：

那时候关爷守荆州。关爷熟读兵书，功夫又扎实，智勇双全，东吴对他没办法。陆逊帮孙权排计，先拿求亲联姻的名头，派人去荆州做探马，关爷的内情全部被陆逊探明白。

原来关爷沿江边每五里设一烟墩，东吴这里一有风吹草动，烟墩上暝头举火为号，日中浓烟报警，关爷在荆州城里望见就派出兵马增援。陆逊一连三个暝头调兵遣将，兵马船只行到半江就被发现，只好返回。

第四天，陆逊派一队人马扮作商船客旅，悄悄拿下沿江的几十个烟墩。这些烟墩就是关爷观看东吴动静的眼目。陆逊先把关爷的"目"挖掉，然后带一队人马透夜摸到关爷门外，只见关爷坐在厅中，一边手握书，一边手撑

---

① 讲述者：蔡承焯，男，42 岁，南平市西芹镇干部，高中；采录者：刘光舟，男，52 岁，南平市文联干部，高中；采录时间、地点：1987 年 1 月于南平市西芹镇。南平民间文学集成编委会：《中国民间故事集成·福建卷——南平分卷》，1991 年版，内部印刷。

着头,双眼微睁,一直没见动静。

陆逊晓得他睡着了,蹑手蹑脚来到面前,一刀抢去,关爷人头飞上天去,一边飞一边喊:"还我头来,还我头来!"三天三夜不落地。

太白金星正好出行,见了拦住关爷,劝他说:"你英雄一世,杀的人头也没数算了,今日给陆逊砍一刀还讨什么?还是到天上来吧,玉皇大帝封你做赤帝,你也该满意了。"关爷听说,心也服了,头也落地了。①

十一、欧阳詹与荔枝故事的传说

民间的谜语艺术和对联艺术都是人民智慧的表现,有的民间传说把二者结合了起来。下面是关于福建省第一个进士欧阳詹的传说,是欧阳詹与荔枝姑娘对诗的故事:

唐朝时,南安诗人欧阳詹,在县城丰州的莲花峰读书。有一天,欧阳詹身体不舒服,去请郎中开了药方,到武荣大街的"万草芳"药铺配药。

这药铺的掌柜姓洪名济人,年近花甲。妻子早已去世,抛下一个女儿,因为是荔月出生的,所以取名荔枝,厝边头尾都叫她"荔枝姑娘"。

荔枝姑娘长得天仙一般,而且聪明伶俐。她平日在店中帮助父亲卖药。这一日,荔枝姑娘正在柜台里坐定,见一位少年书生走进店来,她含笑轻声问:"客官可是要买药的?"那书生上前施个礼,说:"正是。"

这位书生正是欧阳詹,他见柜台内坐的姑娘衣着素雅,漂亮又有礼貌,不禁暗暗称奇:在这市井商贾之中,竟有这等没有凡尘俗气的女子,真是难得!待我探问一番,试试她的才情如何。

荔枝姑娘见少年书生正以好奇的眼光打量自己,不禁红下脸来,不好意思地问了一句:"客官配药,可曾带得药方?""有,有!"欧阳詹假装遍身搜寻了一阵,然后惊叫一声:"哎呀。一时粗心大意,药方未曾带来。"

荔枝姑娘说:"既是如此,你可知所患何病?要买何药?"

欧阳詹故意皱起眉头,说:"姑娘,我的病真奇怪,春天无食腹艰难,夏天无水口枯干,秋天无眠头昏胀,冬天无衫透骨寒。要买的药也奇怪。"

荔枝姑娘听后,心中暗想:这个秀才哪里是来买药的,分明是有意出题来相难。要说吟诗作赋,我比不上你秀才;要论翻药典,你这个书生可别门

---

① 讲述者:徐麟弟,男,60岁,柘荣县宅中鱼丘村农民,小学;采录者:吴乃义,男,47岁,柘荣县邮电局干部,初中;采录时间、地点:1989年7月于柘荣县双城镇。柘城民间文学集成编委会:《中国民间故事集成·福建卷——柘城分卷》,1990年版,内部印刷。

缝里看人,把人看扁了!荔枝姑娘想到这里,就说:"敝店虽小,药材却也齐全,客官需要什么药?"

欧阳詹说:"我一买'宴罢客何为'。"

荔枝姑娘想也不用想就随口答:"宴罢酒酣客'当归',当归要几钱?"

"我二买'黑夜不迷途'。"

"'熟地'不怕天暗黑,此药本店充足。"

"三买'清溪一曲水'。"

"一曲流水是'川芎'(号),川芎所剩不多。"

"四买'艳阳牡丹妹'。"

"牡丹花妹'芍药'红,芍药今日刚到。"

"五买'出征在万里'。"

"万里守疆'远志'。"

"六买'百年美貂裘'。"

"百年貂裘是'陈皮'。"

"七买'八月花吐蕊夕'。"

"秋花朵朵点'桂枝'。"

"八买'蝴蝶穿花飞'。"

"'香附'粉蝶双双归。"

欧阳詹暗暗佩服这位女子才思敏捷,对答如流,就笑着说:"姑娘所答无差。"这才掏出真正的药方,递了上去又作揖:

"刚才小生放肆,请莫见怪,麻烦姑娘照单撮药。"

"客官不须多礼,请稍坐片刻。"

荔枝姑娘也不介意,接过药方就去配药。

欧阳詹一旁闲坐,顺便问她的家世。荔枝姑娘倒也爽快,有问必答,口齿伶俐。配好药后,荔枝姑娘端过一把镶边古瓷壶,倒了一杯"莲花峰首春名茶",递了过来,红着脸儿说:

"官客请茶!这是石亭绿,伤风感冒,喝茶一杯,保你茶到病除!"

欧阳詹接过茶盅,轻轻呷了一口,顿觉气味清香,润喉生津,连忙向荔枝姑娘称谢。荔枝姑娘见他眉清目秀,举止谦恭有礼,不像那般寻花问柳的纨绔子弟,心里顿生几分好感,壮起胆子问他:

"敢问客官尊姓大名?"

欧阳詹想了想,故意出个假名字让她猜,就把手里的荔花玉扇一展,说:

"举笔先写月天,五行之中我为先,英雄腰系七星剑,治理江山四百年。这便是小生的贱姓。"

荔枝姑娘听了,拍手一笑:

"你是姓刘吧?这'四月天'就是'卯月';'五行'为先就是金木水火土的'金'字,腰系七星剑就是'借刀',合起来岂不就是'劉'字?家治汉四百年,客官应是姓刘无疑了。"

"好好!"欧阳詹兴致勃勃又说:

"我的名字你猜猜:待月西厢寺半空,张生普救去求签。崔莺失却佳期会,只恨红娘不用工。"

荔枝姑娘低头想了想,叫声:

"有了!'待'字寺半空,剩下个'彳','救'字去'求'剩下'攵'字,'崔'字失去'佳'期剩下'山'字,'红'娘不用'工',只剩下'纟',合起来,就是'徽',字,客官姓名叫作刘徽。"

"正是,正是。"欧阳詹连声称赞,心中暗忖:天上的仙女,闺阁的才女,哪比得上这个出身民间的卖药姑娘!

唐德宗贞元八年,欧阳詹在福建观察使的举荐下,进京会试,高中第二名榜眼,破了八闽文教的天荒。同科中进士的都是当时天下重望名士,如韩愈、李观等,历史称之为"龙虎榜"。在欧阳詹之前,福建还没有人中过进士,所以后来韩愈在欧阳詹死后的《哀词》中说他是"闽越入第进士,自欧阳詹始"。

故乡的父老乡亲听说欧阳詹金榜题名,十分高兴。在知县古春华的主持下,集资在丰州最热闹的武荣大街"慈济宫"前兴建了"应魁亭",两旁兴建了"衣锦坊",欢迎欧阳詹衣锦还乡,并在他少年读书的莲花峰下建了一座"欧阳亭"。

第二年,欧阳詹返乡省亲,他没有忘记荔枝姑娘,后来就娶她为妻。他这段因病买药,巧结良缘的风流佳话,至今还在民间广泛流传。[①]

十二、文艺名家传说

关于文艺方面的名家,人物传说最多。

[①] 讲述者:吕宛玉,女,68岁,南安丰州镇退休教师,大学;采录者:吕峻,男,46岁,南安工商局干部,高中;采录时间、地点:1964年12月于南安县。南安民间文学集成编委会:《中国民间故事集成·福建卷——南安分卷》,1989年版,内部印刷。

比如，福鼎县畲族民间传说"戏状元雷海青"讲述的是：

雷海青自幼没了父母。他小小年纪，就聪明过人，无论什么活一看就懂，一学就会。畲乡吹鼓手班里的各种乐器，他全会，相传他自制的一双龙凤笛子吹奏起来，使人听了，夏能消暑，冬能御寒。当地徐员外的第三个闺女，听到笛声，产生爱情。两人按畲家的风俗习惯成了亲。徐员外知道了这件事，气得半死，故意在自己的寿宴上让他出丑。

雷海青一气之下跑到外乡加入一个戏班，他演技超群，又是笛子、琵琶高手，没有多久，这个戏班就名声大振，一路演到帝都，惊动了当朝皇帝唐明皇。有一天，唐明皇宣召这个戏班进宫演戏，雷海青就凭着自己的身世，编成了一出戏，进宫献演。这戏演得情感逼真，深刻感人，唐明皇看了非常感动，当场封雷海青为"戏状元"。

以后，雷海青又演了一些除暴安良的好戏，出出戏打动人心，唐明皇非常欢喜，赐他龙头剑一柄，说："朕今赐你宝剑一口，今后你可以演戏为名，巡行天下，遇有贪官富豪欺压善良，卿可先斩后奏。"雷海青回乡装成落魄的样子，回家探听究竟。调查民情后，为民除害。徐员外吓得浑身筛糠一般，不住地叩头。雷海青说："本状元念你年老糊涂，就罚你出谷千石，周济贫民，以示薄惩，速去办理。"雷海青为民伸冤，畲、汉两族乡亲无不扬眉吐气，拍手称快。雷海青戏状元的故事，就这样流传下来。

古时民间百姓因贫困穷苦，非常想成为一个要啥有啥的人。罗隐是古田民间津津乐道的一个文人，后人把自己的愿望寄托在罗隐的传说中，通过故事达到实现要求快乐的目的。

传说罗隐十多岁时家道破落，手拄打狗杖四下求乞。有一天走山路累了，在一棵松树下歇脚。坐了一会儿站起，屁股被松脂粘住，使劲一站，一条破裤被撕烂了。他张口就骂："松墩松墩，千年万古不拔葱不长新芽！"

本来松树头都会再生苗，被罗隐一骂，从此就腐了，再也生不了新苗。回家后，母亲听说了缘由，说："儿啊，松柴片好烧呀！"罗隐想想，又说："那就松花落地，满山都是。"从这以后，松树的繁殖就靠飞松子了，它飞到哪里哪里就长新苗，石缝里也能长。

有一次，罗隐到了一个叫老介的地方，背的竹篓绳断了，看见一位老伯在犁田，就迎上去说："老伯把牛鼻绳给我吧。"老伯说："牛没有牛鼻绳怎么能犁田？"罗隐说："能，没有牛鼻绳照样犁！"老伯脱下牛鼻绳一试，果然行，从此这一带农民犁田都不用牛鼻绳。

又有一次，他要饭来到下古，抱怨命太苦，就想寻死。他把竹竿往地上一插，走到一块石头下说："石头呀石头，你圆圆的好，压我罗隐刚刚好！"刚说完，这石头就压了下来，把罗隐压死了。而那竹竿却发出芽来，成了今天的倒生竹，就像倒插的柳树一样。①

福清县城有一条大街，叫"一拂街"，附近有一座祠堂，叫"一拂祠"，这是为纪念北宋时福清名人郑侠而建的。从宋代到现在，人们一直纪念着他。

传说郑侠24岁中了进士，他性子耿直，向皇帝递上《流民图》和《邪曲小人图》，结果得罪了权贵，被流放到琼州，直到年过半百才获赦回京，后来由苏东坡保荐，到福建泉州担任教谕。不久，他再次受到奸臣排挤，又被召回京城，继续当他的看门小官。

郑侠历经磨难，脾气越来越倔，棱角越磨越锐，看到不平事，敢说敢碰，不留情面。有一回，他当面指责当朝太师蔡京纵子作恶，因而捅了马蜂窝。后来蔡京处处要找郑侠的岔，可郑侠镜清如水，因而没法整治他。

这一年，郑侠告老还乡。蔡京想，郑侠尽管为官清廉，但是亲朋故旧，师生同年，难免有所馈赠；加上年薪俸禄和皇上的恩赐，这么多年了，总不会两手空空吧？他这次回乡养老，少不了随带金银财宝，如果把它查出来，即使定不了他受贿之罪，至少也可以坏他的名声。于是，蔡京暗暗打听郑侠的行期，早早带人守在城门口。

郑侠骑着一匹瘦马出城，后头跟着20个人，扛着十大箱沉沉实实的行装。被蔡京拦下。结果，十个大箱打开后尽是书和文房四宝。蔡京见后气得胡子发抖，脸色发紫。他还是不甘心，亲自上前翻呀翻，终于从箱底翻出一把尘拂来，就问："此为何物？"

郑侠接过尘拂说："此乃一尘拂，专拂人间尘土污物！"说着，顺手往蔡京身上一拂，哈哈大笑。蔡京张口结舌，尴尬得不知如何是好。从此，郑侠就被称为"一拂先生"，他的清官美名传遍四方。②

戚继光是明朝的抗倭名将。他的传说很多。福州的《戚家军吃"鼎边糊"》讲述了他在福建的故事：

明朝嘉靖皇帝总希望自己千年不死，听信方士胡言乱语，一心想求个长

---

① 古田县吉老乡蓝溪村程宝才采访的民间故事。
② 讲述者：俞达珠，男，55岁，福清县司法局干部，初中；采录者：严孟钰，男，49岁，福清县文化馆干部，大专；采录时间、地点：1983年3月于福清县。福清民间文学集成编委会：《中国民间故事集成·福建卷——福清分卷》，1991年版，内部印刷。

生不老之药,终日不理朝政,弄得百姓叫苦连天。

那时,日本一部分浪人侵犯我国海疆,烧杀淫掠,无恶不作,老百姓切齿痛恨,把他们叫作"倭寇"。一天,倭寇偷偷从闽江口进入福州,刚爬上南台岛东北的林浦乡,就被戚家军杀得落花流水,横尸遍野。后来,人们把这些尸体堆埋在附近的狮头山下,覆盖上细土,像馒头的样子,叫做"三十六墩",至今遗址还在。

老百姓听到戚家军抗倭的捷报,一个个扬眉吐气,大为快慰。在林浦乡附近的下渡地方,有一个老人,人称"下渡伯"。他人老威望高,对乡亲们说:"戚家军为我们打败了倭寇,我们要好好慰劳慰劳他们!"众乡民一致拍掌叫好。于是,乡亲们就忙了起来。有的摆出了八仙桌,有的送来了米、肉、葱、虾米、木耳等,临时凑了个伙食团,准备热热闹闹地招待一下凯旋的戚家军。

一会儿,戚家军来到了下渡,下渡伯等人赶紧招待他们歇息,递过毛巾,端上茶水,问长问短。那边伙食团切的切,磨的磨,洗的洗,忙个不停。

忽然,下渡伯的小孙儿前来报告,说前面三叉街还有倭寇的残部正在探头探脑。戚继光问清了情况马上命令集合队伍,要赶到三叉街去歼灭残敌。这下急坏了下渡伯,他急中生智,索性把刚磨成的米浆和切好的菜、葱以及虾米等,一古脑儿地倒进了沸腾的大鼎里,再用铁铲在鼎内搅了几下,加上了虾油,装了好多碗,硬要战士们吃个饱。戚家军吃了锅煮食品长了劲,勇气倍增,赶到三叉街,一举歼灭了残余的倭寇。

后来,福州人民便把这样配料的锅煮食品叫作"鼎边糊"。它是福州特有的点心,不但制作简便,而且美味可口。①

海瑞是明朝有名的清官,在福建也有他的故事,如莆田县的《王天官跟海瑞》:

海瑞是个清官。有一天,他路过北极殿,见门上挂着一个匾额,写着"寸皮不入殿"。海瑞心想:玄天上帝夸下这么一个海口,我倒要看看是真是假。他就走进殿,上下左右看了一下,突然看到殿旁有一个大鼓,就哈哈大笑起来:"既有'寸皮不入殿'之匾,留这大鼓做什么?"说完,就叫人把鼓上的牛皮扯下,扔到殿外。

这时,玄天上帝坐在神台上,看见海瑞的所作所为,气得怒目圆睁,但又

---

① 讲述者:王铁藩,男,59岁,福州市文管会干部,高中;采录者:官桂铃,48岁,市文管会干部,大专;采录时间、地点:1985年7月于福州市。福州民间文学集成编委会:《中国民间故事集成·福建卷——福州分卷》,1990年版,内部印刷。

不便说话,心想:你海瑞真是大胆,敢在玄天上帝头上动土。好,我倒要看看你海瑞的清官是真清还是假清。他就命王天官去跟踪海瑞,还赐给他一根金鞭,说:"海瑞如有贪赃枉法、不清不廉的地方,你可先斩后奏!"

王天官领了玄天上帝的旨意,手执金鞭,暗暗跟着海瑞后面。一日又一日,一月又一月,整整三年过去了,王天官还抓不到一点把柄,心里万分焦急。因为他没有抓到把柄,就不能打死海瑞,也就无法回殿复旨。没法子,他只好硬着头皮继续跟下去。

有一次,海瑞外出巡察,走到一个地方,口很渴。这时,又是夏天,日头很大。在这荒山野地,前不见村,后不见店。海瑞走了好久,才发现前面有一间茅屋,很高兴,就叫海安去叩门。海安连叩几下门,无人答应;推门一看,厝里没有一个人。那茅屋前是一块西瓜地,长着一大片西瓜。海瑞这时嘴渴得连喉咙都出火,他等不到主人来,就伸手摘了一个西瓜来吃。王天官见了,十分高兴,想:"好啊!害我辛辛苦苦跟了三年,今天总算看到你不清廉的地方。好吧,等你把瓜吃完了,我再一鞭送你上西天!"他高高地举起鞭打下去。哪知海瑞吃完西瓜,叫海安把一串铜钱拴在瓜蒂上。

王天官一看,呆了,举起的金鞭又垂了下来,眼巴巴地望着海瑞走开。王天官想;"海瑞呀海瑞,你害得我好苦呀!早知你是清官,我也不会跟了三年。"王天官不再跟了,就回殿复旨去了。①

林则徐是近代伟大的民族英雄,是福建人的骄傲。他英勇抗英的故事很多,流行最广的是《林则徐巧布尿壶阵》,这是福州市的一个记录:

传说林则徐奉命到广州禁烟,一举烧毁了英国鸦片数万箱,煞下洋人威风,大长中华民族志气。英国佬恼羞成怒,不甘罢休,不久即调集大批军舰炮船来围攻虎门,炮击沿海村庄,声言要我赔偿损失,否则要夷平粤海。为了稳定军心,提高士气,林则徐决心要给英帝国皇家海军一个下马威。

话虽这么说,但真的要打他个英国佬丢盔卸甲,谈何容易!林则徐深知要取胜兵力强大的英军,只宜智取,不可强攻。这天,他亲赴虎门高地观察英军阵容后,回到行辕立即吩咐手下准备800个尿壶,800顶斗笠,500箱黄蜂,300个灯笼。众人不知钦差大人搞的是什么名堂,但听说是为了大破英军,自然不敢怠慢。没多久时间,尿壶、斗笠、黄蜂、灯笼等都准备好了。林

---

① 讲述者:刘堂,男,68岁,莆田县涵江卓坡村农民,不识字;采录者:刘金林,莆田县涵江区涵江乡文化站站长,高中;采录时间、地点:1986年6月于莆田县。莆田民间文学集成编委会:《中国民间故事集成·福建卷——莆田分卷》,1989年版,内部印刷。

则徐吩咐将黄蜂分装在尿壶内,在尿壶口再用瓜络塞住,这样,壶内黄蜂既不会憋死,又不致飞掉。然后再将800顶斗笠分别拴在尿壶耳上。接着林则徐又亲自到水军挑选300名骁勇善战的军士,每人发给一个灯笼,嘱咐他们吃饱喝足后,带上大刀长矛,分别乘船潜伏在海边英舰队炮船附近。一切布置完毕,800个装满黄蜂、戴着斗笠的尿壶,就被放到海里,三个一列,五个一组,晃晃荡荡地顺着水流向英船炮舰。

　　这时正是广东八月气候最炎热的时候,傍晚时分,英军个个光着身子、穿着短裤在甲板上乘凉。忽见一列头戴斗笠的"清军"从岸边游将过来,由于海浪荡漾,队形时时变幻,一会儿像蛇,一会儿像金龙……英军将领看了,很惊慌,急忙吹哨子,士兵如临大敌,顾不得穿衣戴帽,浞起洋枪拼命朝海面上的斗笠"砰!""砰!"乱射一通。那陶制尿壶个个顿时开花,闷在壶里的黄蜂全跑出来,朝着有人的地方飞去。中国的黄蜂见惯了汉人,这下突然看见碧眼黄发赤毛的洋人觉得好新鲜,一下全扑过来,向着那光身子的洋人猛刺死蛰,疼得英国佬哇哇直叫,有的自打嘴巴,有的倒身翻滚,乱作一团。

　　林则徐在岸边炮台上从望远镜中看到英军这一副狼狈相,高兴得不得了,立即下令燃起烽火。潜伏在岸边的那300名清兵军士,一见火光信号,舢板小船犹如万箭离弦,直往英舰炮船冲杀过去。他们头套灯笼,蜂蜇不着,跃上军舰后,见了那洋人,远的用矛刺,近的举刀劈,杀得那英军叫爹喊娘。后来老百姓编了一首俚歌称赞林则徐：

　　　　林公巧布尿壶阵,
　　　　个中奥妙道不尽。
　　　　人蜂奋起齐攻击,
　　　　洋人直呼饶我命。①

　　闽台的民间传说非常丰富,作为一种文化资源,实用性是最大的。各地的名胜古迹几乎都有民间传说。在发展旅游时,民间传说起了非常大的作用。民间传说把有关的历史人物故事和自然景观结合起来,让游客增加了兴趣。

---

　　① 讲述者：洪林氏,女,不识字；采录者：洪可人,男,45岁,福州文工团剧作者,大专；采录时间、地点：1985年7月于福州市。福州民间文学集成编委会：《中国民间故事集成·福建卷——福州分卷》,1990年版,内部印刷。

第四节　闽台动物故事、生活故事、笑话、童话的文化资源

民间故事中有一种动物故事,有可能是远古图腾神话的变体,但是经过几千年的流传,已经完全没有神话的神圣性了。福安县畲族的《猴虎相克》似乎和生肖故事有一些联系:

传说古时候,猴哥虎弟是一对好朋友。一天晚上天下着雨,有一头老虎去一个单座寮掏猪吃。这家单座寮在悬崖下,遇到下雨,总怕大山脱塌下来。老虎刚跳入猪栏,猪仔就被吓得嗷嗷叫。在寮里睡的妻子一听到猪仔叫,就转身拧了一下丈夫说:"不晓得外面有没有老虎?"她丈夫迷迷糊糊中把老虎听作"漏雨",就说:"漏雨倒不惊,就惊脱。"老虎听了这话,心里想:哎呀!人都讲老虎最厉害,难道还有个"脱"比我更厉害?站在猪栏内没敢动手。说来也巧,正好这时有个贼仔,头戴斗笠,身披棕衣,脚穿草鞋,脸涂乌烟,手里拿一条麻袋,正从寮边绕了过来,也想偷猪。老虎见这怪样,以为真是"脱"来了,吓得全身缩作一团,不敢吱声。那偷猪的贼摸黑中看不清哪是猪,把麻袋网在猪栏门口,动手打开栏门。老虎一看栏门打开,"噌"的一下闯出来,没想到正好钻进贼的麻袋里去了。那贼以为猪进了麻袋,扎紧袋口扛上肩就驮走了。

贼仔驮呀驮,一直驮到了村外的十字路口,心想:以前驮猪,猪会嗷嗷叫,今日驮的这只猪怎么一路都没吱声呢?他放下肩来,想打开袋口看看。一看不得了,原来是一头老虎啊!吓得他魂魄都惊散了,扔下麻袋,赶紧往树上爬。老虎从麻袋里挣出来,还在怕"脱",一直坐在树下不敢动,不知"脱"爬到树上做什么。天蒙蒙亮时,猴哥路过这里,问老虎:"虎弟啊虎弟,你怎么坐在这里啊?"老虎说:"不得了,有'脱'!'脱'比人还厉害!"猴哥问:"'脱'在哪?"老虎说:"在树上。"猴哥抬头往树上看,只见"脱"蜷缩一团,全身生毛刺。老虎说:"猴哥,你会爬树,快上去看看好不好?"猴哥说:"虎弟,你天下第一还不敢去看,我还敢上去?"老虎说:"这样吧,我去扯根藤来,一头缚到你的脖子上,一头缚到我的脚脉。你上树看,真的是'脱',你转过来把眼睛一眨,我就拖着你马上跑;若只是一个人,你我就把他拿来当点心吃掉。"猴哥点点头,它俩真的这样做了。

树上的"脱"惊得尿水直往裤下流。猴哥往树上爬时,正好一滴尿滴到

猴眼里,猴哥转过头来眨眨被尿水滴了的那只眼。老虎看见猴哥眨眼,不管三七二十一,拖着藤绳没命地跑。

虎弟拖着猴哥一口气跑了几座岗头才歇下来,喘着粗气说:"'脱'这东西真厉害!猴哥啊猴哥,我拖你拖得上气不接下气,你还在背后哇哇乱叫什么呢!"猴哥没有回答。虎弟回头一看,原来猴哥的下颚被拖裂了,血淋淋的,昏迷过去了。

从这以后,猴子没了下巴颏。猴和老虎也不来往了,一碰见,猴子就要向老虎讨下巴颏,老虎只好远远避开。所以老年人不喜欢属虎的和属猴的成亲[①]。

民间童话中"狼外婆(虎姑婆)"的故事是在全世界很多国家都有的著名故事。欧洲的《小红帽》就是一个狼外婆型的故事,它和清代的《虎妪》的情节有许多相似之处,但是并不是同源的。但是国内的这些故事确实是同源的。闽台的《虎姑婆》故事就有许多异文。美国的艾伯哈特曾经有过研究。下面是福鼎县的一个异文《虎外婆》:

从前,有两个姐弟用竹竿扛一个猪脚去外婆家拜年祝寿。

去外婆家,要过一处森林,有一只老虎精,经常变人害命。姐姐和弟弟高高兴兴地扛着猪脚到森林边,忽然森林里钻出老虎精变的一位老婆婆,笑着问她们:"你们姐弟去哪儿呀?"姐姐说:"我们去外婆家。"那老婆婆说:"噢,外孙!真凑巧,我就是你们的外婆。怕你们迷路,特地来接你俩的。"姐弟俩听了,仔细看看这个老婆婆说:"你不是我们的外婆,妈妈说外婆下巴有一颗大黑痣。"老虎婆婆一听,赶紧从地上拣来一颗苦槠壳,按在下巴上,变成一颗大黑痣,说:"哦!你们看,我下巴这里不是有颗痣吗?好孩子,我真是你们的外婆,放心跟我走吧!"就一手接过猪脚,一手去牵弟弟,姐姐也半信半疑地跟着走。

走着,走着,弟弟走累了,要坐下来歇一会儿。老虎婆婆说:"好,就歇一会儿吧,我要小便。"说着,她跑到前面山坳里,拣堆干柴枝,变一座房子,再回来带姐弟俩,走呀走,进入这座房子说:"这就是外婆家。"

晚上,上床睡觉,弟弟和"外婆"睡一头,姐姐单独睡另一头。到了半夜,

[①] 讲述者:蓝学贵,男,40岁,畲族,福安县康厝畲族乡南坪村农民,初小;采录者:蓝兴发,男,57岁,畲族,福安县图书馆干部,高中;采录时间、地点:1987年4月于福安县康厝乡。福安民间文学集成编委会:《中国民间故事集成·福建卷——福安分卷》,1990年版,内部印刷。

房里黑溜溜的,姐姐被"外婆"咔擦……咔擦吃东西的声音惊醒了,觉得很奇怪,就问:"外婆,您半夜吃什么?"老虎外婆吃得正香,随口答道:"我吃下厝阿婆拿给我的菜头脯。"姐姐说:"给我一块吧,外婆。""外婆"想,给她一块也不要紧,反正等下就要吃她了。姐姐接来暗中一捏,啊!不像菜头脯,倒像一根手指头,借着门缝射来的月光一照,惊呆了,这是弟弟的手指头呀!

这时,姐姐想哭不敢哭,想骂不敢骂,得赶快想办法逃走。姐姐说:"外婆,我肚子痛,要去屋外屎坑大便。"老虎外婆说:"外面风大,等天亮再去吧。"姐姐说:"啊!急死我了,外婆!再等就会拉到床上了。"老虎外婆说:"那我陪你去。"姐姐急忙说:"不用,外婆!如果你怕我出意外,就用绳子一头拴在我手上,一头拴在你手上。我如果看见老虎精,就拉动绳子,您赶快出来救我。"老虎精正吃得津津有味,也懒得起床,又想小孩子不会说假话,就说:"好吧,你就把绳子的一头拴在我手上吧。不过我拉三下绳子,你一定得回来。"姐姐跑到屎坑,马上解下手上的绳子,拴在屎坑上,拔腿就跑。老虎精吃了弟弟,想再吃姐姐,过了一会儿,拉了一下绳子没抽回来,认为姐姐还在屎坑,再拉两下,还不见姐姐回来。老虎精赶出屋外一看,姐姐跑了!老虎精马上就追。

跑呀,跑呀,姐姐跑不动了,老虎精赶上来了!姐姐赶紧爬上一棵大松树。老虎精跑到树下,瞪着两只大眼,张牙舞爪,气得嗥嗥叫。叫了一会儿,就用大嘴巴咬树根。咬啊咬,老虎精嘴皮上、牙齿上粘满了松树油。老虎精又气得嗥嗥叫。姐姐在树上说:"老虎精,老虎精,我反正跑不了了,你放心到前边小溪,洗洗牙再来咬吧。"老虎精看看树下不远,果然有条小溪;又看看树上的姐姐,正怕得发抖,叫她跑也跑不了,就到小溪去洗嘴巴。姐姐赶紧脱下衣衫,挂在树上,偷偷滑下树来就跑。

老虎精一边洗嘴巴,一边看树上的人还在,就放心慢慢地洗。等到洗好了嘴上、牙齿上的松树油,回来一看,那是件挂在树上的衣衫,姐姐跑了。她气得把姐姐挂在树上的那件衣服,撕得粉碎。再想追时,姐姐已不知跑到哪里去了。[①]

附:异文

很久很久以前,高山下住着一户人家,他们是财主家的长工和女仆,为争取婚姻自由双双逃出虎口,来到这荒无人烟的地方安家。一年后,他们生

[①] 讲述者:蔡金相,男,59岁,福鼎县叠石乡农民,不识字;采录者:蔡世某,男,28岁,福鼎县叠石乡文化站干部;采录时间、地点:1985年12月于福鼎县叠石乡。

了一对双胞胎，年轻的父母给姐姐取名叫"金仔"，弟弟取名叫"银仔"。不幸的是，在金仔、银仔周岁那天，父亲进山打猎被老虎吃掉了，从此母亲带着姐弟俩相依为命。金仔、银仔渐渐长大了。女大十八变，金仔出落得像朵花，聪明能干有心计，可银仔还像个不懂事的小娃娃，傻乎乎没主意。

　　转眼间，金仔、银仔十五岁了。这年八月十五中秋节，母亲思念远在千里的母亲，就把姐弟俩叫到跟前说："金仔、银仔，长大了，能照料自己了。妈妈要去一趟外婆家，你们好好在家待着，千万别出来，妈妈见了外婆，马上回来接你们。"姐弟俩都答应，弟弟银仔说："妈，给我带些好吃的。"姐姐金仔说："我要一本书。"妈妈一一答应，挎着小包袱走了。

　　妈妈刚转过一道山，迎面碰上一只大老虎。老虎正饿得发昏，看见有人来，吼了一声就要扑过来。妈妈吓得双腿一软，"扑通"跪在地上哀求说："可怜可怜我吧，我家里还有两个孩子没长大成人呢！"老虎张开了血盆大口，妈妈一声惨叫："金仔，银仔！"就昏了过去。老虎美美地饱餐了一顿，然后从包袱里翻出一条头巾，一身衣裙，装扮成外婆，朝金仔银仔家走去。

　　十五的月亮升起来了，老虎外婆扭扭捏捏来到了金仔、银仔家，啪啪啪地拍门："我心肝宝贝外孙女，外婆来了，快开门！"银仔高兴得跳起来，就要去开门，金仔却皱起了眉头，小声说："慢着，外婆家很远，妈妈早上刚走，外婆怎么这么快就来了呢？她怎么知道我们家在这儿呢？还有，妈妈为什么没有一起回来呢？"银仔跑到门后边，从门缝里向外窥望，看到妈妈的蓝头巾，拍着手说："是外婆，是外婆！妈妈的头巾还围在她头上呢！"一下子开了门。

　　老虎外婆进来了，装模作样地把金仔、银仔搂在怀里，心肝宝贝地叫了一遍，说："天晚了，我路上走累了，我们睡吧。"金仔说："我妈呢？"老虎外婆说："我留你妈住几天，我先来看你们。"金仔觉得外婆的声音好刺耳，跟妈妈说过的外婆一点也不像，眉头越皱越紧。她要去点个灯，"外婆"不让。金仔想，我倒要看看你是什么东西！于是她假装和"外婆"亲热，摸到了老虎的尾巴，金仔一下子明白了。金仔拉拉银仔的衣角说："弟弟，外婆老远来，怕是饿坏了，我们到菜园里摘点菜，做饭给外婆吃。""外婆"赶紧说："不用了，我已吃过饭。"金仔说："弟弟，我们去井里抬桶水，给外婆洗洗脸。""外婆"说："不用了，晚上出去有老虎。"银仔吓得一下子扑到"外婆"怀里。"外婆"说："你们两个谁乖就和我睡一头。"金仔说："我和弟弟睡一头，你老人家睡一头。"银仔说："不嘛，我怕！"

半夜里,金仔听见那头有嚼东西的声音,就问:"外婆,你吃什么?""外婆"答:"我吃萝卜干。"金仔说:"我也吃。""外婆"递过一个手指头,金仔知道弟弟已遭不幸,强忍泪水,动起脑筋。一会儿,金仔一声声呻吟叫唤肚子疼,说要去拉屎。"外婆"说:"别去了,天乌乌的要跌倒。"金仔说:"不行啊,我忍不住了,你怕我跌倒,这里有根绳子,一头绑在我手上,一头握在你手上,我要是跌倒了你拉一把。""外婆"想,绳子绑在你手上,不怕你跑了,待我吃完这一个,再来收拾你!就答应了。金仔摸黑找到一个酒瓶,悄悄解下手腕上的绳子,绑上酒瓶丢在马桶里,拉了两下,扑通扑通的。外婆问:"肚子还疼吗?我的心肝?"金仔说,"疼死了!哎哟我的妈呀!"说着悄悄开了后门,跑了。老虎拉了拉绳子,扑通扑通响,又问:"好点了没有?我的宝贝?"没人回答。"外婆"起了疑心,摸下床来,发现后门开了,金仔跑了。"外婆"马上追了出去。

山路弯弯,明月当空。金仔跑啊跑啊,老虎追啊追啊,眼看就要追上了!恰好路旁有棵大树,树梢几乎够着月亮。金仔蹭蹭爬上去,老虎咚咚咚追上来。老虎追到树下,发疯似的摇树干,啃树皮,大树纹丝不动。老虎急得团团转,找来一堆枯树枝,就在树下点起火,火焰腾腾冲上树。金仔对着月亮大声喊:"月亮婆婆快救我,老虎要烧死我!"忽然,月亮上"忽啦啦"落下一条五彩带,金仔一把抓住,随着彩带升到了月宫里。老虎气得一头撞在树干上,被它自己点燃的大火烧死了。

后来,金仔就在月宫里住下来,每天与玉兔做伴,她就是人们常说的嫦娥。据说,每年的中秋节晚上,当夜静更深时,月亮上就会落下一条五彩带,这就是月华穗,嫦娥就会来到人间,祭奠亲爱的妈妈和弟弟。谁要是见到了月华穗,剪一段夹在书中,就会认识书上所有的字,人就变得聪明智慧有力气①。

"两兄弟"故事也是中国非常流行的一种故事类型。唐代段成式的《酉阳杂俎》中即有记载。光泽县的《两兄弟》是一个现当代的异文。

从前,在一个山旮旯里有一户人家,爷娘都先后过世了,留下兄弟俩过日子,全部的家产也就是一幢破厝、一大一小两丘田和一头水牛公。大哥刻薄贪心,他想家里值钱的也就是一头水牛公,就叫来老二商量:"我们哥俩分家,别的没有,厝和大丘的田不消说是归我老大的,那头水牛公分又不好分,

---

① 讲述者:杨碧英,女,54 岁,福清县沙埔乡八一村家庭妇女;采录者:王华民,女,33 岁,福清县有线广播站副站长,大专;采录时间、地点:1983 年 3 月 2 日于福清县。

索性你牵尾巴,我牵鼻子,谁拔赢了,牛就归谁。"结果,年少又老实的老二只在牛尾巴上拔下一只牛蚤子。

老二带着牛蚤子到隔壁一家人的厝里去玩,刚打开盆子,不想过来一只公鸡,它一啄把牛蚤子吃下了肚。老二急得跺脚,伤心地坐在地上大哭起来。主人见了就劝他说:"囝子,别哭了,你把这只公鸡抱走吧。"老二擦了擦眼泪爬起身把鸡抱走了。

一日,他抱着大公鸡到村头的草坪上玩,正好碰上一只大黄狗,他的鸡看见狗在吃食就飞出去抢食,大黄狗一口把大公鸡咬死了。老二又伤心地坐在地上哭,主人见了就说:"算了,就把这只狗赔给你吧。"

老二打从得了大黄狗就心想:要是能把这只大黄狗当牛使那就好了。可是怎么才能叫它犁田呢?晚上,他睡在灶间的破床上翻来翻去想,到底想出个好办法,他就下床用剩饭做了好多的饭团子。

第二日老早,他带着饭团子,牵起大黄狗去犁小丘田。他把犁套在狗颈上,丢一个饭团子在前头,大黄狗就拉扯着犁上前去吃,等犁了一段路又丢一个,就这样,快到日头下山时分,一丘田也就犁好了。

再说老大赶着牛出来犁田头,走到田里,看到老二的田都犁好了,他一边使牛一边想:老二是使哪家听话的牛犁得这么快,自家这头牛不是走到田埂吃草,就是懒得动身,真气死人。还没犁到一半,老大就累得上气不接下气,转身赶着牛归厝去问老二是怎么犁的田。老实的老二就把使狗犁田的事说给他听。老大听了高兴得一拍巴掌说:"那好,你把狗借给我。"老二没法,只好牵出来。

老大夜里照样做好饭团,第二日老早就牵着狗下田了。他把带来的饭团全倒出来给狗吃,心想这样一来狗就有力气拉犁了,不想大黄狗吃饱了就不想动了,再怎么赶也不动,老大火来了,一撅把黄狗给打死了。

转眼清明节到了,老二挑着斋菜去给大黄狗上坟。看到坟中间生了一根碗口粗的毛竹,等到烧完纸,他手摇着竹,心想正好砍下来做一个篮子用,不想一阵"哗啦啦"响,竹子上落下来白花花的银子,不一会就装满了一箩筐。

老二挑着一担银子归厝,路上给老大碰着了。老大掀开箩筐一看,惊得叫出声来:"哇哈,一担银子!"他目珠都红了,忙问老二哪来的,忠厚的老二又一五一十地讲了出来。老大听了,急匆匆也带了纸和斋菜来到狗坟上,他耐着心烧完纸,就扑到竹子跟前拼命摇。当真,又一阵"哗啦啦"响,哪晓得落下来的尽是狗屎,老大一身都臭晕了。他火冒三丈高,拿起刀就把这根竹子劈倒了。

老二晓得了,坐在竹子兜下哭了一夜,没法,只好把竹子驮回厝做了一张竹凳。这张竹凳说起来好奇怪,热天坐着凉,冬天坐着热,老大有事没事都来坐,可总是夹屁股。一日,老大来坐,不想起身时被竹凳夹住屁股,夹得老大龇牙咧嘴,他火来了,点起一把火把竹凳烧了。

老二见了摇摇头,只好把烧成的灰烬扫好,倒在菜园里的冬瓜脚下做肥料。哪晓得那冬瓜日见寸长,最后长得有圆桌那么大。也就打那以后,隔几日总是少一个大冬瓜,老二心想到底是什么贼子这么大胆。一日,他把大冬瓜挖了一个洞盖,天黑时分就躲进冬瓜里了。

半夜时分,大冬瓜被人抬着走了,也不晓得走了多久,大冬瓜被慢慢放下来。老二顶开盖缝一看,原来是一群山猴。等它们"叽叽哇哇"下山去了,老二就打开盖子出来。哇哈,一道道金光灿烂,他眯起眼睛一看,原来洞里放着几只金鸡母,他上前抱起一只就下山了。

老二归厝后,老大见老二抱了一只金鸡母归来,就问怎么得的。老二又把这事的前前后后说了一遍。老大眼珠"骨碌骨碌"转了几圈,没作声就出去了。

天黑下来了,老大也选了一个大冬瓜躲进去。半夜时,那群山猴又来了,它们刚好也选中了这个大冬瓜,抬起来就走,走着走着,到了一个山崖前,老大忍不住放了一个臭屁,挨近冬瓜的一只老猴闻见了,就对猴子们说:"要死,累得半死,抬回来一个烂冬瓜,算我们倒霉,丢了算了。"山猴们嘴里喊着"一、二、三"把这个冬瓜扔下了山崖。贪心、刻薄的老大就这样送了命。①

这个故事说明,善有善报,恶有恶报,是一种民间的美学审判。

莆田市涵江区的《龙灯》也是一个很流行的传统故事,还带有一些龙图腾神话的色彩:

古时候,莆田有个苦命人,姓胡名秋。3岁就被人拐卖到泉州,30岁才单身回乡认祖。当时父母早已过世,没留下半点田地,仅存一间破屋。他还是咬紧牙根住下来,拿出在外学到的手艺做花灯过日子。

---

① 讲述者:傅春云,女,25岁,鸾凤乡十里铺村民,高中;采录者:何繁,女,35岁,光泽县杭川镇文化站站长,初中;采录时间、地点:1987年6月于光泽县。光泽民间文学集成编委会:《中国民间故事集成·福建卷——光泽分卷》,1991年版,内部印刷。

说起手艺,话就长了。他做的鸟灯能在空中飞,鱼灯会在水面游。花灯就更奇巧——远看五颜六色,教人眼花缭乱;近闻梅兰香味,教人心舒气爽。加上他做工讲究,节节精细不马虎;用料地道,寸寸精选不将就。因此,店小名声大,周围几十里都有老主顾。一年四季三百六十五天,没一天不到半夜才关门。

这一年正月十五元宵节,正好是胡秋师傅从艺 60 年。他用尽心机做出一盏凤凰灯。暗夜点起来,五彩缤纷,展翅盘旋,口里还会"嘘——呼呼、嘘——呼呼"地吹箫般鸣唱。霎时间,招引四邻八乡齐哄动,男女老少争观赏,人山人海热闹极了。

偏巧,半夜里府官大人也来赶热闹。常言道:"十个人做官九颗黑心肝。"府官大人看看看着,眼珠一转心血来潮,蹬蹬轿底板,大喝一声:"收灯收灯,快快将灯收下来!"

胡秋当是触犯什么禁令,不及细问就将凤凰灯收下来。"哼!天子龙体欠佳,你们点灯嘻哈(方言)!这灯没收了!"官老爷一声令出,众衙役直扑过去,凤凰灯就被夺走了。

其实,皇帝什么病也没有。府官造个假话夺到灯,连夜差遣快马,飞送入京城。果然,皇帝爱新奇,一看就中意。府官献宝立功,独得奖赏白银三千两,加封一级官衔。

凤凰灯放在王室后宫点起来,皇帝嫔妃饮酒看灯,乐得手舞足蹈。一会,凤凰转到皇帝面前曼舞,皇后趁机讨好,说:"万岁!凤凰朝仪,大吉大利!"众妃随即齐呼:"赏呀,赏呀……"皇帝听了得意忘形,随口答应:"好呀!赐你御酒一杯!"当即举起一杯酒向灯掷去。嘿!天底下只有皇帝才做得出这蠢事,酒杯掷中凤肚,打翻了灯烛,"呼"的一声,灯在半空中起火烧了。

"啊……"太监、宫女齐声惊呼,皇后、嫔妃吓得浑身发抖。唯独皇帝满不在乎,随口下旨给府官,封他为钦差大臣,去逼令胡秋重扎一盏凤凰灯,飞送入宫来。

听了口传圣旨,胡秋问:"我吃了多少皇粮?"

"这……"钦差大臣莫名其妙,说:"没呀。"

"我拿了多少官饷?"

"没有,没有。"

"我得了朝廷什么封赏?"

"这,这……"

胡秋冷笑说："这就有话好说了，大人！等这些卖钱、换粮，混生活的工夫赶完，我手也闲了心也宽，自当奉陪天子尽兴玩。"

"也好，我就给你三日期限。"

第一天，胡秋尽赶鱼灯：鲤鱼、鳃鱼、金鱼，还有大虾、螃蟹……第二天，胡秋尽赶虫灯：蜻蜓、蝴蝶、螳螂，还有蜜蜂、蟋蟀……第三天，胡秋尽赶鸟灯：燕鸟、翠鸟、鹤鸟、鸳鸯、鹦鹉……就是不见凤凰灯！钦差大臣气得猴急狼凶、张牙舞爪将大小灯笼狠狠踩碎，放起一把火通通烧光。再限他三天交出凤凰灯。

官家手段狠，胡秋骨头硬："你会烧，我会做，烧一盏，做一双。"于是，三天里他日夜齐赶：锯竹、破篾、扎架、糊纸、彩画、抹油……一口气做出三百六十五盏鱼灯、虫灯、鸟灯、兽灯和花灯，挨家挨户送去。夜晚一齐点起来，亮晶晶、光闪闪地火树银花照遍地，映得星斗月亮也逊色。三天过去钦差又来，拿不到凤凰灯就抓人，直将胡秋师傅五花大绑押送京城。

皇帝听信钦差启奏，气得跳半天高，咬牙指示侍卫，先将胡秋责打昏倒，拔去指甲，关入天牢。不给饭吃不给水喝，还说："不愿做凤就做龙，何时交来给开监门。"

这回老人倒是听话了，他蹲在牢里不吃不喝三昼夜，扎出一条五爪龙：一张血盆大口，浑身披鳞戴甲，满嘴狗牙快如刀，头顶鹿角尖似箭。扎好骨架裱好绢，提起画笔添色。颜色画到龙脚时，手指伤破滴出血来。他急忙去抹。手指一动，大血流出来，染得龙脚红斑斑。他气了，拿起红笔，索性给四条龙添画四簇红火焰，龙灯反而更加威武，更加神气，更加壮观起来了。

当晚，皇帝召集宠臣、嫔妃聚会金殿，摆宴观灯，酒过三巡，龙灯点亮。果然龙眼发闪，鳞甲披光，气派更比凤灯大十倍。可是，它摆动半天就是舞不起来，皇帝指令侍卫，押出胡秋问罪。他淡淡回答："游龙要戏珠。"

皇帝拍桌喊叫："那你就来戏珠！"

这回老人又是很听话。他随手摘下头巾团一团，解开裹伤血布扎一扎，就是一颗现成的龙珠了。他双脚一跳撒手抛珠，龙灯果然翻腾起舞，摇头摆尾，忽上忽下；张牙舞爪，滚来滚去，逗得金殿上一片疯狂。忽然，胡秋累得跌倒。龙珠从他手里滚到皇帝跟前。于是，龙灯活了"呼"的直向皇帝扑去，饿鹰抓鸡似的将他撕碎。接着是钦差、皇后、宠臣、嫔妃……有的断头缺腿，有的皮破肉开，死不了的侍卫和宫女，你挤我推，抱头掩屁股，狗嚎鬼叫地四散逃命。龙灯仍在翻滚狂舞，龙腿喷出熊熊火焰，整个皇宫烧起火来，烧成一堆黑灰。

一阵风刮过来,黑灰吹上天,变成了一团乌云。乌云里钻出一条五彩金龙,龙背上骑着胡秋老师傅,向他家乡飞去。①

民间笑话是民间故事中的一个重要品种。阿凡提的故事以及许多机智人物故事,都是可笑的故事,也就是笑话。笑话的功能很多。我在《笑话——人间的喜剧艺术》一书中,谈到笑话可以治病。东山县原来也流传着一个《笑话治病》的故事:

从前有个县太爷,因丧了夫人,十分悲痛,郁郁成病,三餐不思饮食,夜里不能入睡,身体日渐消瘦,四处求医治疗,均无见效。后来听说外地有一位名医,就乘船前往求治。见面时,医生先诊了脉,又看了舌苔面色,再详细问明起病原因,知道这位县太爷主要是七情所伤引起,心病要用心药医。就对县太爷说:"你的病是月经不调之症。"县太爷听了心中不禁暗笑,男人哪有月经?真所谓"百闻不如一见",原来是个不学无术的庸医,就告别了。从此每次谈起此事,时常欢笑不止,心情舒畅,无形中所患的病逐日好转,恢复了健康。第二年,因为公务再经过名医所住地方,思起往事,决定再登门拜访。县太爷刚入门,医生抢先问:"县太爷贵体想必早已痊愈?当时你所患的病是忧虑过度,肝郁气滞,必须用笑来解除,所以我故意说你患月经不调之症。"县太爷一听,茅塞顿开,才知以笑治病之法,医道确实高明②。

闽台民间故事是一个伟大的民间文化宝库,还在不断发展中,这里介绍的只是各地民间文学三套集成中一些重要的代表性作品。现实生活中,民间故事和传说已在 20 世纪 80 年代由各地文化系统的学者搜集整理得非常详细和完整,再是很少有人能讲出上述故事,或是内容有些变动。加上本课题几易主持人,故来自第一手的田野调查少,需要不断进行深入的调查收集和开发工作。

---

① 讲述者:孔钰,男,65 岁,涵江区糊纸工人,不识字;采录者:蔡华仁,男,67 岁,莆田县涵江区退休干部,高中;采录时间、地点:1987 年 9 月于莆田县涵江区。

② 讲述者:吴佳,男,64 岁,东山县铜陵镇农民,小学;采录者:吴光国,男,62 岁,东山县医院退休医生,高中;采录时间、地点:1991 年 10 月于东山县铜陵镇。

第三章
闽台民间谚语、谜语、对联文化资源调查

民间文学中有一种非常精练、含蓄的短小作品,是作家创作中所没有的。这就是谚语和谜语。

第一节 谚语、谜语的专门术语和民俗内涵的解释

民间谚语是人民的口头创作,随日常语言顺口说出,作为一种最权威的论据。谚语是最短小的文学体裁,但是它的内容却非常丰富而深刻。

谚语可以说是最短小的文学作品了,往往一两句话就能独立成篇,具有完整的思想与形象,像"真金不怕火炼"、"远水不救近火"就是"一句式"的谚语,虽短却很完整,说明了一个道理,并且还有两个对比的形象,可以说是句内对偶。

谚语以两句一首为多,这种"两句式"的谚语如"小时偷针,长大偷金"等。两句往往对偶,词句虽短,但句式整齐,词约而意丰,引人深思。

此外还有两句以上的"多句式"谚语,如"一个和尚挑水吃,两个和尚抬水吃,三个和尚没水吃"。用这种非常矛盾的现象,说明虽然人多,如果组织得不好反而不如人少,其言外之意发人深思,具有深刻的哲理性。

可以说谚语是富有哲理性和科学性的短谣。它是只说不唱的,这一点同民谣一致,所以人们常常把谣谚合在一起作为一个类别。清代杜文澜曾将古书中零零散散的谣谚辑录汇编成一部长达100卷的大书《古谣谚》。虽然不是很全,却是非常宝贵的民间文学经典。

当然,谣和谚还是有区别的,谚语是谣的一种,是一种在内容上和形式上都很有特点的民谣——哲理性、科学性的短谣。韦昭在《国语·越语》的注文中曾指出:"谚,俗之善谣也。"彦,指有才学的人,谚这个字从言从彦,

是指思想深刻的短小民谣,这是有道理的。

谚语也不同于格言,格言大多为名人的警句,而谚语是群众通俗的口语格言,所以《尚书·无逸》的注解就说"俚语曰谚"。从形式的通俗浅显来说,可以说谚语是俚语,也就是俗语。

但俗语、俚语的范围更广,口语中常用的固定形容语如"脸红脖子粗"、"翘尾巴"、"吹牛皮"、"盖了帽了"等,只是形容某种现象的词组而不是句子,没有完整的思想,就不能算谚语。

"歇后语"也是一种俗语。虽然它富有风趣的形象,但是它只是一种形容性的俗语,还不是一个完整的句子,如"小葱拌豆腐—— 一青二白"。这样由前后两部分组成的歇后语,前半是比喻,后半是本义,只是个形容词,还不是一个完整的句子,不能表达一个完整的意思。

不错,有少数歇后语如"千里送鹅毛——礼轻情义重",已经表现了一个完整的哲理,这才是谚语,是谚语兼歇后语,可能是由谚语变成的"歇后语"。歇后语在说话时,可以把后一半省去不说,只说"这是千里送鹅毛",这样人们还是可以知道意思是"礼轻情义重"。这是更加含蓄的一种巧妙的语言。这是歇后语的特点和优点。它很幽默、很含蓄。

"小谚语,大学问","谚语积多成学问"。谚语不只是一般的学问,而且是最权威的学问——深刻的哲理,成功的诀窍。

台湾少数民族谚语说:"祖灵的训练,乃成功之母!"谚语就是祖宗的教训,是一代一代传下来的祖训,是最宝贵的金言。

谚语是广大人民在劳动中、日常生活中的经验总汇,既深刻,又丰富。它的内容包括自然与社会的所有方面,是包罗万象的。它是人们生产劳动、社会斗争、人际交往、日常生活等各方面经验的艺术结晶,包含着集体的智慧和爱憎情感,富有哲理性、科学性和指导性。

谚语往往体现了朴素的辩证法和唯物主义思想。如:

"真金不怕火炼"、"巴掌再大也挡不住太阳"、"身正不怕影子斜"等,相信真理必胜,是很唯物的。

"柔能克刚,弱能胜强"、"讨小便宜吃大亏"、"小洞不补,大洞吃苦"等则表现了辩证法的发展观。

谚语总结了人民在劳动、生活中的各种经验。

农谚是关于农、林、牧、副、渔等农村各业生产技术的谚语,关于农业技术的最多,从播种、耕种到田间管理、施肥、收割,有一系列谚语,作为农业操作的技术"课本"。如：

关于播种的"母大儿肥"说明选种的重要；

关于施肥的如"庄稼一枝花，全靠粪当家"；

关于收割的如"抢秋抢秋，不收就丢"、"九成熟，十成收，十成熟，九成收"等，说明及时收割的必要性，如过了农时，就会减少收成。

气象与农、牧、渔业关系很大，气象谚语总结了许多看天气的经验，是气象预报的好参考。

气象谚语往往根据许多物候来预测天气，天要下雨了，气压低，湿度大，"燕子低飞蛇盘道，水缸穿裙子山戴帽"。水缸下部潮湿，山上蒙着雾气像戴了帽子，这都是下雨的预兆。

农谚和气象谚语有一定的地方性，也有些是普遍适用的。

地理谚语概括了各地的风物特产，如"长白山，三宗宝，人参、貂皮、乌拉草"，是大家所熟知的。这些谚语对了解各地特产，进行商业交流提供了信息。

卫生谚语总结了许多生活经验，如"生命在于运动"、"求医不如求己"、"心宽体胖"、"药补不如食补"等。

道德谚语表现了传统的伦理思想，政治谚语总结了社会斗争的经验教训，都是民间的"社会科学"。如：

"官清民自安"总结了社会稳定的经验。

"土帮土成墙，穷帮穷成王"、"拼得一个死，敢把皇帝拉下马"等则总结了社会斗争的经验。

"三人一条心，黄土变成金"说明团结的重要。

"种瓜得瓜，种豆得豆"、"善恶到头终有报，只分来早与来迟"表现了社会的"因果律"，同人们常说的"善有善报，恶有恶报，不是不报，时候未到，时候一到，一切皆报"的谚语是异曲同工的。

这表现了人民坚信善良一定能战胜邪恶的信念，也是对宏观社会规律的艺术概括。

谚语教育人要行善积德，要勤俭持家，严于律己、虚心学习。

"只可比种田，不可比过年"，意思是要比劳动、比贡献而不能比享受。

"勤是摇钱树，俭是聚宝盆"，意思是既要勤又要俭才能富裕。

不过该用的还是要用，"当省莫瞎用，当用莫瞎省"。

开支要有计划，"只可算了吃，不可吃了算"。

学习要虚心,"书到用时方恨少,事非经过不知难"、"一瓶子不响半瓶子咣当"。

训练要严格,"严师出高徒"。

学习要有毅力,"只要功夫深,铁杵磨成针"。

要勤学苦练,"熟能生巧"、"拳不离手,曲不离口"……

许多谚语都言简意赅,鲜明地道出了事物的本质和发展规律。

谚语在艺术上最大的特色就是高度的精练。

高尔基说,在简短的谚语中常常包含着可以写整部书的思想和感情。

他要求作家学习谚语的技巧"像手指握成拳头一样去压缩语言"。

谚语是语言中的盐,说话带上谚语可以更加有味道。

谚语中深刻的哲理总是通过鲜明的形象表现出来的。

简短的谚语有形象、有思想、有结论、有证明,深入浅出,很有说服力,其语言艺术的技巧是非常高超的。

谚语往往运用比喻、借代、对偶、夸张、拟人等手法,来表现深刻的思想,很有表现力。如:

"宁交双脚跳,不交迷迷笑",用借代手法,鲜明地突出了两种不同性格的对比,总结了一个深刻的教训。

谚语往往两句对偶整齐,并有韵律,富有音乐性,因而许多谚语顺口好记,一听就会说,所以能不胫而走,在说话时随口引用,在各地广为流传。

谚语是文学艺术中精工琢磨过的耀眼明珠,值得特别的重视。

第二节　福建社会谚语资源调查

闽台民间文学中谚语是非常丰富的。但是,因为谚语非常零碎,搜集、整理都十分困难,所以,我们得到的谚语资料并不是很多。而过去在民间文学三套集成的全面普查搜集时,各地都做过很多调查,有《中国民间谚语集成·福建卷》和各县的分卷,有的区乡也有分卷。台湾也出版过一些有关谚语的书,如1933年连横编著的《台湾语典》、《雅言》,吴瀛涛的《台湾谚语》,杨天厚、林丽宽的《金门俗谚采撷》(1996)等。这些都可以参考。

其中金门的这一本谚语,来之不易,是作者在1991年暑假参加政治大学的进修班,对"俗文学"这门课特别有兴趣,于是回金门后,就开始了谚语的采集。历经几年时间,跑遍了金门五个区的农村,从"乡绅宿耆、村夫野老"的口头进行记录,为的是"求使别具风格之金门俗谚,能不因国语的普及、生活形态的骤变而消失于无形"。正是出于这种文化自觉,他们不怕艰难困苦,记录了1000多首谚语资料,又分为生活习惯、言行、孝亲、婚姻、滑稽和其他六个方面,编成了这本图文并茂的谚语集。

福建第一本民间谚语集成的书,是1989年5月编成的《中国民间谚语集成·福建省卷·福州市鼓楼区分卷》。我们来看看是如何调查收集并编选这本书的。此书情况有一定的代表性。

有一首地方谚语说:"兴化好涵头,福州好鼓楼。"这是说鼓楼区是福州的中心地带,人文荟萃,民间谚语也很丰富。鼓楼区的书记林文斌等领导人很重视民间文学三套集成的调查搜集工作,他们认为:"三套集成工作意义十分重大,我们没有充分认识,就没有一个自觉行动……我们上下都认识到,民间口头文学,如果不加抢救整理出版,行将造成文化断代。既对不起古人,也对不起后来者。"

这种很强的文化自觉就是他们的工作获得很大成功的前提。不然许许多多零零散散的谚语,是很难在很短的时间内收集起来的。他们发现,这些谚语"包罗万象……概以启迪心智,发人深省为原则。用词上多采清新洗练笔调,亲切中兼具活泼气息。言简意赅、言必有中、言浅意深、耐人寻味,在深沉中隐泛明白晓畅的人生哲理。"这是很深刻的体会。此书为人类文化遗产抢救的崇高事业,做出了实实在在的贡献。

福州民间文学三套集成办公室的张传兴说:"许多方谚深埋在民间群众矿层中,没有采矿者,这些宝藏照样不能出土,照样得不到运用,照样成不了活宝。鼓楼区此番挖掘出的方谚有3000多条。他们不是俯地而拾,更不是随手可得的。区领导和各级集成办与许多采风者都是辛勤的采矿工程师和劳动者。他们通过十条街道十支采风队,全方位地向纵深矿层挖掘开采,利用登门串户、设站广征、夜市采录、节目文艺活动等各种渠道采风。……区委、区政府自觉地将采风工作纳入全区、各街道的工作日程。6月的鼓东现场会,7月的鼓西故事会,8月的街头夜市采风,10月的西湖彩船赛歌……普查民间文学的热浪滚滚而至。居住在本区的学者、专家、文史馆员、故事家、歌手、戏曲曲艺演员、评话员,乃至僧尼道士等社会贤达,均雀跃为之献歌、献谚、献故事。数以万计的民间文学资料,从四面八方汇集到集成办公室。"

在鼓楼区,从1988年5月18日到1989年3月30日,不到一年的时间里,按照《中国民间文学集成工作手册》的规定,共收集了100多万字的民间文学矿藏,发现了民间文学收藏家、民谚家、故事家、故事员、歌手等20多名。如90多岁的高恭芳老太太,病危前,把自己手抄、珍藏70多年的民歌民谣、谚语等共计50000多字交给我们。省文史馆馆员郑丽生、林则徐纪念馆馆长王铁藩等人都把大量歌谣、谚语的手稿、藏本奉献出来。所以"这次收集的谚语,一般都是福州人民历代流传的如'柴换炭,齐好看'、'青盲猫抱着死老鼠'等富有'虾油味'群众喜闻常用的谚语。在整理中,加方言拼音释义,有的地方典故也加以附记"(《中国谚语集成·福建卷·福州市鼓楼区分卷》序)。这是福建省第一本谚语集成,质量是很高的。他们的许多做法,都值得学习并发扬光大。

我们现在就以他们的谚语为主线,加上其他地区的谚语,来介绍福建民间谚语的文化资源。

闽台谚语是闽台地区人民的创造,是在闽台的自然环境和人文社会条件下产生的。在内容和形式上都有鲜明的地方特色。台湾的谚语大都是由大陆带过去的,所以大多数几乎完全一样。如:"赤脚人赶麻(打猎),穿鞋人吃肉。""三年官,三年满。"(官只能做三年)"好猫管百家。"(好猫,指热心人)"瘦马也有一步踢!"(喻不能轻视人)"天顶天公,地下母舅公。"(舅舅为大)"台湾土块干,台湾查某(女人)快过脚(过脚,即改嫁)。""福建总督管两省。""第一好过番(出国,去南洋),第二过台湾。""三月疯妈祖!"(三月二十三日是妈祖生日,台湾人极其热烈的巡游、进香活动犹如疯狂)"酒搭归矸,油搭零铣。""允人生琢破鼎,允人死就走。""会过祖,会过某。""去家千里,不食枸杞。""偷老古,得好妇。嫁护(给)鸡,隶(跟)鸡飞;嫁护狗,隶狗走;嫁护乞食,婠葭注斗。"(从一而终)……这些古老传统的谚语,闽台两地完全一样。

台湾的谚语,闽南话的占大多数。但是也不完全是闽南的,也有源自大陆其他省份的谚语。所以台湾的谚语受到当地土著和大陆其他省份的影响,有的也有所变化。

闽台谚语资源分类介绍如下:

一、政治谚语

福建作为祖国东南的海防前哨和主要的侨乡,谚语中有许多关于祖国、家乡的内容。如:

国以民为本,民以国为家。

有土才有花,有国才有家。

国泰民安,民富国强。

国正民心顺,官清民自安。

人民思安,国家思定。

动刀兵,国不兴。

唇亡齿寒,国破家亡。

家贫出孝子,国乱出忠臣。

宁做战死鬼,不做亡国奴。

月光处处光,异国思故乡。

水是故乡甜,月是故乡明。

美不美家乡水,亲不亲故乡人。

离乡不离土,离亲不离祖。

生是故乡人,死是故乡鬼。

树高千丈,落叶归根。

离乡不离腔。

久居异地必思祖,人到花甲恋故土。

水流千里归大海,人行千里回故乡。

人行五路,魂归故土。

隔山望鸿雁,隔岸思亲人。

齐困[①]一床帐,台湾属福建[②]。

(注:①同睡一起。②历史上台湾是一个府,隶属福建管辖。)

本山牛吃本山草。

本乡鸟啄本地虫,本乡人吃本乡水。

铁打延平府,纸糊福州城。

台湾兵假勇。(当时台湾兵制服皆短袖短裤,闽人谓不怕冷者皆以此谚对之,以此可见福建人很了解台湾情况,连台湾的军服也知道表明闽台关系之深。)

台湾钱,台湾用。

一府二鹿三艋。(过去台湾只有一个府——府衙在台南,是第一号大城市;一个大港——鹿港,数第二;"艋"指台北,是第三号大城市。这是台湾曾经很流行的谚语。)

人丁不满百,京官三十六。(这是说金门虽然很小,但是因为朱熹曾经在这里讲学,成为"海滨邹鲁",出过43位进士,在京城做官。)

牛头马面是奶娘,胭脂拍粉是别人。(父母长得再难看,总归是自己的亲人;

别人纵使涂脂抹粉赛美人,还是别人家。)

二、风物谚语

闽台谚语中有一种关于地方特色的"地方风土谚语",具体描绘了各地的特点。如:

铁打的延平,纸褙(糊)的福州。(南平是山地,易守难攻。福州在平原,无险可守。)

金同安,银漳浦。(闽南厦门的同安区和漳浦县地区,都盛产粮食,比较富饶。)

七蹓八蹓,不如福州。

福建总督管两省。(指福建和台湾两省。金门、马祖是属于福建省同安县的。)

福州八卦地。

福地福人居。

三坊七巷出乡绅。

走马仓前看走马,番船浦内泊番船。(自从1840年鸦片战争五口通商后,福州仓前山沦为"租界",山上辟有跑马场,供人赛马游乐之用。仓山临江泛船浦地界,早先这个地方的名称叫番船浦,当时有许多洋船集泊此港,因而有了此谚语。)

陈林一大半,黄郑满街摆。(这是说,陈、林两大姓占去了福州人口的一半,黄、郑二姓到处都是。这是因为这四姓的人很早就从中原迁居福州,所以人口繁衍很多。)

异文有二:"陈林满天下,黄郑一条街。"这是闽南说法,还有台湾的说法:"陈林半天下,黄郑排成山。"

余府三缸金,长池十八癞。(余府巷和长池巷是福州西门相邻的巷门。宋朝一个宰相姓余住在余府巷内,家有三缸金,为福州巨富。而长池巷却是贫民窟,生活条件差,卫生条件不好,身上多生癞。此谚语形容贫富差距。)

有唐山公,没唐山妈。(唐山指大陆,清代怕台湾成为反清的基地。曾规定大陆人到台湾,一律不能带家属,只能作为单身汉来台湾,所以有此谚语。)

闽台谚语中反映了社会上的贫富差别和阶级关系、敌我斗争的情况:

有钱会使鬼推磨。(台湾为:"有钱会使鬼。")

背后狗,咬死人。(要提防坏人在背地里搞阴谋诡计,这是很可怕的。)

回头鼠,咬死人。

门槛又高狗又大。

虎相斗,虾蟹做灾。(这是对民国时期军阀混战的描写,反映了人民的不满。)

犬吃猪屎,尾症。(尾症,就是最后的病症。指末路,是将死的症候。连猪屎都吃的狗,说明它饿慌了,事逼无奈。古代汉语中,狗说犬。这里保存了下来。)

羊死目未克。（未克，是福州方言，读 mei kai，不闭。与"死不甘心"同义。未，也是古代汉语。）

扫帚也要过刀。（相传清兵入关时，在福州屠城，人死殆尽，对什么都乱加砍杀。）

斧头砍自脚。（这条谚语的意思同"搬起石头砸自己的脚"差不多，说明自作自受。）

吃信老鼠乱钻。（吃信，福州方言，念 xie xin，指砒霜毒物。喻惊恐万状到处乱跑钻。）

卖瓷兮食缺，织席兮睏椅。（闽台完全一样）

三、道德谚语

道德谚语指的是社会安定与法制、人心的谚语，反映人民的良好愿望和社会经验。如：

政策政策，时时刻刻。

人心如铁，官法如炉。

衙门有大小，法度总一般。

闽台谚语对时事世态的体会是非常深刻的：

宁可绝嗣，不可玩遇。（"玩遇"，福州方言，读 wang yu，生子不肖做出意外的不体面事。）

一条香插三个炉。（这是反映旧社会传宗接代的传统思想。为了延续家族的香火，一个男孩，有时竟要做三家的继承人，这表明旧社会重男轻女的畸形世态。）

迎亲长长阵，拜堂只二人。

穷人卖吃[①]四两肉。（"卖"，福州方言。"卖吃"，就是不能够吃。说的是在旧社会穷人是没有肉吃的，如果穷人吃了四两肉，就会引起人们怀疑。）

一回做贼百回疑。

一时韭菜一时葱。（韭菜和葱是两种不同的蔬菜。此谚表明要注意时代和形势的变化。）

一代富，扎袖卷裤，

二代富，长衫马裤，

三代富，有裙没裤。

（此谚语反映了三代人的变化，由实干到发家，最后破落。）

下界爷爬不上横案桌。（闽俗下界神明如由人死后变成的神，只能在地面上吃香火，祭祀时，是不能够摆上供桌。喻下等人地位低下，是不上桌面的。）

一不做媒，二不作保。

手中没把米,叫鸡鸡不来。(比喻不给人好处,就不能叫得来人。)

难过年,年难过,

年年难过,年年过。

牛不知角弯,马不知毛长。

(此谚语说明,自己往往不知道自己的短处。)

凤凰落地不如鸡。

无林不开榜。(此谚语说明,旧时福州林姓书香门第,很重视教育,素享望族,历代科举人才最盛,几乎科科考试都有福州林家的人考中。)

无福不成衙。(这是台湾的谚语,说明旧时台湾的大小官衙,都有福州人任职。由此说明闽台关系之密切,由来已久。)

又浅又泼渍。("泼渍"福州方言,指泼洒损失之意。本来东西不多,而又受意外损耗,喻人时运不佳、遭遇不测。)

又穷又出鬼。(此谚语说明,穷人遭遇意外坎坷,与"祸不单行"同义。)

亲戚姜母汤。(在社会生活中,亲戚之间有时发生了利益冲突,同样关系也会紧张起来,好像辣生姜一样辛辣无情。)

黄瓜鱼放春籽,一代不如一代。(福州人叫黄花鱼为"黄瓜鱼"。)

犬仔抱过门限也要钱。(讥苛捐杂税。)

文官把笔安天下,武将持刀定太平。

大王补库,弟子出钱。(大王:神明。)

同行三分仇,隔行如隔山。

毫厘压倒英雄汉。(一文钱逼死英雄汉。)

举人无手,进士无脚。(在封建社会中,举人、进士都做大官,有佣人,有轿子坐,所以不用自己动手、走路。就成了"无手无脚"的残废人。此谚语讥讽知识分子"饭来张口,衣来伸手"。)

老鼠会变牛。

老爹讲错再讲起,百姓讲错打半死。("老爹",指官老爷。此谚语说明"只许官家放火,不准百姓点灯",在封建社会等级制度统治之下,人与人之间很不平等。)

秀才管读书,屠户管宰猪。

有天没日头。("有天无日":讥讽社会的黑暗。)

有状元学生,无状元先生。

有钱讲话响叮当,无钱讲话无人听。

时衰鬼弄人。

穷居闹市无人问,富在深山有远亲。

穷人饿肚皮,富人胀破肚。

富人花天酒地,穷人呼天喊地。

富人四季穿衫,穷人衫穿四季。

富人过年,穷人过关。

为富不仁,为仁不富。

堂上交椅轮流坐。

一世做官七世愆。（愆：罪过。）

冤有头,债有主。

强中自有强中手,恶人自有恶人治。

官逼民反,不得不反。

一不做,二不休。

道高一尺,魔高一丈。

射人先射马,擒贼先擒王。

汰(杀)鸡汰喉,打蛇打头。

见蛇不打三分罪。

逼虎伤人,狗急跳墙。

龙困浅滩被虾戏,虎落平阳被犬欺。

胜者为王,败者为寇。

一物降一物。

英雄流血不流泪。

新旧社会两重天,一个苦来一个甜。

四、哲理谚语

谚语中最多的是关于社会和自然的科学哲理谚语,一般归入事理类。

讲真理规律的如：

越穷越慷慨,越富越奸宄。（奸宄：福建方言,读 gan giu,吝啬。）

讲话不算数,船过水无痕。

宁做太平犬,不做乱世人。

脱裙脱裤,做死不富。

好刀磨石不用水,好仔讨亲不花钱。

家无流浪子,官从何处来。

好铁不打钉,好仔不当兵。（这是旧社会的情况。）

衣裳爱新人爱旧。

有理无理,瞒不了乡里。

佬虽老还抓一把豆。(人虽老,但仍有其作用。)

有死罪,无饿罪。

手指难做门闩。

世行只有船拢岸,没有见过岸拢船。

孝顺还生孝顺子,忤逆必生忤逆儿。

富人无大子,穷人无大猪。(此谚语是说:富人溺爱、纵子非为,不少尚未长大就先死。穷人养猪因无本钱,未大先卖。)

人情冷暖,世态炎凉。

人在人情在,人亡人情亡。

穷人无富亲,富亲不相认。

财主门前孝子多。

情理在碟内。

佛去才知佛圣。

人行有脚印,马过有落毛。

牛尾难遮牛屁股。

人怕理,马怕鞭,蚊子怕烟。

手指伸出有长短。

官无三日短。(此谚语是说:官办事经常虎头蛇尾,开头抓得劲,后来慢慢放松了,甚至不了了之。)

有钱有势,有权有利。

雨仗风势,狗仗人势。

大鱼吃小鱼,小鱼吃虾米,虾米吃土泥。

捧人碗,听人管。

不怕官,只怕管。

强龙难压地头蛇。

猫咪得宠强似虎,凤凰脱毛不如鸡。

爬得高,跌得重。

树倒猢狲散。

山中无老虎,猴子称大王。

阎王不管,小鬼造反。

牛头不对马嘴。(台湾异文是:"牛头不对马鼻。")

看花容易栽花难。(台湾是："看花容易绣花难。")

杀鸡何用牛刀。(台湾是："台(宰)鸡焉用牛刀。")

使口不如自走。(台湾异文："叫猪叫狗，不如自己走。")

有百年的社员，没有百年的社长。

人不同心，蛤不同花。(此谚语是说：花蛤壳面花纹无一相同，人心不齐，有如花蛤之纹各异。)

手指拗里不拗出。

先得后不得。("捷足先登"之意。)

老子偷鸡摸狗，儿子杀人放火。

井水不汲不出泉。

水清鱼就现。(台湾则是："水清鱼现。")

姜太公钓鱼，愿者上钩。(台湾是："太公钓鱼，愿者上钩。")

害人则害己。(台湾是："害人害己。")

水泼落地难收回。(台湾是："水泼落地难收。")

细空无补，大空叫苦。(台湾是："小孔无补，大孔叫苦。")

人有脸皮，树有树皮。(台湾是："人爱人皮，树爱树皮。")

抓鱼走鳖，顾此失彼。(台湾是："掠鱼走鳖。")

井底水鸡，无知天地大。(台湾是："古井水蛙。")

双脚踏双船，早晚跌落海。(台湾是："双脚踏双船。")

这两条台湾谚语，略去了后面一句，是歇后语的用法，不说也知道后面的结论。所以在台湾类似这种谚语同时也成了歇后语。

一鸡死，一鸡鸣。(凡事都是后继有人的。)

穷人没病就是富，富人没病就是仙。

等汤难滚，等仔难大。

人不求人一般大，水不下滩一展平。

人多好做事，人少好食饭。

人都好心，狗不吃屎。

人老精，姜老辣。

恭敬不如从命。

伴君如伴虎。

一朝天子一朝臣。

朝里有人好做官，家里有狗好看门。

十个做官九个贪。

一字入公门，九牛拖不出。

吃人酒肉，替人消灾。拿人银钱，替人办代。（办代：办事。）

一年官，九代冤。

逆官穷，逆鬼死。

一任清知府，十万白花银。

藕接蔗。（与"牛头不对马嘴"同义。）

纸糊栏杆。（纸糊栏杆不能依靠。）

众眼是秤，众言是尺。

一枝草配一滴露。

稻看收成，人看结果。（"盖棺定论"之意。）

花巷到南营，行当这样行。（花巷与南营，是福州相通的一条巷，总是只有这么一种走法。喻墨守成规。）

老虎未吃人，土地公先画号。（此谚语是说，老虎虽然霸于一方，然而吃人还得征得土地神的同意。喻每事均有所制约。）

柴换炭，齐好看。（喻礼尚往来的虚伪性。）

乞丐养画眉。（醉生梦死之意。）

青盲猫抱死老鼠。（青盲，眼瞎。讥讽教条主义和狭隘经验主义，与"抱着象腿以为就是大柱"同义。）

吃饱做事，不管闲事。

鸭母混在凤凰飞。（此谚语是说：鸭子无自知之明，想和凤凰一起飞，实际上也飞不起来。）

近庙欺神，近官府欺大人。

犬仔想吃豆腐骨。（喻不切实际的想法。）

亲母自受脚腿白。（自受即自夸。讥讽盲目自炫。）

金苍蝇屎腹。（外表堂皇，实际草包。）

做贼难瞒乡里，偷吃不瞒嘴只。

讨着没好姆，一世无处躲。（"姆"即老婆。此谚语是说，娶不贤惠的妻子，一生受苦。）

没仔挨孙，没叫天苍。（挨，依赖。此谚语是说，没有儿子想依赖孙子，无可奈何只好徒喊苍天。）

田园日日去，亲戚淡淡行。

贼偷贼，不明白。（这是比喻，如贼偷贼，互相都不声张，只好不明不白了结。）

男爱动手，女爱动口。

小姑教兄嫂断脐带。(不懂装懂,必然要坏事,吃苦头的。)
上有政策,下有对策。
三分统计,七分估计。
干部出风头,社员吃苦头。
新官上任三把火。
无惊十二级台风,只惊枕头风。
酒杯一端,政策放宽;
筷子一举,可以可以。
上梁不正下梁歪。
上半夜财主,下半夜穷户。("夜",方言读盲,此谚语是说,旧时福州筑屋均以土木为结构,容易发生火灾,一烧烧个精光,所以由财主沦为穷户就在一夜之间。此谚语讽刺富者不要趾高气扬。)
牛尾难遮牛屁股。
贪便宜去倒长。(去,损失;长,增加。"去倒长"意为"损失反而增加了"。此谚语意为:贪小失大。)
官急莫抵私急。(此谚语是说,官再急不如私人大小便急。)
人多乱,龙多旱,
母鸡多了难孵蛋,
媳妇多了婆煮饭。(人多心不齐反而误事。)
真理来自实践,实践检验真理。
真金不怕火炼,真理不怕争辩。
真理面前,人人平等。
十个指头有长短,荷花出水有高低。
麻雀虽小,五脏俱全。
船到江心补漏迟。
好钢用在刀刃上。
好竹出好笋。
秤锤虽小压千斤。
树大招风,夜长梦多。
兵贵神速,人贵思索。
人无远虑,必有近忧。
事不动脑,十有九倒。
手愈用愈巧,脑愈用愈灵。

未想赢,先想输。
伟大来自平凡,力量来自群众。
多看思路广,多写笔生花。
平时多流汗,战时少流血。
树是人栽的,路是人开的。
一等二靠三落空,一想二干三成功。
有理走遍天下,无理寸步难行。
路是弯的,理是直的。
好话免多说,有理免大声。
鼓不打不响,理不说不明。
公道自在人心,是非自有公论。
秀才遇着兵,有理说不清。
恶人先告状,小人生是非。
知错改错不算错,知错不改错加错。
能瞒得一时,难瞒得一世。
众人嘴毒。
假的真不了,真的假不了。
纸不会包得火,雪不会埋得炭。
真金不怕火,怕火非真金。
吃饭不忘种田人,吃水难忘开井人。
花美在外边,人美在心田。
好事不出门,坏事传千里。
善有善报,恶有恶报。
一粒老鼠屎,搅歹一鼎糜。
一人作恶,万人遭殃。
放下屠刀,立地成佛。
明里一把火,暗里一把刀。
救人一命胜造七级浮屠。
学好千日不足,学坏一日有余。
机不可失,时不再来。
时势造英雄,英雄造时势。
山中无老虎,猴子称大王。

乞食也有三日好运。
无惊事难办,只惊不去办。
干一行爱一行,行行出状元。
胸中有大局,手中有计划。
八仙过海各显神通。
长计划,短安排。
赶前不赶后。
行船要有指南针,走路要有带路人。
挽瓜揪藤蒂,牵牛拧牛鼻。
大担挑倒人,小担挑倒山。
无事嫌暝长,有事嫌日短。
树不修不直,文不改不顺。
平时呒烧香,临时抱佛脚。(福建有异文"临时抱佛脚",台湾则是:"日时走抛抛,临时抱佛脚。")
虎头老鼠尾。
墙内开花墙外香。
开头饭好吃,开头话难说。
会说的说一句,勿会说的说百句。
一言一用,千言无用。
言多必失,话多伤神。
病从口入,祸从口出。
酒后吐真言。
酒能成事,也能坏事。
啥人背后无人说,啥人人前不说人。
锣鼓听音,说话听声。
圆人会扁,扁人会圆。
吃别人的嘴短,拿别人的手软。
贪小利,误大事。
十人褒不如一人骂。
三思有益,一忍为高。
小不忍则乱大谋。
礼多人不怪。
偷吃不肥,做贼不会富。

若要人不知,除非己莫为。
怨天怨地,不如怨自己。
交义不交财,交财两不来。
莫贪人富,莫嫌人穷。

五、事俗谚语

闽台谚语对社会上的人情世故有深刻的认识和描写:
人穷见知己。
人情剽得透,有鼎又没灶。(这里所谓人情指喜丧事应酬礼金。如果面面俱到,所耗酬金,必造成生活困难。由此可见,送红包之害由来已久。)
人听甜言易上当,马踏软地易失蹄。
大桥无栏井无盖。(人若轻生,到处都可以自尽。)
千日晴不厌,一日雨讨厌。
倒运大夫看病头,行运大夫看病尾。
草鞋也有三日新。
财落君子手,米落乞食袋。
树老根多,人老话多。
屋雅何须大,花香不在多。
十八岁见廿四代。(讽刺不懂装懂,误人不浅。)
出出有,样样无。(讥笑没有真才实学的人,样样都不懂。)
饭不知道是米煮的。(讥讽不识世事者。)
摸着油垢,以为诸娘。(旧时妇女头发多擦油。摸着油垢,以为是诸娘。讥讽以偏概全。)
皇帝认错保长公。(把最大的皇帝误认为最小的地保。与"有眼不识泰山"同义。)
一身都是屎,何在一泡尿。(破罐子破摔的心理状态。)
黄狗偷吃,白狗当罪。(讥讽某些人是非不分。)
眉毛虽无用,却占眼上风。
无话三句讲。(捏造事实无事生非。)
礼多人必诈。
呆瓜多籽,呆人多礼。(不好的西瓜多瓜籽,奸诈的人多礼。)
见蛇不打三分罪。
口吐莲花,心存刀叉。

父母疼歹仔,皇帝爱奸臣。

尾仔尾珍珠,好疼又好摸。(通常情况下,父母都比较偏爱最小的儿子。)

凶拳难打笑脸。

好猫管九家,凶狗爱管百人家。

财主身,乞食命。(讥讽有钱舍不得花的人。)

乞丐嫌麻风病人臭腥味。

十矮酒作机。(机,足智多谋。此谚语喻矮个子的人多聪明,和扬州谚语"矮一矮,一肚拐"相似。)

生无见,死无啼。(人际关系紧张,大有老死不相往来之意。)

鸭姆脚扒进。(吝啬之人,好像鸭姆脚只扒进不扒出。)

饱狗占屎。

大汉做乞食贪闲。

跌倒赖土地。

看你又受怪,吃饱又作怪。(受怪,方言:可怜相。)

猴人假正经。

输人老婆,贴人枕头。(讥讽妇女偷汉,其夫倒霉,赔了夫人又赔枕头。)

猴戴帽不像人形。

好犬不当路,坏犬把路头。

吃饱弄朝做皇帝。(指饱食终日、作威作福的霸行者。)

脚闲手闲嘴也闲。(讥讽懒惰者最终得挨饿。)

时时翻,刻刻变。(无主心的人多变。)

银是白的,眼珠是黑的。(讥讽贪财者。)

瘦猪拉屎硬。(讥讽无能而强装有能者。)

死鸡刺无血。(喻做事白费力。)

使牛去逐马。(与"竹篮打水一场空"同义。)

火烧厝好看,难为东家。

乌猪变白尾。(讥讽坏人难变好。)

韭菜命,一长就割。(福州人自叹命不好,韭菜一长就割下用,难于积累钱财成富。)

看命先生半路死,地理先生无处理。(此谚语是说算命先生、阴阳地理先生,虽然会算命、看风水,但是并不能改变自己不好的命运。)

祸与福,隔壁厝。

一把米摔墙,每一粒加粒。(加,粘住。喻无任何牵连的关系。)

七疤八瘤做夫人。(能当上贵妇人的容貌不一定漂亮,反之"红颜多薄命"。)

猪头吃过耳。(吃过了头粮,不知顾后。)

扫厝扫厝角,洗面洗耳角。(做事要全面周到。)

心急路头远。

车到山前必有路。

耳听是虚,眼见为实。

谋事在人,成事在天。

无知识,金包草;有知识,草包金。

黄金有价,知识无价。

天才在于勤奋,知识在于积累。

纸笔千年会说话。

猫三、狗四、羊五、猪六、马十二。(指它们怀孕的月数。)

六、素质养成谚语

闽台谚语中有许多人生修养类的谚语,教人要有理想,从小就要立志,做一个有作为的人:

穷无根,富无核。

鸡屎落地三寸气。

吃马屎,假假癫。(装疯作傻,忍一时之屈,伸百年志。)

牛仔跌九倒。(喻幼受锻炼必然成材。)

争气不争财。

人无大志,难成大器。

有志者事竟成。

人往高处走,水往低处流。

世上无难事,只怕有心人。

人争一口气,树争一重皮。

人无大志,空活一世。

莫学浮萍漂水面,要学莲藕扎根深。

人穷志不穷,人老心不老。

无惊山高,只惊腿软;无惊人穷,只惊志短。

船里有老鼠,堵里讨食。

上半夜肖鸡,下半夜肖鸭。(夜,读盲。肖,古语"像";此谚语讥讽志向多变者。)

心肝怕拍,不怕菩萨。
吃鱼应记金钓钩,吃笋应记栽竹人。
让人三分不算输。
人见利而不见害,鱼见饵而不见钩。
老鼠爬天平自称自夸。
侯人难经三回惹。(侯人,骚货。)
欠人钱债慢慢还,吃了肥白街上环。
无禁无忌,做事都是。
宁做太平犬,不做乱世人。
九十九还要问一百。
没学打虎艺,不敢上山岗;没学拎龙术,不敢下深渊。
老虎虽凶,不咬子。
德行若好,风水免讨。
德行传千古,名声值万金。
心内无邪无惊鬼。
身正无惊影斜,脚正无惊鞋歪。
船头坐得稳,无惊风浪颠。
君子成人之美。
明人勿做暗事,真人不说假话。
人无廉耻,不如早死。
量大福大,福大量大。
宁可认错,不可说谎。
逢善不欺,见利不贪。
江山易改,本性难移。
有奶着奶害,没奶自己大。(溺爱孩子是害孩子,应该让孩子自己锻炼成长。)
痢痢罔痢痢,下数总到里。(条件虽然差,规矩还是要遵守的。)
烂泥不会扶上壁。(没有培养前途的人,再扶持也白搭。)
客鸡会上灶,女卓团多不孝。(溺爱娇惯的孩子,多数不能孝顺父母。)
软软索仔系死人,软软竹仔打死人。(形容有的人用软办法害人更厉害。)
猴子装小生,马桶钉铜钉。(本质不好,外表打扮再好也不顶事。)
蛇有蛇,鳝有鳝,蛤蟆仔已跳已着。(各人都有各自的生活出路,都能以自己的方式活下去。)

家有黄金外有秤。(形容若家庭真的富裕,外人早已尽知,任何事情好像纸包不住火是隐瞒不了的。)

齷齪囝,有人要;齷齿足卵,有人拾。(有用的东西,即使外形差一些,也会有人要。)

七、社交谚语

闽台谚语中有一些公关、社交类的,强调要关心集体,注意团结,以便同心协力完成各项任务:

一条箸易折断,一把箸压不弯。

一人计短,众人计长。

一人莫敌两人计。

单丝不成线,单竹不成林。

鱼帮水,水帮鱼。

心酸不在路头啼。

一人难遂百人意。

客去主人宽。

入门三般相。(初见其人,细察其举止言行,便可知略知大概。)

千钱买邻,八百买舍。

活人不欠死人债。(有本事的人不能拖债不还,更不能趁人死了赖债。待人接物要讲道德,讲信誉。)

金乡里,银厝边。

一句话难益两人。

唧唧水养唧唧鱼。(唧唧,不多不少。喻吝啬者不肯花钱的一种借口。)

智慧从实践中来,办法从群众中来。

一人不如二人计,三人出个大主意。

不知人之长,怎知己之短。

星多天空亮,人多智慧多。

姜是老的辣,人是老的稳。

仙人打鼓有时错。

青盲精,哑口灵。(释义:残疾人也有特长。)

学会一日,学精三年。

三分靠教,七分靠学。

肯学肯问,才有学问。

山外有山,天外有天。
天不言自高,地不言自厚。
三人同行,必有我师。
月满则亏,水满则溢。
火着空心,人着虚心。
兼听则明,偏听则暗。
取人之长,补己之短。
不听指点,多行弯路。
要了解自己,最好问别人。
独断专行,办事不灵。
一步错,步步错。
小事须细心,大事须谨慎。
聪明反被聪明误。
无惊一万,就惊万一。
宁愿站咧死,不愿跪咧生。
对别人宽,对自己严。
众人是圣人,群众是英雄。
一人盖不起龙王庙,千家造得起洛阳桥。
天时不如地利,地利不如人和。
众人一条心,黄土变成金。
冤家宜解不宜结。
求神不如求人,求人不如求己。
千金易得,知己难求。
天无绝人之路。
草无根不会活,鸟无翅不会飞。
好人不怕多,坏人怕一个。
善与人交,久而敬之。
路遥知马力,日久见人心。
出门看天色,入门看脸色。
见面三分情。
酒肉朋友好找,患难之交难寻。
你走你的阳关道,我走我的独木桥。

金好银好,不如情意好。

今日留一线,明日好相见。

多栽花,少栽刺。

严以律己,宽以待人。

与人方便,自己方便。

你对人无情,人对你无义。

大道如天,各行一边。

大丈夫能屈能伸。

君子报仇,十年不晚。

知足常乐,能忍自安。

三人五眼,长短无后话。(事经第三者见证,就不能轻易反悔不认账。)

男人头女人鬟。(男人的头和女人的发鬟都是一样尊贵的,不容戏弄。)

怪人不知理,知理不怪人。(深知情理的人,不会随便责怪他人。)

请客何在多了一双箸。

薄礼强失礼。

屎急掏粗纸。(事到临头才仓促行事,显得慌张。)

全家勤,田头厝角生金银。

一口不能吃块饼,一天不能打口井。

猪姆扒粪倒,没事找事做。

做福论起庙。(到了做法事的时候才去建庙宇根本来不及。)

吃曹操饭,做刘备事。

天不怕,地不怕,就怕福州人讲官话。

逢人只说三分话,未可全抛一片心。

过头饭可吃,过头话不可讲。

三十未讨姆,讲话臭乳膻。(三十岁未结婚,还是孩子辈,讲话还会嗅到乳膻味。与"嘴上没毛,做事不牢"同义。)

请婆奶,仔三旦。(讥讽办事拖拉误事。)

别迎亲丢了媳妇。

三跳两歇脚。

君子问灾不问福。

骂一句秃驴,十八罗汉愁眉。

讲到皇帝,牛牵吃麦。(信口雌黄,天高地阔。)

上湖下湖对湖,通通都是胡。(福州仓山有上湖、下湖、对湖的地名。借此讽人胡说八道。）

老犬会记千年屎。（讥讽喜欢旧事重提的人。）

石荟不知自身臭。（石荟，一种具有奇臭的爬行虫类。）

饿死懒尸汉，晒干河边田。

犬仔想泔吃。（泔，方言。米汤糊。米汤是猪吃的，狗没资格吃，与"癞蛤蟆想吃天鹅肉"同义。）

作鸡着拣，做人着秉。（做鸡要拣食，做人要打拼。）

看贼吃，没看贼打。（贼打，贼被打。喻对人不要嫉妒、眼红，要想到他们的难处。）

乞丐难过三户门。（当乞丐一般被认为是极为羞耻的事，但是只要讨了三户以上，脸皮慢慢就厚起来，习以为常。告诫人错路一步也不要走。）

小鬼未见大猪头。

路旁讲话，草里有人。（小事不检点，往往会带来重大的损失。）

人欺不是辱，人怕不是福。

下邪不富，十二月穿济裤。（下邪，用不正当的手段骗取钱财。）

哑巴吃黄连，有苦难言。（台湾变异为"哑巴食苦瓜"。）

世态人情方面的俗语、民谣，内容十分丰富。既勾画出社会百态，也有生活经验；既有愿望追求，也有嘲讽调侃；既有赞美青春与爱情，也有各种人世忧伤、快乐；既有惩恶扬善，弘扬民族传统美德，也有小农意识、市民意识或扭曲了的心态，但都是普通老百姓的生活和思想感情以及社会中复杂的人际关系的反映。

膨风水蛙，刮无肉。

少年未晓想，食老未晟样。

细汉偷挽瓢，大汉偷牵牛。

在生吃一粒土豆，较赢死了拜一个猪头。

打虎捉贼亲兄弟。

翁某若同心，乌土变作金。

食人一口报人一斗。

人情世事陪透透，无鼎甲无灶。

八、家庭伦常谚语

闽台谚语对家庭伦常有许多教训，对建设和谐家庭有参考作用。如：

靠丈夫坐着吃，靠儿子跪着吃。（此谚语是说靠儿子养老是靠不住的。扬州谚语有异文:享爸爸的福坐着享,享丈夫的福睡着享,享儿子的福跪着享。)

　　一猪二女婿,三仔四丈夫。(农村妇女热爱劳动,地里生产,回到家里,第一件事先喂猪,然后才顾及女婿、儿子、丈夫。另一解释说有外遇的不良妇人,最疼爱的是"猪脚"。福州人把男姘头称为"猪脚"。)

　　一鸡一鸡米,一仔一仔粮。(儿孙自有儿孙福。)

　　一代只理一代人。

　　一个仔容上天去。

　　汤虽热还是水,泔虽冷会粘锅。(强调血缘关系的重要性。)

　　孝顺诸娘仔在天边,不孝顺的媳妇在身边。

　　麻衣挂壁非吾子,竹杖登山是我儿。(不为父母披麻戴孝的不是儿子,手持孩儿杖为父母登山送葬的方算儿子。)

　　灶后不容三姓。(灶后指家庭。一个家庭容纳不了三姓,喻妯娌不和。)

　　女婿掏酒瓶。(女婿有半子之谊,宴客时有权代东执壶劝饮。)

　　丈奶爱女婿,猪肝炒韭菜。

　　三岁孩儿人人爱,七十老人讨人嫌。

　　不听全,也听半。(妻子谗于夫,夫多少会受到不良影响。)

　　耳边风吹散亲骨肉。

　　死郎罢,苦一下;死娘奶,苦到底。

　　石板石上宰鱼。(轻重都不是。)

　　舀不成瓢,夹不成箸。(喻"高不成,低不就",有不伦不类之感。)

　　和尚吃十方。

　　橄榄核吞不下吐不出。(喻鸡肋。)

　　各人米煮各人饭。

　　有脚行无路。(喻没有出路。)

　　烂(熟)桃烂李,好吃无比。

九、衣食住行谚语

　　夹一箸,油渍满胸前。(讥讽办事不利索。)

　　一年盼望一年好,汗衫补成破夹袄。

　　未食五月粽,破裘不敢放。

　　单身哥还嫌家发大。(家发,即家庭人口生活开支。喻懒惰者低能。)

　　开饭店还怕大吃饭。

　　一食而穿。(台湾异文是:"人生在世,吃穿二字。"台湾的变化,更加积极一些,全面一些。)

头是门面,脚是厅。

新粪坑好拉屎。

吃一夹二睨三。(指吃着碗里瞧着锅里。)

穿鞋用鞋拔。(指多此一举。)

未上床,先争被。

大鼎饭,小鼎菜。

斤鸡马蹄鳖。(一斤多的鸡与马蹄般大小的鳖,其肉最嫩,其味最美。)

无钱也要腹圆。

无菜不吃饭。

自嘴没沾,那有食物分厝边。

明里施舍,暗里分赃。

有鸟有栏杆。(喻妇女有所归宿。)

朝南,赚钱一世人(一辈子);朝东,剥空空;朝北,蚀本又脱壳;朝西,赚钱没人知。(这是盖房子朝向的谚语。)

十、持家谚语

勤俭持家是谚语最强调的,这是中国人最传统的持家理念,如:

有勤不俭枉徒劳,有俭不勤空受饿。

一分钱要俭,一千钱要花。

一狮(道士)一法门,一家一家规。

七个吃饭,八人当家。(讥讽政出多门。)

闲工补笊篱。(笊篱,厨具,竹制漏瓢。讥讽浪费时间人力。)

一个钱买针也要看鼻。(针价虽贱,也要经过挑选。)

坐食山崩。(台湾的异文是:"做得食,山都崩。")

好书不厌百回读。(台湾的异文是:"旧书不厌百回读。")

十一、婚姻谚语

讨姆讨会着,还胜吃补药。(讨姆,娶老婆。会着,方言,意为满意理想。)

一夫一妻多合理,夫妻恩爱百年长。

一儿一女一枝花,多儿多女累死妈。

一个女儿怎领两家礼。(一女两婚,在旧社会是不允许的,讽刺贪财父母胡作非为。)

卖菜看篮底,讨姆看丈姆。

一刷刷,二落落,三该索。（刷,意为部队军官。落,意为机关干部。该索,意为农民。这是对女子婚配对象的选择。）

贪钱嫁老婿。

花对花,柳对柳,畚箕对扫帚。（婚姻门当户对。）

琵琶弹别调。（喻妇女改嫁,另觅知音。）

隔壁亲家,礼数照行。

十二、子女教育谚语

生不如养,养不如成。

会生得子身,勿会生得子心。

容仔咬奶头。

大犬爬墙,小犬学样。

伲仔痞,大人灾。（两家小孩吵架,大人受罪。）

鸡上斤,仔上十。（鸡长到一斤可吃。儿子长到十岁,非管教不可。）

大狗爬墙,小狗看样。

照父梳头,照母缚髻。

十三、卫生保健谚语

甜药主温,苦药主寒。

有钱难买六月泄。（六月大夏炎热,闽人多结肠,能够拉肚子十分难得。）

会胖胖身体,不会胖胖面颊。

男怕穿靴,女怕戴帽。（男怕脚肿,女怕脸肿。表明病已经很重了。）

葱补丹田麦补脾。

吃死皮包骨。（讥讽得利不受益者。）

嘴无三日疮。

烂臁脚,碰门限。（喻雪上加霜。）

土地公流清汗,财多身弱。

心宽出少年。

热药冷吃,凉药热吃,破药轻煎,补药浓熬。

头过参,二过茶。（吃参要吃第一遍,喝茶要喝二过茶。）

头疼川芎,腰痛杜仲。

请鬼来医病,十个死十二。

十四、幸福观谚语

福气福气,有福就有气。
命长有奶奶做。
无柴乐,无米乐。(指苦中作乐。)
麻脸诸娘爱涂粉,癞头妇女爱戴花。
诸娘仔十八大,上轿又一变。
男人三十一枝花,女子三十老人家。
偷捉鸡姆不论重。
三分天注定,七分靠打拼,爱拼才会赢。
离乡不离土,离亲不离祖。
手脚不勤,做鬼也抢无金银。
大目看不见灶。
靠子靠媳妇,不如身边自己有。
一日笑嘻嘻,岁寿吃百二。

十五、商业谚语

神仙难赚兴化钱。(兴化,即莆田,过去是兴化军所在地。此谚语是说,兴化人精打细算,善于经商。)
千赊不如八百现。(赊账1000元,不如800现金。)
海水无门限。(形容大海无边。福州人习惯用此谚喻买卖上的漫天要价。)
卖鱼人,吃鱼屎,烧柴痞。(揭露旧社会劳而不获的现象。)
卖油姑娘水梳头。(说明她们太穷,不能用油梳头。)
无兴不成镇。(兴化人多旅外经商,许多集镇闹市均有兴化人。)
分明趁,暗中蚀。(表面看来是挣钱,实际上暗中却亏本了。)
猪姆肉买乡里。
延平枕,宁德剪,沙县诸娘不用拣。(延平,即南平,出皮枕头;宁德出剪刀;沙县出美女。)
当典的利会吃死人。(旧时当典以盘剥利息为主。穷人经不起剥削。)
啼买笑卖。(哭丧着脸买东西进货,微笑服务卖货,这是做生意的诀窍。)
住了新饭店,才识旧主人。
金三银四。(选新村五层楼的住房,三层是最佳选择。)

十六、戏剧谚语

好戏不怕无人看。
前棚(台)傀儡后棚戏。
无生无旦戏免看。
离开小丑就无戏。
金生银旦。(生、旦:戏剧角色。他们的收入较高。)
三分唱,七分白。(演戏的艺人,他的技巧表现,唱腔三分,道白占七分。)
戏班无师伯,九十九向一百。
拳不离手,曲不离口。
身在戏中,戏在心中。
死练功,活角色。
舞台是八卦地。
歹戏拖台。

(以下是金门谚语)

七脚戏,报万兵。(这是说戏曲虽然只有七个角色,却可以演出百万兵。)
父母无声势,送子去学戏。
嫌戏不请,请戏不嫌。
古宁头高甲戏,何厝歌仔戏。("古宁头"、"何厝"是金门两个村子的名称。他们的戏演得好,但是剧种不一样。)
猴脚戏仔手。(这是说戏曲演员的动作非常灵巧。)
好戏在后头。
台上有那种人,台下就有那种人。

十七、封建伦理谚语

谚语中有一些是表现封建伦理的,虽早已过时,但是很有历史价值,对了解历史上人民的生活,对于艺术创作,都很有用。

老马老马,三日不打变祖妈。[老马,方言,读 lao(第四声)ma(第三声),老婆。此谚语反映旧社会欺压妇女的情况。]
听了老婆嘴,最终会后悔。
女子拉屎变成油,也须男子挑去卖。(女子再有本事也得靠男子,对妇女的严重偏见。)
女界欲妆,没救天苍。(凡事喜欢打扮的妇女都不好。)

宁看男孩仔的屁股,不看姑娘仔的脸面。

天上雷公,地上舅公。(福州旧俗对娘家的舅辈都十分尊重,舅父乃是三父八母之一。)

一家千口,福在一人。(一种宿命的观念,认为一个大家庭(族)的兴旺,有赖于家中出了大富大贵的好命人。)

门风相对,鞋鼻相交。(强调婚姻的门当户对。)

乞养仔难进祠堂。(封建社会宗法规定非亲生的过继之子,宗族不予承认,进不了家族祠堂。)

公婆坐得正。(指化险为夷,转危为安,旧俗认为这是祖先积德庇佑的结果。)

未生人,先生命。(宿命论。)

未注生,先注死。(宿命论。)

上身长,坐公堂,下身长,走忙忙。(迷信相法。身长主贵有官做,腿长主贱,一生奔走劳碌。)

鬼当神敬。

三代不骂天,养仔中状元。

不戴荠荠菜,小鬼拖裙带。(旧俗三月三上巳节,妇女要戴荠荠菜,可避邪。)

十八、宗教迷信谚语

道士摇铃铃,有嘴没心。(道士摇着铃子念经,漫不经心。)

阎王多放一年,事情多做多少。

阎罗王遗失传票。(埋怨坏人不死,因阎罗王传票丢失了。)

东岳做普度六十年一次。(喻机会难得,不可错失。)

四月八,无闲和尚。(农历四月初八为浴佛节,寺庙僧众皆参加庆典,因而该日和尚无闲人。)

有棺材,无灵位。(喻有名无实。)

十九、私利观念谚语

老鸦叫,别人死。

自己仔金仔银仔,别人仔柴头椅仔。

门仔关紧自做人。(喻明哲保身。)

妻不如妾,妾不如婢,婢不如妓,妓不如偷,偷不如想。(形容好色之徒的可耻可恨嘴脸。)

无情无义曲蹄婆。(曲蹄婆,泛指福州大桥下旧时疍民的船妓。)

乌龟进门来,老板大发财。(旧俗,腊月乞丐打扮成龟进门行乞,口呼吉语,以贺财旺,老板当然肯解囊相助。今此谚不存。)

公众厅堂无人扫地,多子父母无处讨罩。[讨罩,方言,读dao(第三声),中午饭。释义:多子的父母,赡养的责任相互推诿,父母只好挨饿。]

避雨当厝主。(躲雨的人成了房主,与"鸠占鹊巢"同义。)

二十、旧时违反科学经验谚语

时至喝水成冰,运退煮水轧鼎。[轧,方言,读ga(第四声),粘住,焦巴。释义:时运旺时,喝一口水也会变成凉冰,时运衰时,烧水也会烧成焦巴。]

肖蛇多心事。(属蛇的人,生性多疑。)

人无横财不富,马无夜草不肥。

十女九迷,十男九鹤。[迷,方言,读me(第三声),头脑不清楚。鹤,方言,读hou(第四声),好高骛远。]

虎咬七世愆。(闽人旧时认为,人遭虎口,表明他前世罪孽深重。)

男大三,门前立旗杆;女大三,井水吊会干。(男女婚配,男大女三岁,必然会当官,女大男三岁,要倒霉。)

男型女相,不死也"破相"。(破相,残废。男女长相差不多,命不好。这是相面人的一种说法。)

无鬼不死人。(喻事情败坏,必有人从中作祟。)

脚肚像竹筒,不死也害人。

五更叫喜,二更叫死。(公鸡如果二更啼叫,家中主死人。)

命带桃花得人爱,命带苦刺多人嫌。

六月六,犬洗汤。(闽俗,农历六月六,牵犬于溪河洗,可以不生虫虱。也说明夏天要给狗洗澡,有一定的科学性。)

鸡角仔未大先叫更。(讥讽年轻瞎闹者。)

天上无云不下雨,地上无媒不成亲。

男不看三国,女不看小说。(男的看了三国易变奸诈,女的看多了小说易诲淫。)

脸上无肉,不可相熟。(诡计多端善于谋算,因费脑而伤体,脸上消瘦,与此类人打交道有危险。)

二十一、军事谚语

军事谚语是战争规律的经验总结,在各项工作中都可以运用。

运筹帷幄,决胜千里外。

帅在谋,不在勇。

千军易得,一将难求。

强将手下无弱兵。

韩信将兵,多多益善。

胜败乃兵家常事。

兵不厌诈,声东击西。

先礼而后兵。

先下手为强,后下手遭殃。

一将功成万骨枯。

慈不掌兵,义不掌财。

穷寇莫追。

宁可失城门,不可失狗洞。(指夜间巡逻,城门有大兵把手,而狗洞是奸细阴谋之地。)

救兵如救火。

能管千军万马,不能管自己老婆。(不少将军元帅,听了老婆的不正确意见后事业毁于一旦。)

挂彩光荣,轻伤不下火线。

十个武将,九个没头。

散兵游勇,毒过细菌。

番仔兵无队伍。

兵过篱笆破。(这是过去旧军队抢劫老百姓的写照,和人民军队根本不同。)

一时之胜在于力,千古之胜在于理。

人民军队爱人民。

兵民是胜利之本。

这些军事谚语,是在军队中流传的。军队是没有地方性的。闽台和全国各地都有同类的谚语。但是也有一些是有地方性的。在市场经济激烈竞争的大战中,这些谚语有重大现实意义,可以成为我们进行商战的重要指导原则。这也是一项很好的文化资源。

第三节　福建自然谚语资源调查

闽台自然谚语,是人民大众生产、生活经验的总结,有一定的科学性,具有重大教育意义与指导作用。

一、时令谚语

金蝉叫,荔枝红,蛤蟆叫,提火笼。

金蝉鸣,夏天到,蛤蟆叫,冬天至。

清明谷雨,寒死老鼠。

热不急脱衣,冷不急穿棉。

十二月廿五,老鼠做新妇。

七人八谷九玉皇。(闽俗,正月初七为人的本命日,初八为五谷生日,初九为玉皇诞。)

二月日子长,糟菜垫腹肠。

关公磨刀水。(农历五月十三日相传是关羽生日,次日前后,福州水汛高涨,易为洪患。)

春无三日晴。

燕来三月三,燕去七月半。

八月日无晡,无用诸娘满灶摸。(八月日短夜长,不会做事的妇女往往来不及煮晚饭。)

冬至是月尾,收起犁耙去烘火。

冬至是月头,棉被盖过头。

冬节是月中,无雪又无霜。

六月是大夏,打狗不出门。

六月大暑晒不死,七月秋烘烘死人。

二、天文谚语

破鼓可以救月,破屏风可以抵煞。

这个谚语反映了一个民俗事项,闽台民众认为,月食是由于天狗要吞食月亮,要大家一起来敲鼓,使天狗把月亮吐出来,这是敲鼓救月。恶煞是很坏的东西,可以使人受害。屏风则可以挡住恶煞。这是民间信仰的一种表现。

天不和,生虹;人不和,生事。

(旧说虹为天地之淫光,是天界不和的结果。)

三、气象谚语

气象谚语是人们看天气长期经验的艺术结晶,往往在当地很准确,语言也很生动。

七闪八闪,没水过峡。[闪,方言读 nia(第二声),闪电之光。光闪电,不打雷,气候主干旱。]

鼓山戴帽,水缸穿裙,必然雨至。

日照罩,雨就到。[意为"日照午,就来雨"。罩,方言,读 dao(第三声),中午。江苏也有这一谚语:"好太阳不现中。"意思是完全一样的。]

热过头,雹打头。

作阵雷,无落雨。(台湾是:"空雷无雨。")

一日南风三日暴。(福州刮起东南风,主晴气温骤高。在春天,凡是刮南风,气温上升,主三日内必有雨。)

火烟缠厝,大雨就到。

月晕晴,日晕雨。

月光照烂地,越下越有味。(雨初晴忽而有月,主还要有大雨。)

台风不大,回南倒大。(福州台风起时均为西北风,将止则转向南风,谓"回南"。此时南风往往大过西北风。此谚语也可以用来讥讽"本末倒置"。)

六月防初,七月防半。(福州台风多发生在农历六月上旬和七月下旬。台湾海峡与闽台多台风,民间预报台风的谚语,对于渔民出海和各地预防台风,都很有现实意义。)

芒种下雨火烧街,夏至下雨烂之戳。(烂之戳,湿漉漉。)

初三、十八大。(初三和十八均涨潮时日,洪水特别大。)

重阳无雨一冬晴。

南潮风,北潮雨。(闽海波涛吼声谓之"潮"。)

六月出门带棉袄老客。(闽地台风一来,六月大夏也会有冷空气南下,要穿冬衣。)

四、山川地理谚语

山川地理谚语是民间的地理知识课本,如:

南平水,鼓山平。(闽江上游南平市的江河可与福州东郊海拔969米的鼓山平。可见南平山区地势之高。)

福州好鼓楼,兴华好涵头。

兴鼓山,败西禅。(福州的鼓山涌泉寺与西郊西禅寺,均源于古田雪峰寺。先有西禅,到宋初兴建鼓山涌泉寺以后,西禅香火就慢慢衰败了。故有此谚。喻事物一兴一衰是自然规律。)

到来福地非为福,出得仙霞始是仙。(旧时闽地穷,闽浙分界是仙霞岭。)

五、物候谚语

物候谚语,是民众对各种物品特性观察的成果,如:

猫投穷,犬投富。

四月八,一滴雨,一盆鳎。[鳎,方言,念 ta(第一声)。四月八下雨,主海蜇皮多产。]

老虎吃苍蝇有吃没吞。

死老虎好打,活老鼠难抓。

走蛇走弯弯,走虎走下山。(蛇直走迅速弯走慢。老虎前脚短后脚长,登山快,下山慢。要躲避蛇虎危害应用此谚语。)

六、生产谚语

生产谚语是人民大众劳动经验的总结,有农业谚语、渔业谚语、林业谚语和工艺谚语等。

1. 农业谚语

二月二,打锣闹哧哧(热闹),锄头安柄,畚箕安耳。

春泥不可三日鱼,冬泥不过三天霜。

春霜三日透,烂田可种豆。

未惊蛰先打雷,四十九日乌。

清明谷雨,不熟而死。(小麦)

芒种孕,夏至穗。(水稻)

四月初八下雨果子荒,初九下雨盖谷仓。

人闲四月八,牛闲五日节。(端午节)

播田播到夏,刈稻刈两下。(错过栽种季节,必然减产。)

夏天西风刮,没水洗腿脚,春天西风刮,水下满水沟。

芒种下雨火烧溪,夏至下雨浸底鞋。

六月初一山头雾,晒死芋。

山里红,田里空。

荔枝逢旱增产,稻谷遭旱绝收。

雷打秋,晚无收。(秋天响雷,气候反常,可能导致农业歉收。)

早稻看龙舟,晚稻看中秋。(早稻丰收否,端午节时便见分晓。晚稻在中秋也可以看出端倪。由此可见这两个节日与农业的密切联系。)

捡猪屎遇着猪病泄。(喻机遇不好。)

透早东南乌,午前风俗雨。

春蒙曝死鬼,夏蒙做大水。

未食五月节粽,破裘毋甘放。

干冬至,淡过年;淡冬至,干过年。

冬至在月头,阴寒落雨年边兜;冬至在月尾,阴寒落雨正二月。

春寒雨那溅,冬寒雨四散。

春天孩子脸,一天十八变。

初一落雨初二看,初三落雨到月半。(特指农历七月。)

雨沃上元灯,日晒清明种。

白露光,流得溪边无草毛。(子时至巳时为光,午时至亥时为暗。)

路边发白草,流得溪边无草头。

小暑下雨饿死鼠,大暑下雨饿死牛。

小大暑不热,五谷不结;小大寒不寒,六畜不安。

六月天、七月火,八月石枋晒墓粿。

冬雪是钱财,春雪是灾害。

雷打秋,晚稻无半收。

六月十二,彭祖作忌,无风台也有雨意。

五月小暑小暑日,六月小暑过十日。(指割稻。)

六月立秋紧丢丢,七月立秋秋内游。

立春晴一日,犁田不用力。

十八通天报,十九洗九斗。(当地谚语,特指农历六月,意指这两日有雨发,九斗即锦斗。)

2. 气候与农业生产的关联谚语

二月初二霆雷,稻尾较重秤锤。

春分前好播田,春分后好种豆。

田蠳若结堆,戴笠穿棕簑。

望雨天发黄,望晴天发光。

早黄雨滴滴,晚黄曝半死。

早起红霞,等水烧茶;晚出红霞,干死鱼虾。

日早红霞当日雨,晚出红霞明日露。

西边天空虹出现,明日雨水落绵绵。

无尾虹,三个下午不会晴。

西方明,来日晴,若要来日晴,暮看西方明。

乌云遮东,无雨有风。

乌云起北边,大雨落房间。

日落清彩,久晴可待。

日落乌云跑,雨落半暝后。

云积鲤鱼斑,晒谷不必翻。

鱼鳞天,无雨也风颠。

久晴有雾雨,久雨有雾晴。

十雾九晴,一雾三晴。

早雾即收,旭日可求。

春雾阴阴,雾雾沉沉;秋雾作秋霖,冬雾天大晴。

秋季一日风三日雨。（指台风暴雨。）

一年四季东风雨,只有夏季东风晴。

久旱西风更无雨,久雨西风更不晴。

五月南风大水头,六月南风断水流。

台风不回西,三日雨就来。

春南夏北,无水磨墨。春北夏南,雨水成潭。（指南北风。）

久晴夜风雨,久雨夜风晴。

云随风雨疾,风雨霎时息。

一天南风三日暖,一天北风三日寒。

春天红霞红艳,夏天红霞田裂缝。

秋天红霞秋风凉,冬天红霞雪白白。

蚯蚓滚沙要下雨。

雷公先唱歌,有雨也不多。

夏至不打雷,大水十八回。

西北雨,不过田岸路。

日月旁边有大圈,来日无雨也有风。
星光闪动,落雨有望。
太阳出来探一探,大雨一定落到晚。
日照罩(指中午),雨那漏;日出暝(指傍晚),雨就止。
河溪崩,大水会流人。
狗喝水会干旱。
蚯蚓爬路会落雨。
蚊子拦路会落雨。
白蚁群飞会落雨。
蚂蚁搬家,大水淹家。
乌鸦打圈会落雨。
蜻蜓织布会落雨。
蛤蟆叫"唠唠",明天会落雨。
久雨闻鸟声,不久会晴天。
雨后喜鹊叫,阳光满天照。
厝角蜘蛛添丝定好天时。
猫睡面向天,来日雨绵绵。
猫洗脸,狗啃草,免三日雨就到。
鸡晒腿,出大水;鸡晒翅,出炎日。
今晚鸡鸭早进笼,明日太阳炎乒乓。
火烟不出厝会落雨。
盐缸出露会落雨。
清明谷雨,寒死虎母。
清明雨,火烧肚。
春雨日日暖,秋雨日日寒。
十二月雷,杀猪免用铁锤。

3. 渔业谚语

渔业谚语是渔民捕鱼经验的总结,在闽台渔业生产中,起着非常重要的作用。

九月十九开蛎门,二月十九关蛎门。(福建沿海所产的海蛎,有着极严格的时令性,从秋末上市至次年仲春为止。故有此谚。)

三月白力小鲻翅。(暮春时的白力鱼肉最美味,不亚于高档海味鲻翅。)

起风才识妈祖婆婆。

科题请亲家,不是鱼就是虾。("科题",是对船民的俗称。)

4. 林业、园艺谚语

茉莉花,赶头水。(头水,最先上市。喻办事要果断,抢先不落后。)

三月枇杷好出世。

死蜂活针。(蜂虽死,其屁股的尾尖尚能毒人。)

有钱难买六月蔗。

荔枝爱花不爱子,龙眼爱子不爱花。

工夫全,家什半。(家什,方言,读ga ni。工具功夫好坏,工具家什占一半功劳。有"工欲善其事,必先利其器"之意。)

木匠的门破了用篾匝。(木匠天天为别人造房,就是没有时间修理自己的破门,只能用竹篾扎应付使用,说明旧时木工生活艰苦。有"泥瓦匠,没住房;纺织娘,破衣裳"的意思。)

白捏白捏,不薄便折。(白捏,指没拜师傅的木匠,生产过程中经常出问题,不是凸出,装不进去,就是容易折。)

斧头打凿凿打柴。(喻层层追究责任。)

桶塌无下箍。(喻事物已彻底瓦解,无法补救。)

洪塘仔,不识爹。(历史上的福州市郊洪塘乡乡民,男性多在外做苦工,早出晚归,女性在乡务农,守在家中,造成孩子知娘不知爹的怪现象。)

三年卖一件,一件吃三年。(这是对福州古董行业营业情况的很好说明。全国差不多也是如此。因为买的人少,而古董的价格很高,所以会有暴利。)

无针不引线。

干千年,湿千年,不干不湿只半年。(杉木风干只要半年,浸在水中可长期保存。)

无铁打破锅。

理发做光饼,一世不成仔。(旧时看轻理发行业和制饼师傅,讥其"不成才"。)

看正凿歪。(指愿望与现实矛盾。)

七、交通谚语

一竹蒿压倒一船人。

行船走马三分命。

扛轿吹金鼓。

水大怕蚺蛇,水小怕秤沟。(闽江上游有蚺蛇,称沟等险滩,大水小水均不利于行船。此谚今已罕闻。)

第四节　台湾谚语资源调查

台湾谚语和福建谚语有着非常特殊的渊源关系，所以相同的地方很多。

一、台湾本岛流传的谚语

亲戚同条龙。（同一条龙脉。）
摸龙头，好彩头；摸龙尾，发家伙。（表示吉利。）
人在做，天在看。
举头三尺有神明。
死鬼升龙王。
人害人，保护死；天害人，才会死。
天不从人愿。
老天不长眼。
千算万算，不如天一划。
天不会害人。
灶君公，三日上一次天。（这是说灶王爷三天上天向玉皇大帝汇报一次。）
神仙救不了无命人。
初九天公生，初十地母生。
四月八，炒蚊虫。（这是金门的民俗，谣曰："炒米麦，炒蚊虫，炒到别乡咬老人。"）
千金买邻，八百买舍。（这是说邻居比房舍更重要。）
入门三般相。（进门能够很快看出当时的情况。）
凶拳难打笑脸。
人欺不是辱，人怕不是福。
父母疼歹仔，皇帝爱奸臣。
杀头生意有人做，蚀本生意无人做。
秤头是路头。（这是说卖东西不要少给分量，就能打开销路。）
货换货，赚两次。（以货换货，可以减少买卖的成本，等于赚了两次。）
贪便宜，买狗屎。（狗屎，指不好的东西。）
俗物（便宜货），吃破家。（意为讨小便宜吃大亏。）
好猫管九家，凶狗爱管百人家。

前身吃一粒豆,较赢死了拜一粒猪头。(意为儿孙在父母在世的时候,给父母吃一粒豆子,比在他们死后供一个猪头还要好。)

日莫说人,夜莫说鬼。

好头不如好尾。

四两拨千斤。

顺风推倒墙。

有钱出钱,有力出力。

有福同享,有难同当。

多人多福气。

以上这三条谚语似乎表现了一种社会主义的思想。这是一种朴实的理想,说明社会主义本来是群众所向往的。

做人要磨,做牛要拖。

有时日光,有时月光。(这是说变化无常。)

有福不会享。

年年十八岁,日日三十晚。(这是说,人老心不老,心情特别好,生活就像天天过节一样。)

吃冬至圆子多一岁。(冬至是一年中白天最短的一天,从这一天起,白天就一天天变长了。这是古人最早的新年。后来才改称元旦的。此谚语仍然把冬至当成元旦,说明它是非常古老的。)

千里猫,万里狗。

无鱼虾也好。

人不亲土亲。

人丁财旺,鬼神不敢来作弄。

富无富过三代,穷无穷过三代。

三年水流东,三年水流西。

勤俭三代人,新厝才会成。

牛有镣,人无镣。

冤家路头窄。

恶人没胆。

习惯成自然。

乡下亲戚,吃饱就走。

无冤无债,不会成父子;无恩无仇,不会成夫妻。

老粗做头家(老板),贤人做财副(伙计)。

出头仔,损角。(意为出头的年轻人,容易吃亏。劝人不要出风头。)

吃紧,碩破碗。(意为欲速则不达。)

囝仔人有耳无嘴。(意为年轻人要多听多学,不要顶嘴强辩。)

一路通天,各走一边。

知性可以同居。

砖厅不会发粟。

勤劳吃力,懒惰吞涎。

一晃,过三春。(说明时间过得很快。)

你兄我弟。

人无千日好,花无百日红。

贪吃无处补,漏屎(拉肚子)就吃苦。

一物克一物。

鸡舍,不会放得土蚓(蚯蚓)。(鸡爱吃蚯蚓。)

时到,花开。(功到自然成。)

船到桥头自然直。

冤枉,无处讲。

时到时担当,无米煮番薯汤。

打赤脚的追鹿,穿鞋的吃鹿肉。

出门看天时,进门观人意。

冬天雨较贵麻油。

春天后母脸。

清明谷雨,冷死虎母。

海燕飞向山,破裘拿来穿;(天气要变坏)海燕飞向海,破船拿来驶。(天气好,可以出海)

六月一雷止九台(台风),七月一雷风雨来。

六月东(刮东风),七月西(刮西风)。

五月台,无人知;九月台,无人知。(这是说五月和九月刮台风的概率较低。)

十月起风就是雨。

二八(月)好行舟。

冬看山头,春看海口。(这是看天气的方法。)

七葱八蒜。(七月好种葱,八月好种蒜。)

二、澎湖谚语

海鸟飞上山,破裘着起来幔。(风大,要穿破裘了。)

三月二三,马祖生过,在船食,在船过。(马祖生日,无风浪,可以多在船上捕鱼。)

四月做北登(四月白天北风,晚上无风,可以打渔),行船的因某(妻子)贴脚仓(高兴);五月做南赤(五月整天刮大南风),讨海的因某剥上壁(饿得肚子贴墙壁)。

正雷二烁(正月打雷、二月打闪)抱子走不迭(躲雨)。

三雷断滴。(三月打雷不会下雨。)

四雷阵割滚走。(四月打雷暴雨到,赶快割断渔网快回港。)

五月雷阵断风吼。(五月打雷不会刮大风。)

六月雷阵田必裂。(六月打雷就干旱。)

七月雷阵倒厝宅。(七月打雷雨水多,会泡坏屋墙。)

八月雷阵白云飞,九月雷阵九降。(濛濛细雨。)

十月雷阵十月臭。(天热起来。)

十一月雷阵寒未着。(天不冷。)

十二月雷阵遇破席。(湿衣晾不干,要围起破席保暖。)

千年草子,万年鱼栽。(草与鱼永远不会断绝。)

冬节过,讨无物配。(冬至以后,捕不到鱼来配饭。)

官有政条,民有私约。

千里求师,万里求艺。

骨力食力,笨情吞澜。(勤劳的人,自食其力,懒人吞口水。)

山高不是高,人心节节高。

着大钱,买家什(工具),不通小钱食物食。(不花小钱买零食。)

有心扑石石成砖,有心开山山成园。

逢骗会食会睏兮,骗人不会食不会睏兮。(被骗心安,骗人心不安。)

一个人的主张,值(比不上)两个人的思量。

蜈蚣一身全脚(全是脚)也是食一世人(过一生);土蚓(蚯蚓)无半只脚也是食一世人。

好嘴(甜言蜜语)说死人。

人是人扶兮,神也是人扶兮。(人靠人扶,神也要靠人扶植。)

饭会使乌白吃,话不会使乌白讲。(饭可以随便吃,话可不能随便讲。)

钱四脚,人二脚。(钱容易跑。)

嫌货(挑选)才是买货人。

勿曾学行,着卜(要)学飞。

刀若捷磨,无刮嘛会金。(刀若常磨,不利也发光。)

有准无,死虎当作活虎扑。(以有当无。)

保伊入房,无保伊一世人。(保她入洞房,不保她一世为人。)

若卜做牛,也咧惊无犁通拖。(有心做牛,哪需担心无犁可拖。)

三、金门谚语

七脚戏,报万兵。(这是说戏曲虽然只有七个角色,却可以演出百万兵。)

父母无声势,送子去学戏。

嫌戏不请,请戏不嫌。

古宁头高甲戏,何厝歌仔戏。(注:"古宁头"、"何厝"是金门两个村子的名称。他们的戏演得好,但是剧种不一样。)

猴脚戏仔手。(这是说戏曲演员的动作非常灵巧。)

好戏在后头。

台上有那种人,台下就有那种人。

以上台湾谚语是课题组在进行学术考察时,从诸多文献资料中择选的民间谚语。[1]

四、台湾少数民族谚语

台湾少数民族因为没有文字,在很长一段时期内,全靠谚语来传授经验和知识,因此,谚语的数量很大。如:

事业成功从第一步开始。

三心二意难成大事。

少说、多学、多做。

博学的人最谦虚。

能干的人,最细心,并有始有终。

天下没有不劳而获的事。

耳根子软的人,容易上当。

自助人助天助。

---

[1] 尹建中:《台湾山胞各族传统神话故事与传说文献编纂研究》。台北:台湾大学人类学系,1994年版,第361－368页。

借酒胆说话的人是老鼠。
刀在石头上磨过才锋利,人要受过磨炼才坚强。
只要不断努力,弱者也能成为强人。
青草有坚韧的生命力。
坚忍不拔是生活的要素。
战胜敌人必先战胜自己。
人的欲望能淹没高山。
整天玩乐,没有好的午餐吃。
早起的鸟儿有虫吃。
勤俭朴实为幸运之母。
英雄不怕出身低,但是要光明磊落。
心不正,行不成。
吝啬的老子,常有败家的儿子。
憎恨使生活瘫痪,真爱使生活自由和谐。①

总之,闽台谚语资源非常丰富,它是人生各方面经验的艺术结晶,是最好的人生教材,需要下功夫进行收集整理和研究开发。

第五节　闽台民间谜语、对联文化资源调查

一、灯谜

闽台民间谜语,也是非常丰富的,但是因为重视不够,所以收集的数量不多。现在先把谜语的专业术语及其文化内涵做一个介绍。

谜语是一种语言游戏,其形式是比较特别的。

谜语一般分为"谜面"与"谜底"两个组成部分,有的还有"谜目"。

在猜谜活动中,出谜人先说一个"谜面"让人猜,"它是什么东西?"这个东西就是"谜底"。有时用"谜目"提供一个范围,如"打一动物"、"打一字"等。

"谜面"是谜语的主体,是一种咏物性的短谣,它以简短的韵文描述事物的某些特征,但是必须说得含蓄、曲折,使人不易猜着,如:

---

① 过伟:《台湾少数民族民间文学》。上海:上海文艺出版社,2011年版,第255 - 257页。

青橄榄,两头尖,

当中一个活神仙。

这里用比喻和拟人手法表现出眼睛的特征,让猜谜人去猜。

"谜底"则是谜面所隐性暗示的事物,在猜谜时它是不能拿出来的。那么,这个谜面的谜底是什么呢？它就是——"眼睛"。

谜语早在原始社会后期即已产生。3000年前,我国的古书《易经》中即已记载了一些谜语。如:

女承筐,无实;

士刲羊,无血。

（意思是妇女拿着筐子,却没有装果子;男子用刀割羊,却不见有血出来。）

这是用"矛盾法"表示"剪羊毛"的劳动情况:用刀割却不出血,很奇怪,这是什么东西呢？虽然没有写出谜底,但谜面却是很完整、很巧妙的,它的谜面艺术已相当成熟了。

谜语一般分为"物谜"、"事谜"和"字谜"三大类。

事谜比物谜更复杂,发展水平更高。而物谜在民间谜语中数量最多,内容也最为丰富。有的事物不止一个谜面。如下面十几种谜面都是说的同一样东西,请看:

上边毛,下边毛,当中夹颗水葡萄。

开门,关门,里面住个仙人。

开皮箱,关皮箱,里面住着娇姑娘,人人不敢撞。

日里忙忙碌碌,夜里茅草盖屋。

橄榄橄榄两头尖,到了夜晚看不见。

两个兄弟,只隔一道堤,你不到我屋里,我不到你屋里。

两片槐叶尖对尖,大晴日头晒不干。

青果样长,青果样大,只见街上有,不见街上卖。

打开大门能读书识字,关起大门百事不知。

和合二神仙,茅草住半边,送客千里外,不出大门前。

……

这是谜底"眼睛"的许多谜面,这种谜面各地还有不少,在此不能一一列举了。

我国最早的谜语集,是明代通俗文艺大师冯梦龙编的《黄山谜》,其中也有眼睛"瞳子"谜,其谜面是:

小小一个身材,生来不惹尘埃。

家住一泓秋水,被人唤作耍孩。

从这许多"眼谜"可以看出谜语这种民间艺术想象之丰富,构思之巧妙,语言之形象含蓄,既有音韵美,又有对称美。

在谜语艺术技巧中,"矛盾法"运用得最多,在其中把矛盾的事物突出描写出来,引人思考。如:"送客千里外"却"不出大门前","只见街上有",却又"不见街上卖",这是很奇怪的,但一语道破,又使人感到十分贴切。《文心雕龙》"谐隐篇"曾说:"谜也者,回互其词使昏迷也。"这种谜语的"回互其词"就是故意掩盖事实,使人难以猜到,但又必须"辞欲隐而显",不能太难,叫人完全猜不着,而要显示出事物的某种特点,将隐与显这一对矛盾和谐统一起来。

谜语一般为语言游戏,没有多大思想意义,但有时也含有一定的讽喻性,表现了人民的爱憎情感,如一个著名的字谜:

因为自高自大一点,

人人都讨厌他。(或:人人都说他脏!)

——这是个"臭"字。

还有"神像"谜:

一貌堂堂,二目无光,

三餐不吃,四肢无力,

五官不灵,六亲无靠,

七窍不通,八面威风,

九九归一,实在无用。

这是庙中神像的写照,也是讽刺官僚主义者的绝妙"漫画"。可以起隐射作用,以"十"谐"实",是谐音法。

此外,在谜语中,比喻法、拟人法、歧义法等修辞手法也是常用的。冯梦龙的《黄山谜》中即有一个谜语"看时有节,摸时无节,两头冰冷,中间火热",这是什么?

作者运用同字多义的歧义,将"节气"的"节"同"枝节"的"节"混同起来,说的是春夏秋冬的节气,谜底是记载一年节气的历书。

谜语可以被作家用来刻画人物性格,《红楼梦》第二十二回贾元春省亲时举办灯谜会从各人所出的谜语可看出各人的性格特征来,可见曹雪芹对谜语是多么熟悉。

谜语是一种口头艺术。还有一种书面的谜语,叫灯谜。

灯谜是写在花灯上让人猜射的。因为难猜,比喻为射虎。灯谜的形式包括谜语,但是还有其他形式。主要是谜面变化很大,有时可以是一句成语、一句话,甚至是一个字。

闽台谜语反映的是闽台人民的生活和智慧,也是用闽台的语言创作和流传的。在春节、元宵和八月中秋的灯谜晚会上都有许多谜语和灯谜抄在彩色的纸条上,一般都有奖品,以提高猜谜的兴致。谜语作为集体口头创作,属于民间文学范围,灯谜则多为个人创作,是书面的,当然也有流传的特性。制谜和猜谜都是费脑筋的,对提高智力很有好处。如果用谜语、灯谜来开设一些文化产业或游戏,可能会受到广泛的欢迎,取得较大的经济效益和社会效益。

闽台谜语选录:

漳浦县范阳村2012年元宵灯谜晚会,有灯谜211条,有许多好作品,如:

山水相连——打一字。谜底——汕。

外国进口——打一字。谜底——回。

万事不求人——打一成语。谜底——好自为之。

甘霖雨露——打一地名。谜底——天津。

中秋赏菊——打一电影名。谜底——《花好月圆》

重上景阳冈——打一电视剧名。谜底——《再向虎山行》

欧行书简——打一古典作品。谜底——《西游记》。

火烧赤壁——打一词牌名。谜底——满江红。

少年及第——打一医学名词。谜底——小儿科。

二、对联

对联也具有非物质文化遗产的特点,是民间文学的一个品种。虽然它是写在门上或柱子上的,但是流传很广,群众性很强,每逢春节,家家户户都要贴春联,处处都可以看到楹联(楹联是写在柱子上的对联)。

下面是课题组在屏南县、南平市、泉州、建阳等地搜集到的对联,从中可以看到各地的对联资源寓教于乐、家风施教、扬善惩恶,是非常丰富的。

据说孙中山去台湾策划惠州起义前,他和梁启超一起朝拜了妈祖,梁启超还为妈祖庙写了一副对联:

向四海显神通 千秋不朽;

历数朝受封典 万古流芳。

湄洲妈祖庙"天后宫"大门匾额：

天下福星

湄岛回春

门前石柱上的对联：

齐齐齐 齐齐齐（斋）齐齐齐齐（斋）戒，

朝朝朝 朝朝朝（潮）朝朝朝朝（潮）音。

（上句的第六个"齐"与第十个"齐"，念"斋"）

（下句的第六个"朝"与第十个"朝"，念"潮"）

走廊西边楹联：

四海恩波颂莆海；

五洲香火祖湄山。

福安县穆阳镇小学缪老师说，祝枝山和唐伯虎在土地庙躲雨，土地公向他们诉苦。祝枝山于是根据土地公的叙述，为他写了一个上联：

只有几文钱，你也求，他也求，给谁最好？

唐伯虎配了个下联：

未做半点事，朝来拜，暮来拜，叫我为难。

福安县甘棠田螺园畲族光绪年间修订的《冯氏宗谱》上，有一副"御赐对联"：

功建前朝，帝喾高辛亲敕赐

名垂后裔，皇子王孙免差徭

这是根据盘瓠神话来的，高辛王免除盘瓠后代——畲族交税和徭役。这个对联是不是皇帝写的有待考证，但很像是畲族自己写的；这恐怕只是一个传说而已。但是写在族谱上，还是很当真的。有的还写成"过山榜"，使官府免予徭役，据说也很有效。福建各地对联搜集整理如下：

1. 屏南县对联

（房主人说：这是张步齐在乾隆三十五年立的匾，他是当地第一个立私塾的人，士林硕望对面庄楼，是当时步齐公买来储救济粮的。）

牌匾横额：士林硕望

对联：

拱龙岫护开源旺地环连开锦绣

化渔阳师黄石英贤继起振簪缨

玉塘清暎吐如虹围如带槛留潆水播千秋

翠嶂宏开峰作笔石作屏文焕蒲山追万选

文峰对峙地灵人杰直追家学双铭
锦涧环流波漾渊涵遥接堂书百思

溯理学誉满关中家著两铭钦宝训
仰奇谋名高朝石仪传十策祭球图

牌匾：护荟春晖
厅堂：立修齐志
　　　读圣贤书
从赤松悬丹瓯靓雾豹云龙骈腾物望
拜万石垂二铭披金章竹册济美家声

双溪陆氏宗祠楹联：
大门联是：
文名震洛家生远
德业开展世泽长
正左中柱联是：
怀桔遗亲敬支卢江贤佐
折梅寄使信通陇阪高人
2. 南平市延平区樟湖镇蛇王庙对联
大殿外一柱：
御灾捍患功隆覆载
福善驱邪德配乾坤
大殿外三柱：
经千人叩拜天府尊严
受万盏明灯宝殿生辉
大殿外四柱：
暗室本亏心未入门已知来意
伤天及害理纵烧香难免前非
正殿里一：

鼎力保梓民香烟萦绕
祛灾禳疾患水陆平安
正殿里二：
奉蛇萦绕紫气同富裕
传民俗振乡风共和谐
正殿里三：
蛇殿辉煌地灵人杰
神灵显应物阜民安
大门三柱：里——外
瞬息间上下千年
方寸地纵横万里

功过是非请君宜细看
富贵贫贱向你怎深思

蛇庙越千秋先民风俗
樟湖涵万象胜境人文

大厅：里——外
仙都龙窟冠此蛇王宝殿
闽越遗风唯有胡峰独存

福庆堂重修时的对联：
保水陆平安不辞劳苦
镇万民无疆有求必应

齐天大圣庙——
九寒岩威灵显应
聚樟湖庇佑万民

一炷香烟千古上
四民福泽万年新

齐天炼公水帘洞
大圣出名花果山

期今日月裁锦绣
望月合力创辉煌

为人正直见我不拜何妨
做事奸邪来此烧香无益

蛙神庙——
华夏东南越人始祖崇蛙图腾
延年溪口闽越遗风千秋永续

3. 建阳水吉镇城隍庙的对联
金鞭耀武随时良吉扬眉
铁面扬威到处佞诒匿迹

两张铁面斥奸邪
一颗赤心照日月

包公殿——
立权威施三铡威慑奸佞遁迹
放赈粮领百姓抗灾重建家园

木匠游于信精心建造
十一坊善男信女夙愿

石矶灵侯殿——
石矶法力保平安
保护一方财丁旺

东岳祝寿富贵来

陆部英雄保天下

千年看火万年兴
太保灵感渡众生

三清道——
三清道光法无边　弟子传教万年兴
五谷神——
五谷丰登年年旺　财丁两胜念啊弥
包公——
迎接善人必有报　阴府恶人不漏针
地母——
春来百草度凡人　落地地出金财旺
观音殿——
補谢众生我自责　地狱不空不成佛（地藏菩萨）
九品莲花为父母　真心念佛必成道（观音）
不道不德不侵犯　一草一木归我管（土地公）
八卦炉——
香烟透天天赐福　灯花落地地生财
金炉不断千年火　玉盏澄清茶民灯

4. 武夷山下梅村正厅对联：
追摹古心得真趣　别出新意成一家
二进后堂：
凤和堂上凤鸣　日暖堨前艺秀

邹氏宗祠

天井前：
规范师表匡道德　明荣知耻正世风
心术不可得罪于天地　言行要留好样与儿孙
敦本尊昭穆之序恪守礼仁　思源敬舜尧其德方知羞耻
神板上——礼仪维恭
怀山之水必得斯源泽后裔　参天之木唯有其根衍先祖
慨夏畦之劳劳秋毫皆有补　笑冬烘之贸贸春梦全无回

敬祖思宗涵韬养略世代远瞩之瞻

崇礼明义尊长爱幼子孙安居乐业

博览书经可成就图融　践行典范能自律方正

5．泉州安溪湖头旧衙楹联

大门——

旌义家声远　教宗世泽长

昌世文明文上晋　秀平有道有贤卿

正厅：

贤臣匡国政　理学焕神州

绮罗日暖将军府　弦管春深宰相家

三厅：

相门理学　名德清卿

太平有象占霖雨　庶事惟康敕股口

雄才磊落通两学　节孝峥嵘照相门

满汉和谐盛世风清朝光明　君臣同志强邦福庶低春秋

一朝居极品千秋树范　两帝资文贞万古旌忠

湖头新衙楹联：

新衙报亭——

高志局八区　赞元重万国

地载湖山毓俊贤　光昭日月钦良相

新衙大门——

牌匾：昌祐堂

相门知理学　府第传乾坤

智谋善辅千秋名相　勤政博学一代完人

二进：

大门牌匾：夙志澄清

诵诗闻国政　讲易见天心

官名正大浩终身千秋廉吏　地位崇高亲百姓一代完人

厅堂牌匾：夹辅高风

口疏经传追前哲　陶口忠良逮累朝

6．泉州永春岵山福兴堂楹联

福不唐捐雾世勿达十善道　兴堪计日居心要奉三无私

福海无涯润身润屋　兴家看道克俭克勤
风生碧槛鱼龙跃　月照青山松柏新
7. 莆田盖尾前连氏大厝部分楹联
大宗祠：
上党贻谋远　前连积庆长
京闽番昌国族　唐宋积世公卿
会仙楼：
麒先宗孔堂实地精微金木侯　凤阿会仙阁先天河洛坎离交
听涛楼一：
草庐敢谓同卧龙　别墅依然附凤阿
听涛楼二：
子孙才族将大　兄弟睦家之肥
听涛楼三：
槛外风光成绣画　窗前鸟语杂笙簧
顶过溪厝：
槛外风光不今不古　窗外鸟语非竹非丝
顶过溪厝：
桃李欣逢新雨露　箕裘丕焕昔门闾
8. 屏南双溪周宅楹联
宗风承汝水　学家溯濂溪
景星庆云圣朝祥端　光风霁月名士襟怀
紫微遥接三星端　宝砌祥征五色云
清气若兰虚怀喻竹　乐情在水静趣同山
鞠通夜识朱弦静　脉望晨餐绿宇香
处事无奇娄谦柳恕　居家有术张忍郑公
馋闻善事心无喜　长视丰年庆有余
倚松老叟清如鹤　偷果溪童捷似猴
为官心存君国　读书志在圣贤
阳羡忠贞裔　濂溪道学门

这些都是课题组在当地考察时从旧宅梁柱上摘抄下来的对联,其中还有一般民居的对联,其民间性就更强了,需要广泛地收集。这是一个非常丰富的民间文化资源。

第四章
闽台民间歌谣文化资源调查

第一节 闽台歌谣的概念及其民俗文化内涵

闽台民间歌谣是闽台人民口头创作的诗歌作品的总称。民歌和民谣合称歌谣。

一、民歌民谣的差异性

民歌和民谣是不同的,民谣是只说不唱的韵文,也就是顺口溜。

民歌则是歌唱的韵文,是有曲调的。对民歌的调查研究,文学和音乐有明确分工。

民歌的曲调部分属于民间音乐调查研究,而民间文学则调查研究民歌的歌词部分。所以,在这里我们只谈民歌和民谣的文学资源,而民歌的曲调部分以及民间民歌与民谣的差异性,将在后面民间音乐舞蹈章节再进行介绍。

民歌是唱的,有曲调、曲谱;如《茉莉花》、《东方红》等。它的歌词部分是语言艺术——文学,它的音乐部分则属于音乐艺术。

在音乐上,民歌可以分为三个大类:一是号子,这是与劳动结合的艺术,比较原始,其中有"嗨幺嗨幺"、"阿呀来"之类的虚词。最原始的民歌,可能全部都是虚词,以后才慢慢增加了实词和意义。

有名的号子作品,如《嘉陵江号子》、《伏尔加船夫曲》,聂耳改编的《大路歌》等,这是劳动歌曲,在拉船、抬重物、插秧、收割等沉重劳动的种种文化空间中演唱。

第二类民歌是山歌,这是在山野间演唱的民歌,它的文化空间非常广阔,山间、草原、田野,谈情说爱的歌圩、歌会,都是山歌演唱的文化空间。

山歌在长江以南叫山歌、田歌,是七言四句或五句的民歌,如:

高高山上一树槐,
手把槐桠望郎来,
娘问女儿望什么?
我望槐花几时开。

山歌以情歌为主。明代的大文豪冯梦龙就曾经记录编选了一本《山歌》集,共有山歌 200 多首,成为古代民间文学的经典之一。

山歌对唱有时带有比赛的性质,比赛开始要唱"歌头",如:

你歌没有我歌多,
我歌共有三条牛毛多,
唱了三年六个月,
还没有唱完一只牛耳朵。

山歌一般是七言四句一首,但是,在歌唱时,常常加上衬词、衬字,这就突破了七言的句式,有了一些自由度。(括号里的字,就是衬字。)衬词就是为了歌唱的需要而加进去的虚词,它没有意义,只有音乐作用。

二、民歌的文化形式与文化特点

闽台的民歌形式非常丰富。仅押韵的方式,就有很多种不同的规律。除了押"脚韵"(即句尾押韵,又叫"尾韵")的民歌之外,还有押"头韵"的。押"头韵"的民歌又可分为两种形式:

"每一句的第一个音节押韵"和"每个词的第一个音节发音相同"。

除了押"头韵"的,还有句子的头、尾都押韵的"头尾韵"。

除了押"头尾韵"的,还有押"腰韵"的(即在每句的句中某一音节互相押韵)。

还有押"腰脚韵"的(前一句句尾,与下一句中腰部的某字同韵)。

还有押"首尾连环韵"的(前一句句尾与第二句句首的音节相押)。

除了押"句外韵"的,还有押"句内韵"的,在句内的字互相押韵;

除了押"单字韵",还有押"双字韵"的、押多字多音节长韵的,如"长头韵"、"长腰韵"、"长脚韵"等。

除韵母相同可押韵外,还有押同音、同字的(元音、辅音均同),甚至还有押辅音相同的"韵"法,如前所述第二种"头韵",就是每个多音词的辅音相同,有点儿"双声叠韵"的味道。

在句式上,民间歌谣有整齐的五七言,也有长短句,还有纯粹的自由体。

这种自由体,每句的字数可以少到一个字,也可以多到百余字。

在章法上,每首少则两句,一般为四句,而多的可以一段五六句,甚至联唱到上千句、上千行。

由此可见,民歌是个无边无际的百花园。且不说民歌的内容是丰富多彩的,就说它的形式也是千姿百态、难以胜数。

人们往往以为"民歌体"就是七言四句的诗歌形式。这是一种极大的误解。

其实,被普遍认为是"民歌体"的七言四句体,只是"山歌"的一种形式而已。

山歌流传在长江以南各省,只是千百种民歌体式中的一种。

除此之外,还有许许多多民歌形式,并且全都不是简单的七言四句体,简直数不胜数。

民歌的文化特点是抒情性强。内容有反映爱情的情歌,抒发生活痛苦的苦歌,表现劳动生活的劳动歌,歌唱斗争生活的红色歌谣、起义战歌等,还有反映儿童生活的儿歌和在民俗、宗教活动中演唱的仪式歌等。这些民歌表达了人民群众的爱情与理想,感情真挚,往往深切动人,令人百唱不厌、百听不厌。

民谣与民歌不同,它不是唱的,而是说的,其内容具有较强的政治讽喻性。例如,四千多年前的暴君夏桀,非常腐朽却把自己比喻成太阳。当时的民谣说:"时日曷丧,余及汝偕亡。"(大意为:"这个太阳呀你怎么不死呀,我们和你一起死了吧!")表现了坚决反抗暴君的人民怒火,这首民谣一直流存至今。

各时代都有迅速反映时事政治、进行战斗的民谣。

如宋代民谣"打破了桶泼了菜,便是人间好世界"。即是以"桶"与"菜"来代表奸臣童贯、蔡京。解放战争时期山西民谣"打烂盐钵子,捣碎酱罐子",也以"盐"代阎锡山,以酱代蒋介石,巧妙地运用了这种谐音双关手法。

在极端黑暗的政治形势下,民谣始终作为人民的匕首和枪,运用各种手法,机动灵活地战斗在第一线,战斗力非常强大。在人民斗争史和世界文学史上,这是极其可贵的一笔文化遗产。

优秀的民间歌谣的艺术性非常高。它们之所以能像风一样广泛流传,深入人心,耐听耐唱,就是由于它短小而深刻、精练而丰富、浅易而含蓄、感情浓烈而真实,形象鲜明,耐人寻味。

许多杰出的伟大诗人从民歌中吸取了丰富的营养,这是中外文学史上人所共知的事实,也是一个带有普遍性的艺术规律——雅俗结合律。可以说,古今中外文学史上,凡是伟大的诗人,都是认真学习过民间歌谣的,屈原、李白、杜甫不用说了,但丁、莎士比亚、歌德、普希金、马雅可夫斯基也是如此。

这个规律在今天仍然起作用。一些当代诗人自觉地向民歌学习已经取得了可喜的成绩。例如,李季在陕北三边用土纸记录了3000多首信天游,写成了优秀的长诗《王贵与李香香》。新时期的诗歌得奖作品《辣椒歌》的作者陈显荣,谈到创作过程时,明确指出了这一点,他说:"我写《辣椒歌》决定采用民歌体。"(《诗刊》1985年1月号)。当然,他学习民歌不只是在形式上,还是从根本精神上进行学习。只有这样才能取得成功。

第二节　闽台歌谣的生态环境和社会作用

歌谣是一种立体的文学,是在一定的生态环境中产生和流传的。因此,明白闽台歌谣的流传背景,是我们对歌谣的理解和开发利用所不可缺少的。

闽台歌谣包括闽南语歌谣、客家歌谣和畲族歌谣三个方面。

闽南泉州、漳州、厦门,三个地区均可称为闽南,广义的闽南还包括龙岩市新罗区、漳平市、三明大田县和尤溪县部分地区。划分依据主要是语言、文化、风俗、族群,闽南不是完全按照行政和地理位置划分的,漳州的南靖、平和、云霄、诏安还有不少客家镇、村,有几十万客家人。龙岩市新罗区、漳平市也有不少客家镇、村。闽南总人口约1000万。闽南历来是东南的富庶商业之地,泉州港在宋元时期更是世界第一大港,闽南人分布广泛,台湾、新加坡就有四成的闽南人,海内外使用闽南方言的人超过4000万,不少被闽南人同化的人和马来人也会使用闽南语。

闽南人绝大多数使用闽南话。闽南语有很多音节是普通话里没有的。所以无法用普通话的字来为闽南话注音,要学习闽南话就要学习闽南话的注音方法。这就像我们学习普通话要先学习汉语拼音一样。闽南话的声调在不同县市区别很大。目前比较占优势的是厦门话的声调。台湾大部分人的闽南话的声调也与厦门话一致。闽南话共有8个声调,依次叫做阴平、阴上、阴去、阴入、阳平、阳上、阳去、阳入。我们一般按这个顺序,分别叫做第一声、第二声……第八声。

闽南人把歌谣称为"歌仔"。"歌仔"的"仔",在闽南方言中原本带有比较轻视,但又比较亲切的意思,比如小孩叫"囝仔",大人就不能叫"大人仔",但孩子叫母亲时却又叫"阿母仔"。同样的,对南音,闽南人称为"曲",不会叫成"曲仔"。这是因为早年的南音曲高和寡,讲究的是幽雅清和,一般为官宦士绅人家所专有,平民百姓如果不是有特殊背景,并不容易学习和掌握南音。歌仔则不同,通俗易学。在那些士绅阶级听来自然要称其为"仔",而百姓叫其"歌仔",则又有亲切喜爱的意思。因此,"歌仔"有时又用来泛指除南音之外的所有其他闽南音乐。

歌仔的"仔"读音为(zi)而非"崽",是语气助词,无实际意义。

歌仔随着闽南人的"唐山过台湾"传遍了台湾,并在台湾又创作出新的闽南歌仔。尤其在音乐上,台湾的闽南歌仔有许多创新,成为台湾老百姓日常生活中不可或缺的组成部分,并使闽南歌仔传遍全国,传出国境。

一、普查重点

在对物质文化遗产"闽南歌谣"的非物质文化遗产调查中,根据"(1)在体裁上以地域标志性体裁优先;(2)在题材上以地域标志性题材优先;(3)在影响上以既有深度又有广度者优先;(4)在传承上以演唱主体出类拔萃者优先;(5)在产地上以作品原产地及集散地优先"的原则,根据民间文学类遗产的普查要点:(1)寻找作为地域标志性文化的民间文学事项;(2)利用多媒体技术进行科学的文本记录;(3)注重民间文学的原生环境与它的活态传承;(4)以人为本,关注传承人的生活问题的理论,主要从以下几点进行调查。

1."闽南歌谣"的本地风格标志性体裁调查。

包括闽南地区的范畴、闽南语发音、闽南歌谣等。

2."闽南歌谣"体现的独具风格的闽南风土人情。

著名的闽南歌谣《天黑黑》是这样唱的:

天黑黑,要落雨,

阿公仔举锄头要掘芋,

掘呀掘,掘着一尾酸娘鲇,

依呀嘿嘟真正趣味。

阿公仔要煮咸,"阿妈"(奶奶)要煮淡,

两人相打弄破鼎,

依呀嘿嘟嘟当七当呛。

这首歌谣反映出闽南人民淳朴善良、勤劳耕作、风格独特的乡村风情,亲切而生动地吸引了听众。由于它的普及性,使得这类歌仔在音乐上有更多的创造性和包容性。这是因为遍及每一角落,很容易接受各地原有的或外来的新的音乐因素,而它的不规范,又使它易于将其他音乐因素吸收并糅合创造出新的旋律乐句。从演唱的形式上讲,这一类歌仔同故事传说歌的演唱也不一样。演唱是随时随地、不拘任何形式的,往往连伴奏乐器也不需要,开口即唱。同样一首歌,可以一人独唱,也可以对唱或一人唱众人和,自由得很。

二、"闽南歌谣"的濒危程度

由于普通话的普及,人们生活水平的提高,城市化进程加快,在学校以及平时生活中,闽南话已慢慢被普通话所替代,普通话流行歌曲风靡,闽南歌谣正逐渐淡出人们的视野。保护闽南歌谣和推及闽南歌谣刻不容缓。

为了抢救"闽南歌谣"的社会历史文化而进行的本次调查,具体收集了"闽南歌谣"的历史资料,访问了解相关人士。

三、调查情况

历史文化部分调查的访谈对象以 60 岁以上的老年妇女为主,她们是口传文学的主要传承人。二是询问 10 岁以下的小孩,观察这一区域孩童民间文学知识的信息度。与此同时收集物质文化资料,并以录音、照片和收集实物方式记录整个访谈过程。调查组前往老年活动中心、农村民宅和住宅社区,此期间寻找适合的访谈对象,在开始调查前向主人说明来意以及此次调查的目的、意义等。为达到采访自如,课题组组织了闽南学生参加田野调查,以访谈形式用闽南话进行交流,以了解该大院以及前主人的历史与文化,必要时拍照,记录珍贵的资料,并随时提问,以获得更详细的资料。在采访结束时,赠与对方生活用品等小礼品以示感谢。经过半个月的调查走访,收集了很多珍贵的文化资料和访谈内容。

比如漳州市云霄县列屿镇油车村蔡家奶奶,是一位讲故事三天三夜都讲不完的老人,从故事到歌仔戏本都演讲、唱给我们听,我们全程录像和采访。再如宁德屏南县双溪镇,当地一位小学退休老校长帮我们喊来村里能说会唱的老人,说到历史典故和人物故事滔滔不绝。

在走访过程中,许多人都表示支持闽南方言和闽南歌谣,但是由于经济水平的提高,城市化进程速度的加快,以及国家对普通话的推广普及,年青一代中会讲闽南话的人已大大减少,许多曾经流传广泛的闽南歌谣如今已失传。

四、价值

闽台歌谣是一种语言艺术,也是群众生产劳动和社会斗争的工具和武器,是人民在生产劳动和社会生活中创造出的民歌和民谣。

在繁重的体力劳动下,从原始时代起,就有了劳动号子。劳动号子是集体劳动的产物。许多人在一起劳动,号子起了一个组织者的作用。它"一唱众和",可以使参加劳动的人一起用力,完成个人所不能完成的任务。如果不打号子,没有集体的合力,重物往往就提不起来。所以,凡是繁重的体力劳动,都要有号子。这个传统一直保持到现代:

——在渔民的劳动中,有拨帆号子、摇橹号子、拉网号子、车网号子、打桩号子、拔桅号子、拎筐篮号子等等。如台湾鹿港的摇橹号子,台东南八里的拉网号子,福建平潭的拨帆号子等都非常有特点。

——在林区的劳动中,有砍伐号子、锯木号子、驮木号子、滚筒号子、装排号子等等。林业是闽台的主要产业之一,因林业产生的歇后语和劳动号子非常广泛。福建的劳动号子主要传承在闽北和闽西山区,台湾的林业劳动号子主要传承在高山族民众中。

——在农村和城市,有搬运号子、筑堤号子、打夯号子、压路号子、插秧号子、车水号子等等。

这些劳动号子是最原始的歌谣,也就是鲁迅说过的"杭唷杭唷派"的创作。它们伴随着原始性的劳动一直保存到现在,是一笔极其宝贵的非物质文化遗产。在现代化的国家,它们早已失传,所以特别珍贵。

在体力劳动中,歌谣可以解除或减轻人们的疲劳。在农民插秧、收割时,需要长时间弯腰,特别累,这就必须唱歌。

在闽台农村,为了传授生产经验,农民往往用歌谣的形式,编唱一些"口诀"。这些口诀,形式上是歌谣,实际上只是一种农业、林业、渔业、气象或手工业科技的口头教材。但是,人们对此却很重视,因为这些对生产的发展很有好处。

歌谣是一种个人抒发感情的口头诗歌。当人们高兴或悲伤时，都要唱歌。可以说歌谣是最原始、最古老的一种文艺形式。它不要工具，张口就来，所以比运用工具的绘画雕塑等民间美术原始岩画之类，还要古老。

在闽台少数民族中，有"以歌代言"、"倚歌择配"的传统风俗。青年男女通过对唱来谈情说爱，私定终身。

畲族就是这样，他们以对歌来考验对方的智力和文化水准。在私定终身之后，再告诉父母请媒人去说亲。在婚礼的过程中，第一个环节就是"历作表姐"——由母亲带着女儿到舅舅或姑、姨家，接受男方族人通过对歌来检验她歌唱的水平。对男方歌唱水平的考验则是在"难为迎亲伯"的过程中，男方到女方送礼物，接受女方的对歌挑战。因为歌谣之中包含着各种历史知识、社会道德故事、谚语等非常重要的内容，所以，这种考验，绝不只是对歌唱技巧的考验，而是对文化知识和道德水平的考验。

所有的传统节日喜庆、婚丧嫁娶、庙会歌会等，都是对唱山歌的绝佳时机。青年男女通过对歌进行交往，学习各种知识，同时唱歌也是一种很好的娱乐活动。

闽台歌谣是闽台历史的产物，是在闽台几千年来的社会历史中产生和发展起来的。闽台的自然环境和社会历史，就是它产生和发展的生态环境。闽台之间，地缘近、血缘亲、文缘深、商缘广、法缘久的"五缘"，使得闽台两地的歌谣有许许多多共同之处，可以进行互动的比较研究。作为闽台文化重要组成部分的闽台歌谣，是由不同历史时期南移的中原文化、江南文化与古闽越文化多次交融、层层积淀而发展起来的，至今仍然深深地扎根在两岸闽南人的生活中。随着以"民间歌谣"为主题的闽台文化交流在各个层次、交流频率、交流内容等方面的进一步加强，它将成为维系两岸人民情感的重要纽带。闽台歌谣的收录整理和研究将有利于营造更为和谐的人文环境，有利于促使福建（闽南）成为对台交流的重要基地，从而为祖国的统一大业提供重要的精神支持。

五、建议

保护"闽南歌谣"应该从小抓起。儿童的模仿能力和学习能力很强，从小教授他们一些朗朗上口的闽南歌谣，让他们在学校中讲普通话，平时生活中讲闽南话，培养他们的语感。同时广泛出版与闽南语歌谣相关的图书和音像资料。政府也应该加以重视和保护，扩大和发展闽南文化，不要让城市化的发展把这些具有闽南乡土风俗的文化掩埋。

文化能提升一个人的修养,文化能体现一个城市的内涵。保护闽南歌谣,珍惜祖先留给我们的遗产,让我们的明天更美好。

这些人民创作体现了民主性、人民性的精华,应好好保护和开发利用这样珍贵的非物质文化遗产。

第三节　闽台歌谣的主要内容

歌谣的作者是最广大的人民群众。歌谣的内容主要是反映人民的生活情况,表现人民的思想和愿望。所以,歌谣的内容要比诗歌的内容广泛得多,也深刻得多。它是广大人民群众集体智慧和经验的艺术结晶。具体说来,闽台歌谣的内容主要有如下几点:

一、从各方面反映人民的劳动生活

"饥者歌其食,劳者歌其事。"这种反映是最真实的、最具体的,是脱离劳动的文人作家、诗人所不可能体验和反映的。

如《牛犁歌》在闽台两地都非常有名,此曲又叫《送哥调》、《使犁歌》、《渡伯调》,在台湾的歌仔戏和闽南的芗剧、高甲戏中也有此曲。它非常生动地反映了农民在田间劳动的情景:

(女唱)头戴竹笠哎遮日头哇,
　　　手牵牛兄哎行到水田头,
　　　牛兄哎,日曝汗愈流,
　　　大家哪协力啊来打拼。
(男唱)脚踏那水车在水门啊,
　　　手牵哪犁妹哎透早天未光,
　　　犁妹哎,水冰透心肠,
　　　大家哪协力啊来打拼。

这是根据许实音乐研究社师生演唱、录音、记谱的台湾南部民歌[①]。此外,书中还有《耕农歌》(台东调)、《放牛调》、《六月田水》、《割稻仔歌》、《卖

---

① 许实音乐研究社:《台湾民歌选》。上海:上海文艺出版社,1983 年,第 126－127 页。

豆奶》、《收酒矸》等劳动歌。

这些歌也广泛流传于闽南。可以说是闽南人从家乡带到台湾去的。酒矸,是闽南话,其意思就是酒瓶,《收酒矸》是沿街收酒瓶的货声民歌。台湾著名的作曲家侯德健曾经用这个段子创作了非常好听的流行歌曲,在台湾和大陆广泛流行。

台湾的闽南语《使犁歌》是有表演的。据过伟等人的《台湾民间文学》的介绍,其演唱属于"博歌"中的斗唱:使犁歌人数不定,通常由一个戴着纸质牛面具的人,牵着拴有绳子的犁;另一个人化装成农夫拉着犁,两个人化装成农夫扛着锄头,还有两个人分别化装成男女老农,另外四五个人化装为农夫跟在后面,如此进行农民集体犁地的劳动对歌。有的还有几个人的乐队,分成两组,用南管或北管乐器进行伴奏。① 这似乎已经由民歌对唱发展到民间歌舞小戏了。本来民间小戏就是在民歌、故事、曲艺说唱的基础上发展起来的。因为还没有故事情节,所以还不称其为小戏,基本上还属于民歌演唱的表演。

反映农民全年劳动生活的《十二月长工歌》,用一系列典型的形象,歌唱一年痛苦的雇工生活,是一种历史的记录,也是沉痛的控诉。

台湾的少数民族民歌中,也有许多劳动歌。如《杵歌》、《山地劳动歌》、《犁田歌》、《除草歌》、《风林耘田歌》、《赶牛羊》、《上山割藤》、《上山砍柴》、《捡柴歌》等。

值得注意的是,新港附近的山地民族所唱的《犁田歌》是一首完全用虚词构成的歌曲,它没有实词,也就没有意义。这是语言产生之前所产生的民歌,是非常古老的非物质文化遗产。

《杵歌》也是如此,流行在台东、花莲、台中等县的高山族中,姑娘们手执长杵,围着石臼,一上一下舂米,唱出清脆悦耳、高低不同的声音,这种杵歌,第一遍全是虚词、号子,第二遍以后,即兴编唱歌词,这种劳动歌曲,也是原始时代流传下来的。在稻谷丰收的夜晚,男女青年轮流到各家各户舂米、磨谷,男青年磨谷也来和唱杵歌:

丰收的夜晚,多么迷人,
处处响起姑娘们舂米的歌声,
磨谷的小伙子也来和应。

---

① 过伟:《台湾民间文学》.上海:上海文艺出版社,2005年版,第101页。

（女唱）
磨谷的阿哥,你的浓眉真英俊,
（男唱）
舂米的阿妹,你的眼睛水灵灵,
（合唱）
我们一起干活,多么有劲!
歌声随风飞过椰子林,
满天的星星在倾听,
你一杵呀我一杵呀舂不停,
舂得大米一颗颗白似银,
欢乐的丰收节就要来临。
但愿杵声整夜响不停,
让我们和歌到天明。
丰收的稻谷已经装进仓,
爱情的果实也要有个好收成,
金色的月亮呀,请你做媒人。
（台湾马沙路、雾心唱,高鸣记。）

台湾少数民族的民歌非常多,每年的丰收节要欢唱十几天。"五年祭"更要歌舞一个月。

许多民歌的歌词,第一句无意义,成为曲子的名称,如《那路弯》调、《那里弯》调、《依路弯》调、《奥那那西》调等。

民歌虽然原始,却在音乐上有很好的和声,伴唱为低音、长音,和声有平行四度、五度的重唱和合唱,在国外演出时,得到很高的评价,很早就成为联合国教科文组织保护的对象。

每年的农业丰收,就是最欢乐的节日,所以歌唱丰收的歌曲很多,如台东的阿德唱布所唱:
点起来吧,红红的火堆,
升起来吧,金色的月亮,
丰收节的酒杯斟满酒,
大家都来跳舞又唱歌。
跳吧,唱吧,美丽的姑娘,
腰间的银铃响叮当,
跳吧,唱吧,英俊的青年,

头上的帽带随风飘扬,

全村的人们庆丰收,

唱歌跳舞直到出太阳。

不只年轻人,老年人也一样歌唱舞蹈,老人们在集体跳舞前,先唱这样的歌:

唱歌先定音,跳舞要用劲,

不唱不跳,心里不高兴,

唱啊,要尽情,跳啊,跳不停。

花儿再美比不上姑娘五彩裙。

今年丰收美,不负勤劳的人,

唱歌跳舞一直到天明。(谷莫日唱,萧荣记)

台湾少数民族的民歌与劳动生活密切相连,是生产劳动的一种信息载体,使得大家互相沟通,如这首《山地劳动歌》:

天亮天亮天亮啰,

大家赶快起来啰。

带上两个大芋头,

快去上山干活啰!(巴度依亚唱,陈莲、高鸥记)

台湾闽南语歌谣也有类似的劳动歌:

讲到务农不好赚,每日锄头拿紧紧;

也无父祖留给咱,自赚自吃不相干。

(杨文总口述,潘世辉等人记)

又如:

一年容易又春天,翻土播种忙田边,

田里秧苗绿幽幽,家家户户要丰年。

台湾的客家歌谣也是从大陆带过去的。在采茶等劳动中,有对唱斗歌的风俗,有一种"东势叶家长工谣"说道:

东势叶家,鸡啼出门,半夜入屋;

完工起工,提了四两猪肉,喊得满堂子叔;

长年喊夹,头家又摄目。

作了半年零工,还不知头家住的是瓦屋还是茅屋。

(游日光讲诵,陈劲榛记)

这是一首杂言民谣,说明东家之苛刻和长工之痛苦,一年到头,黑夜起身去劳动,一直干到天黑才回来,连东家的房子什么样子都不知道。这是非常具体的劳动情景。不劳动的人,绝对说不出来。

　　劳动时,对于那些没有把握的事,往往求神保佑,于是就有劳动仪式歌,这些歌带有巫术的性质。农村盖房子在开工动土时、上梁时、完工时都有祭祀仪式。祭祀时都要唱歌或念祈祷词,在建筑的过程中,要说吉利话、彩词等,预示新房建成后,家业兴旺,得到天上神仙的保佑。如《山中造樑诗》,这个"诗"在福建民间,都是指的民歌,他们说民歌就是"歌诗":

　　古木在到青山上,砍到凡间造栋樑,

　　一造樑头凤凰鸣,二造樑尾金鸡叫。

　　三造樑中五龙爪,四造樑前樑后富贵万万年。

　　还有《开樑口诗》赞美建房工具的:

　　吾龙提起是金锯,此锯不是非凡锯。

　　王母娘娘赐我锯,别人拿去无所用。

　　鲁班弟子拿来开樑口,开起左边金银库。

　　开起右边积谷仓。

《起拼诗》:

　　新造厝屋新又新,千年宝盖万代兴。

　　造起左边文章楼,造起右边积谷仓。

　　祭祀中要拜神,唱"请神文"。最大的神是伏羲,首先要向大神伏羲祈祷,请伏羲帮助请到各位神仙:

　　手持雨伞向青天,请到云头鲁班仙。

　　手持茗香向银河,王母娘娘亲身到。

　　太阳星君亲身到,九天玄女亲身到。

　　鲁班仙师亲身到,金班银班师父亲身到。

　　何叶二姓夫人亲身到,九十九位太保亲身到。

　　本处禁忌普同相请都齐到,新身降下造华堂。

　　农村盖房都是大家一起帮忙干的,所以,请神仙也是多多益善,以求万无一失。请各路神仙都来保佑自己,当然是最加保险的,这是多重保险。

　　台湾布农人的《猎前祭枪歌》是远古的遗存,很有代表性:

　　我们去打猎,我们带着枪,

　　所有的飞鼠,枪把所有的猎物都打到了,

　　所有的山猪,枪把所有的猎物都打到了,

　　所有的熊啊,枪把所有的猎物都打到了,

所有的山羊,枪把所有的猎物都打到了,
所有的山鹿,枪把所有的猎物都打到了,
所有的猴子,枪把所有的猎物都打到了
所有的飞鼠,枪把所有的猎物都打到了。
（南投县信义乡罗娜村、吴荣顺录音）

在猎队出发之前,猎人们把所有的猎具,如刀枪弓箭、篮子等,都放在祭师的屋内,祭师拿着法器——茅穗,边舞边唱,他唱一句,大家合唱一句,一唱众和。这是带有巫术性的歌唱。

在劳动中唱的歌,并不完全是关于劳动的。

在一些艰苦的田间劳动、行船劳动等歌唱中,往往唱许多情歌、嬉笑歌等娱乐性的民歌,其主要目的就是减轻疲劳,使得劳动充满乐趣。这也是把劳动生活艺术化的一种方法。

劳动民歌中,有一些带有科学性的口诀,是一种农业的科学技术课本,便于记忆,如《二十四节气歌》：

一月立春雨水连,二月惊蛰又春分,
三月清明谷雨临,四月立夏和小满,
五月芒种夏至天,六月小暑和大暑,
七月立秋处暑到,八月白露秋分令,
九月寒露霜降来,十月立冬小雪下,
冬月大雪冬至连,腊月小寒与大寒。
（将乐县白莲乡升平村农民陈建华记录整理）

有一首"循环谣"：

人喂猪,猪喂人,人喂田。

表现了一种生态平衡的科学思想。

二、歌唱爱情

闽台歌谣中歌唱爱情的歌曲数量很多,如福建北部将乐县山区农村的一首歌唱道：

要我唱来我就唱,唱个金鸡对凤凰,
唱个麒麟对狮子,唱个老妹对情郎。

闽台的少数民族"倚歌择配",在各种场合中,对唱情歌来寻找恋爱对象。有的情歌是自我抒情的,有的是谈情说爱的,有的是送别的。

爱情是人民生活的重要组成部分,关系到人的一生。

十八老妹一排排,比高比矮比人才,

比得人才郎中意,卖田卖地讨得来。

这些情歌,都充满了感情。一段不够,就来五段,叫《叹五更》,还有唱四季的,唱十二月的,如这首台湾闽南语歌谣《六月茉莉》:

六月茉莉真正水(水,美丽),

郎君生的真古锥(古锥,可爱),

好花难得成双对,最吃亏。

这表现了青年人对爱情的渴望,是很淳朴的情歌。

又如:

六月田水当值烧(热),

鲤鱼落水尾会摇,

山猪着镖叽叽叫,

阿娘(姑娘)着镖微微笑。

爱情通过眼睛射出的利剑、尖镖,使对方感受到情感的震动。这首民歌用"着镖"——中镖,来形容这种钟情的感受,真是惟妙惟肖,是对爱情心理生动、细致的描写。

又如:

新打剃刀好修眉,新搭郎君怕人知;

动手动脚我不爱,摇头抛眼我就知。

这种女性的害羞和对文明爱情的要求,说得非常具体,是有中国传统特色的,与西方的爱情方式大不一样。

《五更鼓》歌唱爱情,一更一更唱下来,一直唱到五更:

一更更鼓月照山,牵君的手摸心肝。

君来问娘(姑娘)要怎样,随便阿君我心肝。

……

爱情强烈,则必然有相思。相思也是情歌的重要内容,其情感比文人诗歌丰富多了。中国诗歌史上,缺少的就是爱情诗,往往以几首"悼亡诗"来凑数。民歌填补了这个空白。台湾闽南语情歌:

木棉开花有一枝,哥仔生成即文理;

敢是潘安再出世,害我相思十二时。

用鲜艳的木棉花来形容爱人,又漂亮,又斯文,好像是潘安再世。潘安是中国古代著名的美男子,现在的年轻人可能已经不了然了,但是,民歌的作者,虽然可能不识字,但是他们对历史上的不少典故,却很熟悉,简直是信手拈来,随口唱出。这首情歌的相思之情表现得非常强烈。"十二时"并不是十二个小时,而是12个时辰——24小时。24小时都在相思,没日没夜。

闽西将乐县黄潭乡熊肇昌唱道:

一更里,姊在房,姊在房中绣鸳鸯,

手拿花针穿红线,绣得金鸡配凤凰,

针针线线想情郎。

这种相思是劳动人民的相思,是在劳动中的热烈的相思。

闽台褒歌是歌唱乡土、劳动、道德、劝善和爱情等内容的,但是情歌的数量还是最多。闽南的褒歌流行在茶乡,被闽南人带到了台湾。如今台湾澎湖二崁的褒歌已受到重视,被书写在红砖的墙壁上,成为当地一景。他们还把褒歌编印成册,作为旅游纪念品,很受游客欢迎。

台湾金门县2006年还举办了"褒歌教学与创作研习班",把褒歌作为教学内容列入中小学的课程之中。他们还编了《褒吟故乡的声嗽,歌唱土地的芬芳》褒歌专集。

厦门同安区莲花镇的小坪村是山歌盛行的茶乡,自2007年元宵节以来,已经举行了多次"莲花褒歌"比赛。"莲花褒歌"已经在2007年8月被列入福建省非物质文化遗产代表作名录。

2007年9月在厦门举行的"海峡两岸民间艺术节"期间,台湾艺人"山花吉仔"陈文山和李静芳演唱"甩采茶"的褒歌:

水锦开花白波波,八仙过海蓝采和,

真名真姓共哥报,免得给哥去找无。

褒歌在台湾又叫"博歌",与厦门莲花褒歌十分相像:

水锦开花白波波,树梅开花人看无,

看见阿哥生水好,别人不嫁等阿哥。

两地的"褒歌"如出一辙,同祖同宗,应该多多交流,互相学习。这种山歌的开发已经起到了很好的示范作用,但还需要做更多的工作,加强联系,以便在祖国的文化建设中发挥更大的作用[①]。

还有一种花歌(车鼓对唱),是对唱情歌:

男:牡丹开花笑眯眯[①],娘你生水真标致[②]。

---

① 厦门市同安区莲藕花镇道地村洪参义对唱现场录音。文字参考颜立水:《同安莲花与澎湖二崁的褒歌》,《同安民间文艺》第107-113页。

害君暝日病相思,想要共娘结连理。
女:玉兰含蕊正当时,亲交郎君人欢喜。
恨阮亲夫来早死,乎阮无心做针指。
男:水仙花开好排坛,兄妹二人相对看。
二人讲话同心肝,恰好青山冷水泉④。
女:芙蓉花开会结子,愿共兄哥结百年。
谁人侥⑤心雷打死,头先侥心路旁尸。
男:莲子开花一点红,全望娘子相痛疼。
带念兄哥出外人,娘你相害是呣窗⑥。
女:金结开花红奶奶⑦,相好那是有真情。
会生会死着做阵,呣窗放乎娘单身。
男:风葱开花结成球,车船那坏着抹油。
看见娘子白甲幼,亲像竹纸包红绸。
女:木棉开花有一支,哥今生成这文理。
恰是潘安来出世,害阮相思十二时。
男:夜香开花透暝香,牡丹含蕊割吊人。
娘你迷哥着快放,父母单生哥一人。
女:官兰花开叶弯弯,目尾恰哥长交关。
看见阿哥生好款⑧,乎阮心肝真够乱。
男:菜豆开花长短条,杨梅开花半暝朝⑨。
神魂乎娘迷了了,一时乌暗坐勿会朝⑩。
女:梅花开透领顶香,阮厝也有时大人⑪。
阮今暗暗共哥讲,起脚动手是呣窗。
男:瑶桃开花仙山有,番船过海半浮沉。
未知娘子池埭厝⑫,恰惨给娘迷着符。
女:黄茶开花在西天,前年与哥还有缘。
今年兄哥给人骗,姻缘未尽勿会了然。
男:金凤开花叶不黄,与娘相好像甜糖。
坏人拐唆路来断,咱今勿会得睡同床。
女:桂花开花树顶香,少年兄哥不是人。
一年侥千共侥万,采了花心过别枞。
男:杨柳开花香天外,月宫无土也无沙。

　　　　仙桃因何那会活,娘你要嫁着嫁我。
女:香杨开花成佛手,二人今日食血酒。
　　　　水泼落地难得收,生死重誓⑬咱来咒。
注:①笑眯眯:微微笑。
　　②娘:姑娘。生水真标致:长得真漂亮。
　　③做针指:做针线活。
　　④泉:涌。
　　⑤侥心:反悔。
　　⑥呣窗:不要。
　　⑦红奶奶:红艳艳。
　　⑧生好款:长得好样子。
　　⑨半暝朝:半夜还开着。
　　⑩坐勿会朝:坐不住。
　　⑪时大人:指长辈。
　　⑫池埭厝:家住何处。
　　⑬重誓:发誓诅咒。

情歌中,有的有"淫词艳曲"之嫌,但却表现了纯真的感情。

之一:

钱若不用便是铜,歹子①不做是憨人。
后生少年那不做,年老唱出过了时。
世间事情一直有,除谁②没有风流事,
除谁没有少年时。
注:①歹子:意为坏人。
　　②除谁:有谁之意。

之二:"情歌对骂"

男:这边看见那边岭,那边娘子是啥名。
　　真名正姓跟阮①说,要去您厝免探听。
女:这边看见那边岭,这边娘子是你娘。
　　子女养大无教养,不识你娘是啥名。
男:割藤出世尾秋秋②,日晒田水③蜡润烧④。
　　昔时娘子这呢笑⑤,今日不笑是为何。
　　莫非恁昂⑥教得好,亲像鸡子⑦惊老鹰。
　　山顶⑧无柴捡树杈,溪中无鱼捡田螺。
　　谅君⑨工情⑩要敢花,看你娘子怎推脱。

注：①阮：我。

②割藤出世尾秋秋：未解。笔者理解为："割滕出世"是形容小孩子从娘胎出来，割断脐带，"尾秋秋"寓意唱歌少年风流倜傥。

③田水：田里的水。

④蜡润烧：太阳晒过的水温润之意。

⑤这呢笑：笑容可掬之意。

⑥恁昂：即你的丈夫。

⑦鸡子：小鸡。

⑧山顶：山上。并不专指山的顶部。

⑨谅君：要是我之意。

⑩工情：花时间、花功夫。

该篇是一男子喜欢一个已婚女子，唱歌问其姓名。女子便骂男子连自己的娘都不认识。男子也骂她以前那么笑容可掬，现在怎么这样，莫非是你丈夫管得严？我要肯花功夫和心思，你又怎么推脱得了。

之三："夫妻对骂"

男：水车车水圆贯贯①，观音坐座双脚盘。

　　遇见歹某②真不愿③，唇边大小真交观④。

女：水车车水圆贯贯，观音坐座双脚屈。

　　遇见歹昂⑤真不愿，唇边任孙真交观。

注：①圆贯贯：形容词，疑为形容水从水车倒下的形状。

②歹某：不好的妻子。

③不愿：不甘心。

④交观：意为私通。

⑤歹昂：不好的丈夫。

该篇是一对夫妻的对骂歌，意为男的很不甘心，责怪妻子不贤惠，与邻居私通。妻子同样也责怪丈夫的不好。

《园内花开》：

园内花开，其味清香

蝴蝶飞来，对对成双

小姐今年，十八青春

要选一个，如意郎君

如意郎君，在我心内

不免你来，问东问西

吕宋金山（今菲律宾、新加坡）

也是银凹(银凹,钱很多)
要嫁吕宋,我才想出
锄头勤挖,狗屎勤不(扫)
也是金山,也是银凹
洋装献领(翻领),皮鞋目镜(眼镜)
要嫁少爷,我会知影(知影,知道)
要吃不做,大开大用
叫我嫁伊,阿娘不池(不池,不要)
金杯玉蝶,少主妙时
那嫁财主,你就爱池
财主算来,是吸血虫
叫我嫁伊,不免希望
要嫁啥人,你要开口
坦白说来,免你一跪
要嫁啥人,免你乱猜
劳动模范,我才意爱

《园内花开》疑为新中国成立后广为流传的一首民谣,当地40岁以上的人以前都唱过,也都记得大概内容。

《白扇歌》：
一支白扇为海棠,未尽看娘心就浓。
日头看娘娘标致,日尾看娘娘好生。
二支白扇为娘哥,新做旗杆挂密婆。(密婆:蝙蝠)
厝边婶母人来问,都是阿娘送兄哥。
三支白扇为目眉,阿娘问哥何时来。(目眉,眉毛)
前者十三后十四,慢者十五我就来。
阿哥要来一更到,二更那来人要巡。
三更那来狗会吠,四更那来狗会啼。
你厝鸡仔那不大,三更半暝叫天光。(叫天光:叫到天亮)
四支白扇为柳花,阿娘有厝哥不带。(带:住)
昨夜为哥乎人打,早起棍迹还未花。
阿哥问娘是什柴,亲像柳枝没抓皮。(没抓皮:没有去皮)
阿哥问娘怎样打,头壳打起打到脚。(头壳:脑袋)

十下八下身顶过,并无一人通果柴。
(身顶:身上。通果柴:能挡住棍子)
阿娘人打我也知,只因下雨未列来。
来到大溪出溪水,来到溪仔起水灾。
大溪无船未列过,溪仔没排未列来。
(未列过:没有办法过溪)
都是阿哥你不来,不是下雨未列来。
大溪也有人梯渡,溪仔也有人放排。
五支白扇为莲阴,对面山仔双条龙。
龙下一块状元地,阿娘的墓也甘心。
六支白扇为言因,我和阿娘你成心。
那通和娘做阵因,生台活掩(活埋)也甘心。
七支白扇七做郎,手拿宝镜起梳妆。
头梳龙船共燕尾,脚踏弓鞋三寸长。
八支白扇朝牡丹,阿娘种花凭君搬。
阿哥姓龙娘姓凤,秀起龙凤朝牡丹。
九支白扇九做文,手拿雨伞下永春。
有钱红莲买五寸,没钱红莲买五分。
十支白扇十文明,阿娘招君再来行。
初一十五点香了,才通和君过再行。
仁贵去争毛天岭,有时打输有时赢。
我是和你试咸淡,不是和你长古走。(长古:长时间)
《白扇歌》相传为闽南山歌,流传久远,源流无从考证。
《花花公子》:
花花公子真正希
点心伊甲真大碗(他吃很大一碗)
礼路办甲拾足到
防我吃甲汗大流
点心煮甲真有油
烧着嘴角面忧忧
要吃的人免兖想
吞落北肚结归球

一路那走肚那疼
嘴里吐出臭酸兄
三步并作两步走
十到别家做亲戚
人人叫我媒人婆
我的嘴里坡啰娑
那有歹仔说甲好
那有小事说甲无
东村跑去到西村
我做媒人有打算
有钱通通无惊远
会成不成我担当
花花公子叫我媒人婆
十做花轿水当当
这次做成这一项
专得这项过一世人
《君去台东》：
高山流水自如影
娘仔唱出关美影
唱出情歌往山走
走到山路传情歌
竹笋出土节节瓜
移山倒海樊梨花
有情阿哥着来娶
不窗放阮去烟花
娘仔十走关心走
不通回头来看兄
阮兄从小无某命
无敢和娘做阵走
春风吹来满山红
树上一只土笔蜂
叮着阮哥不要紧

叮着阿娘叫救人
六月稻子怕风台
娘仔大肚怕人知
左手牵衣遮北才（肚脐）
右手招君过再来
六月芥菜假有心
菜篮挑水手哥喝
菜篮挑水双头漏
并无米嘴到君喉
交通规则无变步
山珍海味吃无补
牡丹不值桂花香
好某不值找好人
遇着好人有古讲
遇着歹某气死人
想坐火车到香港
翻山越岭到台东
有情阿妹着来送
送阮阿哥到台东

（注：《花花公子》和《君去台东》均为台湾流传到闽南的歌谣。）

闽西《送情郎》是专门送情郎的歌，有许多段，描写的这种情感可谓深切感人：

送郎送到七里桥，手酸脚麻要郎抱，
郎说妹妹人来了，跟着丈夫怕什哪个？
送郎送到十里亭，难舍难分泪淋淋；
本当要送三十里，鞋尖脚小步难行。

闽台侨乡流传着送别过番的夫君的情歌：

一条手巾千条丝，
送我官人随身边，
愿你过番生意好，
要记家乡妻团情。（厦门余凤唱）

还有厦门陈丽华老太太唱的一首歌仔调：

女唱：

亲手捧茶敬一杯,问夫此去几时回。
路边野花君莫采,须念家中一枝梅。
男唱:
多谢贤妻好金言,夫妻感情比金坚。
等待春雷一声响,鲤鱼化龙便升天。
情歌中送别的比较多,情人离别时是情感的高潮。情歌唱得很有情致。这首台湾情歌《十步送妹》把感情的一步步进展都唱了出来:
一步送妹到楼上,脚步紧随手垂胸,
郎君没做坏事情,不怕被妹先负心。
二步送妹上楼梯,郎君送妹长叹息,
明明给君你thian thui①,上等鱼肉吃不胖。
三步骗君头会晕,听君言语讲不完,
我家来信逼得紧,不得无奈拆离身。
四步送妹运水车,头晕目眩倒着站,
一封信我无处寄,要寄嘉义(地名)妹之处。
五步送妹火车站,等候时间尚未到,
等到时间若走到,朋友相约到妹家。
六步送妹火车内,两人哭着没人知,
打算和妹结夫婿,不疑离别分两地。
七步送妹到田里,郎君送妹脚已酸,
想要和妹能长久,怎料有头却没尾。
八步送妹山洞内,山洞黑水流出来,
郎君为人不会差,妹子回去得再来。
九步送妹到彰化(地名),我说的话你得听,
妹子回去当乖女,路途遥远难打听。
十步送妹到台北,抬头一看妹子家,
想要和妹情长久,谁先负心是禽兽。
注:①thian thui:闽南语音,意为承诺。
送出十步还不够,还要"二十四送",其浓烈的情感反复吟叹。
《二十四送》:
一送兄哥是新正,兄今说话妹着听,
咱今双人古相取,咱厝家事兄料理。
二送小妹笑微微,小妹牵兄入房去,

吩咐我兄脚放松,脚步放松无人疑。
三送兄哥入布田,小妹生水兄艰难,
看见小妹生做好,害兄了钱无通导。
四送兄哥日头长,小妹招兄上牙床,
兄哥挣钱真干苦,勤俭粒积卜娶某。
五送兄哥人摇船,小妹招兄上床困,
兄今趁钱某不娶,家火搬来分对半。
六送兄哥半暝时,无好金鸡早早啼,
无好火鸡啼障早,小妹看兄真有搭。
七送兄哥七月半,当今少年真览烂,
人说少年顾面皮,不通过家卖热货。
八送小妹爱食姜,入庵入庙讨和尚,
和尚讨来无头鬃,阮身尽看哥一人。
九送兄哥做一头,小妹相斟舌相交,
伸手乎兄做枕头,十八青春少年侯。
十送小妹有主意,一蕊好花在身边,
花今开透任君采,兄哥采花惜花丛。
十一送小妹就起行,行到东街寻阿兄,
哥哥生做真正巧,甘心共你结公婆。
十二送小妹真是水,兄哥甘心捧盆水,
小妹生来真是白,甘心共汝洗脚白。
十三送兄哥暗忙忙,小妹招哥来告困,
双手解开裙腰带,两脚夹来真快活。
十四送……(原稿缺)
十五送兄哥天渐光,小妹无意来开门,
小妹送哥出房去,我哥只去病相思。
十六送兄哥更又深,小妹看见暗沉吟,
今日新兄无治厝,家官有事有人当。
十七送小妹笑混混,身穿白衣套红裙,
梳妆打扮抹胭脂,梳头拈粉真标致。
十八送兄哥出外方,小妹看哥心头酸,
四目相看拆不离,未知我哥值时圆。

十九送小妹来洗掉,小妹招兄来再搁,
哥今说话讲不通,是咱夫妻无别人。
二十送小妹真有义,兄哥侥心伴小弟,
若然遇着亲夫回,阿哥仔细不通来。
二十一送兄哥天卜光,小妹看哥目周黄,
哥今有钱来照顾,谁人侥心死半路。
二十二送小妹笑纷纷,身穿白衫红罗裙,
梳妆打扮真好看,终世共哥做一群。
二十三送兄哥来打门,小妹听见来开门,
小妹看见我哥来,是阮双人着意爱。
二十四送兄哥出外方,看见我哥心头黄,
四目相看难分离,未知我哥值日归。

这首台湾闽南语"杂念"歌词《二十四送》,是一首情歌联唱,共24段,反复演唱男女情人互相送别的爱情,回忆了两人恋爱中的许多往事:如"二十二送小妹笑纷纷,身穿白衫红罗裙,梳妆打扮真好看,终世共哥做一群",情深意切。

最后,要离别了:"二十四送兄哥出外方,看见我哥心头黄,四目相看难分离,未知我哥值日归。"盼望着来日再见,而这在当时又是多么可望而不可即啊!这情歌的感情是深深扎根在现实生活中的。

台北、台中等地高山族有一首男女对唱的《路边情歌》:
女:南风吹来,好哥哥,妹妹等着你上山一块走哎,
男:前夜悄悄接过妹妹的腰带哎,想不到今天又一块走。
女:漫山遍野都是鲜花,哥哥你看哎,哪一朵最美丽?
男:妹妹呀,你头上戴的鲜花最美丽,闻着这花香,不怕上山打猎路千里。
女:这鲜花只为你灿烂开放,这南风只为你吹送花香。
合:今日里上山呀,手牵手呀,明日里同饮啊双杯酒哎。

"双杯"就是把两个酒杯固定在一块竹板上的一种定情之物。喝双杯酒表示爱情的成功。

闽台民歌中的情歌是很有特色的,内容极其丰富,情深意浓,值得重视。现代社会受不良思潮的影响,离婚率很高,把爱情当儿戏,这是文化的失落,有必要到中国优秀的传统文化特别是传统民歌中找回中国人的美好爱情。

这对于维护家庭的和谐稳定,提高幸福指数,有很大好处。

民歌歌唱爱情的坚贞,盼望着一辈子忠实于情人,甚至生死为伴:

金橘开花红吉吉,
相好那是有真情,
能生能死同做阵,
不可放手娘单身。

台湾闽南语民歌《十送妹》一共十段,在一对情人离别时依依不舍、反复咏叹,最后第十步,表示决心忠贞不二:"十步送妹到台北,抬头一看妹子家,想要和妹情长久,谁先负心是禽兽。"这是一个坚贞的誓言,不是随便说说而已的。这种传统道德在闽台民间情歌中多有流露,是一项宝贵的精神资源和文化财富。

文化是一个国家一个民族存在的标志,是一个国家的灵魂,如果一个国家的文化没有了,那么这个国家也就完了。民歌的思想意义确实是不可低估的。

闽台人民不甘屈辱,他们奋起反抗,进行斗争。1948年厦门码头工人吴福兴记录了这样一首台湾民歌:

日本仔占咱金台,
强奸妇女抢钱财。
老人儿童被杀害,
爱国同胞被活埋。
兄弟同胞站起来,
战战战,宰宰宰!
有钱出钱,有力出力,
把日本赶出金台。(见陈郑煊编《闽南歌谣》)

厦门还有一首抗击"红毛番"的歌谣:

红毛番,纸老虎,
竹来扎,纸来糊,
腹内空,外表恶,
一阵大风雨,
淋得烂乎乎!

厦门英商太古洋行的轮船取名"镇东号",工人拒绝为它卸货,不建吊桥,使英商大受损失。吴照看口述了这首歌谣,吴福兴记录。"红毛番"本来是指荷兰人,英国人和荷兰人样子差不多,都是侵略中国的帝国主义强盗,所以也称红毛番。

将乐县80岁老农民廖远谋还记得一首反映红军来时情况的民歌:

红云朵朵散满天,红旗飘飘金溪边,
红星闪闪帽檐上,红军个个爱心间。
红军都是菩萨兵,问寒问冷问苦情;
赤脚走进穷人厝(屋),言语烘暖穷人心。

三、表现了人们丰富的审美观念、社会经验

劳动创造了美,劳动人民是最爱美的。民歌表现了劳动人民的审美观念。这是民间美学,是中国美学的深厚基础,是丰富的美学资源。我们来欣赏闽台民歌中的美学思想和审美观念。

十八妹子不知羞啊,出门三步就个手拢头,
过沟过窟水照影噢,山上野花插满头。

这首福建平和山歌,见《中国民间歌曲集成·福建卷》第391页。爱美是人的天性,民歌表现的是一种自然的、清新的美。同那种矫揉造作的异化的美,大不一样。

民歌审美理想在情歌中表现较多:

十八老妹十分俊,面腮好像桃花红,
牙齿好像高山雪,话语好比蜜糖醇。
十八老妹十分俊,两个奶鼓起尖峰;
腰身好比垂杨柳,走在路上如春风。
莲妹长的白漂漂,不高不矮人才好,
十日不见九日想,死人见了也还生。

(将乐县50岁农民杨炳水唱)

这些描写具体表现了美人的标准,这是在生理上、心理上的美的形象。不只是外表的美,而且有语言的美、风度的美。

"十日不见九日想,死人见了也还生。"这是讲美的吸引力,美的心理影响。情人眼里出西施,可爱的就是美的,如此令人相思,死人见了也会复生,这是多么的美! 民歌的描写是非常深刻而有力的。

民歌歌唱山歌的美,在对歌时常常会唱道:

天光没米到如今,打个山歌当点心,

山歌当得新鲜白米饭,老妹的话可以定我心。
要唱山歌两人来,两人搭起山歌台,
你唱一出梁山伯,我唱一出祝英台。

"山歌越唱越开心",所以可以饿着肚子唱,当点心,当"新鲜白米饭"。这是艺术美的力量。山歌不仅可以充饥,而且可以解忧,可以治病。这是民歌的又一个重要的社会作用。这是生理、心理上的美的疗法。

民歌的艺术是一种传统的艺术,是需要学习的;民歌的艺术,也是一种即兴的艺术,一种活的艺术,看到什么需要立即编唱,确实是相当困难的。在山歌对唱前,常常要先唱歌头:

山歌好唱口难开,林檎好吃树难栽,
白米好吃田难作,鲤鱼好吃网难开。
山歌好唱难起头,木匠难起八角楼,
石匠难做石狮子,铁匠难打钓鱼钩。

这是说美来得不容易,是一种创造性劳动的结果,这是艺术的创造,艺术的劳动,来之不易。我们要特别珍惜它,好好保护它。

闽台歌谣表现了人民心目中美的事物。将乐县80岁的农民张国维的《十绣荷包》唱道:

一绣鸳鸯在水中,二绣东海腾飞龙,
三绣门口石狮子,四绣桃花满树红,
五绣皇帝金銮殿,六绣文武在两边,
七绣天上七仙女,八绣八仙吕洞宾,
九绣天上娑罗树,十绣月光照乾坤。

这里的事物,都是绣在荷包上的,当然都是美的。其中有爱情的象征——鸳鸯,有中国人民最崇敬的飞龙。龙是中华民族远古的图腾,是当代中国人民大团结的象征,中华腾飞的象征,民族自信、吉祥如意的象征。石狮子是富贵的象征,也是一种艺术品,桃花很美,也是辟邪之物。天上的神仙七仙女、吕洞宾都是人民熟悉的,也是可爱的。天上的娑罗树和银色的月光,当然也都是美的。这些都反映了农民朴实的美学观点,反映了他们的审美意识。

闽台是侨乡,许多华侨在海外打拼,经过艰苦奋斗、长期积累,他们对中国革命和建设,都做出了伟大的贡献。"华侨是革命之母!"这不仅是孙中山先生个人的看法,也是大家的共识。东南亚的著名华侨领袖陈嘉庚就是一个杰出的代表。他特别热爱祖国,不断把自己的财产贡献给祖国,厦门大学、集美学院、鹰厦铁路等伟大的文化建设、工程建设工程,都是他捐献的成果。他说过:

"民心不死,国脉尚存,以四万万之民族,绝无自甘落后之理。今日不达,尚有来日,及身不达,尚有后代,如精卫之填海,愚公之移山,终有贯彻目的之一日。"

这是他1919年在筹建厦门大学时说的。几十年来,他坚持不懈,对祖国的革命和建设,对抗日战争都做出了极大的贡献。闽台是受益最大的地区之一,所以人民在民歌中热情地歌颂陈嘉庚的爱国主义精神。在陈郑煊编的《闽南歌谣》中有一首《歌颂陈嘉庚》:

爱国华侨陈嘉庚,热爱教育有名声,
家己本身捐献钱,创办中学伫集美,
又伫厦门建厦大,培养真侨好人才,
两校历届毕业生,已经遍及全世界。

爱国主义是一种精神美,无私地捐献,使祖国和人民受益,这种行动和思想,都是很美的,是值得学习和发扬的。为人民做了好事的人,人民是永远不会忘记的。民间歌谣是一种口碑,比石碑还要耐久,石头会随着时间的腐蚀而模糊不清,甚至被破坏、推倒,但是口碑在人民心中,一代代传下去,永不磨灭。

现在的孩子和青年人,往往沉迷于网络游戏,不能自拔。这不仅有碍学习,而且大大影响了身心健康。西方的暴力凶杀、色情低级的节目,腐蚀作用是潜移默化的。而缺少体育锻炼对身体的伤害同样值得重视。

在我们的传统儿童游戏中,在儿歌童谣中,有许多很好的作品,这些儿歌童谣和游戏,对青少年的道德修养的提升、思想意识的成长,对集体活动的组织能力的培养,对身体锻炼,对文学才能的培养,对语言能力、公关能力的提高,都是起了巨大作用的。

闽台儿歌、童谣的思想内容和艺术情趣是很有教育意义的。它使人回忆起童年的天真,具有无限的艺术魅力。它已经流传了千百年,应好好保护传承下去。

台湾的闽南语儿歌童谣,是大陆闽南人带过去的。与闽南的儿歌童谣大同小异。我们先来看看台湾的作品。

当婴儿还在母亲的怀抱里,就听到了母亲的"摇儿歌"、催眠曲,如《摇囝仔歌》《婴婴困》。请看陈丙基唱的一首：

婴婴困,婴婴困,一暝(夜)大一寸,
婴婴惜,婴婴惜,一暝大一尺,
婴呀婴,谁人生？婴啊婴,阿母生。

这是母亲抱着婴儿唱的,那世界上最崇高的感情——母爱,在这里得到了纯真的自然的流露。她紧紧地抱着自己的孩子,盼望他快快长大,一天长一尺,同时为自己是孩子的母亲而感到无限自豪。这种儿歌,婴儿还不一定听得懂,但是这曲调所体现的情感,音乐的韵味,婴儿是完全可以感觉得到的,这是无限温暖、无限深厚的母爱。

还有一首异文,有几句有些不同,意思却是一样的：

婴仔婴婴困,一眠大一寸,
婴仔婴婴息,一眠大一尺,
摇儿日落山,抱子金金看,
子是我心肝,惊你受风寒。

儿童长到三四岁、五六岁,就可以自己说童谣唱儿歌了。闽台儿歌童谣往往将山水、树木、房屋、动物、气候等融为一体,或描述幼儿游戏,或刻画年节喜庆活动,或表现田园风光、农家生活,充分体现了与大自然的互动、融洽和谐,对于孩子的成长有着不可替代的作用。比如,一首《天乌乌》就将十种动物串在一起,或具体,或虚构,形态各异,足以令许多少年儿童浮想联翩。

《天乌乌》是闽台最流行的儿歌之一,在闽南的许多地方都有许多不同的异文。台湾北部是这样唱的：

天乌乌,要落雨,阿公举锄头,要掘芋,
掘呀掘,掘呀掘,掘着一尾旋鳅鼓(泥鳅),
依呀吓多,真正趣味,
阿公要煮咸,阿妈要煮淡,
两人相打弄破鼎(锅)。
依呀吓多,叱当郎当呛,哇哈哈！

闽南是这样唱的：

天乌乌,要下雨,阿公拿锄头要掘芋,
掘啊掘,掘啊掘,掘到一尾酸溜勾。
阿公要煮咸,阿嬷要煮淡,
两人相打弄破鼎,依啊嘿罗弄东七东呛。(厦门等地)

在台湾还有异文：

天乌乌,要落雨,海龙王,要娶后,

龟吹箫,鳖拍鼓,水鸡抬轿目凸凸,

虾蛄挑盘勒腹肚,火萤挑灯来照路,

和溜畅甲不穿裤。

澎湖的渔民也有《天乌乌》,但是语句又有不同：

天乌乌,卜(要)落雨,

阿公仔,夯石头,卜垒沪(海边的小堤),

垒仔垒,巡仔巡,

巡着一尾猫仔鱼,五斤五,

阿公仔,要(卜)煎咸,

阿婆要煎粉,

两个夯刀切来分,

阿公仔减八两,阿婆仔长半斤,

两个欢喜小温温。

这是说,阿公垒堤成沪,在沪中抓鱼,但是在做鱼时两人要求不同,各吃各的,皆大欢喜。

我们在2011年采录的闽南儿歌,也有许多不同的异文,如：

天乌乌,欲落雨,鲫鱼仔,欲娶姆(妻),

鱼担灯,虾拍鼓,水鸡扛轿大腹肚,

田螺举旗叫艰苦。

泉州有一首异文更详细一些：

天乌乌,要落雨,海龙王,要娶姆(妻)。

孤呆(鱼)做媒人,土虱(鲇鱼)做查某(女人)。

龟吹笙,鳖拍鼓,水鸡扛轿目凸凸,

蜻蜓举旗喊辛苦,火萤挑灯来照路,

虾蛄担盘勒屎肚,老鼠沿路拍锣鼓。

为着龙王要娶姆,鱼虾水卒真辛苦,

照见一个水查某(漂亮女人)。

厦门同安区《同安民间文艺》也有一首异文,内容都差不多：

天乌乌,要落雨,安公仔举锄头巡水路,

巡着一尾鲫鱼仔要娶某(妻),

龟担灯,蛇打鼓,田婴(蜻蜓)扛轿喊艰苦,
水鸡举旗攒白肚,攒不断,鸭母生鸭蛋。
生甲一粒长又长,趁鸭落厦门。

还有一首和台湾的第二首差不多,也是唱海龙王娶妻的,只是有很少的不同。如"娶后"为"娶姆(某)","抬轿"为"扛轿","虾蛄……"一句没有,可能是口述者丢掉了。最后一句"和溜……"为"螳螂缀轿穿"。这是地区的差别,或是时代的不同,也可能是记录上的不同。但是总的说来,这几首异文的语言风格和节奏,它的主要内容是一致的,但是也有很大的发展。

第一首,是说的掘芋头的劳动,在田里却掘出了一条泥鳅,这是非常滑稽的事。而阿公阿婆为口味的咸淡而相打,就更加滑稽。儿歌就这样充满了大胆的幻想,很幽默,很好玩,可以开发孩子的想象力和生产知识、生活经验。

第二首,幻想性更大了,竟然唱到了大海的龙王爷娶亲,各种水里的动物都来参加,敲锣打鼓,非常热闹。

第三首不是龙王娶妻,而是鲫鱼娶妻。这可能是比较早的一种唱法异文。当然有可能是为了更现实些,不要什么神仙龙王,可能是现在的人改的。但不管怎么说,这首儿歌既生动有趣,又充满童真,对孩子的想象力和知识水平的提高很有好处。

闽台儿歌还有一首《月光光》,也有许多异文,将乐县孙惠招唱的一首是这样的:

月光光,秀才郎,骑白马,进书堂,
书堂深,好栽葱,葱发芽,好泡茶,
茶花白,桃花红,七姊妹,七条龙,
七转弯,生判官,判官出来,见小姐,
小姐眉毛弯又弯。

而同县不同乡的蓝自成唱的却不同:

月光仔,走四方,四方暗,走田坑,
田坑阴,靠枚针,针没目,靠把伞,
伞没头,靠黄牛,黄牛跌落井,水牛来救命,
沉沉浮浮,失掉黄牛和水牛。

闽北浦城县的《月光光》又有不同:

月光光,照四方,四方圆,买铜钱,铜钱掉,

买乌豆,乌豆乌,买香菇,香菇落,买镲钹,
镲钹节节断,街头买鹅卵,鹅卵孵出鹅公子,
晃晃荡荡送大姐,大姐留我嬉,我不嬉,
我要转回拾苦枳,苦枳希希苦,
转去街上买牛牯,牛牯兮兮臊,
转去蒸碗糕,碗糕蜜蜜甜,转去学种田,
田里一根草,压死一个姑妈嫂,
田里一根葱,压死一个老公公。

(福建省民间歌曲集成1207-1208页)

泉州也有一首《月光光》：

月娘月光光,老公仔伫菜园,
菜园掘松松,老公仔欲种葱,
葱无芽,欲种茶,茶无花,欲种瓜,
瓜无子,老公仔气甲欲死。

各地的地理、社会、历史情况不一样,所以歌谣的内容也不同。儿歌童谣所唱的都是当地人们最熟悉的东西。这是泉州的异文,还比较简单。

厦门同安区的一首异文就复杂得多了：

月娘月光光,起厝田中央,骑白马,过东庄,
东庄娘仔拗起官,起官吃不饱,掠来做纱绞,
纱绞不绞纱,掠来做工叉,工叉不叉草,
掠来做粪斗,粪斗不装土,掠来做葫芦,
葫芦不鸽药,掠来做刀石,刀石不磨刀,
掠来做竹篙,竹篙不晾衫,掠来做扁担,
扁担不担粟,掠来做大烛,大烛点不亮,
掠来做矸落,矸落钉不转,掠来做酒俄,
酒俄不激酒,掠来做朋友,朋友兄,
朋友弟,牵兄牵弟做游戏。

这些异文的内容往往大不相同,但是它的起头都是"月光光",而语言结构却是相同的,都是用了"连珠格"的修辞技巧。只注意语言的连贯,语音的流畅、押韵,而缺乏意思的连贯,甚至往往没有什么意义,这正是不少幼儿歌谣的特点。这些儿歌童谣可以说是一种语言的游戏歌谣,其中当然也有一些知识的零碎成分,不过语言游戏还是主要的。这种游戏是儿童喜爱的,对

提高儿童的语言表达能力,确实很有好处。

传统歌仔戏中有数量惊人的童谣。童谣在闽南歌谣中虽有唱的,但大量是念谣。

现在四五十岁的闽南人,包括台湾地区和海外的闽南人,几乎没有不会念上几首的。如《一的炒米香》:

一的炒米香,二的炒韭菜,

三的冲冲滚,四的炒米粉,

五的五将军,六的乞食孙,

七的分一半,八的举雨伞,

九的九婶婆,十的贡大锣。

再如《人插花》:

人插花,你插草,

人抱婴,你抱狗,

人睏红眠床,你睏破畚斗。

儿童歌谣有许多是游戏性的,可以随唱随编,发展儿童的想象力与语言能力,如:

武松打虎,虎是虎毛,

毛是毛锁,锁是锁匙,

匙是匙间(匙间,谐音为时间),

间是间神(间神,谐音为奸神),

神是神祖,祖是祖国,

国是国家,家是家庭……

好,暂时到这停,抓你去判刑。

该歌谣朗朗上口,小孩在歌唱时,有时会一直接下去,只要押韵通顺,可以接很多。许多儿歌、童谣是在做其他各种游戏时所说的或唱的。如:

一的炒米香,二的炒韭菜,

三的冲冲滚,四的炒米粉,

五的五将军,六的好子孙,

七的分一半,八的紧来看,

九的九婶婆,十的撞大锣,

打你千打你万,打你一千零一万。

这是拍手游戏吗?怎样拍手的呢?不得而知。

又如：

相牵手，好朋友。

吃土豆（花生），配烧酒。

烧酒神（酒鬼），走路空空颠。

这似乎也是一首游戏儿歌，一边说唱，一边表演。如何表演，没有什么具体的说明，人们就不知道了。此外，还有一首也是这样：

阿不倒，恙交交，

无人拍，家巳吼，

人插花，你插草，

人伸脚，你伸头，

人剖猪，你剖狗，

人咧笑，你咧哭，

人列（在）行，你列走，

人戴帽子，你戴粪斗。

这首游戏歌谣是怎样配合动作来说唱的？没有记述，很可惜。

又如《天上一块铜》据说是在做丢铜子游戏时唱的：

天上一块铜，掉下来压着人，

人要跑，压着狗，狗要吠，

压着柜（石臼），柜要舂，

压着经（宫庙），经要起（盖），

压着椅，椅要坐，压着被，

被要盖，压着鸭，鸭要钛（杀），

压着死奴才，死奴才不担水，

抓去拆做四五腿。

究竟是怎样配合游戏动作来唱的？唱歌的人也不知道，许多调查无法深入下去。因为这些流传的立体性都关系到对歌谣内容的理解，关系到我们对歌谣社会作用的认识。

还有一首《放鸡鸭》，是儿童在做游戏时说的：

一放鸡，二放鸭，三分开，四相叠，

五搭胸，六拍手，七围墙，

八摸鼻，九扭耳仔，十拾起。

又拍手，又搭胸，又摸鼻，又扭耳，还模仿放鸡、放鸭和分开、相叠的动作,这个游戏的动作性很强,也很有趣味性。

还有一首异文,前面相同,后面几句不一样：

一放鸡,二放鸭,三分开,

四相叠,五搭胸,六拍手,

七围墙,八摸鼻,九揪耳,

十拾起,来啊！来啊,放鸡鸭,

鸡仔鸭仔,走相拍。

捡石子游戏：按童谣依次做一个动作、说一句。

这是一种非常普及的游戏,在北方就叫"捡羊拐",羊拐就是羊的关节中的小骨头。玩时,先把羊拐撒在桌上,玩的人拿着一个羊拐往上抡,然后在羊拐落下之前,赶快把另一个羊拐捡起来,同时用歌谣计数。这首童谣是一种很好的计数手段。同时,也提出对玩者在接住之前要做的动作的要求,如要模仿放鸡、放鸭的样子,要分开、做堆；要摸鼻、揪耳,要搭胸、拍手；要围墙、拍脚,最后一起捡起来。

做了所要求的动作之后,赶快再把空中落下的羊拐接住。然后再接下去抡第二次……

这个游戏在全国各地几乎都有,但是羊拐变成了小石子,或是用布缝起的小包儿,里面装的是沙子,或是大米之类的。这个游戏看似简单,要玩好,还真不容易。要求动作很快,又很准确,做得不对不行,要求很高。这可以锻炼孩子们的反应能力、手的灵巧性,还可以锻炼孩子的眼力,提高孩子眼睛的灵活程度。总之,可以使孩子心灵手巧,确实比单调的电子游戏强得多。在记录民间歌谣时,进行立体描写,是非常必要的。

传统的儿童游戏很多,看起来很简单,但是孩子们却乐此不疲,一点小东西、小道具,孩子们可以玩半天。大家一起玩,既可以锻炼身体,又可以锻炼人际交往的能力,加强和小朋友的友谊。这些游戏曾经使一些外国人非常羡慕,比今天一个人关在屋里打游戏机不知要好多少倍。

我们应该好好开发传统的民间儿童游戏这个宝贵的教育资源。

小孩子比较容易摔跤,有一些儿歌童谣是关于摔跤的。

如《树顶一只猴》：

树顶一只猴,树脚一只狗,

猴跋落下来拚着狗,

猴哭狗哭,猴走狗走,

不知是猴惊狗,抑是狗惊猴。

这是说猴子摔跤碰着狗,两个痛得都哭了。哭了又各自走了。不知是谁的责任。这种句法翻来覆去、绕来绕去,很像绕口令(急口令),这是要快说,可以进行比赛,来锻炼语言熟练和口齿伶俐的。

另一首《秀才骑马弄弄来》是说秀才摔跤的。秀才在过去民间,可是大知识分子,是有功名、可以做官的人。

秀才也会摔跤,这就非常突然而又让人另眼相看了:

秀才秀才,骑马弄弄来,

在马顶跌落来,跌一下真厉害,

嘴齿痛,糊下颏,目睭痛,

糊目眉,腹肚痛,糊肚脐。

嗨!真厉害。

秀才这个大人物从马上跌落下来,把牙齿和嘴跌坏了,把眼睛跌坏了;跌得肚子痛,肚脐也痛。"嗨!真厉害。"

那意思是:秀才跌跤都不哭,小孩跌跤当然也不要哭了。摔跤的责任说不清楚,也不要怪地不好,还是要自己注意,防止以后再摔跤才是道理。这些儿歌潜移默化,使孩子面对挫折和摔跤的痛苦,能够正确对待。

儿歌童谣的内容是非常丰富的。例如《拜年儿歌》:

拜年拜年,福寿双全,鞠躬行礼,红包见礼。

拜年拜年,拜到老灶前,不要你的糍粑粿,

只要你的挂颈钱。

挂颈钱,就是压岁钱,过去用的是铜钱,铜钱中间有个眼,可以用线穿起来做成一个项圈挂在颈项上。

正月十五元宵节是春节的高潮,儿歌童谣表现了节日的内容和心情。如这首《上元暝,正月半》就是唱元宵节的。元宵节古代又叫上元节:

上元暝,正月半,

阿公仔,反唐山。

圆仔吃三碗,

相招游同安,

月娘圆又大,

勿会热勿会会寒。

迎暗灯,看梅山,

南曲自唱又自弹,
车鼓公对车鼓旦,
歌仔阵,相连耍,
蜈蚣座,联归拖,
挨挨阵阵真好看。
家里马蹄酥,
贡糖龙眼仔干,
香蕉旺梨果子盘,
月圆人圆心喜欢。

(资料来源:福建教育出版社《咱厝的囝仔歌》、《闽南童谣100首》)

这里很好地论述了福建台湾的民间文学,尽量用的是自己的调查资料或采用了课题组新的调查资料。但这些资料一定要规范化,既要有故事或歌谣的讲述人姓名、身份,讲述时间与地点,又要有主要收集者的姓名等简介。

一些儿歌可以进行善恶美丑的教育:

蜘蛛结网团团圆,娘仔吐丝会卖钱,
要做蜜蜂去劳动,不做胡蝇爬碗边。

还有一首《清明扫墓》:

清明日,上山顶,带花圈,排墓前,
带墓纸,遮墓顶,用薄饼,来祭敬。
对着祖公有孝心。

这是唱歌清明节日活动的。正是通过这些民俗活动,很自然地进行了孝道的教育。传统儿歌还生动地反映了旧社会儿童的痛苦生活,如《童养媳》。童养媳在过去是很普遍的,穷人家的女孩子,才几岁就被卖到小丈夫家中。其中还有一种"等郎媳",嫁过去的时候,小丈夫还没有出生呢。她们在婆家是怎样生活的呢?民歌唱道:

童养媳,苦凄凄,三更鸡叫四更起,
姐十八来郎才七,落进火坑受人欺,
剩汤冷饭隔夜菜,寒冬腊月穿蓑衣,
端屎端尿端脚水,有苦难言泪沾衣。

(将乐县何绍信唱)

旧社会的妇女是家庭奴隶,童养媳更苦,她们不但忍饥挨饿,而且没有足够的睡眠,就把睡觉看得比金子还要珍贵。说什么"瞌睡金,瞌睡银,瞌睡来了不留情,但愿公婆早早死,让我小媳妇一觉睡到大天明"。这样的痛苦生活是现在的儿童所不可想象的,可是在旧社会,这却是家常便饭。还有《孤儿歌》:

  蝉喂喂,去江西,无爹无妈被人欺,
  别人盖棉被,我盖烂蓑衣,别人食米饭,
  我食砻糠碎,别人行大路,我行路边去,
  孤儿实可怜,处处被人欺。

(将乐县吴世民唱)

这是过去孤儿的抒情,却是今天很好的历史教材,让青少年不要忘记历史,更不要忘记人民。

《历史歌》极多,往往通过对歌游戏来比赛谁的历史知识多。"哪个起义敢造反,哪个敢用九连环……"如此一问一答,谁答不上来谁就输了。这种游戏比单纯动手而不动脑筋的电子游戏要高级得多。我们其实也可以把对歌做成电子游戏节目,在网上问答,进行比赛、计分,一定非常有趣。以这样的方式来开发民间歌谣这个伟大的文化资源,可能会得到很好的社会效益和经济效益。

台湾彰化鹿港,是有名的"诗歌童谣的故乡"。顶番小学校长李宪山1981年组织的"诗词童谣吟唱团",表演民间儿歌童谣,在2000年参加关帝庙民俗文化系列活动的演出中,受到民众热烈欢迎,他们还到国外做文化交流,弘扬中华民间传统文化。台湾《人间福报》2001年2月12日曾有过专门报道。

四、反映了人民生活的各个方面

闽台歌谣中还有一种"生活歌",反映了人民生活的各个方面。如:《病囡歌》是妇女怀孕之后害喜的民歌,异文也挺多。其一曰:

  男:正月里来新年时,
  女:娘今病囡无人知,
  男:我今问娘吃什么?
  女:爱吃猪肉炒姜丝,
  男:吃什么?
  女:炒姜丝。

合:爱吃猪肉炒姜丝。

这是一首台湾客家话的民歌,是男女对唱的。娘,就是姑娘的意思。闽南语地区也有这首民歌。但是篇幅很长,而且是独唱,从一月一直唱到十二月。

《病子歌》①:
正月算来桃花开,娘今病子无人知,
君问阿娘爱吃么? 爱吃山东香水梨。
二月算来春草青,娘今病子面青青,
君问阿娘爱吃么? 爱吃面汤加拉鱼。
三月算来人播田,娘今病子行路难,
君问阿娘爱吃么? 爱吃过年红芦柑。
四月算来日头长,娘今病子脸青黄,
君问阿娘爱吃么? 爱吃仙草加蜜糖。
五月算来划龙船,娘今病子乱纷纷,
君问阿娘爱吃么? 爱吃海澄双糕润。
六月算来是热天①,娘今病子腹肚绷。
君问阿娘爱吃么? 爱吃乌叶红荔枝。
七月算来人普度,娘今病子软糊糊,
君问阿娘爱吃么? 爱吃莲子焖猪肚。
八月算来是中秋,阿娘病子脸忧忧,
君问阿娘爱吃么? 爱吃鸡肉炒麻油。
九月算来九降风,阿娘病子人空空,
君问阿娘爱吃么? 爱吃鸡母炖海参。
十月算来人收冬,囝仔落地腹肚空,
君问阿娘爱吃么? 爱吃老酒炖鸡角②。
十一月来是冬天,阿娘床内抱后生③。
君问阿娘爱吃么? 爱吃甜粿术米圆。
十二月来是年边,阿娘抱子笑眯眯,
翁某和好双满意,望子将来出头天④。
注:①热天:指夏天。

---

① 《中国民间歌曲集成》厦门市卷,138-139页有全文的记录。

②鸡角:指公鸡。
③后生:儿子。
④出头天:出人头地的日子。

此歌30年代就流传于厦门地区。①

在这里一个月一个月地唱下去,正月要吃山东香水梨,二月爱吃面汤加拉鱼,三月爱吃过年红芦柑,四月爱吃仙草加蜜糖,五月爱吃海澄双糕润,六月爱吃乌叶红荔枝,七月爱吃莲子闷猪肚,八月爱吃鸡肉炒麻油,九月爱吃鸭母炖海参,十月爱吃老酒炖鸡角(公鸡)。把怀孕十个月爱吃的东西,都做了系统的说明。这是人民生活经验的艺术体现。

因为地方不同,爱吃的东西也有不同。有的地方是三月里"爱吃酸酸湿湿苦头柑";台湾有的地方是二月爱吃"生蚵来打生",三月要"老酒给大瓶",四月爱吃"仙草滴白糖",五月则是"五香双润糕",六月是"新出红荔枝",七月是"猪肺炒凤梨",八月是"麻豆文旦柚",九月是"羊肉炒黑枣",十月是"麻油炒鸡公"。几乎每一种都不一样,有的是原材料不一样,有的是做法不一样。②

台湾闽南语的《病囝歌》,是夫妻两人问答的:

女:正月算来桃花开,
　　娘今病奴无人知,
男:问娘今要吃什么?
女:要吃山东香水梨,
男:要吃我去买,
女:你买给我吃,
男:哎呀我的妻喂!

这是第一段。可以看出台湾和大陆的作品,内容都是一样的,台湾的有些变化,由独唱变为夫妻对唱,强调了男女恩爱的内容,词句也简化了一些。这反映了民歌在枝节上受社会思想的影响。

福建侨乡较多,在亲人离乡远去海外过番之前,离别的民歌是非常动人的。请看这首永定山歌《送郎别妻》:

---

① 采录时间:1989年8月;采集地点:厦门养真宫8号苏朝润家;演唱者:苏朝润,男,64岁,福建厦门市人,厦门省四建筑工程公司退休老工人,著名老艺人,初小文化程度;采集者:吴福兴。
② 参见《台湾民歌选》第144–145页。

男：一别妻，天唔光，手牵我妻泪汪汪；
　　心想夫妻同一起，今朝分离痛心肠。

女：一送郎，五更天，送郎过番去赚钱；
　　赚到钱要早早归，十五月光又团圆。

男：二别妻，出房间，今日分手难相见；
　　缸里巫水漫（谁）人挑，巫柴漫人上山捡。

女：二送郎，莫思量，莫为妻子挂心肠；
　　子细女细我照料，巫水巫柴我担当。

男：三别妻，入厨房，手量糙米煮粥汤；
　　夫妻食碗粥汤去，免得我妻来思量。

女：三送郎，莫操心，夫要食饱慢慢行；
　　为妻肚内唔想食，留下粥汤给细人。

男：四别妻，大厅下，目汁蓝漏衫袖遮；
　　贤妻我走样般惯，子细女细我牵挂。

女：四送郎，莫思量，竹头生笋盼我长；
　　自古人争一口气，我会细心带儿郎。

男：五别妻，出大门，出哩大门过田塍；
　　记得当初佃耕时，你担灰肥我来耘。

女：五送郎，在田头，田中禾苗半枯焦；
　　天灾人祸一起来，想来想去心火烧。

男：六别妻，竹子窝，手摘树叶妻垫坐；
　　早知今日过番去，当初唔该讨老婆。

女：六送郎，莫怨天，几多家人受熬煎；
　　几多家庭被拆散，恩爱夫妻各一边。

男：七别妻，过草坪，只怪社会唔公平；
　　寻门钻路去赚钱，穷人就靠手脚勤。

女：七送郎，莫悲伤，手摘杨梅让夫尝；
　　郎舍心肝妹舍意，酸酸甜甜留心上。

男：八别妻，伯公亭，伯公亭前有树荫；
　　停下歇凉靠大树，我今妻归靠漫人？

女：八送郎，出了村，郎转头来看家人；
　　不晓几时回家转，可怜夫妻两地分。

男：九别妻，上大路，一日想你两头乌；
　　一月想你三十日，一年想到面焦枯。
女：九送郎，为了你，妹留家中也乐意；
　　盼夫赚钱早归来，早日团圆心中喜。
男：十别妻，大船头，大船头下水漂漂；
　　急水也有回头浪，别妻一去难回头。
女：十送郎，就上船，看到开船割心肝；
　　杨梅拌雪吞落肚，夫妻离别心会酸。
合：恩爱夫妻各西东，郎在海外妻家中；
　　日头落山明日起，盼望来日早相逢。

（永定县卢定洪记）

民歌是人民群众进行思想教育的重要方式之一。下面这首《劝诫歌》就是一个代表：

一

一劝世人孝为本，黄金难买父母恩，
孝顺生的孝顺子，忤逆养的忤逆人，
我说这话你不信，请看你村街上人，
老猫枕着屋脊睡，都是一辈传一辈，
为人不把二老敬，世上你算什么人。

二

二劝媳妇孝公婆，孝敬公婆好处多，
与你看门又干活，又是你的看娃婆，
孝敬公婆免灾祸，后来曾把孝名落，
我说这话你不信，二十年后你也当婆婆。

三

三劝公婆莫心偏，闺女、媳妇都一般，
女儿不过常来往，媳妇常在你面前，
又做饭来又生产，铺床叠被把饭端，
虽说女儿对你好，能在面前孝几天。

四

四劝兄弟要互敬，你们都是同胞生，
兄弟忍来弟要敬，有点家产不要争，
有事互相多商量，要学桃园三兄弟，

千万别听谗言语,信了谗言坏事情。

五
五劝世人莫好强,争强好斗惹祸殃,
要学先人张百让,后增金人福寿长,
众人都要想一想,百忍百让万年扬,
大家想想世上人,强量之人不久长。

六
六劝夫妻要互敬,相亲相爱过一生,
有事夫妻多商议,不可任意胡乱行,
和睦家庭人人敬,莫叫二老挂心间,
要遵夫来夫爱妻,夫善妻贤度光阴。

七
七劝妯娌要相尊,和睦妯娌有担待,
你做饭来她烧锅,比你单干强得多,
要是吵嘴想把家分,各人干的各人活,
遇事两家不相问,亲戚邻居笑哈哈。

八
主劝妯娌与姐妹,姐妹本是一门客,
常在一起和气多,亲戚走得热呵呵。
谁走娘家都一样,妯娌弟妹差不多。

九
九劝青年男女生,读书学习下苦功,
在家要听父母劝,在校尊师先生称,
同窗之友争着学,珍惜时间不放松,
下定决心把书念,德智体美争第一。

十
十劝二十岁正当年,人家打架莫上前,
三拳二掌打坏人,拉拉扯扯去见官,
打的轻了要你治,包工养伤你花钱,
打死人命要治罪,绳捆锁绑下进监,
别说你是人命案,奸淫烧杀不宽容,
爹又盼来娘又哭,妻儿老小泪涟涟,

东邻西舍为你叹,亲戚朋友挂心间,
要想居家见一面,杀人场上把命还,
你如听了我的劝,勤俭持家香又甜,
多打粮来多挣钱,多卖余粮多存款,
利国利己有贡献,要是有德又有才,
国家提拔你当官,当了官来要行正,
作弊受礼落骂名,当官要学包文正,
万古千秋美名扬,你要不听我的劝,
祸到临头后悔难。

民间生活是非常复杂而丰富的。有一种《手螺歌》,孩子们很重视。手指头上的纹路有二:一是螺纹,是圆的,像螺丝;另一种是敞开的,像个簸箕,叫"箕纹"。据说可以根据手指头上螺纹的数目,来预卜今后的命运。当然,这是一种生活游戏性的歌谣,不能当真。因为许多不同的异文本身就是互相矛盾的。有的说:"十螺会做官。"而有的则相反,说:"十螺做乞食。"所以并没有什么科学性。

下面请看几个异文:

一螺一坐坐,二螺走脚皮,三螺无米煮,四螺有饭炊,
五螺五花砖,六螺米头长,七螺七挖壁,八螺做乞食,
九螺九上山,十螺去做官。(石狮市永宁郑天应说)

厦门市蔡育秀说的就大不一样:

一螺信自己,二螺喇叭吡,三螺有米煮,四螺走脚皮,
五螺会添庄,六螺岁寿长,七螺七业业,八螺能爬壁,
九螺九安安,十螺会做官。

还有一种台湾的异文:

一螺宝得得,二螺走脚皮,三螺会吹吹,四螺有米煮,
五螺有轿坐,六螺有贱(仆人)跟,七螺七哑哑,
八螺做乞食,九螺九安安,十螺做乞食,
十指都粪箕,有窗食过有窗批。

这些记录可能不是很准确,不过我们已经可以知道它天真的面貌。

中国人很会把生活艺术化,每人都有一个属相,用动物来代替,这些属相就组成十二生肖。闽台歌谣很古老,还保存着一些富有想象力的、描绘动物习性而又非常生动有趣的生肖属相歌——《十二生肖歌》:

一鼠闹东京，二牛拖勿会行，
三虎出山人人惊，四兔望月影，
五龙云上飞，六蛇出洞通人惊，
七马金鞍跑京城，八羊吃草睏墓埋，
九猴摘桃爬山岭，十鸡五更会叫声，
十一狗，守大厅，十二猪母留肉定。
这些描写给生活增添了不少乐趣。
在人情世故的教育方面，民歌中有很多民间的教材，如《我舅来》：
安舅汝来我不知，
我要掠鸡来去刣。
鸡犹细，换买虾，
虾细尾，换炊粿，
粿不熟，换买肉，
肉要烂，换面线；
面线长，换买糖，
糖乌乌，换买大鱼箍。
舅舅来了，怎样招待，中国人讲吃。吃什么，买什么？用儿歌的形式创作描写。还有异文，也是讲吃的，如《安舅来》：
安舅汝来我呣知，
我唛掠鸡来去刣。
鸡犹细，换买虾，
虾细尾，换炊粿，
粿无熟，换买肉，
肉抹烂，换面线，
面线长，换买糖，
糖乌乌，换买大鱼箍。
甘愿做牛，呣惊无犁拖，
诚恳邀请汝，
做伙来去楚佚佗（意为：一起来玩）。
农民的生活怎么样？有痛苦也有快乐。这首《农民乐》是将乐县水南农场79岁的老农民廖远谋唱的：
世上只有耕田好，半年辛苦半年闲，

一世勤来不愁吃,青年不做老来难,
日耕田来夜守妻,享了福气无人知。

他还有一首《农民一年月令歌》记录了农民一年的活动:

一月打打牌,二月砍山柴,
三月正下田,四月有禾栽,
五月食粽子,六月担柴卖,
七月粜新米,八月桂花开,
九月大割禾,十月讨老婆,
冬月不下田,腊月好过年。

农民生活安定,自己有田地,自己劳动,自己享受,是很快乐的。但是,离开家就不行了。在家千日好,出门一时难。闽南一首《七逃歌》唱出了离家的痛苦:

一日离家一日深,心中挂意家内人。
出门受尽千般苦,真像孤鸟入山林。
有人做阵路上走,没人做阵身边眠。
出外良君真艰难,何不在家想做田。
劝君在家做田好,半年辛苦半年闲。
茂柴盐米那和聚,避风避雨又避寒。
紧冬时季着种作,闲时讲古说七逃。

在帝国主义、封建主义和官僚资本主义这三座大山的沉重压迫下,旧社会劳动人民的生活是痛苦的。但是节日的生活,还是要搞得好一些,尽管平时吃糠咽菜,每天只能喝两顿稀饭,但是过年还是要吃一顿面条、饺子,或是汤圆。还要有许多文艺活动,搞得热热闹闹的,娱神娱人,好好休息,准备来年大干,大翻身过好日子。

将乐县有一首《过年谣》说明贫富不同,过年是不一样的:

有钱过年,没钱过关,
有钱日日过年,没钱节节过日;
有钱没钱,回家过年,
有钱没钱,洗干净过年,
通家大小,平安团圆。

过年也是乞丐讨钱的好机会。闽台都有乞丐手拿"摇钱树"讨钱的民谣。正月初一清早,乞丐手牵小狗,表演"狗春日",手拿青松枝串上铜钱做

成的"摇钱树",沿门乞讨,口念此《摇钱树》顺口溜:

一摇招财进宝,二摇子孙满堂,

三摇三元及第,四摇四代两公孙,

五摇五子登科,六摇六国丞相,

七摇七子八婿,八摇八仙曹阁老,

九摇九如三多,十摇福如东海寿比南山。

每到一家,都要念这首民谣,吉利话在大年初一当然很受欢迎,谁也不会拒绝这些喜话的。这关系到一年的命运,于是主家高兴多给赏钱。

过年十五天,都做些什么活动呢?有一首《新正歌谣》是闽台两地都有的,把过年的日程都排列出来了,具体对比如下:

漳州的一首是:

初一早,初二早,初三睏到饱,初四神落地,初五假开(开业),

初六拍囡仔尻穿,初七摸,初八浪荡空,(回家敬天)初九敬天公,

初十地公生,十一有吃福,十二返去拜,

十三人点灯,十四结灯棚,十五元宵暝。

鹿港的一首是:

初一早,初二早,初三睏到饱,初四神落天(从天落),初五隔开,

初六挹肥,初七七元,初八完全(团圆),初九天公生,

初十有吃食,十一请女婿,十二女儿(查某仔)回来拜,

十三吃清糜配芥菜,十四结灯棚,十五上元暝,十六相公生。

从闽台两地的比较看,过年的习俗大致相同。但有些说法不一样。

例如,初三为什么不能出门,要早早睡觉?漳州的解释是:因为初三是"赤狗日"。赤,就是一无所有,贫穷,所以出去不受欢迎,不能出门,在家睡觉。而鹿港的说法则是:初三是老鼠娶亲的日子,为了不打搅它们办喜事,所以要早早睡觉。一说老鼠的花轿是人的鞋子,睡觉时把鞋子放在床下,给老鼠做花轿用。

初七,是人日,要喝七种东西组成的汤,漳州是"摸",摸七种东西。鹿港则是"七元",表示七种东西做汤喝。

十二是女儿回娘家,漳州叫"返去拜",而鹿港则叫"女儿回来拜"。活动都是一样的。

在行动上,两地也有些不一样的地方。如十三日,漳州是"人点灯",开始进入灯节了。而鹿港则是"吃清糜",喝稀粥。二者不同。漳州说:"十五

元宵暝",而鹿港则说:"十五上元暝"。上元,是元宵的古典说法,可见鹿港保留了中国古代道教的一些语言遗存。

台湾还有一句"十六相公生",说的是正月十六是延平王郑成功的生日,民间有一定的祭祀活动。

民间故事歌多通过对唱来歌唱历史,什么"自从盘古开天地,一朝天子一朝臣"等,内容极多。人民群众大多不识字,歌谣、故事、说唱、戏曲等民间文艺,就是他们学习历史的教本。他们的故事歌中也有反映人民生活的,《卖花线》,通过男女对唱,描写出青年男女结亲定情的过程:

男:担子肩上挑,走得团团圆,来到人家边,叫声卖花线。
女:听得有人到,开门看一看,一个好后生,挑着一花担。
男:大姐你过来,这里货满担,各色花绒线,任你自己选。
女:花担挑前来,我来同你买,剪尺蓝棉布,做双绣花鞋。
男:担子放落地,行个鞠躬礼,感谢好大姐,做了小生意。
女:客官莫客气,我也还个礼,祝你生意好,事事都顺利。
男:大姐好口才,说得心花开,请你看看货,满意你就买。
女:客官挑起担,厅堂两边放,一路多辛苦,喝茶没卖钱。

(她挑选了木梳、花发夹、香荷包、花色线、绣花针、胭脂粉、雪花膏、鞋面布、杭州扇等东西)

女:挑了十样货,算算多少钱?
男:小小几样货,不必来付钱,留得人情在,以后好相见。
女:客官不要送,应该付个钱,有本做生意,亏了心不安。

(货郎坚决不要钱,男的女的互相问对方的家庭情况),最后:

男:你也打单身,我也打单身,单身对单身,两人好相亲。
合:两人未婚配,一见又钟情,两人有缘分,永远结同心。

(将乐县农民钟秀琴唱)

这种对唱,以极短的篇幅,流畅的语言,很自然地叙述了一个爱情故事,其艺术表现力确实是非凡的。民间小戏就是这样发展起来的吧。闽台歌谣反映的生活面非常广,在此不一一列举。

五、闽台歌谣中的"仪式歌"

闽台歌谣中的"仪式歌"是非常有特色的。因为台湾没有经过多少政治运动的影响,对民间的许多仪式都保存得比较完好,而台湾的仪式歌往往又是从大陆带过去的,所以,和福建的仪式歌进行对比,就可以更加全面地反映各种仪式的精神面貌。它关系到人民群众的精神生活,这是一笔重要的非物质文化遗产。

民间的仪式歌主要有四个方面:迎客礼仪歌、人生礼仪歌、劳动仪式歌和祭祀仪式歌。下面我们就分别加以论述。

1. 迎客礼仪歌

福建畲族欢迎客人最盛大的礼仪,就是召开一个大家都参加的"迎客歌会"。在歌会上主客对歌,这种盘歌问答还带有比赛的性质。

歌会的开始是唱一些客套自谦的歌,然后进入问答,如果回答不上来,那就输了。

假如输者不认输,就要受到惩罚,拉耳朵、抹乌烟灰、背犬、拉犁做牛、打棍子等。

对唱问答的内容非常广泛,有天文地理、历史故事、小说人物、时事新闻等。

有时对唱历史长歌,以《黄蜂头》最难。共 120 条,每条 4 句。先唱 60 条,然后唱 52 字的"小喝"("喝"就是一气呵成的一个长句子,有点像"贯口"、"流水板"),再唱三四句后,又要接唱 76 字的"大喝"。通过了这些考验,再把全歌唱完。

在福鼎县畲家,上半夜唱历史歌或小说歌,下半夜唱杂歌;在福安县则相反,上半夜唱杂歌,下半夜唱历史歌。

盘歌一定要唱到天亮,不能唱半夜歌。中间吃点心,要唱"茶歌"、"点心歌"。最后结束前,要唱《八卦歌》歌唱民歌的神圣力量:

歌言唱天天就开,歌言唱雨雨就来。

对歌唱的力量的形容,这里的歌词可谓说到家了,唱什么,来什么,唱什么,有什么。"唱天天就开,唱雨雨就来。"这是歌手们对民歌艺术热爱的自然表现。

第二天接着对歌,但是不能重复昨天已经唱过的歌。一定要唱新歌。

在对歌上,如果要唱到哪吒等神仙的歌,男的一定要唱《送神》,女的一定要唱《送郎》。

这种迎客歌,是一种文明程度很高的社交活动,也是青少年学习、温习文学、历史、社会知识的生动课堂,更是青年男女谈情说爱的好机会,通过对歌结识了对象,同时也考验了对象。

2. 人生礼仪歌

闽台两地的人生礼仪,主要有生育礼仪、成年礼仪、婚嫁礼仪、祝寿礼仪、丧葬礼仪等,在这些人生礼仪上,都要唱歌,这些仪式歌各地不完全一样,其内容却大同小异。

生育礼仪歌,包括求子歌、喜三歌、满月歌、百日歌、周岁歌、成年礼仪歌等。生了孩子是大喜事,要进行祝贺。民歌是很好的表达形式。从结婚开始,就祝贺"早生贵子",生了孩子就祝贺"状元及第"……

婚嫁仪式歌是数量最多的,表现了对新婚夫妇的祝福和赞美,同时也表现了新娘与家庭、女友的告别,以及对婚后生活的忧虑和担心。

闽台都有哭嫁歌。台湾少数民族有一首哭嫁歌是在结婚前一天夜间与女友一起唱的,这是深深的告别之情,一唱一整夜,其歌词是这样的:

亲爱的朋友就要做新娘呀,

临别的夜晚女友们情意长,

咱们从小在一起像姐妹一样,

在这分离的时刻,我们高兴又悲伤。

如今有了心上人啊,旧日的好友你可不能忘。

月儿西斜天快亮啊,

朝霞出来新郎就来接新娘。

你到婆家捣米腌姜最会做,

你那心上人打猎种田都很棒。

愿你们相亲相爱共度好时光。

(高雄巴洛巴干·卡奥来唱,高鸣记)

在福州结婚前一天,在新娘试妆时,要烧红一盆木炭,新娘所有的妆奁都要在火上"筛过",叫"筛鼻目",同时要说:

千目万目筛出去,

金银财宝筛进来。

这筛子是想象中的"天罗地网",通过这样筛一筛,要把女家的金银财宝留下来,不能带到男家去。新娘的所有口袋也都缝上。

结婚之前,男家在布置新房时,要让两个男孩在新人的床上滚几滚,同时说"滚新床"谣:

滚床铺,生男孩,

翻过来,生10个,

翻过去,生24个,
阿哥阿嫂来吃汤圆,
吃得全家团团圆。

(漳州,2011年记录)

闽西客家人给新娘穿戴时,伴娘说喜话:

帮你带镯,丈夫入学,
帮你戴银圈,丈夫中状元。

屏南县有《梳妆歌》,是在给新娘梳头时唱的:

手掬月梳新又新,新人梳妆像观音。
今日梳妆多福气,红罗帐里放玉瓶。
头上梳起盘龙髻,新人日后多富贵。
髻上插起龙凤簪,福如东海寿南山。
再戴百花十件景,新人来年抱玉麟。

厦门同安区在迎新娘时唱的"迎新娘歌",将整个结婚仪式的全过程都做了生动的说明:

下午五点到,红轿在路口。
门外放大炮,新娘还咧哭。
大轿四人扛,慢步入大门。
众人跑远远,捧水浇火光。
翁姑点清香,子婿牵新娘。
新娘下轿行,双双上大厅。
新娘过烘炉,夫妻相照顾。
清香点三支,拜地又拜天。
众神拜完备,又拜姑妗姨。
夫妻入房中,二人相鞠躬。
子婿掀乌巾,近身脱肚裙。
夫妻坐四正,永远相痛疼。
蛋茶吃清楚,祖厝拜世祖。
厅中拜公婆,门口勾樱桃①。
樱桃竹篙贵②,勾落去象水③。
井中喷水花,新娘去饲鸡。
鸡角④角吁吁,新娘去饲猪。

宴桌大厅排,新娘回房内。

人客一齐来,子婿去招待。①

注:①勾樱桃:在一根细长的竹竿尾端,用带子扎着一粒红色干硬米圆,新娘站在桌子上,手持竹竿仰头敲打"樱桃",众人围观起哄。②贵:挂。③象水:提水。④鸡角:公鸡。

照此厦门歌来看,似乎同安也有哭嫁的风俗。在同安,新娘在离家和进婆家时,都要跨过火炉,在跨火炉时,"送嫁姆"要说:

过火熏,年年春(剩),

明年好抱干埔孙(男孩)。

念谣大多是童谣,但也有成人的念谣。如迎亲嫁娶时,送嫁的"念四句"。如新娘要进门时,她要念道:"跨火烟,年年春,隔年抱个查埔(男)孙。"把马桶提进新郎家门时,又念道:

子孙桶,过户碇(门槛),

夫妻家和万事成。

拜堂时,外家给新郎挂红,用五尺红布披在他身上,说:

手拿幡红五尺长,

一心拿来扮新郎,

扮得新郎生贵子,

早生贵子中个状元郎。

吃交杯酒时,伴娘端酒时说:

团团圆圆,珠联璧合。

云霄县新娘饮交杯酒后,指教姆逐碗夹菜到新娘嘴边,并说吉利话,俗称"说四句",如:

头碗鸡,二碗批(肉片),三碗三及第,

四碗状元游街,五碗五尚书,六碗郭子仪,

七碗七子八婿,八碗八仙过海,九碗九龙升天,

十碗十子十媳妇,十一碗中举中进士,

十二碗文武状元拢总有。

这叫"吃十二碗",主要是期望将来能读书做官,平安如意。赞毕,新郎

---

① 采录时间:1989年5月。采集地点:同安县五显乡后塘村。演唱者:颜车前,男,68岁,汉族,同安五显乡农民,初中文化。收集者:颜立水,男,50岁,汉族,同安五显乡干部,大学文化。选自《中国歌谣集成·福建卷·同安县分卷》,内部资料。

与新娘碰头,叫"结发偕老"。

台湾少数民族还有一首《看新娘》歌:
看呀看呀,大家都来看新娘,
她的眼睛像月亮,她的脸儿花儿一样,
月亮见她悄悄往云中躲藏哎,
鲜花见了新娘,迟迟不敢开放。
去吧去吧,把喜讯传扬,
新娘是我们最美的姑娘,
娶亲来的新郎是全村最棒的猎手哎,
他带着弓箭接新娘,
什么人都不敢把路来挡。
(拉色斯唱,陈侣白记)

闹房请新娘时,来客须念四句:
人客坐满厅,听着瓯仔声,
新娘在准备,有食不免惊。
待新娘出来端茶敬客,客人也要念:
来食新娘一杯茶,让你二年生三个,
一个手里抱,二个土脚(地上)爬。
或是:
新娘娶到厝,家财年年富,
今年娶媳妇,明年起大厝。
所有这些念谣当然也都随着闽南人传遍了台湾。

同安在闹洞房时,人们还要说"冬瓜诗"。当新娘恭恭敬敬端上一盘冬瓜糖时,敢吃冬瓜的人,马上说出一首"冬瓜诗":
新娘生来真四正,美貌十分得人痛,
你今号花是啥名?全望新娘讲阮(我们)听。
众人一起起哄,新娘回答之后,吃冬瓜的又说:
新娘新妆头戴髻(读"过"),脚白手幼面如月,
不知新娘住哪里,请将你厝共我说。
如果回答"住马塘",则又说:
注意吃饱和穿暖(烧),来去马塘给人招(入赘),
一日两副炒猪腰,出门无车也有轿。

这是说新郎不懂"男到女家"享福。还有问些谜语给新娘猜,然后说出谜底,如:

中心两字合为忠,有孝父母是天良,
娘好性情相尊重,生子生孙入皇宫。
口中包口一字回,新娘容貌如桃花,
嫁夫驶船船顺溪,嫁牛随牛同拖犁。

有时会联系时事,如抗战时期说:

今日洞房会佳期,夫妻恩爱笑嘻嘻,
现在厦门被日欺,夫妻抗日才合宜。

有的闹房要新人演节目,形成高潮。如:

郎是生来娘是旦,琴瑟和鸣真美满,
我请新郎和新娘,合演《益春留伞》。

《益春留伞》是梨园戏《陈三五娘》中的一折,是一段爱情戏。到最后,吃冬瓜的主持人以一首冬瓜诗结束:

新郎家庭真和气,男女老幼都欢喜,
新娘冬瓜糖甜甜,给你明年生后生(儿子)。

(《同安风情习俗》)

在洞房里,人们用一切机会说喜话,如说:

玉笔点辉煌,今夜来洞房,
明年生贵子,必是状元郎。

还有:

一对枣灯两边排,观音叠坐莲花台,
牡丹含苞今朝开,五男二女连胎来。

福建畲族的婚礼歌有几十个环节。对歌寻亲、托媒说亲,定亲后又有"历作表姐"(母亲带姑娘到舅舅家,接受对方族人对歌唱水平的检验。因为唱歌是智力的标志)、"哭嫁"、"迎亲伯"(男方代表送礼物到女家,接受女方之挑战对歌)、"难为轿夫"、"借镬"、"喝出门酒"、"哭嫁妆"、"踏米筛"、"分家饭"、"撒五谷米"、"哭上轿歌"、"拜堂"、"闹洞房"、"婚宴"、"喝暖房酒"、"漏夜对歌"、"回门作新客"等。有的地方还有"礼物歌"、"看嫁妆歌"、"抬嫁妆歌"、"撒箸歌"、"骂媒人歌"、"梳头歌"等。

这些众多的婚嫁民歌是畲族民歌发达兴旺的表现。在婚姻仪式上,除了祝愿,还有对歌,多有比赛性质。如果输了,脸面上不好看。据说隋朝有个男方代表"迎亲伯"叫钟应文,因为不懂礼节,又没歌才,在对歌中大败,受尽奚落后跳崖自尽,变成一个癞蛤蟆。于是霞浦又有了《抓蛤蟆蚧由来歌》,最后唱道:"变蛤蟆蚧在坑边,日夜叫来声声怨,失礼失礼叫不断,要向娘家来道歉。……"

在出嫁之前,爸爸给女儿送围裙,唱的是:

一条围裙新又新,

连囡一同送人家,囡啊!

女儿唱:

养囡养大不中用呀爸,

物件拿走总无还呀爸!

妈妈送红花给女儿,唱:

这花会谢过红时,

我囡开花正当时呀囡!

女儿唱:

娘若养男有名声,

成家置业养爸娘哦噜噜。

表现了女儿对爸妈的惜别依念,悲叹自己出嫁,无法报答养育之恩的矛盾心情。这是"接受双亲礼物歌"。还有"看嫁妆歌":

我走不要娘家物,自个双手来置起。

嫁妆做好给弟用,我弟也好起家堂。

还有骂媒人歌:

你做媒人两张嘴,你做火筒两头吹,

女家你讲男家富,男家又讲女有陪。

头骗就讲郎貌好,二骗讲郎家财多;

三讲郎哥好子弟,爸娘听了你怪话,

煞心把我配起身……(哭泣声)

在婚前"分家计"仪式上新娘唱"撒箸歌":

一把饭箸撒厅头,厝里有吃不必愁,

二把饭箸撒出手,阿爸屋里养大猪,

三把饭箸撒厅上,阿爸家富丁也旺。……

哭上轿歌:

爸呀爸,妈呀妈,为何叫人来抬囡,

赶囡到别人家里做长年……

在封建社会,妇女就是家庭奴隶,和长工差不多。和汉族一样,这成了畲族哭嫁的最重要内容之一。

在很多人心目中,婚姻是要首先考虑家族利益的,把爱情放在次要的地位。这是许多婚姻悲剧的主要原因。但是,在婚礼上,则看得不这么长远,还是喜气洋洋的。许多喜话,祝福新人结婚以后万事如意,表现人们美好的愿望。这是婚礼歌谣的主要方面。

祝寿歌,也是一种仪式歌。一般在逢五逢十时,特别是逢十的大生日,是要隆重庆祝的,在祝寿的仪式上要说喜话、唱喜歌。福建屏南县有畲族《寿面长长》的祝寿歌,是在坐首席的长者夹面放在香案时唱的:

寿面长长福滔滔,满堂宾客哈哈笑,
福如东海长流水,寿比南山节节高。

祝寿时道教还有自己的一套:

瑶池王母登台坐,八仙庆寿乐呵呵,
三星齐饮长庚酒,五老同台献蟠桃,
南极北斗无不到,齐来拜祝寿更高。

(屏南县后峭村张胡炼唱)

丧葬歌谣是在亲人去世时唱的,有许多即兴创作的成分,有针对性地编唱对亲人的回忆,非常感人。也有许多是在各种丧葬仪式上演唱的,如福安畲族的《梳头哀歌》、《洗浴哀歌》、《装殓歌》、《起棺歌》、《落棺哀歌》、《吊魂歌》、《奔丧歌》、《跪祭歌》、《路祭歌》、《过七歌》等哭丧歌。

畲族送葬唱《唤龙歌》呼唤龙的传人回归龙地老家。

《撒五谷歌》是风水先生在墓地所唱:

此米不是普通米,五帝赐下珍珠米,
今日进葬将来发,福透人人都得喜,
此米将来发四方,四传山水到龙门:
一撒东方寅卯辰,青龙水透到龙门,
二撒南方巳午未,四山供照真龙地,
三撒西方庚酉辛,水身朝对法如灵,
四发北方亥子丑,金水生长出大贤,
五发中央戊巳土,凡孙世代斗量金。

(《中国民间歌曲集成·福建卷》)

闽西客家人的哭丧山歌民谣也不少,如在钉棺材时,边钉边说:

一打千年富贵,二打万代诸侯,三打三元及第,

四打四季发财,五打五子登科……

异文还有:

一钉棺十福俱全,二钉棺百子千孙,

三钉棺粮米千担,四钉棺富贵万年。

3. 劳动仪式歌

在劳动中,因为对劳动的成果充满期待,而有时可能会因为避免劳动失败,要唱一些祝愿性的仪式歌。这种仪式歌,在盖新房时,唱得较多。也有《采莲歌》、《龙船歌》等划船仪式的民歌。

盖新房的歌在选地、动土、上梁、完工等关键环节的仪式上唱。如在上梁时木匠念"上梁祝文":

黄帝子孙,盖造华堂,

鲁班弟子,开斧做梁。

在仪式上,把红罗布缠在梁上,唱《包梁歌》:

一尺红罗长又长,鲁班弟子来缠梁,

左边缠出龙现爪,右边缠出凤朝阳;

梁头缠出为丞相,梁尾缠出状元郎;

架造龙楼和凤阁,儿孙富贵进田庄。

还要给大梁敬酒,唱《奉梁酒歌》:

第一杯酒奉梁头,儿孙代代做公侯,

第二杯酒奉梁中,儿孙代代做朝中,

第三杯酒奉梁尾,儿孙代代官贵金,

一举首登龙虎榜,十年身到凤凰池。

在武夷山星村一带,集体上山打柴时,有"刀花山歌"。这是结队上山的一群人,在上山下山时唱的。唱时用柴刀敲打扁担,打出节奏唱山歌,齐敲齐唱。如果两群人相遇,则举行对歌比赛,非常热闹。

还有一种"采莲歌",据《泉州府志》记载:"五月初一日采莲,城中神庙及乡都之人,以木刻龙头,击锣鼓迎于人家,唱歌谣,劳以钱,或酒米。"这里的采莲并非下水采莲,而是一种唱歌仪式。

为了五月端午赛龙舟募集经费,人们击鼓、打锣、举小旗,到各家各户唱采莲歌。主人随意捐款,用于龙舟竞渡。

在龙舟竞渡时,也有划船的仪式歌。漳浦县有《好汉歌》,是在端午节赛龙舟时唱的。仙游县有《龙鼓诗》,是在划龙船时击鼓演唱的。(见《中国民间歌曲集成·福建卷》第 27 页、第 363 页。)如此的歌唱可以很好地鼓舞士气。长乐端午有《龙船鼓歌》,两人抬龙头唱,其他人帮腔。有的地方还有"舟歌队",大家一起唱龙舟歌,最后在村口高唱:

五月初五划龙船,老龙得胜回家转。

台湾少数民族在干旱求雨时,族人舞蹈时唱求雨歌:

嗨央,咿呀和咿呀,啊喔啊咿呀,和嗨咿呀! ~

天空放云彩,雨水下不来,田地都裂开,嗨央,

大家一起来,祭礼众人抬,上山把祖拜,嗨央,

取得山泉水,滴滴洒入海,能迎喜雨来。

(伊祖唱,见《台湾民歌选》)

族人成群结队上山求神拜祖,并用陶壶取回山泉,然后洒入海中,期待早降喜雨。

4. 祭祀仪式歌和咒语

民间的祭祀活动,离不开唱歌。

这些仪式歌很多是由巫师、法师、巫婆、师公、道公所唱的。过去认为这些都是封建迷信,全部加以取缔,其实是不对的。

1983 年,在大瑶山调查时,我们发现当年公安局没收的师公、道公的唱本,已经放在当地的民族文化博物馆里了。

这些民间祭歌中有许多历史文化的古代遗存,犹如屈原的"九歌",就是非常优美的民间祭歌。

在祭歌中,包含着远古的历史,有的祭歌本身就是民间史诗,有创世史诗、迁徙史诗甚至英雄史诗。在祭歌中,还可以清楚地看到民间的信仰,看到几千年来人民的希望和向往,人民美好的梦想和诚恳的祝愿。

这些希望在旧社会不能实现,人民群众只有把愿望寄托在神佛、祖先英灵的超自然力量上。这些民间信仰都有民间宗教的性质。这些多是人民的宗教,人民是有权利信仰民间宗教的,这是宪法赋予的权利。对于丰富人民的精神生活是很必要的,它有利于发扬英雄祖先的优秀传统,鼓舞人们的文化自信,以便齐心协力地为实现美好的梦想而努力。

闽台的祭祀歌是很丰富的,如畲族在祭祀时唱《高皇歌》、《祖婆歌》、《迁徙歌》、《请神主》、《太阳经》、《请田公元帅咒》、《劝十巡酒》、《收惊咒语》

等。

《高皇歌》是唱畲族始祖盘王的叙事长歌，有 300 多行。

《太阳经》（古田）是为战胜灾害而举行的祭祀仪式而歌唱的。

《请田公元帅咒》是为祭祀田公元帅雷海清而唱的。

台湾高山族五年祭歌，是台湾五年一次的重大节日，历时一个月。各村的祭日不同，祭祀活动是祭祖、饮酒、歌舞和竹竿打球的"吉莫拉忒"游戏。此歌是坐着唱的：

五年祭日祭祖先哎，敬请祖先保佑咱，
全家人丁多旺盛，保佑子孙都安康，
让咱上山多打鹿哎，保佑田里多打粮，
敬祭祖公妈哎，歌声传四方。

（高雄巴洛巴干唱）

第五章
闽台民间文学田野调查采集选辑

第一节 民间故事与民间传说

一、龙岩市

刻纸龙灯的由来：

彭氏家族第十五世祖彭景周原是一个木材商人，有一年的大年三十，彭景周在村口的木屋桥碰到了路过的部队，当时部队已断粮，好心的彭景周便带大兵们回家，热情地招待他们。次年四月的一天，一场罕见的洪水将彭景周的木材冲走了。恰巧彭景周以前招待过的部队驻扎在福州，他们看到洪水冲过来的木头上刻有彭景周的字号（古代因运输不便，木材商多通过运河将木头运往他处，为了方便辨别，便在木头上刻有独家的"斧号"），便打捞起来，同时几经周折联系到彭景周，让他到福州验货并拍卖，这样彭景周反而赚了钱。彭景周干脆也不做木材生意了，随着部队到了泉州，改行做别的生意。他在泉州一住就是几年。泉州传统元宵佳节有舞龙灯的习俗，他发现各式各样的龙灯和剪纸技艺很漂亮，便拜师学艺，几年后他回到老家彭坊，便把剪纸技术引进村中并取精弃粕把剪纸和龙灯、龙灯和板凳结合在一起形成了今天独特的板凳凿纸龙灯。

"刨匣子"（音译）的由来：

农历二月十九是彭坊村村民庆祝观音菩萨生日的日子。这一天村民一定要用由白头公草做成的果子（名叫刨匣子）做供品。这有一个传说，很久以前人民生活贫苦，没有工具可以耕作，只能用十指。观音菩萨心生慈念，不忍百姓如此吃苦，便命牛魔王下凡做牛帮农民耕种。牛魔王不肯，认为世间的人太恶，只给牛吃草，还时不时鞭打它。观音菩萨便发誓：如果你变成牛帮忙耕种还被鞭打,就惩罚人们陪牛吃一天草。于是牛魔王便下凡变成牛帮人们耕种,人们便在这天用白头公草做成果子纪念牛魔王并感谢观音菩萨。

举河村、举林村关于关公是"泥鳅精"转世的传说:

童坊镇举河村、举林村原本合称"举人村",每年正月十二、十三这两个村都热闹非凡,因为当地人深信他们所信仰的关公菩萨是"泥鳅精"转世。因泥鳅喜欢在泥巴田里生活,所以在这两天里,他们组织全村抬着关公像到事先选出的认为是一年里收成最好的田里"摔泥巴"(现多称呼为"闹春田"、"摔泥菩萨")。十几个青壮年每四个轮番上阵,抬着关公在田中央转圈,跑不动的直接就摔倒在田里;到后来,十几个人全部上场,一起抬着关公顺着田埂,伴着口中"啊啊"声在田里转圈。春节期间龙岩农村的气温还是很低的,可是他们并不以为然,结束后还在田里玩起了泥巴仗,最后才将关公抬到村里的小河里清洗干净,重新请回庙里供奉。

还有一个传说是举河村、举林村的老祖先有一天梦见关公,因关公是忠良武将,老祖先决定雕刻一个关羽的雕像来祭拜,在河里洗净、开光后,老祖先梦见有人抬着关羽在田里面走,醒来时发现田里没人,但有很多烂泥巴而且很乱。从此以后,村里就组织青壮年抬着关羽在田里走,预示着春耕工作已经开始,祈求五谷丰登,六畜兴旺,人口平安,风调雨顺。

连城县罗坊乡元宵走古事的由来:

罗坊元宵走古事起源于清朝康熙年间。相传昔日罗坊常闹旱涝灾,粮食生产连年歉收,民不聊生。罗氏第十四代才徵公高中举人,出任湖南武夷知县、陕西宁州知府。在任期间,罗公目睹当地庶民走古事祈求消灾的习俗能保风调雨顺、国泰民安。他御任返梓时,为了解脱天灾,遂把流传于湖南武陵一带走古事的民俗移授乡梓,以祈求风调雨顺、国泰民安兼民间娱乐活动。自此相继延流,仅在"文革"期间遭受禁锢,迄今已有三百余年的历史。每年正月十四、十五如有阴雨天气,待到抬古事时总是天气晴朗,抬完古事后又是阴雨绵绵,村民们都相信这是本村的爱公爹显灵,所以都十分信奉爱公爹。[①]

[①] 王煌彬:《龙岩市长汀县、连城县文学艺术考察报告》,龙岩市连城县罗坊乡、长汀县童坊镇。

二、福建省漳州市漳浦县杜浔镇

1. 民间神话——玄天上帝

玄天上帝是天一之帝,为北方王睽至灵神,被道教尊称为万法教主,称号"佑圣真武玄天上帝终劫济苦天尊"。玄天上帝自武当山携三十六兵将而来,统帅三十六帅,神威显赫,灵验无比,右手执剑,左手印诀,左脚踩龟,右脚踩蛇。左脚踩龟,是因为龟是玄天上帝的两名大将;右脚踩蛇,是因为玄天上帝在即将成仙前,由于偷吃了肉,破了戒因此成不了仙,为此玄天上帝与蛇交换了肠子,将腹中的肉全部吐出后,才成了仙。由于玄天大帝的神像较大较沉,因此,民间称之为"龟蛇公","龟蛇公"常常作为玄天上帝的代表到各处去。在每年农历二月初九的"二月社"传统节日,村民都要尽心诚敬玄天上帝,"二月社"是正阳村一年中最隆重的节日。据说在每年正月初四玄天上帝等众神明会下凡界来,因此村民每年正月初五都要去庙里请神。

传说玄天上帝是天上玉皇大帝三条魂魄投胎下凡,经过九次修道,终修成正果,所以他的生日是"九月初九"。

第一次修道,他和同道中人去修道,在途中遇到有人在杀狗,其他道人都吐了唾沫以表示对这种行为的批判,而玄天上帝认为狗肉是可以吃的,就没有吐口水,还把狗肉吃了,上天觉得他对这种行为的默许,就算是害了一只狗,相当于把那只狗吃到肚子里了。这说明他修行不够,就让他重新投胎做人,重新学道。

第二次修道,他又遇到上次的遭遇,在第二次修道的时候,又一次看到有人在杀牛,就吐了一口痰,但是上天说,牛是人吃的东西,怎么能够在上面吐唾沫呢,所以玄天上帝再次轮回。

第三次修道,因为玄天上帝前两次吃了狗肉和牛肉,要找吕洞宾改肠换肚,所以也没修成正果(八合蜜饯的传说:据说八合蜜饯是玄天上帝在第三次修道时,找吕洞宾借剑来改肠换肚,用完后就没还给吕洞宾)。

第四次修道,因为玄天上帝改了肠肚,肠子变成了蛇,肚子变成了龟,在东海修炼成妖作乱,因此不成道(相传在第三次修道期间玄天上帝遇到了吕洞宾,吕洞宾要收回他的剑,玄天上帝不给。吕洞宾就要求玄天上帝拿一样东西和他换,于是玄天上帝就把两只鞋子脱给他,从此吕洞宾肩上就挂着鞋子)。

第五次修道,他去东海收服蛇、龟,没修成道。

2. 民间传说故事

（1）漳州市漳浦县杜浔镇范阳卢氏"辅胜圣侯"来历

相传,明朝时期,本族先祖卢维祯深得皇帝信任,历任朝廷吏部侍郎等要职。据传当时卢维祯请旨回乡祭神,皇帝问他要祭祀的是什么神明,答曰辅胜将军李伯尧,因其官职比卢维祯小,所以皇帝特赐李伯尧为"辅胜圣侯"。

（2）"三孔"冥纸的由来

"三个小孔"是风俗的标志,铁钻打洞钻下去形成,步骤是先在冥纸上用铁钻钻洞,接着用锯电机器将冥纸切割成一排排,再用红色线捆绑,"三个小孔"的冥纸就做好了;而"三孔"是冥纸的标志,一孔代表小钱,二孔代表中钱,三孔代表大钱。

相传唐代李世民有一天晚上梦游到了地府,看到了与他作战牺牲的将士,他们纷纷向李世民讨钱吃饭,但是他身上未带钱,也不知道纸钱是什么,于是他去问阎王爷,并向阎王爷借纸钱分给将领们,他醒来后就开始大造冥纸以烧给与他作战牺牲的将领,从此"三孔"冥纸开始流传。

现今纸钱上印有"天"、"寿"字;初一、十五拜天地时用"天",拜神时用"寿"。

（3）正阳宫的屋檐左侧垂下的木质长条"鲤鱼带"又称"垂带尾"

"垂带尾"是由一整块木板经过雕刻而成的,上有龙头,下面是鲤鱼尾。作用是防止漏水,美观又大方。

相传明朝皇帝朱元璋的夫人大脚马皇后马秀英,是祖籍福建省漳州市漳浦县井尾人(井尾皇后)。在那个年代,漳州的民居都是破砖烂瓦,十分简陋。由于马皇后的缘故,就对漳州给予特别的恩赐,允许他们屋顶的屋脊上修葺只有在皇宫里才能有的龙头龙尾,并且在龙尾处加上一条尾巴(鲤鱼带),以示皇恩浩荡。

（4）洪氏祖先洪石爹考取武状元的故事

洪石爹,洪氏家族的祖先,当年食不果腹、衣不蔽体、生活潦倒,走投无路。当他得知有个地方叫马无底,那里有一匹会吃人的野马,便前往求死。当他到了马无底,见到了那匹野马。结果那匹野马不仅没有伤害他,还摇尾巴示意洪石爹骑在他的背上,十分顺从。洪石爹略识武艺,得此宝马,如获至宝,如虎添翼,就前往京城赶考武状元,一举中了武进士,深蒙圣恩,荣华富贵之后不忘父老乡亲,回乡建设,修建祠堂。

(5)文卿村来源传说

杜浔镇总人口6.3万,1.6万户,镇上有2万多人,分布在农村的有4.3万人,镇上有四个村,其中以文卿村(邱姓)、正阳村(洪姓)、范阳村(卢姓)三大村为主。相传文卿村祖先是明朝万历年间从龙海迁居至此的,老祖先跟随宋朝大将陈元光从河南商丘转到龙海,相传在龙海受人欺负,发生了命案,为了活命,9个兄弟各改姓名纷纷迁往各地安居。这也是文卿村建筑之所以既带有中原风格,又带有闽南建筑风格特点的原因。

文卿村主要拜关公庙,因为开基祖先的信仰是关公,所以代代相传,祖先曾做过安察署的官职;除了最大的关公庙外,还有周将军庙、佛祖庙、土地庙等11座庙;关帝庙的老庙已拆迁,新庙正重建,关帝庙建于万历年间,已有400多年历史,"文革"时期被毁,庙旁有座通关桥,建于1662年,于公元1998年改建,寓意通过了一系列试验和考验才能通关。

文卿村是邱姓的聚居地,始祖是邱韩保,谥号文卿,在明代建的杜浔城,并请他做"旧城保"。1335年,开基南炉。文卿村在历史上产生了进士5人,举人15人,武举2人,贡生6人,廪生7人,省级1人,府级1人,县令9人,翰林1人。

(6)当地女人出嫁时在最里层必穿白衣的传说

相传当年开漳圣王(陈元光)平定闽南动乱时杀光了闽南全部的男人,只剩下女人,于是陈元光和其部下就强娶当地的女人。为了表示对先夫的敬重,给刚死去的丈夫守孝,当地的女人就在再嫁当天穿一件白色内衣在最里面。

(7)卢维祯的传说故事

卢维祯(1543—1610年),字司典,号瑞峰,别号"水竹居士",是明代福建漳浦县城后沟巷人,祖籍七都锦屿(今竹屿盐场),生于嘉靖二十二年(1543年)。相传卢维祯5岁开始从师,天资聪颖。在嘉靖四十年(1561年)时,他就考中了举人,那时他才18岁,不幸那一年他母亲去世了,于是就没有上京为官,直到隆庆二年(1568年)被授予"太常寺博士"的官职。因为卢维祯在吏部遍历四司,这也是穆宗皇帝命授给清要之官的特殊荣宠,因此在漳浦县城北门外特地建立了"天官"坊表,世称为卢吏部。

后来卢维祯回漳浦后,和已退隐官职的南工部尚书朱天球结社梁山,约定亲友故知十多人创建了真率会。又自己建筑了小圃水竹居,自称"水竹居士",每日在此与客人吟诗饮酒。卢维祯为人乐善好施,修了2座石桥,便利行人;遇到青黄不接的年间,他便开仓救济饥者,做了许多好事。在万历三十八年(1610年)卢维祯逝世,终年67岁。皇上为缅怀卢维祯,特地赠他户部尚书,赐祭葬。当时的太子少保、两广总督、兵部尚书戴耀为卢维祯撰写墓志铭,铭中写道:"籍令公秉枢衡,殚厥施允,足以撑持国运而霖雨苍生。"卢维祯著作除《太常寺志》16卷外,还有《醒后集》、《醒后续集》、《京省次闽漳会录》,收入《四库全书》中,传于后世。

(8)许菜公

正阳宫的左侧有一间小庙,供奉着许菜公,传说庙公是从东上请来的助手,原名许菜宫。100多年前,许菜公为了保护正阳宫付出了许多努力,做了许多善事,因此,后人为了纪念他,就为他立了灵牌,供奉起来,村里都叫他许菜公,奉为"许菜祖"。

(9)周将军

周宝堂,本地俗称周将军庙,位于文卿村顶角社。主要供奉周将军、弥勒菩萨(佛祖)、土地公。据周宝堂管理人,现年72岁的邱云池介绍,周将军是三国蜀将关公的部下周冲。每年的四月初四是其诞辰;佛祖是1982年请来祀奉的,原先不让本村其他社祭拜,邱云池接任管理人员后才开放,香火也因此旺盛起来。

三、泉州安溪县

1."狐鬼娘"的故事

安溪县剑斗镇红星村流传着许多民间故事。传说以前有个农妇在小溪边洗衣服,遇到一个陌生女子找她搭讪,交谈过程中,农妇发现那个陌生女子无意中露出狐狸尾巴,原来那个陌生女子是害人的"狐鬼娘"。她害怕极了,但是勇敢机智的她镇定地骗"狐鬼娘"说要回去拿东西再来,就匆匆赶回家,关起门窗不出门了。

"狐鬼娘"在溪边等了很久没见到那个农妇回去,知道自己身份暴露,于是她就跑到农妇家门外呼唤那个农妇,让她出来,农妇始终不出来。后来,狡猾的"狐鬼娘"就一直往农妇家的屋顶撒沙子,还边叫嚷:"下雨了,出来收衣服咯!"

农妇没有上当,最终"狐鬼娘"也未能得逞。[①]

[①] "狐鬼娘"是闽南地区传说的一种妖精,类似"狐狸精",会害人。

2. "狐鬼娘"嫁人的故事

从前有一个小伙子,是个孤儿,住在山里,每天出外劳作,回家还要自己做饭,生活很艰苦。

有一天,他干完农活回家发现自己家里有人来过,饭菜都做好了,家里也整理得井井有条。接下来的几天都是那样,这令他感到又开心又奇怪。

他就问住在附近的邻居,但是没人知道。为了弄清楚原因,有一天他假装出门下地去了,走不远又折回来,躲在附近看。

不看不知道,一看吓一跳。原来等他出门后,有一只"狐鬼娘"来到他家,那只"狐鬼娘"到他家附近后,就把身上那件衣服脱下,藏在草堆中,脱掉外套的"狐鬼娘"一下子化身年轻貌美的女子,进入小伙子的家中收拾家务。

小伙子害怕极了,又不知道怎么办,于是他就去请教寺里的师父,师父点化他:等"狐鬼娘"脱下外套,到你家去时,你就偷偷地把她的外套拿来,压在寺里的佛像底下,那"狐鬼娘"就得乖乖听你话了,你也不用孤苦伶仃了。

小伙子照着师父的话做,把狐鬼娘的外套压在佛像底下,径直回家去了。"狐鬼娘"看到他回来了,想要逃走,可是她找不到外套,就变不回原形了。于是就留下来和小伙子生活在一起。

许多年后,小伙子和"狐鬼娘"都已经有孙子了,有一天,"狐鬼娘"央求相公(即文章开头的小伙子)要看一下外套在哪里,是不是还在,破了没有。小伙子想,都这么多年了,两人生活美满,子孙满堂,"狐鬼娘"应该不会再走了,于是他就从佛像底下取回了外套。"狐鬼娘"接过外套,马上变回原形逃走了。

毕竟"狐鬼娘"是山野之精灵,最终还是离开了。

3. 养蛊害人反害己的故事

闽南民间有个传说,有些人家里养了蛊,这种蛊在平时的功用就是帮主人清洁房子,只要家里有一点垃圾灰尘,蛊就会无声无息地清除,谁也觉察不到,所以房子永远是非常干净的。但是养这个蛊最吓人的是每年年底主人都要让它吃一个人,不然蛊就会吃主人。

故事发生在一个养蛊人的家里,有一年年底有个做木工的师傅到他家中投宿,主人就安排他住在一间房里,同时将装有蛊的陶罐也放到房间里。

师傅躺在床上却不敢入睡,因为进门时他在门口抖了几下鞋子,掉了一堆泥巴,回过头刹那,鞋底泥就没了,于是他猜测主人家肯定养蛊,万般小心。

到了二更天时,他听到悉悉索索的声音从角落传来,他害怕极了,便溜出房间,到外面散步去了。

天快亮时,同样一晚未睡的主人猜想那个倒霉的师傅应该死于非命了,于是就去查探了一下,不料被蛊给害死了。终于害人反害己。①

4."一圆一个,两圆随你锄"

传说钱分公母,天下的钱都是他们生出来的。有个人意外得到这对钱,每次他都拿公钱(此处钱为圆形方孔钱,闽南话称一圆)出去买东西,而把母钱藏在家中,不久那个公钱就会自动跑回来,于是他的钱就一直"用不完"。

天上有个神仙知道后,想要把那对钱收回去,明争暗抢非神仙所为,后来他将一座山全都化为好吃的"糯米丸",他天天在那里卖,并宣称:"一圆一个,两圆随你锄",即一个"糯米丸"价钱为一圆,若有人出得起两圆,"糯米丸"就随他要多少,自己取用。

那个人每次还是拿公钱出去买一个"糯米丸",后来他不耐烦了,觉得每次吃一个很少,不过瘾,于是他就把公母两个钱都拿去买"糯米丸",吃了个够,可是他的两个钱永远也不会再跑回去了。②

5. 一个命中注定被虎咬死的女子

从前有一群人在夏天晚上跑到屋外乘凉,因为天气太热,说说笑笑过后,他们就直接在草地上睡觉了。半夜的时候,其中有一个人迷迷糊糊中看到一个奇怪的老人来到他们中间,将一只草梗之类的东西插在一个女人的头上,然后就走了。他很奇怪,于是起来将草梗丢开了,过了一会儿,有一只大老虎跑了过来,他吓坏了,可是其他睡着的人都不知道情况,还在睡觉。老虎看了看,却又走了。

老虎走后,他叫醒大家,说了情况,大家都认为是老人做记号让老虎来害人的,这次侥幸逃过一劫,说不定还会再来呢。于是大家都建议那个被做记号的女子躲在家中的阁楼上,关好门窗,不要出来了。

就这样平安过了一段时间。

有一天,那个女子的家人出去干活了,家中只有她一人,屋外是一大片农田,长势很好的水稻结着金黄饱满的稻穗。突然她发现一头牛在吃水稻,转眼很多水稻都倾倒,被弄得乱七八糟的,她拼命喊人出来赶走那头牛,却没人来。情急之下,她自己跑了出去,当她出门后,靠近一看,那头牛根本不

---

① 此处的蛊乃是记录者所命名,因年深日久,很少有人记起原名。
② 闽南话音译:"一元一个,两元随你拿"之意。

是牛,而是一只大老虎,这时她想逃也来不及了,可怜她还是被老虎给害死了。

6. 鬼神的故事

据说每年做祭祀、礼佛时,如果有人按照法师的话去做,就能看到真的鬼神。闽南地区做祭祀法事的桌子是八仙桌,有一个胆子很大的人按照法师的吩咐将眉毛全部剃掉,然后用鸡笼罩住,躲在八仙桌底下,不管看到什么都要一动不动、一声不吭。法事结束后,那个人吓得脸色都青了,他说,鬼神原来并非莫须有。鬼神在祭祀时吃东西很可怕,有一个无头鬼,直接把祭祀的肉往脖子里倒;吃"粿"的时候,是用手在"粿"的中间挖一块吃,吃完后直接吐一口唾沫在盘子里,吃掉的那个"位置"就会复原成原来的样子。所以在闽南地区流传说,凡是被用过祭祀的"粿"肯定比没有祭祀过的要早变质,会更容易融化掉。他还看到死去的人是不会变老的,有的人年轻早丧,但是有子孙,能享受祭祀,但是总会受其他人排挤,有些老逝的人就欺负他年轻,争抢供品时不给他,还指责他:"小孩子凑什么热闹!"

红星村有个村民,小的时候随家长去礼佛,因年小不懂事,将掉出来的供品,闽南称"老花"的捡起来吃了,因此后来大家都猜测是他触犯了神灵,当晚放烟花时,有一个大烟花直接飞过来,打在他的鼻子上,血喷如注。

在祭祀时,路上都是来来往往的鬼神,行人要注意,不可触犯神灵。有一个人不相信鬼神,在路上走时扯着嗓子乱喊乱叫,据说后来神经有问题了,因为他的衣服被路过的无衣遮体的小鬼给扒光了。[1]

7. 安溪县湖头镇"相府春秋"传说

被雍正皇帝誉为"一代完人"的清朝名相——李光地的故居坐落于有"小泉州"之称的湖头。两座仿宫殿式建筑的大平屋就是人们常说的相府,一座称为"旧衙",另一座称为"新衙"。作为极具历史研究价值的古民居博物馆,旧衙、新衙是典型的泉州传统宫殿式建筑。

旧衙,坐落于湖头街街后,现在属于湖三村。关于旧衙,有这样一个故事。据说旧衙不是李光地自建的,而是满洲人宁海将军拉哈达为报答李光地所赠。清康熙年间,刘国轩带兵攻打泉州,毁断通往福州的万安桥和通往漳州的江东桥,以阻碍福州和漳州的清军救援泉州,并攻下泉州城。驻扎在

---

[1] 闽南人喜欢在节日时做的一种以大米为主要原料(磨浆)的白色或黑色的粿,白色不咸不甜不辣,食用时一般配以咸味的菜汁或肉汁;黑色的粿因制作时放了红糖,故而有甜味。

漳州的宁海将军拉哈达欲救援泉州,但是因江东桥被毁,导致大军无法通行。此时,李光地正好在湖头为父守孝,听闻泉州被围困,二桥被毁,援兵无法到达的消息后,立刻派堂兄李光斗带领拉哈达将军取道漳平,李光地叔父李日带乡亲在山上开路架桥,终于使援军顺利经过湖头到达泉州,解了泉州之围。解泉州之围后,拉哈达将军启奏康熙说李光地应该得头功。李光地也上疏启奏,说自己无功,反而是拉哈达将军,亲率大军,勇击贼寇,应重赏。所以,宁海将军拉哈达不但没有受罚,反而受到奖赏。拉哈达为了报答李光地,赠送金银珠宝、美女歌妓给他,无奈李光地是出了名的清官,一概不接受。拉哈达感激李光地,便与妻子商量对策。夫妻俩思前想后,最终想到李光地官至学士,但是为官清廉,住宅简陋,何不为他在湖头建一座大房子呢？但是又怕李光地不肯接受,拉哈达便对李光地说自己打算不回满洲,要在湖头安家,李光地表示十分欢迎。于是,拉哈达便在湖头建起了大厝,即旧衙。建成之后,他便以房子太大为由,邀请李光地过来一起居住。于是,旧衙的一边住着拉哈达将军,一边住着李光地一家。三年后,拉哈达将军以调任之由,离开湖头,并将旧衙赠与李光地。"绮罗日暖将军府,弦管春深宰相家"是后人描写旧衙的一副对联,很好地说明了这一切。现在,旧衙住着李光地的长子李钟伦的后裔。

新衙,坐落于湖头镇湖二村,坐北面南,五进庭院,双护厝,东西巷道,四周绕围墙,呈长方形,建筑面积3120平方米,东巷北端入口处建接官亭和报房。整座宅子显得堂皇古雅、肃穆大方,每一片瓦片似乎都在诉说着岁月。据传,旧衙虽好,但是由于是他人所赠而不是自家建的,所以李光地的夫人总感到不自在,心里暗暗想着要自己建一座房子。然而,李光地虽官至宰相,但一生为官清廉,两袖清风,所以家中余财不多。有一年,李光地夫人上京,在库房里发现了很多银子(这些银子是李光地出巡节省下来的钱,还未上缴国库)。过了一些天,李光地夫人要回湖头,便悄悄地带走了其中7000两银子,在湖头老家盖起了新衙大厝。后来库官发现银子不见了,便将此事告知康熙皇帝。康熙估计是李夫人拿去,有意将这些银子作为李光地的赏赐,便吩咐库官不要声张。有一次,李光地告假回家,轿夫把他的轿子抬到新衙,李光地感到极其诧异,以为轿夫走错地方。经过询问,才知道这是夫人私自取了7000两银子而建的新衙。李光地对夫人的行为感到十分生气,狠狠责备了夫人,同时叫轿夫把轿子抬到旧衙,不进新衙。李光地回京后,向康熙皇帝请罪,康熙皇帝不但没有怪罪,反而转过来安慰李光地,称将此作为赏赐。虽然如此,但是此后李光地回家,仍然有好几次不进新衙。

如今,旧衙和新衙都已被列入省级文物保护单位,成为重要的古民居研究实例。

四、南平市浦城县富岭镇双同村、圳边村

1. 双同村风水被破的故事

以前双同村风水很好,后来风水被破是因为有个双同人请风水先生看风水建房子,等到看完风水,建完房子东家请他吃宵夜,东家问师傅要不要请徒弟一起吃,师傅却说徒弟已经睡觉了,不用请他吃,其实徒弟还没睡觉。徒弟觉得很不满,决定报复师傅。

第二天师徒二人与东家告别,徒弟在经过山坎休息时,问师傅双同村的风水如何破,师傅说,双同村有七口鱼塘,只要填掉一口;山下开出一片荒地,石蜡烛弄掉一根;山下两条石狗弄掉一条,就可以破风水。徒弟默记于心,对师傅说,自己的鞋子还落在东家,想回去取,叫师傅在此地等他。师傅应允。

到东家家里,徒弟对东家说,师傅吩咐了,如果你想要家里风水更好,就填掉七口鱼塘,在山下开出荒地,石蜡烛弄掉一根,石狗弄掉。其实这是徒弟报复师傅的方法,从此双同村风水就不好了。村里在匡山捞了七畚箕田螺,只有两个有口,说明双同只有两个状元而已。

2. 红米白米

高坊有个庙,门口的沙有个明显的白沙红沙分界线,高坊人将那个地方叫作红米白米,这是有故事传说的。原来庙里有只母鸡,如果有人饿了,就去母鸡那里,从屁股后面淘米,掏的米,一般刚好解饿,可是人类就是贪婪成性,有些人不顾母鸡死活,无节制地去掏,直到有一天母鸡吐血而死。染红那边的沙子,于是就成了现在的红白交界,地名就叫红米白米。

3. 圳边沈氏祖先发家故事

原沈氏祖先是从浙江省迁过来的,在浙江时,沈氏带了几个儿子在云台山老仙庙带钱创业,在庙里梦到一个老人讲要到有五个吊死鬼的地方,家才能兴旺。梦醒后父子继续走路,走到圳边桥头,看到水车吊着碾米槌,乍一看五只水车,真像五个吊死鬼,于是决定在圳边安家。

当时圳边还是范家的天下,但由盛转衰的迹象已经显现。因为他们穷奢极欲,用金童玉女陪葬,不得人心。他们找到范家,希望能找个地方借住,

范家却使坏,叫他们去范家祠堂住,因为之前有人在范家祠堂过夜时神秘失踪了。

夜里父子听到马奔跑的声音,五匹白马、五匹黄马在天井走来走去,他们认为可能有东西,于是天亮后挖开一看,竟然有五罐金子、五罐银子。用这其中一部分钱向范家买祠堂,作为第一桶金,沈家祖先慢慢发家致富,经营做买卖。直到最后范家败了。现在圳边已经没有姓范的,而都是沈家的后代了。

4.畲族祖先的故事

传说畲族祖先狗头人身。皇帝脚烂了,请了许多医生去看都没有用,皇帝悬赏谁要是能治好他的脚病,就把三公主许配给他。有只狗叼着告示就去找皇帝了,用舌头舔几下皇帝的脚,很快皇帝的脚就好了。但是皇帝很为难,认为把三公主嫁给狗不合适。那条狗却开口说,只要皇帝将它装进箱子放在龙椅下,皇帝坐在上面,自有分晓。皇帝答应了,可是皇帝坐在上面,却发现自己的屁股越来越热,皇帝越来越害怕,于是离开,打开箱子一看,发现狗已经变成人身,只是狗头还没变成人形。

没办法,三公主还是和畲族祖先结婚,生下三个孩子,各有不同的姓,姓蓝的、姓雷的、姓盘的还有自己姓钟的,于是畲族有四个姓:盘、雷、钟、蓝。现在畲族宗祠里都是狗头人身的祖先像。

5.叶氏风水被破的故事

叶氏早前财大势大,男人们事业忙碌,一年都不着家。女人们在家总是盼望男人们能够回家,但就是没人回来。女人们请了风水先生求解决问题的方法。风水先生就跟女人们说修条小路长400多米通往村口的那座山,通到山顶。很快在外当解粮官的男人们犯事回来了。原来是他们门口的山呈燕窝状,路长四百米呈蟒蛇状,头伸进山头山顶状,犹如蟒蛇头伸进燕子窝,这是破风水的,据说从此以后再也没有燕子在山上做巢了。男人们也都不再发达,不曾在外面谋事了。直到现在叶氏还是不怎么发达。

五、莆田市仙游县盖尾镇前连村

1.连氏祖先迁徙故事及重阳节由来

原连氏祖先是宋朝山西上党人,任当时右丞相,是九代单传,后受迫害,先逃到福州连坂,连祖请风水先生看风水,寻找居家之所,风水先生要求吃鸡,连祖连续请他吃了3个多月的鸡肉,风水先生却始终吃不到鸡内脏,这是整只鸡最宝贵的东西。风水先生记恨，随便指了一个风水极差的地方，报复连氏的不诚恳。但路上一摸包袱，才发现包袱里的 100 个鸡内脏好好地躺在里面，良心发现回去告诫连祖三兄弟赶紧离开那地方。于是三兄弟分散迁居，老大身体欠佳，跑到最近的五里路的前连，老二、老三各跑到惠安、德化格头。三"头"连虽隔地而居，但怀旧情结浓厚，人员往来不断。时至今日，每逢农历九九登高日，三邑连姓子孙齐聚丞相公墓前祭扫，盛况空前，已成俗例。

　　以上是连云汉先生叙述。接下来讲的连氏祖宗发家的故事。话说连氏老大子孙齐德老的后代瓜瓞绵绵，他们勤劳创业，勤读传家，儿子公南逐步把家业发扬光大。有一天下午，公南媳妇正要去门外摘花生。不小心掉的几颗花生刚好被经过的母猪吃了，那母猪竟然不走，主人不停地抽打，母猪还是一动不动。公南媳妇于心不忍，遂对丈夫说："太阳都快下山了，牲畜却懒着不走，不如我们把它转买过来，你看如何？"丈夫上前一问，那人果真爽快答应了下来。也许是时来运转，这头母猪果真争气，别的猪是两年生四雾（次），它的生育力特强，能两年生五贵（方言：胎），几窝猪仔下来都卖了好价钱。有了钱，生意也开始做大了。有一天，媳妇做了个梦，有个老妇说自己前世欠媳妇的钱已差不多还清了，余下一个尾数如果她肯就算了，否则，就把尸身一起还给她。这时梦醒了，天亮了，媳妇刚要给猪上食，冷不防母猪已经死了。媳妇是个节俭之人，本想把死猪卖出去，问了三家，想不到三家异口同声给出一个答案：100 元，一文不多，一文不少，刚好是梦中老妇欠她的钱数。媳妇猛然想起梦言钱尾之约，迷信的思想作祟，即使出再多的价钱也不卖了，回去就找了个地方把它给埋葬了，既杜绝了病源的传染，也为子孙积了点德。后来，他们积攒了不少的钱，于是，盖起了三座"五间厢"大厝。

　　2. 关于莆仙戏的由来

　　唐玄宗有个妃子，是莆仙人，叫江彩萍，称梅妃，开始时唐玄宗十分宠爱她。后来唐玄宗恋上杨玉环，于是江彩萍失宠，被贬回老家莆仙。但唐玄宗又念旧情，赐江彩萍一班梨园戏子。

　　梨园戏班跟着江彩萍回到莆仙，而江彩萍又无力养活戏班，于是就地遣散，整个班子于是四散在莆仙各地。必然的，戏班演员，要成家立业，养家糊口。他们有的当起师傅，收徒弟，办戏班，娶妻生子。没过多久就形成了 150 多个戏班。以至于技艺留传兴旺到现在。

　　3. 莆仙戏的由来

雷海清是仙游县人，也是当时唐玄宗的宫廷乐师。有一天他没上班，睡觉做梦，游天宫，看到天宫仙女在美妙的乐曲里跳舞，向往不已，于是偷偷记下乐谱。梦醒后，按乐谱来奏乐、演戏。刚开始木偶戏用真人演戏，但是真人要带面具。后唐玄宗规定去掉面具，还生成了生旦净丑四个行当。因为当时唐玄宗扮的是小丑，所以长期以来，小丑是行当里地位最高的。安史之乱后，安禄山想请雷海清唱戏，雷不从，还用琵琶把安禄山打得头破血流。于是雷海清被安禄山五马分尸。据说在雷海清升天的时候，他穿的袍脚写着雷，但在没入云端之际，百姓看到的只是田，以为他是姓田的，于是民间老百姓就称他为田公。雷海清升天后成了仙界掌管文艺的田公元帅。

4. 望夫塔的故事

在盖尾镇的坂头有座山，山上有个旺（望）夫塔，传说以前山的对面是海，塔上住着一个女子，经常在塔上望着大海，盼望她的丈夫出海回来。直到有一天，忽然天崩地裂，女子觉得丈夫回来无望，在情急之下，就跳向大海。现在望夫塔还在。

5. 九鲤湖的故事

莆仙有这几个地名，有仙游、枫亭、坂头、何岭、九鲤湖。这几个地名都与传说有关。传说曾经有九仙到这里游玩，所以这里叫仙游县。路上累了，九仙在一个枫叶结成的亭子休息，于是那个地方就叫枫亭。在坂头，老大还洗好了瞎眼睛。最后九仙喜欢此地，化成九条鲤鱼，于是有个地方叫九鲤湖，现在九鲤湖是著名的风景区。

6. 桂圆干的故事

在靠近莆田的一个海边，有个蛟龙兴风作浪，村里有一个小孩叫桂圆，长大后桂圆用剑杀龙，并挖出蛟龙眼睛把玩，那个龙眼是个宝贝。有个县官听说此事，就想抢夺龙眼，桂圆不从。县官杀害桂圆，夺龙眼过程中，龙眼掉在地上不见了。后来那个地方长出一棵树苗，结出果子。为了纪念桂圆，人们将这棵树的果子干称作桂圆，树就叫龙眼树，果子就叫龙眼，龙眼剥开皮的样子像极了龙的眼睛。

六、福州市平潭县流水镇东美村

1. 仙人井的由来

在东美村海湾平静而干净，村后依偎着山，风景美丽。有个仙人井，井通海水，有40米深，直径有50米。传说铁拐李有次口渴，寻万里路竟然找不到水喝,飞到东美村的那个山顶时,还是找不到水喝,生气地用他的铁拐砸了一下山,于是山上就有了那么一个窟窿,取名仙人井。

2. 拜天地水三官的由来

280多年前,山东发水灾,从山东海域漂来天地水三官的金身。即青虚大帝(地官)、紫维大帝(天官)、同英大帝(水官),才开始信这三神。民众习惯初一、十五拜拜,正月十五天官生日,七月十五地官生日,十月十五水官生日,生日时附近老百姓都要过去拜拜,附近信的村有五档村即东美村、下厝场、西楼村、山边村、大沃村,莆田人和福州人也都过来拜拜。

七、武夷山市下梅村

1. 下梅村灭村故事

据说下梅村在汉代就有了,却在明末被灭了。原来下梅村和五武村是兄弟村,感情好。土匪有次要借道下梅村,打劫五武村,下梅村觉得唇亡齿寒,不答应。不料土匪却是没有江湖准则的人,趁夜深人静,下梅村熟睡之际,用油圈起来将下梅村灭口,没被烧死的也被杀死了,没死的也不敢在下梅村继续待下去了。房子烧光了,所以原下梅村人姓张的,死的死,走的走,下梅村变成荒村。

以前下梅村是姓张的,大户人家不少,一个村就有36口井,被毁村之际很多人家匆忙之际就把金银倒入家中的井里,古代人有把金银夹层进墙壁的习惯,在墙壁倒塌后,金银更是不知所踪。现在在下梅村的田埂里,有时隐约可以看到久远年代的墙基。很明显明代的村规模远大于现在的规模,这个古老的村庄有着神秘的力量,金银的传说不是空穴来风,几年前,有个外乡人拖家带口在下梅村种田,还在老房子养了一头猪。猪喜欢拱一块老砖,有一天发现老砖下有块金子,从此发财致富。现在还有许多慕名而来的寻宝人呢。

2. 铁扫帚的故事

邹家的主人邹云龙,是从江西迁到下梅村来的大户,很信风水。有个宝贝儿子,风水先生帮他算命,说邹家儿子,是铁扫把命,即使万贯家财也会用光。要找铁畚箕命的人来和儿子结成夫妇,才能保住万贯家财。于是邹家主人,花大力气寻找铁畚箕命的女孩子。后来就找到一个女乞丐老小,风水先生说这女孩就是铁畚箕命,邹主人就把乞丐老小接回来,准备让小乞丐做儿子的媳妇。但邹家儿子却瞧不起小乞丐,经常欺负这个女孩子。邹家老人却一心认准这个儿媳妇,教她理财,教她做生意。

邹家老人去世后,邹家儿子很快就拿了金条赶媳妇走。邹家儿媳妇离开邹家,在山里面认识了一个男的,是个砍柴的。就住下来,和这个砍柴的做结拜兄妹相依为命,男的砍柴换钱,女的做衣服换钱。就这样过了三年,三年后邹家儿子把万贯家财败光了,流落街头做了乞丐。同时兄妹俩却因为男的在砍柴时意外在窑洞发现金砖,变得很有钱,经常施粥。这天施粥,正好遇到邹家儿子等施粥,女子假装没看到,看到他的前夫排到中间,就从两边施粥,中间借口天色已晚,没有施粥。第二天邹家儿子排在前面,女子就从后面开始施粥,邹家儿子又没领到粥。第三天邹家儿子排在后面,女子从前面开始施粥,他又没得到粥,邹家儿子终于饿昏了。女子救他起来,邹家儿子开始忏悔,发誓改过自新。

邹家媳妇就问他有没有记住父亲的话,邹家儿子说有,父亲交代:卖房不卖梁,卖田不卖基。邹家儿子并不知所以,但是照做了。邹家媳妇带邹家儿子锯下房梁,挖开地基,邹家儿子才明白他爹爹早就料到有今日,留下这些东西是想再给他一次机会。于是邹家儿子从此改过自新,邹家从此东山再起。

八、建阳市水吉镇

1. 拖石节的由来

在水吉镇每到八月初一到十五就有人在晚上拖石,现在减缩到只在八月十五时才有拖石,称为拖石节。这是泉州人传过来的,清代在建阳有各地的会馆,泉州会馆很兴盛。为了团结老乡力量,不受当地人欺负,泉州人趁着中秋十五过拖石节显示泉州人的力量,同时也是纪念戚继光抗倭的功劳。

戚继光与倭寇对峙时,到了中秋这一天戚继光吩咐手下把一块七八十见方,厚20米的石头用大绳子绑起来,在街上拖着走,与街面鹅卵石摩擦出火花,有几十队,把街面弄得很响。声音传到困在岛上的倭寇,他们以为戚继光大军在过中秋节,于是放松警惕。戚继光却在半夜时分偷袭倭寇,获得成功,一举击败盘踞在岛上的倭寇。

后来演变成那些大石头平时就放到庙前乘凉,到了中秋就拿出来拖,石头重量300~500斤不等。

2. 徐家祖先的故事

徐家祖先以前是朝廷里的吏部尚书,原江西人,小时是放牛娃,给一个姓郑的财主放牛。郑财主有次请风水先生到家里做法事，郑财主吝啬，一只掉进粪坑淹死的鸡不舍得丢掉，给风水先生吃，风水先生不知情，夹了鸡腿就要吃。放牛娃于心不忍，偷偷拉他的衣袖提醒他。刚开始风水先生不解，后来又夹鸡腿，放牛娃又拉他衣襟。于是风水先生就没动鸡肉了。

饭后，放牛娃就将事情偷偷告诉风水先生，风水先生很感激，觉得这孩子心好，就告诉他把祖先的骨灰拿出来，葬在他指定的地方。原来风水先生是要让徐家走好运。放牛娃长大之后，果然考中科举，慢慢当上吏部尚书。风水先生也一直留在了徐家。

直到徐家老婆60多岁的时候，在水吉老家思念夫君，就端了一盆冷水给风水先生洗脚，风水先生年事已高，问徐家老太怎么回事。徐家老太开始哭诉他夫君已经许多年没回老家了，问有什么办法能让他回家。风水先生劝徐老夫人打消念头，无奈徐家老太无理取闹，不依不饶。风水先生只好说办法是有，但是她会后悔的，徐家老太说不怕后悔。于是风水先生牵了一只白狗，在徐家祖坟杀掉，滴了三圈，风水破了。之后，风水先生就不知去向了。

于此同时，礼部尚书徐家祖先在朝堂之上忽然有只虫子弄得他头痒痒，忍不住将官帽取下来，立即有政敌弹劾他举止不端，该判他欺君之罪。只是徐家祖先有个要求，希望能在斩首之前看一看家乡，等他看到家乡，大笑三声之后再把他当场砍死。在吏部尚书回家途中，有人为他讲好话，告诉皇帝吏部尚书脱帽子不是犯上作乱，是因为有虫子的缘故，于是皇帝又醒悟过来，快马加鞭，传达圣旨不要行刑。只可惜天命如此，传达圣旨的信使离水吉有三四公里时被一家店家留下来过夜。就在信使赶到时，徐吏部刚好大笑完三声被砍掉。

就这样徐家祖先被错杀了，后来徐家祖先建坟36座，是为了真假虚实，不让别人盗墓破坏。

3. 水吉五谷的故事

以前人间并没有五谷，只在天上播种，老鼠却将天上的五谷偷到人间，玉帝发怒，就罚老鼠要吃掉人间所有的五谷，吃到只有老鼠的尾巴那么大，于是天下的稻穗只有老鼠尾巴那么大。

4. 石矶灵侯的故事

唐末农民起义，欲借道水吉，作为水吉的地方势力，蒋家五兄弟不让这些叛军过去，两兵对峙，后经双方协议，蒋家兄弟就说让农民军过去，但是规定不能侵犯百姓。由于蒋家保护百姓有功劳，被皇帝封为石矶侯，到宋时已经被老百姓供奉了。

九、屏南县双溪镇双溪村、屏南县棠口乡漈头村

1. 林公的故事

林公是马坑乡三洋村财主家的长工,在这个村他是外人。这个村有个白马大王庙,有个乞丐就在庙里面睡觉,半夜却忽然听见有说话声。原来是有只老虎请求白马大王赐给他一个辖内阳孙吃,白马大王开始并不同意,后来想想就把外村的在财主家的林哥儿给他算了。这话被乞丐听到了,乞丐与林哥儿相好,第二天一早就去告知林哥儿,林哥儿不以为忤,决心要和神明斗一斗。于是早早吃了饭,带了糯米包鸡腿就出去了。

走到山里面时就看到老虎步步紧逼过来,林哥儿往河里一望,看到狗头,再一望猪头,林哥儿暗暗叹气狗头猪头都是老虎吃的骨肉。但林哥儿偏不认输,又一望,牛,林哥儿乐了,牛有两个角还可以和老虎斗一斗。于是林哥儿的胆量又大了,对老虎说:"你要吃我?"老虎点了点头。林哥儿说:"你等我一下,等我吃饱饭再给你吃吧。"打开鸡腿,林哥儿说:"你也吃一块吧。"偷偷把尖尖的扁担头埋在鸡腿里,一扔,刚好刺进老虎头部,林哥儿躲过一劫。后来,林公在白马大王的庙里扎了一圈竹子削尖的头,林公召集村民并对他们说,如果他的血溅到圈内圈外都有,他就是天下灵神,如果只在圈内就只是村里的神,说完跳进圈里,血溅得圈里圈外都是。

晚上村民都梦到有个白衣人告诉他们第二天如果看到一对老鸦相斗,一白一黑,要喊口号:白的赢,黑的输。第二天果然一白一黑两只老鸦相斗,村民急忙喊:白的赢,黑的输。喊着喊着,果然黑的就要败下阵来,忽然有两个唱戏的外地人不明情况,见别人为白的助阵,便故意为黑的助阵,边打锣打咳边喊:黑的赢,白的输。果然黑的赢了,白的败下阵来。后来林公就被玉帝封为中平王,成为天下灵神,那两个打锣打咳的也成为他的副将,也就是程将军、周将军。

2. 漈头十个兄弟的故事

漈头有个上了年纪的老阿婆,天天在河边哭诉,有一天一老头遇见就问她怎么了,老阿婆就告诉老头说,自己一把年纪,却还没有一个孩子。其实那个老头是铁拐李,老头微微一笑,就给她十颗丹子并吩咐她每隔两三年服下一颗,说完就走了。老阿婆却因为没有口袋,一下子就把十颗丸子吃了下去。很快,第二天老阿婆就生下老大千里眼,这个孩子,可以看到千里以外

的东西;老二万里耳,能听到万里以外的声音;老三力气三,韧皮四,耐烫五,睡觉六,长脚七,矮八,大吃九,爱哭十。

等到十兄弟长大后,有一天老大千里眼看到皇帝屋角倒塌了,于是就去砍了一棵树给皇帝的宫殿当柱子,却觉得树木太大,搬不动。于是皇帝悬赏请人搬树木。万里耳听到搬树木的消息,就吩咐力气三可以去试试,力气三果然帮皇帝搬回柱子,却发现在即将到达宫殿时将树木折断了,被押到金銮殿时皇帝要杀他,力气三请求让他的弟弟韧皮四代替,押到刑场,却发现韧皮四根本砍不死。皇帝吩咐运用蒸的方法,韧皮四请求让耐烫五来代替受刑,皇帝答应了,可是蒸了半天,耐热五却在蒸笼里睡了一个懒觉。皇帝吩咐活埋,耐烫五请求睡觉六来代替,皇帝应允了,结果皇帝就把睡觉六活埋了三年,直到有一天不小心被砍柴的人挖起来,却发现睡觉六伸了个懒腰,感叹睡得很舒服。皇帝又吩咐把睡觉六扔海里,睡觉六请求由长脚七来代替,一扔,海水只没到长脚七的边缘。长脚七还吸了一口虾米,放在矮八身上晒,请众人吃海鲜,大吃九很快就把海鲜吃完了。没吃到海鲜爱哭十很伤心,大哭一场,把金銮殿都冲毁了。

3. 铁头和尚的故事

雍正年轻时被父亲康熙贬到少林寺修炼,在最后测试阶段,少林寺和尚用飞镖射雍正头上的西瓜,雍正认为和尚有谋害他的心思,登基后,大肆斩杀和尚。泉州南少林的铁头和尚陈云河为了逃命自毁面目,逃到漈头村隐姓埋名。到漈头村,铁头和尚与一个村里的人张宗标相好,铁头和尚教了张宗标许多功夫。有天铁头和尚吩咐张宗标去竹林找实心的竹子,张宗标心想哪里有实心竹子,就一根根,捏碎试看看,于是无端捏碎了一片竹林,却没有找到实心竹子,垂头丧气回来。铁头和尚却很赞赏地说他手头功夫还不错。

直到有一天张宗标服侍铁头和尚上床时发现竟然扶不动,张宗标很奇怪,和尚再重不过百来斤,怎么这么重。和尚才告诉他这是千斤坠,并告诉他自己时日无多,再也不能教他练功,就把最后一招千斤坠秘诀告诉张宗标,叫他好生记得。张宗标细心记住口诀,几天后铁头和尚就死了,张宗标也成为漈头的拳师。

4. 红娘树的故事

红娘原是姻缘司司长的女儿,有一天闲来翻父亲的姻缘册,发现人间姻缘太不公平,有钱人三妻四妾,没钱人却要与恋人生生分离,于是偷偷把姻缘册改为一夫一妻制。这样媒婆就少了许多有钱人的生意,于是告状到玉帝那里。玉帝查明真相,以为是姻缘司司长搞的鬼,决定将其贬下凡间。红娘赶紧出来澄清说该姻缘册不关父亲的事,于是红娘被贬下凡间。红娘难以在人间生存,死于官道,就是现在慈音寺附近。百姓怜惜她,把她葬在山上,不久那里就长出了红娘树。

红娘树的对面就是漈头村的慈音寺,在古代是读书人读书的好地方。晚上读书人有时可以依稀看到红娘树上有个红衣女子在唱歌,有时没有思路时,到红娘树下拿叶子写字发现竟可以记得牢。有时候写下自己思念暗恋女子的苦楚祝愿,竟很多人如愿以偿,心想事成,于是来红娘树下许愿的人越来越多。后来红娘树就成了许愿树,现在依旧有很多人绑着红绳子许愿求姻缘。

5. 三圣夫人的故事

在棠口有个姓周的人到福州告某人的状,结果姓周的人告赢了,被告的那个坏人就要去打他。姓周的那个人在庙里睡觉时,三圣夫人托梦给他,叫他要抱着三圣夫人的像逃跑。于是姓周的赶紧启程,往大路跑,坏人就在后面紧追,三圣夫人就在那条大路设下很多蜘蛛网,像是没有人走过的路一样,于是坏人没有得逞,三圣夫人救了好人,于是棠口乡的人也开始信三圣夫人。

十、长汀县童坊镇举河村

1. 闽王的历史传说

李世民还未称帝时,南下征战,到福建骑马掉到沼泽地里,起不来,唤天天不灵,叫地地不应,还未成人形的"青蛙精"把他顶到陆地上,救了李世民一命。等到李世民登基后,为报救命之恩,赐"青蛙精"名为"闽王"。

历史记载闽王为"王审知",他的传记说:王审知降生于河南光州,从小就聪慧过人,有统帅之才。当时有一剑插入地中数天,众人跪拜皆不能让神剑一动,当中年龄最小的王审知一拜便使剑拔出地中三尺,三拜后神剑完全从土中拔出。唐朝末年,王潮、王审知、王审邽三兄弟一起在河南泰州向南征战,袭击泉州,解围汀州,建都福州。清朝的汀州知府封王审知为"八闽人祖"(福建最大祖之一)。胡如春亲作联两对,以表对"闽王"王审知的尊敬与敬仰:

降生光州,起义寿州,侵袭泉州,解围汀州,建都福州——义勇廉明,五州敬仰。
童显奇才,天定统才,选用贤才,培养良才,
优抚将才——文韬武略,千古流芳。
汀郡沐德泽而昌盛,八闽人祖,享馨香万代;
为治得仁政以繁荣,三王丰功,宜流芳千秋。

2. 闹春田的由来

相传乾隆时期,一个村里要有庙,庙里头要有神,因为关公大忠大义,便选定关公镇庙,塑关公像,用木雕雕刻好后,三更半夜到深山中开光,俗称"点睛"。开光时听到什么的叫声就叫什么篡位,刚好这时,泥鳅叫了,因而称为"泥鳅篡位"。由于泥鳅喜好在地里窜,所以每年的正月十二便要抬关公到水泥田里闹,祈求五谷丰登。

十一、连城县罗坊乡罗坊村

1. "云龙桥"的故事

相传在青岩河上游的村民建过一座桥,桥还没建成时有个衣衫褴褛的老人要过河,村民怕他过去会使未建成的桥垮塌就不让他过河,后来桥建好后不久就被洪水冲垮了。原来那个衣衫褴褛的老人是神仙化来试探村民的。后来村民就在其下游重新建了一座桥,还没建成时神仙又变成衣衫褴褛的老人去试探,这次村民便用木板另外铺成一条简易的桥让他过河。桥建成后坚固无比,遭受多次洪水的袭击都矗立不倒,这就是现在的云龙桥。云龙桥建于明朝崇祯七年(1634年),至今已有380年的历史,乾隆时翻修过一次,80年代又进行了维修。整座桥皆由来自屋背山的木头组成,嵌装式,没有一个铁钉,只有竹钉。这种竹钉是用毛竹做成钉子的形状再用柴油和沙子去炒,做成的钉子不生锈不腐烂。正因为有这样不锈不烂的竹钉,云龙桥才能历尽风雨还岿然不倒。云龙桥有时也被村里人用来做风水用,所以也被称为"风水桥"。桥中坐着一尊文昌帝像,手执朱笔,眼观八方,似要笔画仙山圣水,心写锦绣文章之势。每逢高考前后,人们纷纷来这里许愿还愿。

2. "下罗村"的故事

罗坊乡原名为岩头村,下属八个村,总分为上罗村和下罗村。相传罗家第一氏给一个姓魏的人家做长工。魏家家里有一个金脸盆和一个铜脸盆。有一天,一个地理先生来到魏家,长工用金脸盆给他洗脚,主人看见后把长

工大骂一顿。长工很伤心,地理先生安慰他说:"你不要伤心,我会帮助你的。"后来地理先生帮他找了一块宝地娶了两个老婆,在那里生儿育女,家境蒸蒸日上。那就是现在的罗坊乡,部分第十九代罗氏搬到现在下罗村的位置居住。

十二、厦门市翔安区

1. 草索拖阮公、草索拖阮爸的故事

草索拖阮公,草索拖阮爸这是闽南的一句俗语,其中还有一段故事呢!老阿公老了,耳朵听不见了,病在床上半年多,只剩点气丝。儿子觉得老头子够拖累的,不如早点打发他上山。一天儿子搓了一条很结实的草索,将老阿公捆在一块木板上,然后叫来自己的宝贝儿子——老阿公的孙子——春仔,说:"把阿公拖上后山扔掉吧!"春仔很听话,果然用草索把老阿公拖到后山山坳扔了。当他转身要下山时,心想这草索打得这么结实,才用一次太可惜了。春仔解下草索带回家。阿爸见春仔带回草索,觉得奇怪,问道:"你带回这草索干啥?"春仔笑眯眯地说:"留着等你老了,我省得再搓草索。"阿爸吃惊地"啊"一声,一句话也说不出来。春仔以为阿爸还不明白,解释说:"草索拖阿公,草索拖阿爸,留着你老了拖你上山!"阿爸听了面红耳赤,为自己的不孝感到惭愧。站起身来,大声说:"春仔,上山去。""做啥?""把阿公抬回来。"于是父子俩到后山又把阿公抬回来。阿爸抱着老阿公痛哭了一场。从此痛改前非,尽心地服侍病危的阿公。

2. 打虎亲兄弟

打虎亲兄弟这则故事说的是:从前,闽南某山区半山腰,有一小村庄,村前村后树林密布,常有野兽出没。村里有户人家,父母早逝,兄弟三人,白天结伴上山砍柴,挑往圩场换口粮,晚上则遵照祖训,一起练武防身,天长日久,却也练就了一身好拳脚。

由于家境贫寒谋生艰难,老大跟乡亲们一道漂洋过海往南洋打工。几年后,老家的老二和老三都先后成家,分家过活。有一段时间,村里常有老虎出没,村民惶惶不安。兄弟俩见此情况,商议上山打虎为民除害。就找铁匠打造了一双钢叉子和一对铁短棍为打虎武器。

于是兄弟俩就拿着钢叉和铁棍上山埋伏。时近黄昏,一阵冷风过处,见一老虎从密林中闯出来,老三年轻气盛,拿着钢叉就冲着老虎迎上去。老虎见有人拦路就站着盯住来人。老三把钢叉在老虎面前虚晃几下,惹得老虎

抖起虎威，"吼"的一声，跃起前腿，居高临下扑下来。老三不失时机，把钢叉对准老虎的脖子叉上去。老虎被钢叉叉在半空中，前腿乱踢。这时，老二急忙用铁棍打折老虎的两条前腿，老虎断了前腿，不能再抖威了。兄弟俩就双双举起铁叉和铁棍往老虎身上猛打乱刺。不一刻，老虎断气，两人就扛着死虎回村。

从此以后，兄弟俩就以打虎为营生，日子却也过得颇顺心。一晚，老三向妻子讲起了打虎时兄弟两人如何配合默契。妻子听后很不以为然，觉得丈夫每次都是出大力气叉老虎的脖子，而二哥省力得多，竟然也平分得利，实在不合理。丈夫经不起她的怂恿，也认为自己吃亏。这样，夫妻打起了小算盘，决定以后上山打虎两人同去，不邀二哥了。

隔天，老二有事出门。老三夫妻俩拿了钢叉和铁棍独个儿上山，埋伏了一阵儿，有一只老虎从树林深处慢悠悠地踱出来。一见老虎来了，丈夫拿起钢叉熟练地与老虎周旋几下，就把老虎叉起来。这时，妻子见到老虎，胆战心惊，站都站不稳，差点昏厥过去。丈夫看到妻子没法帮他，心里也发慌了，就大声呼喊救命。他心里明白：如果没能把老虎前腿打断，就难得虎口余生。正当危急之际，只见他的大哥拿着大斧，二哥拿着铁棍双双赶来了。

原来，老大多年在南洋谋生，但思乡心切，便和几位乡亲相邀返回故里。老大刚跨进家门，老二也跟着进来。兄弟俩相见却找不到老三夫妇，询问老二的妻子，才知道他们上山打虎去了。兄弟俩听说后，预感大事不妙，大哥急忙抄起当年砍柴的大斧，二哥拿起打虎的铁棍，抄小路赶上山，当看到人虎相持的架势时，老大和老三分别挥动大斧和铁棍，一左一右把老虎的两条前腿打折。老虎趴下死了，老三也无力地躺在地上大喘气。

经此教训，老三的妻子再也不敢搬弄是非了。兄弟间、妯娌间关系更加密切。"打虎亲兄弟"这句话就在闽南一带流传开了。

十三、泉州石狮市蚶江镇

1. 王船仪式的故事

泉州蚶江古渡口，有座"五王府"，奉祀"答王爷"等五位神祇及"金再兴"王爷船。

每逢端午节，具有独特传统的蚶江海上泼水节，信徒们把敬奉在庙中的"金再兴"神舟簇拥到古渡口，举行隆重的"护航仪式"，预示自此一年之内，有"海王爷"的保护，海峡两岸的渡船就会安然无恙。

两岸流传着"神舟"救助台湾商船的动人故事:清道光年间的一天,来自台湾鹿港的一条商船从蚶江港装货起航返回鹿港,行至途中,忽遇大雾而迷失航向。正在危急时刻,喜见浓雾中驶来一艘大船,鹿港商人如遇救兵,在其护航下安然返回。鹿港商人感激不尽,询问贵船宝号、老舵手尊姓大名。答曰:"我们是蚶江'金再兴'号,大家都叫我'答爷'。"言罢,便起航到布袋嘴卸货。不久,鹿港商人又来蚶江"五王府",神灵答王爷亲驾"金再兴"护航。鹿港商人把此事在台湾传开,在台湾岛产生很大影响。台湾各地的船只纷纷前来蚶江求取香火。除鹿港外,彰化、淡水、园林、基隆等港都建有"五王府",有的庙貌、神像和蚶江相同。

2. 将军猜谜

"灯谜之乡"蚶江,有尊"壁将军"(尉迟恭),是宋元蚶江航海家凌恢甫古宅的石雕门神,被民众移筑在民居墙壁上,奉祀为"将军爷"神祇。不少"三胞"前来虔诚烧香顶礼,默默地求告"将军爷"出一支灵应的"香"。然后到附近人家的门口或窗户聆听人家的谈话,把听到的话到"将军爷"面前投"信杯",以示所问的结论。

一位中年妇女台胞来求一支香,以卜知女儿婚姻能否成就。当她走到某家门口时,恰巧屋内有人吵嘴,一个妇人骂道:"你的髻仔尾(辫子)永远和我缚相连。经'将军爷'断定是'香'。"此台胞心里却不悦,认为此姻缘不宜。同行的一位台胞经仔细揣摩"香"中之意,不禁哈哈大笑,说:"香是说此婚事可成,长髻尾缚相连,正是结发之意啊!"(这是猜谜的别解法)"壁将军"听香预测未来的凶吉,不仅安慰心灵,也是一项别开生面的猜谜活动,听香与猜谜,情趣横生!

3. 国姓招兵

民族英雄郑成功被两岸人民敬奉为"延平郡王"。蚶江"郑成功水操寨"(国姓寨)遗址上重建"凤仪宫",敬奉妈祖、二女杰、延平郡王。

郑成功与蚶江有不解之缘,明末清初,郑成功在蚶江招募义军,在蚶江凤仪山上设置指挥台——"郑成功水操寨"为"国姓寨",用炮施放烟火指挥操练水军。当时,蚶江有个青年渔民叫薛祖武,一次拂晓下海讨鱼,眼见链网被郑军战船的缆索压倒,一怒之下,双手把千余斤的铁锚抛出链网外。船上士兵见此大惊失色,急报长官。这样一级报一级,一直报到郑成功处,郑成功亲自召见,以礼相待。他见薛祖武勇猛英姿,是一名不可多得的良将,便收纳其麾下。薛祖武率领蚶江儿郎随郑成功东渡赴台,开发宝岛。当年被薛祖武抛出的铁锚,人们称为"国姓锚"。

4. 戏神石船

石狮伍鸿的山海宫,又名土地公庙,在左侧护厝内有座戏神墓和一艘石船,海峡两岸传颂着一段传奇的闽台民间文化交流的故事。

清乾隆年间的某年农历二月初二,当地乡民请来了"世合春"戏班在土地庙前演戏酬神。前来进香的台湾信徒见戏班演艺出众,特邀请戏班赴台演出。不幸的是戏班乘船渡海时,忽遇狂风大作,船被卷翻,一部分演职人员遇难。说也奇怪,一具具尸体却漂入土地庙前的港澳里。村民按当地风俗将尸体葬在常任山下,后来又把骨骸合葬在土地庙东侧,屹立"世合春神墓"石碑。台湾善男信女得知此消息,特打造一艘石船送到戏神墓旁祭祀亡灵,庇佑戏班抵台演出一帆风顺。

5. 打鼓抗倭

泉州"海丝世遗"之一的蚶江石湖六胜塔旁,有座建于唐代的东岳庙,庙前山门两侧有一对石雕"力神",正是威震海峡两岸的抗倭"打鼓将军"。

明朝某年,倭寇入侵蚶江石湖,烧杀奸淫,尸体遍野,惨不忍睹,倭寇的残暴激起了当地军民的激烈反抗。血战中,为首的将军骑着一匹五色神牛,后面紧跟着两个彪形大汉,手持战鼓,把战鼓擂得"轰轰"作响,直震得石湖地动山摇,倭寇惨败,溃不成军,直向海滩逃窜,最后在两个"打鼓将军"的夹攻下,倭寇全军覆灭。从此,"打鼓将军"威武镇守石湖金钗山,扼守泉郡口。倭寇再也不敢来犯,民众过着安宁的生活。

十四、蚶江镇桥美馆五王府

1. 主神和辅神的由来

包王爷:包王爷为包拯,字希仁,庐州府合肥县人,生于北宋真宗咸平二年(999年),死于仁宗嘉祐七年(1062年)。百姓为了纪念包拯为公为民所做的贡献,故称之为包王爷。

萧王爷:萧王爷为萧望之,字长倩,东海兰陵人,父辈以种田为生,萧望之为人刚直,是当时的进士,曾经是太子太傅,后来遭到朝臣弘恭、石显等人的诬蔑入狱,皇上没有深入调查,以至于萧望之饮鸩自杀。后来皇上知道真相后,后悔不已,为了纪念萧望之对社稷做出的贡献,每年都会派遣使者,祭奠萧望之,并且称之为"萧王爷"。

吴王爷:吴王爷为吴孝宽,隋吴兴人(今江苏人)。吴孝宽中了进士之后任太守,因其文武兼备,备受人们的敬仰,后来受到皇上的赏识,召入京城为官,提升他为吏部尚书,称之为"吴王爷"。

李王爷:李王爷为李大亮,隋泾阳人(今陕西人),是唐高祖时的进士,文武兼备,任越州都督,唐太宗时期,因公进爵,被任命为左卫大将军,后来兼任工部尚书,称之为"李王爷"。

薛王爷:薛王爷为薛礼,字仁贵,唐山西绛州龙门人(今山西河沛人)。薛礼擅长骑马射箭,唐太宗时期,薛礼因功升为右领军中郎将。后来薛礼在天山又战胜了突厥,军中有"将军三箭定天山"之歌,之后又参与进攻高丽,留任右威卫大将军兼任安东都护,并且被封为平阳郡公,后来又任右领军卫将军,代州提督,称之为"薛王爷"。

池王爷:池王爷为池梦彪,隋陈留人(今河南开封人)。池梦彪宅心仁厚,唐高祖时期,被任命为太守。池梦彪爱民如命,为了拯救全城百姓而吞下瘟神的毒药,做出自我牺牲,百姓悲痛万分,建庙敬奉,称之为"池王爷"。

范王爷:范王爷为范承业,隋江苏吴兴人。年少时,范承业与吴孝宽(吴王爷)是莫逆之交,文武兼备,范承业是唐高祖时期的进士,任太守,爱民如子,后来升为刑部尚书,称之为"范王爷"。

雷王爷:雷王爷为雷万春,是唐朝时期张巡的偏将,与姚间、南齐云诸将协助张巡、许远守护睢阳。后来在城门上叫潮不要说话,被敌军射中,脸上中了六箭不能动,潮以为是木头人,后来知道是雷万春后大惊不已。雷万春刚毅无比,后来粮草没了,雷万春与主帅张巡同时殉难,后人建祠堂祭祀他,称之为"雷王爷"。

2.王爷纪念日(农历):

包王爷:十一月二十一日

萧王爷:五月十七日

吴王爷:九月十五日

李王爷:四月二十五日

薛王爷:十月初四

池王爷:五月十三日

范王爷:八月二十三日

雷王爷:三月十五日

第二节　民间歌谣

一、漳州市云霄县列屿镇油车村(原梅安村)民歌

1. 红公鸡
红公鸡(寄生在龙眼树上的一种昆虫)，织红罗，
红 hia hia，拜你爹，
你爹不让拜。
拜来拜韭菜，
韭菜十二枝。
红花溜，溜花红。
红大嫂做媒人，
媒人十二袋。
2. 新婚小孩滚新床
翻床铺，生男孩。
翻过来生十个，
翻过去二十四个。
阿哥阿嫂来吃汤圆，
吃得全家团团圆。

二、龙岩市举河村山歌

演唱者：曹春莲
《四季歌》
第一首：
高山凸头种棵烟，叶子尖尖种棵添，
那个有钱带妹走，舍去头上半边天。
第二首：
姐在溪边洗酒缸，因为连郎受了伤，
因为连郎受了伤，老妹会死罪难当。
第三首：

太阳下山壁背阴,手提水桶郎洗身,

手拿花鞋郎洗脚。同胞姐没那亲。

第四首:

三皮茶叶两皮黑,合身妹子黑目珠。

先前和妹很合适,如今和妹争丈夫。

第五首:

花生好吃扑自衣,两人爱迹分开来。

新娘不怕丈夫管,老妹不怕你爹娘。

三、南平市浦城县富岭镇双同村、圳边村民歌

《上梁歌》

(录音、记录:陈观炎)

符意,符意,符意。(手举活公鸡)

日吉时良天地开张,先请阴阳,后请鲁班,阴阳指方向,鲁班造梁,造起上堂下堂,横厢厨房。

符意,符意,符意。(手拿公鸡,杀掉公鸡,血溅到竹子,血染了一下,有煞气全部赶走)

手拿公鸡强一强,现把金鸡祭栋梁,

凡人去了五谷养,养了头黄尾又长,

头戴五角帽,身穿五色袍,

别人拿去不适用,鲁班弟子拿来祭栋梁,

祭的东来祭了西,祭了白煞走路飞,

天煞归天去,地煞归地去,

年煞月煞日煞时煞,双层五煞上天堂。

符意,符意,符意。(杀鸡血滴东西南北柱及中央,每滴一个地方念一句)

祭你东方甲乙木,祭你南方丙丁火,

祭你西方庚辛金,祭你北方壬癸水,

祭你中央戊己土。双层五煞去外向。

符意,符意,符意。(不杀的白公鸡,举公鸡,举公鸡分别拜梁的中间和头尾,拜一个地方念一句)

手拿凤凰强一强,吉在凤凰饲栋梁,

一饲梁头千年兴,二饲梁尾万年春,

三饲梁中子孙在朝中,荣华富贵万万年,

凤凰下地大吉大利,凤凰下马买田买马。
大富大贵大大吉祥。(唱完后可以上梁)
符意,符意,符意。(抛谷子硬币混合物,以前是铜钱,抢到这些钱谷子可以驱邪,抛一句唱一句,最后留下一些给东家比较吉祥)
一抛梁头千年兴,二抛梁尾万年春,
三抛梁中子孙在朝中,四抛四季发财,
五抛五子登科,六抛六角丞相,
七抛七升开斗,八抛八仙过海,
九抛九子十三孙,十抛十子团圆,代代出状元。

四、武夷山市下梅村民歌

《砍柴歌》

砍柴郎仔,不要慌,落了太阳有月光,
月光落了有星星,落了星星大天亮,
早上起来下大霜。哥哥砍柴去哪方?
深山树林不要去,野兽出来把哥伤,
妹妹开口叫哥哥,哥哥听见在一帮,
娘来听见在一起,婚姻大事娘主张,
同心同意回家乡,从头到尾到白头。

《第一多来什么多》

第一多来什么多?第二多来什么多?第三多来什么多?第四多来什么多?
第一多来天上星,第二多来凡间人,第三多来山间鸟,第四多来河中鱼。

《何人》

何人收得天上星?何人收得凡间人?何人收得山中鸟?何人收得河中鱼?
乌云收得天上星,阎王收得凡间人,打猎收得山中鸟,鸬鹚收得河中鱼。
何人收得瓦上霜?太阳收得瓦上霜。何人收得妹妹心?哥哥收得妹妹心。

《对面的女人穿花鞋》

对面的妹妹穿花鞋,没有老公来跟我。没盐没油哥会买,没水没柴哥会挑。
哥哥犁田翻翻转,哥来插秧行行直。没有项链哥会买,没有花楼哥会盖。

哥来挣钱妹放心,挣到银钱早回家。一切开支都不怕,怕就怕你嫁别人。

《好吃都很难》

什么好吃难爬树?什么好吃男种田?什么好吃刺刺人?什么好吃难做埂?杨梅好吃难爬树,白米好吃难做田,草莓好吃刺刺人,豆子好吃难做埂。什么好吃娘打人?娘奶好吃娘打人。

《八月十五下南京》

八月十五下南京,去买样数送姐心,一买上身绿条袄,二买下身女罗裙,三买三尺桃红布,四买四尺葡萄青,五买五包颜色线,六买六包绣花针,七买头梳镜篦子,八买水粉满口红,九买九个金戒指,十买胭脂口红,十样东西都买过,没有东西来谢哥,姐如有心来哥有意,十五月圆人团圆。

由于下梅以前都是水运,撑竹筏的年轻人很多,撑竹筏的人累了就会唱情歌、锁歌,所谓锁歌就是男女对唱,有时是撑竹筏时看上岸上洗衣的女子,就唱情歌表白,如果得到回应,就表示姑娘对小伙子也有意思。

而山歌是砍柴的人走路回家寂寞时唱的,他们这里用两头尖的毛竹挑柴火,唱山歌时,唱一句用镰刀敲一下毛竹,再唱一句用镰刀敲一下镰刀壳。

五、安溪县剑斗镇红星村民歌

《七逃歌》

一日离家一日深,心中挂意家内人。
出门受尽千般苦,亲像(好像)孤鸟入山林。
有人做阵路上走,没人做阵身边眠。
出外良君真艰难,何不在家想做田[①]。
劝君在家做田好,半年辛苦半年闲。
芼(音茂)柴盐米[②]那和聚[③],避风避雨又避寒。
紧冬时季[④]着种作[⑤],闲时讲古[⑥]说七逃[⑦]。

注:①做田:耕田之意。
②芼柴盐米:类似"柴米油盐","芼"是一种野生杂草,闽南人家以往多割这个烧火煮饭。
③那和聚:齐全之意。
④紧冬时季:意为农忙时节。
⑤种作:耕作、种田之意。

⑥讲古:聊天。
⑦七逃:游玩之意。

六、长汀县童坊镇举河村山歌

(1)高山凸头种课烟,叶子尖尖种课添,
　　哪个有钱带妹走,舍去头上半边天。
(2)姐在溪边洗酒缸,因为连郎受了伤,
　　因为连郎受了话,表妹今死罪难当。
(3)太阳下山壁背阴,手捏水桶郎洗身,
　　手拿花勒郎洗脚,同胞姐妹没那亲。
(4)三皮茶叶两皮黑,合身妹子黑目珠,
　　先前合妹很合适,已今跟妹争大夫。
(5)花生好吃扑白衣,两人爱迹分开来,
　　亲郎不怕大夫管,表妹不怕你爹娘。

七、厦门市翔安区民歌

《天乌乌》
天乌乌　卜落雨　阿公仔夯锄头仔卜掘芋
掘啊掘　掘啊掘　掘著一尾汕鰡鼓
咿呀嘿都真正趣味
阿公仔卜煮咸　阿妈仔卜煮洘
二个相拍弄破鼎　咿呀嘿都啷当叱当呛　哇哈哈

八、厦门市同安区歌谣

《一的炒米香》
一的炒米香,二的炒韭菜,
三的冲冲滚,四的炒米粉,
五的五将军,六的好子孙,
七的分一半,八的紧来看,
九的九姻婆,十的撞大锣,
打你千打你万,打你一千零一万。
《天乌乌》
天乌乌　卜落雨　阿公仔夯锄头仔卜掘芋

掘啊掘　掘啊掘　掘著一尾汕鰡鼓
咿呀嘿都真正趣味
阿公仔卜煮咸　阿妈仔卜煮洘
二个相拍弄破鼎　咿呀嘿都唥当叱当呛　哇哈哈
弄破鼎　弄破鼎　弄破鼎　咿呀嘿都唥当叱当呛
哇哈哈　哇哈哈　哇哈哈　哇哈哈

九、情歌

《调情》
钱若不用便是铜,歹子①不做是憨人。
后生少年那不做,年老唱出过了时。
世间事情一直有,除谁②没有风流事,除谁没有少年时。
注:①"歹子",意为坏人。
②"除谁",有谁之意。

儿童歌谣:
　　武松打虎,虎是虎毛,毛是毛锁,锁是锁匙,匙是匙间(匙间:音译为时间),间是间神(间神:音译为奸神),神是神祖,祖是祖国,国是国家,家是家庭,好暂时到这停抓你去判行(判行:音译为判刑)。

第三节　民间谚语、俗语、歇后语

一、漳州市云霄县列屿镇

1. 漳州市云霄县列屿镇油车村(原梅安村)
(1)大垫(稻米收得多时)顶天(堆到天),
　　小垫(稻米收得少时)顶屋椽(堆到屋顶)。
(2)老鼠啃布袋,猪肠咬去,草鞋咬来。(好的不来坏的来)
(3)三日无溜,走上树。(三日无复习,就忘记)
(4)鼓雷戴过,梁山盖被,三日来要下雨。
(5)五月响雷,骑马走,雨随来。
(6)六月响雷,固定没台风。

（7）七月响雷,固定有台风。

（8）好就(Gio)会张斗(Dio)。（剧团常用其来比喻调皮的演员搞破坏）

（9）一厅两房两春手,中央一个大天井。

（10）赶集,买面,摔破碗,跑到豪头村,摔得半死。（此为笑后谈:茶余饭后闲谈）

（11）冬至前犁金,冬至后犁银。（冬至前后是最好的犁地时机）

2. 漳州市云霄县列屿镇南山村

（1）三四雷公北风吼,

　　　五六雷公骑马走,

　　　六月一雷杀九台,

　　　七月见雷台风来。

（2）宠子不孝,宠猪上灶,宠媳妇大不孝。

（3）请鬼贴药单——稳系。

　　　七月芥菜——假有心。

　　　药单超过三遍毒死人。

　　　提篮子假烧香。

3. 漳州市云霄县列屿镇后安村

谚语:

（1）夏雷至,割稻穿蓑衣。

（2）冬至前犁金,冬至后犁银。

（3）锄头嘴,簸箕耳。

歇后语:

（1）七月芥菜——假有心。

（2）吃土沙——好（厉害）唱歌。

4. 漳州市云霄县列屿镇人家村

（1）雷打秋,年冬大收。

（2）稻尾赤,党爬壁。

（3）芒种雨,没干土。

（4）学勤要三年,学懒就三天。

二、漳州市云霄县东厦镇竹塔村

（1）竹塔海蛏——混全球。

（2）初八二四,早涨晚涨。

（3）初一十五，水涨当午。

（4）初八二五吃下午雨（吃小海，去抓鱼）。

（5）讨海：十一流水东，十二好下网（每个月）。

（6）龟笑鳖无毛。

（7）农民懂农时，下海懂流水。

（8）大 chen 抬入厝，两台富。

（9）一年八节拜祖先，日子过得好红红。一年八节吃八顿，要吃就要自己去创造。

（10）芒种雨、无旱土。

（11）六月天雨水烧埔。

（12）五月粽破袄不敢放。

（13）农业懂农时，下海懂流水。

（14）种田的吃米糠，泥瓦匠住草房。

（15）春雾雨，夏雾日头公，秋雾风，冬雾霜。

（16）初八二十五，吃下午雨。

三、龙岩市长汀县、连城县

东雷闪，西雷闪，马上变天。

蟋蟀叫，马上下雨。

四、福建省漳州市漳浦县杜浔镇

（1）丝瓜打狗，两头空。（寓意是办事情方法不对就白费功夫）

（2）平平路摔死笨母猪。（形容一个人不小心受伤等）

（3）人比人，气死人。

（4）自己小腿有肉才要紧。（意为自己有实力最重要，靠别人都不实在）

（5）命好运到不必多读书。

（6）一求命，二求运，三求风水，四求住宅，五求读书。

（7）输人不输阵。（整群人在一起不能随便认输）

（8）老爷公的俗语：昔是翰林大学士，今为我朝老爷公，老爷公也被称为"产子老爷"。

（9）初一早，初二早，初三睡到饱，初四肉油加着炒，初五五更亮（天亮）。

初六（有，但是口述者忘记了），初七吃七样，初八不吃偷和尚（指女性）。

初九菩萨生,初十锣鼓声(指客人回自家)。

五、武夷山市下梅村

吃了元宵酒,锄头拿到手。

正月陪陪课,二月平平过,三月再来做,四月忙忙过,五月忙一忙,寒露归仓廊,平日砍柴多,下雪大烧火。

六月冻,六月冻,皇帝来了要吃冻。

六、南平建阳市水吉镇

(1)清明放芋,谷雨载姜。

(2)寒清明寒死曳人,寒谷雨寒死老鼠。

(3)牛嬉四月八,人嬉五月节。

(4)时雨三工(天),过雨三帮(一次阵雨多于三次大小阵雨)。

(5)早雨后晴,晚雨过暝。

(6)雾吃霜,晴天没三工(天)。

(7)初三初四,牙芽出蒂,十七十八,月出目瞑(人已睡)。

(8)人误田一时,田误人一年。

(9)深坑芋,岗头著(指种芋仔要深,种淮山要种在畦顶)。

(10)树怕剥皮,禾怕蛀心。

(11)会栽栽一垃,不会栽千垃。

(12)做粗音让(不让教的意思),一把锄头一把刀。

(13)七月栽葱,八月下蒜(下葱种,蒜种的时间分别在七月、八月)。

(14)重阳晴,烂年茫(年关多雨),重阳乌,年忙酥(重阳下雨,年关多晴天)。

(15)雷打秋,对丰收,雷打冬,米瓮空。

七、厦门市同安区莲花镇军营村

(1)生鸡蛋的没,放鸡屎的有。

(2)龟笑鳖无尾,鳖笑龟无毛。

(3)树头那站乎栽,就甭惊树尾做风台。

(4)吃饱盈盈打苍蝇。

(5)问路靠嘴水,行路靠脚腿。

(6)两人没相嫌,糙米煮饭也会粘。

(7)众人一样心,黄土变成金,三人四样心,赚钱不够买灯心。

(8)做田要有好田边,住厝要有好厝边。

(9)吃秾饭(隔夜饭)也着看天时。

(10)有钱人惊死,无钱人惊无米。

(11)嫁着臭头翁,有肉又有葱;嫁着跋缴(赌博)翁,规厝内空空。

(12)钱来趁到手,毋通(不要)大虾配烧酒。

(13)人情世事陪够够,无鼎兼无灶。(喻人情世事应酬不完。)

(14)大鼎未滚,小鼎强强滚。(责他人抢发言。)

(15)上司管下司,锄头管畚箕。(讥一个管一个。)

(16)心歹无人知,嘴歹较厉害。(劝人慎言。)

(17)甘愿担菜卖葱,不甲别人公家尪。(喻女子宁可吃苦,也不与人共夫。)

(18)叫猪叫狗,不如自己走。(喻求人不如求己。)

(19)无彼种屁股,唔通吃彼种泻药。(喻没那种本领,勿做那种事。)

(20)厝内无猫,老鼠跷脚。(群龙无首,一切无序。)

(21)惊讶七月半水,无惊七月半鬼。(七月半前后常闹水灾。)

(22)佛靠扛,人靠装。(菩萨靠人抬才显灵,人靠扮才好看。)

(23)猪仔贪别人槽。(自己的不吃,专门贪吃别人的。)

(24)十嘴九脚川。(脚川:屁股。指七嘴八舌吵闹不休,意见无法统一。)

(25)无空寻缝。(意喻无事生非或有意刁难。)

(26)老鼠共猫做生日。(意喻所做的事并非真心实意。)

(27)娶某时,生仔运。(娶某:娶妻。意喻人处于好运气的时期。)

(28)人咧衰,放屁弹死鸡。(意喻人运气不好时,做任何事情都招来不幸。)

(29)鸭仔落水身就浮。(意喻身临其境就会适应。)

(30)吃米不知米价。(意喻只知享福而不事生计。)

(31)半桶屎起类摇。(意喻一知半解或功夫不深的人却夸夸其谈显示自己有才华。)

(32)牛牵到北京也是牛。(指坏脾气。)

(33)青暝鸡啄着一尾虫。(青暝:瞎眼。比喻事情凑巧,侥幸碰上了好运气。)

(34)在家日日好,出门朝朝难。(指出门在外许多事情不如在家方便,叫人出门远行要有克服困难的思想准备。)

(35)细汉偷割瓠,大汉偷牵牛。

(36)人在双双对对,阮在靠墙吐气。

八、泉州市安溪县剑斗镇红星村

(1)一点雨一个泡,下得没米加没柴。(指下雨时,若是雨点落在水面上会有一个个水泡,表示雨还会下很久。)

(2)六月初三雨。(指六月初三那天要是下雨,之后几天就会一直有雨,雨水充足;要是那天是晴天,那之后几天都没雨。)

(3)龟笑鳖无尾,鳖笑龟无毛。

(4)生鸡蛋的没,放鸡屎的有。

(5)吃饱盈盈打苍蝇。

(6)做田要有好田边,住厝要有好厝边。

(7)嫁着臭头翁(烂头丈夫),有肉又有葱;嫁着跋缴(赌博)翁,规厝内空空。(劝人不赌博,宁嫁烂头丈夫,有吃有喝,也不嫁给会赌博的丈夫,整个家里空空如也。)

(8)大鼎未滚,小鼎强强滚。(煮开水时大锅还没烧开,小锅早已沸腾。责他人抢发言。)

(9)无彼种屁股,唔通吃彼种泻药。(喻没那种本领,勿做那种事。)

(10)厝内无猫,老鼠跷脚。(群龙无首,一切无序。)

(11)无空寻缝。(空,即洞。意喻无事生非或有意刁难。)

(12)人若衰,吐痰毒死鸡。(比喻时运不济。)

(13)半桶屎起类摇。(意喻一知半解或功夫不深的人却夸夸其谈显示自己有才华。)

(14)牛牵到北京也是牛。(指坏脾气,也指朽木不可雕之意。)

(15)青暝鸡啄着一尾虫。(青暝:瞎眼比喻事情凑巧,侥幸碰上了好运气。)

(16)细汉偷割瓠,大汉偷牵牛。(小时候偷摘南瓜,长大后会偷人家的牛。)
　　　细汉偷拿针,大汉偷砍杉。(小时候偷拿针,长大后会偷砍人家的杉树。)

(17)过年过后面忧忧,月半过后捋胡须。(面忧忧,愁眉苦脸。因为过年之后就要开始新一年的农事活动,月半,即半年,农历七月十五。)

(18)死鸭子硬嘴巴。(形容一个人固执。)

(19)七月半的鸭子,不知死活。(说的是民间七月半要做普度,而普度家家户户都要杀鸭子,说的就是鸭子到七月半不知死活,还那么活蹦乱跳、唧唧哇哇。)

(20)目周带九界,看物样样爱。(意为眼睛带有"九界"这种东西,见到别人的东西,会喜欢、想要。本地人劝骂小孩偷别人东西、想要夺人所爱的都会用这句话。)

九、泉州市安溪县蓬莱镇

(1)太阳出来红火火,一片茶叶水溜溜,一片茶叶黑又细,请你采茶姑娘要轻手。

(2)李子开花白菜菜,无谷垂下来,你们两个相恩爱,不贪财产和钱财。

(3)高山平原是黄金,只怕你不用心,勤劳经营人灵活,大发大富是眼花。

十、福州市平潭县流水镇东美村

六月见北就是台(六月北风来预示台风的到来)。西风不过年,过年就是虎。

十一、龙岩市长汀县童访镇举河村

处署前种豆,白露前种荞麦,秋前三天没禾刹,秋后三天刹不及。

十二、龙岩市连城县罗坊乡罗坊村

清明节后插秧,十薯里十薯憧憧,惊蛰下种。

正月惊(蛰),下种慢;二月惊(蛰),下种快。

清明种芋子,谷雨种大薯(生姜)。

稻秧插下后,立夏做盐豆腐吃。(喻出门不会吃到脏东西,蚊子也不会咬你。)

十三、龙岩市长汀县童坊镇彭坊村

东雷闪,西雷闪,马上变天。

蟋蟀叫,马上下雨。

十四、漳州市漳浦县杜浔镇文卿村

输人不输阵。(寓指整群人在一起不能随便认输。)

平平路摔死笨母猪。(形容一个人不小心受伤等。)

人比人,气死人。

自己小腿有肉才要紧。(意为自己有实力最重要,靠别人都不实在。)

一求命,二求运,三求风水,四求住宅,五求学习。

十五、泉州

《阿公头壳是光溜溜》

阿公头壳是光溜溜,坐在石椅咧啉烧酒。无啥通配咧配咸姜,若啉若配是咧捻嘴须。那块咸姜是咬勿振动,揪啊,揪啊,若揪若哺面忧忧。

《瘦丑仔》

瘦丑仔猴,鼻那流,食芎焦,配土豆,食西瓜,配菜头,毋是吐,著是漏。

《一的炒米香》

一的炒米香,二的炒韭菜,三的强强滚,四的炒米粉,五的五将军,六的六子孙,七的七咚呛,八的要娶某,九的九婶婆,十的撞大锣。

《大箍呆》

大箍呆炒韭菜,烧烧一碗来,冷冷阮无爱。

《天乌乌》

天乌乌,欲落雨,阿公举锄头欲掘芋,掘啊掘,掘啊掘,掘著一尾旋鰡鮕,阿公仔欲煮咸,阿妈欲煮淡,两个相打弄破鼎。

《秀才骑马弄弄来》

秀才秀才骑马弄弄来,在马顶跋落来,跋一下真厉害,嘴齿痛,糊下颏,目睭痛,糊目眉,腹肚痛,糊肚脐。嘿!真厉害。

《月光光》

月娘月光光,老公仔伫菜园,菜园掘松松,老公仔欲种葱,葱无芽,欲种茶,茶无花,欲种瓜,瓜无子,老公仔气甲欲死。

《放鸡鸭》

一放鸡,二放鸭,三分开,四相叠,五搭胸,六拍手,七围墙,八摸鼻,九扭耳仔,十拾起。

《树顶一只猴》

树顶一只猴,树脚一只狗,猴跋落下来拚着狗,猴哭狗哭,猴走狗走,不知是猴惊狗,抑是狗惊猴。

《一螺一氏氏》

一螺一氏氏,二螺请脚瘸,三螺到安溪,四螺茶博会,五螺来祥华,六螺人人夸,七螺感德圩,八螺凑阵去,九螺九丫丫,十螺快尽走。

十六、厦门市翔安区

歇后语:

六月菜头——半头青。(讥人不懂装懂)

龟笑鳖短尾——自己长不了。

落雨天浇菜——假骨力。
阿婆仔炊粿——倒塌(倒凹、倒贴)。
民间谚语：
好锣好鼓,好翁好莫;
好歹亲情,礼数照行;
好花插前不插后。

十七、厦门市同安区

谚语：
男大到廿五,女大到大肚。(沈官花)
爱水毋惊流鼻水。(沈官花)
早吃饱,午吃巧,暗顿半饿饱。(纪菊)
细汉偷割瓠,大汉偷牵牛。(纪菊)
歇后语：
黑矸仔装豆油——看未出。

第四节　民间谜语和绕口令

一、谜语

千条线万条线,掉着土脚没的看。——猜一自然景观(谜底:下雨)
有翅飞昧起,无脚跑千里。(谜底:鱼)
头圆尾直,六枝脚,四枝翅。(谜底:蜻蜓)

二、绕口令

1. 白鼓补白布,乌布补乌鼓。乌鼓补白布,白布补乌鼓。
2. 铜钉钉铜板,铜板钉铜钉。铜钉缀等钉铜板,铜板单等铜钉钉。
3. 红柑壳塞着涵空腹,涵空腹塞着红柑壳。

附录一
田野调查报告目录（部分）

叶志鹏、曾晓萍:《漳州市云霄县列屿镇油车村民间文学与民间艺术调查报告》

王煌彬:《龙岩市长汀县、连城县文学艺术考察报告》

田　楠:《漳州市漳浦杜浔镇民间文学与民间艺术资源调查报告》

陈春香:《泉州市安溪县湖头镇民间文学调查报告》

王煌彬:《泉州市安溪县剑斗镇红星村民间文学调查报告》

刘丽萍:《泉州市安溪县湖头镇李光地故居调查报告》

张凤莲:《南平市浦城县民间文学调查报告》

张凤莲:《莆田市仙游县盖尾镇前连村民间文学调查报告》

张凤莲:《福州市平潭县流水镇东美村民间文学调查报告》

张凤莲:《武夷山市下梅村民间文学调查报告》

张凤莲:《南平建阳市水吉镇民间文学调查报告》

张凤莲:《南平建阳市书坊村民间文学调查报告》

张凤莲:《南平市延平区樟湖镇蛇文化及文学调查报告》

张　星:《闽南谚语俗语调查报告》

张凤莲:《宁德市屏南县文学报告》

唐　柳:《"保生大帝"民间神话传说非物质文化遗产调查》

李素芹:《同安农村的封建日》

陈惠萍:《关于漳州市南靖县靖城镇下割村溪美社民俗的调研报告》

陈　雯:《"闽南歌谣"非物质文化遗产调查报告》

王承正:《福建省永安市青水畲族乡畲族文化》

黄雅芬:《云霄县列屿镇油车村考察》

苏少龙:《厦门东孚贞岱村风俗调查》

曾晓萍:《油车村文学与艺术》

曾晓萍、黄雅芬:《油车村与东坑村民间文学与艺术》

卓小婷:《南山村民间文学与艺术》
卓小婷:《人家村谚语》
卓小婷:《东厦镇竹塔村庙宇对联、谚语》
王煌彬:《安溪剑斗红星村调查报告》
课题组:《千年非遗在永春》
朱秀梅等:《福建省龙岩市长汀县童坊镇举林村综合问卷》
朱秀梅等:《福建省龙岩市长汀县童坊镇彭坊村》
季玉清:《厦门翔安村俗调查报告》
课题组:《福建漳浦杜浔镇民间文学与民间艺术资源调查报告》
陈燕婷等:《龙岩市长汀县童坊镇举河调查报告》
曾莉莉:《民间故事·谚语》
田　楠:《漳浦民间文学田野调查》
课题组:《闽南民间传说、故事调查》
课题组:《童谣俗语》
课题组:《学生搜集民间文学》
朱秀梅:《建阳水吉镇综合报告》
许菲菲:《"泉州歌诀(童谣)"考察报告》
倪桂敏:《宁德古田盘诗及民歌民谣》
王煌彬:《闽南民间传说、故事调查》
曾晓萍:《武夷山市下梅村民歌调查》

附录二
调查对象基本信息资料

姓名	性别	年龄	职 业	住 址
张延寿	男	66	农民	南平市浦城县富岭镇双同村
何 琼	女	43	妇女主任	南平市浦城县富岭镇双同村
谢云憾	男	60	博物馆长	南平市浦城县城关连塘路196
李江洋	男	72	农民	南平市浦城县富岭镇双同村
陈观炎	男	63	木工	南平市浦城县富岭镇双同村
陈秋招	女	53	农民	南平市浦城县富岭镇双同村
李兴荣	男	88	农民	南平市浦城县富岭镇双同村
连文供	男	57	书记	福建省莆田市仙游县盖尾镇前连村
连思义	男	53	农民	福建省莆田市仙游县盖尾镇前连村
陈洪金	男	76	农民	福建省莆田市仙游县盖尾镇前连村
连云汉	男	67	农民	福建省莆田市仙游县盖尾镇前连村
高李周	男	85	渔民	福建省福州市平潭县流水镇东美村
高胡森	男	62	渔民	福建省福州市平潭县流水镇东美村
高水泉	男	75	渔民	福建省福州市平潭县流水镇东美村
万金生	男	79	农民	武夷山下梅村
吴 欣	女	44	农民	武夷山下梅村
陈 平	男	79	县党政	建阳市水吉镇
徐祖建	男	31	新闻报道者	建阳市水吉镇
钟鼎瑞	男	44	农民	建阳市水吉镇
刘向明	男	60	农民	建阳市水吉镇
陈仁录	男	68	农民 念经	建阳市水吉镇
徐兴珠	女	64	小学教师,村干部	建阳市水吉镇

续表

姓　名	性别	年龄	职　业	住　址
李　松	男	43	文化馆馆长	建阳童游安居1号楼
陈　高	男	68	居民	建阳书坊乡书坊村康宁路65号
余长华	男	36	农民	建阳县书坊乡书坊村书
张潭生	男	61	民政办	建阳市书坊乡书坊村五组新街15号
陈学铭	男	67	掌管蛇王庙匠	延平区樟湖镇
王商书	男		樟湖镇文化站站长	延平区樟湖镇
陈油添	男		农民	南平市樟湖镇湖滨南路63号
宋延寿	男	62	杜浔盐场工人	屏南县双溪镇双溪村
宋志平	男	65	教师	屏南县双溪镇双溪村东门51号
张书岩	男	68	文化大观园园长	屏南县双溪镇屏南县棠口乡漈头村
张宜承	男		学生	屏南县双溪镇屏南县棠口乡漈头村
危维笑	男	61	从事竹编	屏南县双溪镇屏南县棠口乡漈头村
郑日升	男	68	出纳	屏南县双溪镇屏南县棠口乡漈头村
王积棉	女	83	农民	泉州安溪县剑斗镇红星村
李清黎	男		书记	泉州市安溪县湖头镇湖二村
洪参义	男	47	村歌手	厦门市同安区莲花镇道地村
万金生	男	80	民歌手	福建省武夷山市武夷街道下梅村
吴　欣	男	45	村民	福建省武夷山市武夷街道下梅村
吴兰妹	女	53	村民	福建省武夷山市武夷街道下梅村
刘建元	男		干部	福建省武夷山市县委宣传部
邹全龙	男		村民	福建省武夷山市武夷街道下梅村学者

参考文献

一、引用文献目录

[1]段宝林.论非物质文化遗产的主要内涵[M].北京:北京师范大学出版社,2009

[2]王文章.非物质文化遗产概论[M].北京:教育科学出版社,2008

[3]《文艺集成志书学术论文集》.北京:文化部民族民间文艺发展中心编,2009

[4]段宝林.西方古典作家谈文艺创作[M].沈阳:春风文艺出版社,1980

[5]段宝林.论文艺上的雅俗结合律[J].北京:光明日报,1987(12)

[6]段宝林.非物质文化遗产精要[M].北京:中国社会出版社,2008

[7]中国民间文艺研究会.民间文艺集刊[M].贾芝编.北京:中国民间文艺研究会出版(1950—1951)

[8]说说唱唱[M].赵树理主编.北京:北京市文联出版,1950

[9]中国民间文艺研究会主办.民间文学[M].北京,(1955—1966、1979年至今)

[10]中国民族民间文化保护工程国家中心编.中国民族民间文化保护工程普查工作手册[M].北京:文化艺术出版社,2005(5)

[11]段宝林.民间文艺与立体思维[M].北京:大众文艺出版社,2010

[12]马启俊、马宗祥.金寨县莲花山民俗文化述要[M].合肥:安徽教育出版社,2012

[13]段宝林.中华民俗大典编写提纲[J].百色:广西右江民族师专学报,2006(4)

[14]段宝林.中国民间文学概要[M].北京:北京大学出版社,2009

[15]段宝林.何时建一座民俗博物馆[J].北京:人民日报,2005(6)

［16］翦伯赞.台湾番族考［J］.开明书店20周年纪念文集.北京：中华书局，1985

［17］陈洪标.两岸髓缘深蕴同胞情［J］.天津：今晚报，2001（4）

［18］邓文金.漳台关系史［M］.厦门：厦门大学出版社，2011

［19］史式、黄大受.台湾先住民史［M］.北京：九州出版社，1999

［20］周振鹤等.方言与中国文化［M］.上海：上海人民出版社，1997

［21］闻一多、田兆元.伏羲考［M］.上海：上海古籍出版社，2006

［22］谢云声.台湾情歌集［M］.广州：中山大学"民俗丛书"出版，1929

［23］李献章.台湾民间文学集［M］.上海：上海出版社，1936

［24］翁国声.漳州民间故事［M］.福州：前行出版社，1931

［25］吴藻汀.泉州民间传说［M］.广州：中山大学民俗丛书，1985

［26］福建人民出版社编.福建民间故事六集［M］.福州：福建人民出版社，1957

［27］段宝林.民间文学与大作家［J］.台湾第一届民间文学研讨会文集.台湾高雄，1991

［28］陈益源.台湾民间文学采录［J］.济南：民俗研究，2000（03）

［29］胡万川.台中县民间文学集［M］.台湾：台中县立文化中心，1993

［30］金荣华.中国民间故事集成类型索引［M］.台湾：中国口传文学学会，2002

［31］陈庆浩、王秋桂.中国民间故事全集.台湾卷［M］.台北：远流出版公司，1989

［32］中共厦门市同安区委宣传部编.同安民间文艺［M］.厦门：中共厦门市同安区委宣传部，2010

［33］谭达先.论港澳台民间文学［M］.哈尔滨：黑龙江人民出版社，2003

［34］夏敏.闽台民间文学比较［M］.福州：福建人民出版社，2009

［35］连横.雅堂文集［M］.台北：台湾省文献委员会，1992

［36］郑建威、段宝林等译.中国民间故事类型索引［M］.武昌：华中师大出版社，2008

［37］刘守华.闽台蛇郎君故事的民俗文化根基［J］.武汉：民间文化旅游杂志，1995（4）

［38］浦忠成.台湾原住民的口传文学［J］.台北：常民文化事业有限公司，1996

[39]路季、周季水.螺蛳变人[J].北京:民间文学,1957(01)

[40]蓝雪霏.台湾福佬系民歌与闽南民歌的比较[J].台湾福佬系民歌的初步研究

[41]段宝林、过伟、刘琦.中外民间诗律[M].北京:北京大学出版社,1991

[42]蓝雪霏.闽台闽南语民歌研究[M].福州:福建人民出版社,2003

[43]王甲辉、过伟.台湾民间文学[M].上海:上海文艺出版社,2005

[44]重返61号公路.遥远的乡愁——台湾现代民歌三十年[M].新星出版社,2007

[45]许怀中等.中国民间故事集成福建卷[M].北京:中国JSBN中心,1998

[46]段宝林.立体文学论[M].北京:高等教育出版社,2007

[47]段宝林.笑话——人间的喜剧艺术[M].北京:北京大学出版社,1991

[48]福州市郊区分卷.中国民间谚语集成·福建省卷·福州市鼓楼区分卷[M].福州市郊区分卷,1988

[49]尹建中.台湾山胞各族传统神话故事与传说文献编纂研究[M].台北:台湾大学人类学系,1994

[50]过伟.台湾少数民族民间文学[M].上海:上海文艺出版社,2011

[51]帝瓦伊·撒耘(汉名李来旺).阿美族群谚语[J].上海:上海文艺出版社,2011

[52]段宝林、过伟.民间诗律[M].北京:北京大学出版社,1987

[53]段宝林、过伟.中外民间诗律[M].北京:北京大学出版社,1992

[54]段宝林、过伟.古今民间诗律[M].北京:北京大学出版社,1999

[55]陈显荣.辣椒歌[J].北京:诗刊,1985年1月号

[56]海峡网,http://www.haixia.com/yul

[57]福建省文化局.台湾民歌选[M].上海:上海文艺出版社,1983

[58]中国民间集成福建卷编委会.福建省民间歌曲集成[M].中国民间集成福建卷编委会,1983

[59]闽南童谣研究会.闽南童谣100首[M].福州:福建教育出版社,2009

[60]中国民间集成福建卷编委会.中国民间歌曲集成厦门市卷,1983

[61]集大党校编辑部.同安风情习俗[M].厦门:集大党校编辑部,2010(4)

[62]李福清.神话与鬼话北京[M].北京:社会科学出版社,2001

[63]云霄县志[M].北京:方志出版社,1999

[64]连横.台湾通史·风俗志[M].南宁:广西人民出版社,2011

[65]台湾风物志[M].北京:中国风物志丛书,1985

[66]陈庆元.福建文学发展史[M].福州:福建教育出版社,1996

[67]马克思.政治经济学批判[M].北京:人民出版社,1955

[68]苗族古歌[M].中国非物质文化遗产数字博物馆,2006

[69]覃乃昌等著:盘古国与盘古神话[M].北京:民族出版社,2007

[70]列宁著,斯大林著作编译局译.哲学笔记[M].北京:人民出版社,1998

[71](战国)托名大禹:《尚书·禹贡》

[72](周)夏官司马:《周礼·夏官》

[73](西汉)扬雄:《方言》

[74](明)周婴:《东番记》

[75](西晋)陈寿:《三国志·吴书·吴主传》

[76](三国)沈莹:《临海水土志》

[77](元)汪大渊:《岛夷志略》

[78](明)陈第:《东番记》

[79](明)沈有容:《闽海赠言》

[80](明)张燮:《东西洋考》

[81](南朝)范晔:《后汉书》

[82](三国)沈莹:《临海水土异物志》

[83](北宋)李昉、李穆、徐铉:《太平御览》

[84](唐)魏徵寿:《隋书·东夷列传》

[85](东晋)干宝:《搜神记》

[86](东晋)陶潜:《搜神后记》

[87](清代)徐松:《宋会要稿》

[88]《山海经》(先秦)作者不详

[89](战国)屈原:《楚辞》、《离骚》、《九歌》、《天问》

[90](西汉)刘安:《淮南子》

[91](三国)徐整:《三五历记》、《五运历年记》

[92](梁)任昉:《述异记》

[93]《盘王书》(瑶族)

[94](清)尸佼:《尸子》

[95](东晋)王嘉:《拾遗记》

[96](西汉)左丘明:《国语》

[97](晚唐)段成式:《酉阳杂俎》

[98](东汉)应劭:《风俗通义》

[99]郭璞注:《玄中记》

[100]《三国演义》

[101](战国)韦昭:《国语·越语》

[102]《尚书·无逸》

[103]《诗经·大序》

[104](南北朝)沈约:《谢灵运传论》

[105]《吕氏春秋·古乐篇》

[106]《尚书·尧典》

二、民歌民谣整理

[1]黄雅芬:《天黑黑》、《谷雨补老母》、《四月芒种雨》、《爱拼才会赢》

[2]傅 兵:《天上一块铜》

[3]吴秀琼:《天黑黑》、《丢丢铜》、《卖汤圆》

[4]陈在垠:《一的炒米香》、《天黑黑》、《婴仔婴婴困》、《初一早、初二巧》

[5]汪美秀:《坐中车》、《月光光》、《天上一块铜》、《老鼠仔干》

[6]郭丽萍:《火金姑》、《四节回家瑶》

[7]陈阿静:《一的炒米香》、《婴仔婴婴困》、《天乌乌》、《四节回家歌谣》、《掀乌巾》、《人插花、伊插草》、《月娘月光光》、《天公落红雨(一)》、《天公落红雨(二)》、《天公落红雨(三)》

[8]胡阿静:《天公落红雨(一)》、《天公落红雨(二)》、《天公落红雨(三)》、《天黑黑》、《一只鸟仔哮救救》、《四节回家瑶》、《掀乌巾》、《婴仔婴婴困》、《火金姑》、《点虫虫》、《隔窗看见儿抱孙》、《一的炒米香》

[9]朱雅君:《月娘月光光》、《蚊仔蚊》、《溜溜溜》、《天顶一抱菅》、《两

枞竹仔》、《人插花、伊插草》、《乞鸟仔乞年钱》、《田婴仔飞》、《补丢仔补丢丢》、《挨挨啼吐》

[10]《小气鬼》、《周扒皮》、《一九二九不出手》、《隔暝饭可食》、《清明谷雨、寒死老子》、《入夜黑》

[11]黄佳慧:福建厦门海沧民谣:儿歌、时节歌

[12]郭　婧:当代民工劳动歌:十二月打工歌

后　记

《闽台民间文学传统文化遗产资源调查》系厦门市社会科学重大系列调研课题《闽台历史民俗文化遗产资源调查》系列子课题之一，最早的课题负责人为刘芝凤教授，后因新来的教授也想参加，便将此课题转于新进校的教授做。因该项目要求亲自做田野调查，个别教授工作、教学任务繁重，没时间下乡，便又转于他人。此课题先后转手4人，最后由原第二负责人、北京大学段宝林教授承接。段教授一直参加本课题在闽台的调研和研讨会，2013年春节前，80岁高龄的老教授临急受命，帮课题组解难，带着腿伤（出车祸）在夫人的陪同下，赶到厦门，在厦门理工学院丰富的田野调查资料的基础上，连续工作50天，高质量地提前圆满完成整理资料、撰写本书的工作。借此机会，课题组主编刘芝凤教授代表全课题组成员，向段宝林教授及其夫人表示衷心的感谢。段教授带给厦门理工学院的是一份真挚、一份热爱、一份温暖和一份责任，带给我们的更是一份感动，他的行为教育了全体课题组师生——什么叫文化自觉。

本书向读者展示了课题组在田野调查中获得的丰富的闽台民间文学艺术资源，包括民间故事资源、民间谚语和谜语文化资源、民间歌谣文化资源等，从中看出调查之细致，内容之丰富。

由于厦门理工学院是一所年轻的省重点建设高校，文科科研仍然在发展阶段，年轻的师生们需要历练，经过两年多的田野调查和研究，课题组全体师生都得到长足的进步和提高。借此机会，向所有帮助、支持过课题组田野调查的单位和个人表示衷心的感谢；向引用过资料却一时无法联系到作者本人的行为表示歉意；对两年多来一直坚持做田野调查的所有学生表示感谢。

刘芝凤
2013年9月27日

图书在版编目(CIP)数据

闽台民间文学传统文化遗产资源调查/段宝林等著. —厦门:厦门大学出版社，2014.5
(闽台历史民俗文化遗产资源调查)
ISBN 978-7-5615-5027-4

Ⅰ.①闽… Ⅱ.①段… Ⅲ.①民间文学-文化遗产-资源调查-福建省②民间文学-文化遗产-资源调查-台湾省 Ⅳ.①I207.7

中国版本图书馆 CIP 数据核字(2014)第 064021 号

厦门大学出版社出版发行

(地址:厦门市软件园二期望海路 39 号　邮编:361008)
http://www.xmupress.com
xmup @ xmupress.com

厦门集大印刷厂印刷

2014 年 5 月第 1 版　2014 年 5 月第 1 次印刷
开本:720×1000　1/16　印张:17　插页:4
字数:310 千字　印数:1～4 000 册
定价:48.00 元

本书如有印装质量问题请直接寄承印厂调换